삼국지,
역사를
가다

삼국지 연구 전문가
남덕현 교수의
삼국지 역사·문화 답사기

삼국지,
역사를
가다

남덕현 지음

현자의 마을

차례

중국 문화 관광지

호북성 무한시 반룡성 유적 · 호사요지군 · 보통사 · 청천각

하남성 허창시 허유묘 · 팔룡송 · 육수대

호북성 양번시 중선루 · 부인성위 · 녹문사 · 소명대

호북성 석수시 범려묘 · 옥전사

호북성 공안현 남평문묘 · 삼원묘

호북성 형주시 장화사 · 장거정 고택 · 용천서원 · 강독궁 · 개원관

하남성 낙양시 백거이 고택기념관 · 백마사 · 장매사 · 이정묘 · 두보묘
　　　　　용문석굴 · 영락궁 · 보구사

호북성 당양시 도문사 · 귀곡동

호북성 의창시 굴원고향문화관광지구 · 소군촌 · 천연탑

호북성 악주시 백치산 · 갈산

사천성 성도시 두보초당 · 명촉왕릉 · 문수원 · 엄화지 · 승암사

1,800년 전 삼국지 역사 현장은 과연 어떤 모습이었을까?

동아시아 세 나라 한국 중국 일본에서의 소설 《삼국지》에 대한 인기와 관심은 시간이 흐르고 세상이 바뀌어도 꾸준히 이어져 왔다. 각 나라에서의 두드러진 형태와 모습은 조금씩 다르지만 삼국지와 관계된 나름의 문화가 있어 생활 속에 함께 존재하고 있다. 사람들은 이야기의 재미 속에 빠지기도 하고, 인물들의 개성에 매료되기도 하며, 때로는 그 속에서 세상을 살아가는 삶의 철학을 배우기도 한다. 삼국지는 위 · 촉 · 오 삼국시대의 실제 역사를 배경으로 하여 오랜 시간에 걸쳐 만들어진 소설 작품이다. 우리나라에서도 삼국지가 전해진 언제인가부터 남녀노소를 가리지 않고 세월의 가파른 흐름 속에서도 이 소설을 읽고 또 읽고 있다. 나 또한 그러하다. 그 매력이 무엇인지 몰라도 살아가면서 조금의 여유라도 있으면 자연스레 이 소설을 가슴에 담게 되고 또 실제 배경이 되는 역사적 현장은 과연 어떤 모습이었을까, 어떻게 변해가고 있을까를 머릿속에 그려 보곤 한다.

오늘날 중국에서는 소설 《삼국지》의 문학적 수준의 인기를 뛰어넘는 삼국지문화 현상이 폭넓게 자리 잡아 중국사람들과 함께 살아가고 있다. 특히 그 중심에 사람을 넘어 신이 된 관우가 있어 모든 중국사람들의 마음을 채워주고 있다. 그러다보니 중국 전역에 삼국지문화 유적이 보존되어 있고 또 그와 관련된 추억들이 볼거리로 조성되어 있다. 이 삼국지문화 현상은 중국 현지는 물론이고 중국사람들이 있는 곳을 중심으로 세계 곳곳으로 펼쳐져 나가고 있다. 요즈음 한 해가 다르게 높아지는 중국의 국가적 위상과 중국사람들의 경제적 능력을 감안해보면 이 문화는 분명 점점 더 번성해질 듯하다. 어쩌면 오늘날 중국의 힘이 이러한 문화에서 나오는 것은 아닌가 싶기도 하다.

삼국지와 삼국지문화를 이해하고 추억하기 위해 중국 내의 삼국지문화 현장들을 돌아보았다. 삼국지를 좋아하는 우리나라 독자들에게 도움이 되고자 그 현장의 모습을 이 책 속에 담아보았다. 역사의 흐름과 소설 속 이야기의 전개에 따른 핵심 주제를 선정하여 삼국지 소설의 주요 내용을 적고 함께 그와 관련된 실제 유적들을 소개하였다. 또한 중국사람들이 자랑하는 그 지역을 대표하는 가볼만한 문화유적 10여 곳도 같이 넣어 두었다.

이 책을 읽고 삼국지를 다시 한 번 의미 있게 보게 되고, 중국 삼국지문화에 관심을 가지게 됨은 물론이고 나아가 중국과 중국사람들의 보다 깊은 모습을 알게 되는 계기가 되었으면 한다. 이 책을 쓰면서 여러 자료를 참고하고 여러분들의 도움을 받았다. 자료 정리와 저작에 도움을 준 담소화, 이민경 선생과 맹한승 주간님께 감사드린다.

2014년 겨울이 오는 길목에서,
남덕현 씀

일러두기

1. 본 저서는 저자의 편의에 따라 소설《삼국지》와 역사서《삼국지》내용 중 중요한 사건 중심으로 촉나라 위주의 편년체 서술방식을 취하였다.

2. 삼국지 문화유적에 대한 독자들의 이해를 돕기 위해 소설《삼국지》의 내용을 중요 부분만 인용하였다. 원문 부분은 중국인민문화사의《삼국연의》를 참고하였다.

3. 답사 지역이 중국이다 보니 인명과 지명에 대한 우리말 표기가 하나의 문제였다. 그러나 삼국시대의 인물과 지역이고, 현재 사용하고 있는 중국어의 우리말 표기법이 현실음과 거리가 있기에, 이해의 편의를 위해 우리에게 익숙한 우리말 독음으로 모든 인명과 지명을 표기하였다.

4. 소설《삼국지》는 사실《삼국연의》라고 해야 한다. 그러나 우리나라 사람들에게 일반적으로 '삼국지'라고 하면 역사서《삼국지》보다 소설《삼국지》를 지칭하는 것으로 인식되어 있다. 따라서 본서에서는 소설《삼국지》를《삼국연의》라고 하지 않고 소설《삼국지》라고 칭하기로 한다. 그러나 반드시 역사서《삼국지》임을 나타내야 할 필요가 있는 경우에는 역사서《삼국지》라고 표시하였다.

제1장

다시 찾아온 춘추전국시대

도원에서 의형제를 맺다

소설 《삼국지》는 유비劉備, 관우關羽, 장비張飛 세 사람이 모여 결의형제를 하며 그 대단원의 첫걸음을 내딛는다. 역사적 기록을 보면 분명 이들 세 사람은 신분적으로 군신의 관계를 유지하면서도 동시에 사적으로는 '수어지교水魚之交'로 알려질 만큼 너무나 가까운 형제 사이임을 알 수 있다. 소설에서는 장비의 집 뒤뜰에 있는 도원에서 결의를 맺어 의형제가 된 것으로 되어 있다. 허나 이들이 언제 어디서 어떻게 만나 이런 관계로 발전했는지는 어떠한 기록도 남아 있지 않아 전혀 알 수가 없다.

사실 소설 《삼국지》는 역사서 《삼국지》에 기록된 위, 촉, 오 세 나라의 역사적 사실을 토대로 쓴 한 편의 역사소설이다. 분명히 존재했던 역사 속의 인물과 사건이 그 바탕이다. 그러나 이 소설은 전체적으로 촉나라 중심으로 기술되어 있다. 그래서 소설의 출발도 촉의 주요 인물인 유비, 관우, 장비 세 사람의 만남과 도원에서 의형제를 맺는 이야기부터 시작된다. 그런데 세 사람이 만난 첫 인연이 기록이 없다 보니 소설 《삼국지》를 정리하고 만들면서 작가는 깊은 고민에 빠지게 된다. 주인공격인 이들 인물의 출발점을 서술하지 않고는 그 서막을 올릴 수 없었기 때문이다. 해서 작가는 소설의 첫 부분에 이들 세 사람이 우연히 서로 알게 되었지만 알 수 없는 어떤 끌림에 의해 의기투합되어 장비의 집 뒤쪽 도원에서 결의형제를 한 것으로 그 출발을 꾸며 넣었던 것이다.

유언이 방을 붙여 군사를 모집할 때 현덕의 나이는 이미 스물여덟 살이었다. 그날 현덕이 방을 보고 탄식을 하는데 뒤에서 웬 사람이 큰소리로 말했다.

"대장부가 나라를 위해서 힘쓰려 하지 않고 어째서 한숨만 쉬고 있는 거요?"

현덕이 고개를 돌려 그 사람을 보니 키가 8척이나 되고, 머리는 표범 같은데 고리눈을 하고 있고, 제비턱에다 호랑이 수염이며, 목소리는 우레 같고, 자세는 달리는 말과 같았다. 현덕이 그의 용모가 범상치 않음을 보고 이름을 물으니, 그 사람이 대답했다.

"내 성은 장張이고 이름은 비飛, 자는 익덕翼德이오. 대대로 탁군涿郡에서 살면서 논밭도 다소 가지고 있긴 하지만 술을 팔고 돼지를 잡아 팔며 천하의 호걸과 사귀기를 좋아하오. 방금 공께서 방을 보고 한숨을 쉬기에 한마디 해본 것이오."

그래서 현덕이 말했다.

"나는 본시 한나라 황실의 종친으로서 성은 유劉, 이름은 비備라 하오. 오늘 황건적이 난리를 일으켰단 말을 듣고, 그 도적을 쳐 없애서 백성을 편안히 하고자 하는 마음은 간절하나 그럴 만한 힘이 없어서 한숨을 지은 것이오."

"나에게 약간의 재물이 있으니 우리가 이 고을 안의 용사들을 모아서 함께 대사大事를 도모하는 것이 어떻겠소?"

장비의 말에 현덕은 매우 기뻐하며 함께 마을의 주막으로 들어가 술을 마셨다. 두 사람이 한창 술을 마시고 있을 때 기골이 장대한 웬 사나이가 손수레를 하나 밀고 와서 주막 앞에 세워 놓더니 안으로 들어와서 앉으며 주막집 일꾼에게 술을 청했다.

"나 술 좀 빨리 주오. 군사 모집에 응하러 성 안으로 들어가는 길이오."

현덕이 그 사람을 살펴보니 9척 신장에 구레나룻이 두 자 길이나 되고, 얼굴빛은 잘 익은 대추 같고, 입술은 연지를 칠한 듯하며, 봉의 눈에다 누에 눈썹을 하여 그 용모가 당당하고 위풍이 늠름하다. 현덕이 곧 그를 합석하게 하고 성명을 물으니 그 사람이 대답했다.

"내 성은 관關이고 이름은 우羽, 자는 수장壽長이던 것을 운장雲長으로 고쳤소. 고향은 본시 하동河東의 해량解良이나, 그곳 토호 놈이 세력을 믿고 사람을 업신여기기에 내가 그놈을 죽여버리고 도망쳐 나와 강호江湖를 떠돌아 다니는데, 이곳에서 도적을 치기 위해 의병을 모집하고 있다는 소문을 듣고 일부러 응모하러 온 길이오."

운장의 말을 듣고 현덕이 자기의 뜻을 이야기해 주니 그도 몹시 기뻐

했다. 그리하여 세 사람은 함께 장비네 집으로 자리를 옮기고 대사를 의논했다. 이때 장비가,

"우리 집 뒤에 도원桃園이 있는데 지금 꽃이 한창이오. 내일 그곳에서 천지신명께 제사를 지내고 우리 셋이 의형제를 맺어 동심협력하기로 한 다음에 대사를 도모하는 게 어떻겠소?"

라고 말하니, 현덕과 운장은 이구동성으로 찬동했다.

"그거 참 좋겠소."

다음 날 그들은 도원에서 검정 소와 흰 말 등 제물을 차려놓고 분향 재배하고 나서 함께 맹세했다.

"유비, 관우, 장비는 성은 비록 다르나 이미 의를 맺어 형제로 되었으니, 이제부터 한마음으로 힘을 합해서 가난을 구제하고 곤경에 빠진 자를 도와주며, 위로 나라에 보답하고 아래로는 백성을 편안하게 하며, 같은 해 같은 달 같은 날에 태어나지는 못했어도 같은 해 같은 달 같은 날에 죽기를 원합니다. 천지신명께서는 부디 굽어 살피셔서, 만일 의리를 저버리고 은혜를 잊는 자가 있으면 죽여 없애 버리십시오!"

맹세가 끝나자 현덕은 맏형이 되고, 관우는 둘째, 장비는 막내가 되었다.

지금 중국사람들은 어느 누구도 이 도원결의 이야기가 단지 소설 속에서 꾸며진 허구적 이야기라고 믿지 않는다. 왜냐하면 이 이야기는 하루아침에 작가에 의해 꾸며진 것이 아니고 당의 민간고사를 거쳐 송宋, 원元대에 이르러 삼국지 이야기가 문학화 되기 시작하면서부터 지속적으로 있어 온 오래된 이야기이기 때문이다. 이미 원대의 《삼국지평화三

16

國志平話》에 이르면 벌써 많은 요소가 가미된 도원결의 이야기가 완성돼 있었다.

우리가 지금 읽고 있는 소설 《삼국지》 즉, 《삼국지연의三國志演義》는 이 《삼국지평화三國志平話》를 바탕으로 나관중羅貫中이 완성한 것이다. 나관중은 원대 말엽부터 명대 초기의 동란의 시대를 산 사람이다. 당시에 곳곳에서 일어났던 반원反元운동 및 농민 봉기는 대부분이 결의結義의 형식으로 조직되었다. 한족 지식인이었던 나관중도 이러한 반원 운동과 결코 무관하지는 않았을 것이다. 그래서 그가 소설 《삼국지》를 꾸미며 도원결의 이야기를 쓸 때, 송 원대부터 이미 형성되어 있었던 도원결의 이야기에 당시 자신이 경험한 바 있고 독자들이 쉽게 공감할 수 있는 요소인 결의의 형식을 빌어 이들 세 사람의 인간적 관계를 이야기 속에 완성시켰을 것이다.

비록 역사소설이긴 하지만 역사 속 사실과는 다소 차이가 있는 허구적 이야기를 만들어 전체 소설의 구성과 체계를 다지고 이야기를 더 흥미진진하게 해 주었던 것이다. 이리하여 도원결의 이야기는 중국 삼국지문화의 주요한 핵심사안 중 하나가 되어 버린다. 마치 꾸며진 이야기가 아니고 역사 속의 특별한 실제 사건인 양 그 의미가 부여되어 중국인들의 뇌리 속에 유사역사처럼 인식되어 자연스레 자리 잡아 버리게 된다. 소설 《삼국지》의 영향으로 인해 중국의 민간에서는 의심할 여지가 없는 사실로 간주되어 지는 것이다.

도원결의 삼국지 문화유적지

소설 《삼국지》에서 꾸며진 허구적 이야기를 통해 삼국지문화 속으로 삽입된 도원결의 장소를 두고 중국에서는 여러 장소가 서로 도원결의의 한 곳이라고 주장하며 자존심을 내세우고 있다. 그 중 대표적인 두 곳이 바로 하남성 탁주시의 삼의궁三義宮과 충의점忠義店 촌이다.

도원결의 이야기는 민간에서는 의심할 여지가 없는 사실로 간주되고 있다. 소설 《삼국지》 1회를 보면 장비의 집 뒤쪽의 도원에서 결의를 한 것으로 되어 있다. 유비와 장비의 고향은 지금 중국의 하북성 탁주시이다. 특히 장비의 고향 마을은 탁주시의 서남쪽 4~5킬로미터 떨어진 곳인데, 지명이 충의점촌이다. 이곳의 원래 지명은 도장桃莊이었는데 도원결의 이야기로 인해 충의점으로 바뀌었다고 한다. 바로 이곳이 소설 《삼국지》에서 말하는 도원결의의 장소라는 것이다. 즉, 장비의 집 뒤뜰에 있던 도원이 이곳에 있었다는 것이다. 적어도 수백 년 동안 이는 당연한 사실로 여겨져 아무도 이에 대해 의심을 품는 사람은 없었다.

하지만 오늘날 이 하북성 탁주시 루상묘촌樓桑廟村에 가면 수隋대에 건립되었다고 하는 삼의궁이라는 곳이 있다. 널찍한 도원은 물론이고 도원결의 기념비까지 세워놓고서 이곳이 바로 도원결의의 장소라고 주장하고 있는데 그 규모나 관리의 수준이 다른 장소와는 달리 상당한 수준이어서 정말 그럴 수도 있겠구나 하는 생각이 들 정도이다.

탁주시 서남쪽에 있는 장비의 고향 마을 충의점촌忠義店村에도 장비의 집을 복원하여 뜰에 삼형제가 결의하는 조각상까지 마련해 놓고 는 도원결의의 장소가 이곳이라고 여전히 주장하고 있다. 왜냐하면 소설 《삼국지》에 분명히 장비의 집 뒤쪽 도원이라고 되어 있기 때문에 사실 여부에 관계없이 당연히 장비의 고향집이 도원결의의 장소라는 것이다.

또한 중국의 민간에서는 이 두 곳 외에 탁주시의 남쪽에 위치한 수문구水門溝의 옆이 그곳이라는 견해도 있다. 옛날 이곳에 삼의묘三義廟가 있었다고 하는데, 그 건물이 삼의三義정신을 비유하여 길이, 넓이, 높이가 모두 삼척으로 지어졌다고 한다.

이러한 주장들 또한 중국인들의 고장 마을 문화에 대한 자부심에 바탕하는 것으로 서로가 이야기의 허구성 여부와는 관계없이 삼국지문화 속에 존재하는 그 장소는 각기 자기 마을이어야 한다는 것이다.

아무튼 삼국지문화는 장비 집 뒤의 도원에서 유비 관우 장비 세 사람이 의형제를 맺고 천하를 구하러 나섰다는 것에서부터 출발한다. 이로부터 시작된 '다시 찾아온 춘추전국시대'와 같은 극도로 혼란스런 세상은 끊임없이 흔들리게 되고, 그 시대적 상황을 지혜와 용기로 헤쳐 나가는 인물들의 모습이 역사서와 소설, 민간전설 등 다양한 경로를 통해 삼국지문화 속으로 녹여 들어와 오늘날까지 전해 내려오게 되는 것이다.

황건적의 난과 노식의 활약

동한 말년의 '황건의 난'은 중국 역사에서 실패한 농민혁명 중 하나이다. 황건의 난이 실패한 원인은 수가 적거나 조직이 약한 탓이 아니었다. 그들이 실패한 원인은 영도자가 배운 것도 없고 무능한 탓에 당시의 객관적 환경을 정확하게 이해하지 못했고, 미래의 이상 사회와 이상 정부에 대한 구상도 없었으며, 군사와 정치의 간부 인재를 모으고 길러내지 못했기 때문이다.

황건 무리의 대두목이 된 장각張角과 그의 두 동생 장보張寶와 장량張梁은 아는 것이라곤 단지 부적을 가지고 주문을 외며 물을 뿜어 병을 다스리는 마술이나 최면술 정도였고, 이를 이용해 많은 신도를 모아 한나라 왕조와 정부를 뒤엎으려 했다. 왕조의 각급 정부가 안제, 순제,

제1장 다시 찾아온 춘추전국시대

환제, 영제 시기에 어쩌다 그런 지경에 이르게 되었을까? 어떤 형태의 정부로 이 동한 말년의 정부를 대신하면 좋았을까? 백성이 받는 고통이 가혹한 세금 말고 또 다른 어떤 원인이 있었을까? 어떤 조치를 취해야 경제 문제의 근원을 뿌리 뽑을 수 있을까? 이러한 큰 문제들은 장각과 같은 인물이 답할 수도, 생각해낼 수도 없는 것이었다. 그들은 이후의 농민혁명의 영도자황소黃巢와 이자성李自成 등등 처럼, 단지 현상에 대한 강한 불만으로 일시적 충동에 따라 '혁명을 위한 혁명', '먼저 눈앞의 문제를 해결하고 나중에 말하자!'라고 했을 뿐이다. 처음부터 눈을 뜨려고 하지 않고 눈을 감은 채 어둠속에서 섣부르게 행동했는데 어떻게 실패하지 않을 수가 있었겠는가?

낙양의 정부는 기주에 북중랑장 노식盧植을 파견하고, 예주에는 좌중랑장 황보숭皇甫嵩과 우중랑장 주준朱儁을 파견하여 황건군 토벌을 계획하였다. 먼저, 노식은 극히 적은 병력이었지만, 장각을 하북성 위현威顯 인근 광종현성廣宗縣城에서 포위했다. 이때 영제靈帝는 환관 좌풍左豐을 보내어 시찰하게 하였다. 좌풍은 노식에게 뇌물을 요구했으나 거절당했고, 이에 대한 보복으로 노식이 고의로 장각 제거에 전력하지 않는다고 보고를 올렸다. 영제는 곧 성지를 내려 노식을 낙양으로 압송하고 동중랑장 동탁董卓을 파견하여 노식을 대신하게 하였다. 예주에 파견된 황보숭은 주준과 함께 야습과 화공을 이용하여 예주 영천군의 황건적을 평정한 후, 하남 우현禹縣 부근의 장사 전투에서 승리하고, 여남군汝南郡과 진국陳國 하남 대강현大康縣 및 동욱東郁에서도 잇따라 승전보를 올렸다.

장각 무리는 노식이 낙양으로 소환된 이후, 노식의 후임자 동탁을 물리쳤다. 이에 조정은 황보숭을 기주로 파견시켰다. 황보숭은 북으로 병력을 옮겨 관종廣宗에서 장각의 동생 장량과 전투를 하여 장량의 군대를 전멸시켰다. 장각은 이때 이미 병으로 죽어 황보숭이 관을 열어 시체를 베고 그의 목을 잘라 낙양으로 보냈다.

장각이 아무것도 계획하지 않은 것은 아니었다. 그는 십수 년을 활동하면서 제자 8명을 각 지역에 파견해 36만여 명의 군중을 흡수했다. 군중 1만 명을 '1방方'이라 했는데, 어떤 방은 1만이 넘었고 어떤 방은 1만이 채 되지 않았다. 각각의 방에는 총수를 한 명씩 배치했다. 이 36만 명은 12개의 주 중에서 오늘날 하북성河北省의 기주冀州, 유주幽州, 오늘날 산동성山東省의 청주靑州, 연주兗州, 오늘날 하남성河南省 및 호북성湖北省, 호남성湖南省의 예주豫州, 형주荊州, 오늘날 강소성江蘇省의 양주揚州 등 8개의 주에 분포해 있었다.

장각은 놀랍게도 황제 신변의 중상시中常侍 중 봉교封諝와 서봉徐奉 두 사람도 흡수했다. 이 두 사람은 그의 조직에 가입하여 내통하기를 원했다.

장각은 184년 3월 초닷새에 전국 각지에서 동시에 난을 일으키기로 예정했고, 사람들은 모두 머리에 노란 두건을 둘러 표시하기로 했다.

반란일은 당주唐周라는 배신자가 정부에 밀고를 하는 바람에 2월의 어느 날로 앞당겨 거행되었다. 당주의 밀고로 낙양洛陽 지역을 책임지고 있던 총수 마원의馬元義가 붙잡혀 처형되었고, 궁 내외에서 1천여 명이 잡히고 죽임을 당했다. 밀고가 아니었다면 낙양은 3월 초닷새 하룻

밤 사이에 마원의가 통솔하는 황건적에게 점령되었을 것이다.

일이 거행되던 날 장각은 그의 고향인 기주 거록군巨鹿郡에 있으면서 스스로를 천공장군天公將軍이라 칭하고 동생 장보를 지공장군地公將軍, 장량을 인공장군人公將軍이라고 칭했다.

장각의 황건 무리는 도처에서 부락과 읍을 공격했으며 관아의 문을 맞닥뜨리면 죄다 불질렀다. 한 왕조의 지방 관리 중 그들에게 저항하는 이가 매우 적었던 이유는 그들의 수가 워낙 많았기 때문이다. 열흘이 지나기도 전에 천하가 따르고 수도가 진동했다.

남양南陽의 황건 두목은 장만성張曼成이었고, 하북 여현蠡縣의 남박릉南博陵에는 장우각張牛角이 있었다. 장우각이 전사한 후에 뒤를 이은 저비연褚飛燕은 장연張燕으로 이름을 바꾸고 부대를 100만 명 정도로 늘렸다. 이외에도 각 지역의 중요한 인물로 이대목李大目, 장장팔張丈八, 도평한陶平漢, 뇌공雷公, 백작白雀, 파재波才 등이 있다.

낙양의 한 왕조 정부는 중랑장中郎將 세 사람을 기주와 예주에 파견해 각각 장각 및 파재 등의 인물을 토벌하게 했다. 기주에는 북중랑장北中郎將 노식盧植이, 예주에는 좌중랑장左中郎將 황보숭皇甫嵩과 우중랑장 주준朱儁이 파견됐다.

삼국시대 민중봉기
지역도

노식은 유비의 스승이자 동향 사람으로 기주 탁군涿郡에서 자랐다. 극히 적은 병력으로 장각의 기본 무력에 맞섰던 그는 뜻밖에도 장각을 하북성 위현威縣에서 동쪽 29리 떨어진 광종현성廣宗縣城에서 포위할 수 있었다. 영제는 환관 좌풍左豊을 보내 시찰하게 했고, 좌풍은 노식이 자기에게 돈을 주지 않자 영제에게 노식이 장각을 멸망시킬 능력이 있으면서도 전력을 다하지 않는다고 보고했다. 영제는 곧 성지를 내려 노식을 죄수용 수레에 태워 낙양으로 압송하도록 하고, 동중랑장 동탁董卓을 보내 노식의 병사를 통솔하게 했다.

황보숭은 용맹스러운 변경 지역 양주涼州 안정군安定郡 조나현朝那縣 오늘날 감숙성甘蘇省 평량현平涼縣의 서북쪽에서 태어났다. 그의 증조 황보릉皇甫稜과 숙부 황보규皇甫規는 모두 도료장군度遼將軍을 지냈으니 군인 집안이라고 할 수 있다. 그의 조부 황보기皇甫旗는 부풍도위扶風都尉를 지냈고 부친 황보절皇甫節은 안문태수雁門太守를 지냈으며 그 자신도 효렴에 천거되어 중앙 정부 낭중郎中을 지냈고 패릉覇陵과 임분臨汾의 현령을 지내다 다시 중앙으로 귀환되어 의랑議郎을 지내다가 북지군태수北地郡太守로 승진했다. 이렇게 볼 때 황보숭은 전형적인 문관이었다.

황보숭은 황건적의 난을 평정함으로써 역사에 좋은 평판을 남겼다. 동한 최후의 명장이었다. 한 왕조의 지식인은 원래 문무를 겸비하여 공자가 제창한 궁술·마술 및 예교·음악·서예·역법을 다 같이 중시하는 교육 전통에서 벗어나지 않았다. 중국은 청나라 중엽에 이르러서도 증국번曾國藩, 좌종당左宗棠, 이홍장李鴻章 등의 문인들이 차례로 총사령관을 맡았다. 민국民國 초년에 이르러서야 보정保定 군관학교가 생겨 문무

무한시 삼국유적공원 인물조각상

가 나뉘었다.

　황보숭은 주준과 함께 예주 영천군穎川郡의 황건적을 평정했다. 결전의 날, 그는 야습과 화공을 이용했다. 황건적은 본래 시골에서 농사를 짓던 사람들이라 해 뜨면 일하고 해 지면 쉬는 생활에 익숙하여 낮에는 원기왕성하고 어두운 밤이 되면 죽은 듯 잠들었다. 황보숭이 야습을 가한 것은 그들의 약점을 정확히 꿰뚫었다고 할 수 있다. 황보숭이 화공을 사용한 이유는 간단하다. 그들의 두목이 지식이라고는 없어, 놀랍게도 단순하게 풀을 엮어 진영을 만들었기 때문이다. 이 하남 우현禹縣 부근의 장사長社 전투에서 황보숭은 황건적 수만 명을 죽였다. 큰 두목 파재는 남은 병사를 이끌고 양적陽翟 우현으로 도망했지만 황보숭에게 추격을 당해 재차 섬멸되었다. 이후 황보숭은 여남군汝南郡과 진국陳國 하남 대강현大康縣 일대 및 동욱東郁 산동 복양현濮陽縣 일대의 황건적도 소탕했다.

　노식이 죄수용 수레로 소환된 이후, 장각 무리는 기주하남성 중부에서 노식의 후임 동탁을 물리쳤다. 한 영제는 황보숭에게 기주로 가라고 명했고, 황보숭은 북으로 병력을 옮겨 광종廣宗에서 장각의 동생 장량과 전투를 벌였다. 이때 사용한 방법도 야습이었는데, 이번에는 심야가 아니라 새벽닭이 울 때 공격하여 장량의 군대를 전멸시키고 7만 명을 살해했다. 물에 뛰어들어 죽은 황건적만도 5만여 명이었다고 전해진다. 황보숭은 이때 이미 병으로 죽은 장각의 관을 열어 시체를 베고 목을 잘라 낙양으로 보냈다.

장각의 또 다른 동생 장보는 하곡양下曲陽 오늘날의 하북성 진현 晉縣의 서쪽으로 도망갔다. 황보숭은 거록의 태수 곽전郭典을 지휘해 함께 장보를 붙잡아 그의 머리를 잘랐다. 범엽范曄에 따르면, 십수만의 황건적이 동시에 참수되어 하곡양의 성 남쪽에 묻혀 매우 높고 큰 무덤 경관京觀이 생겼다.

삼국유적공원 삼국지 문화유적지

호북성의 수도 무한시의 무창에서 한구漢口로 들어가려면 장강대교를 지나게 된다. 장강대교 입구에 그 유명한 황학루黃鶴樓가 보이고 다리로 접어들면 양쪽 편으로 장강이 펼쳐져 한눈에 들어온다. 이 무한은 한수漢水에서 내려온 푸른 맑은 강물이 주류인 장강의 누런 물과 만나는 곳이어서 강물이 푸르기도 하고 더러는 누렇기도 하다. 장강대교의 한구쪽 입구에 산이 있는데, 이 산의 언덕으로 올라보면 삼국유적이 있다. 이 삼국유적공원 속에 노숙의 묘가 있는 정원을 돌아 앞으로 가

삼국유적공원 입구 표지판

면 100여 미터 앞에 삼국 인물 전시관이 있다. 이곳에서부터 보이는 전시관까지 좁다란 오솔길이 조성되어 있는데, 길 양옆에 삼국시대 유명 인물들의 조각상이 세워져 있다. 그 조각상들의 마지막에는 적벽대전 영화관이 있다. 입구 쪽에서부터 보면 위·촉·오의 순서대로 전시가 되어 있다.

위나라의 맨 앞에 조조가 말을 타고 있는 동상이 길 한가운데 서 있다. 이어 길 양쪽으로 위의 인물들이 서 있고 맨 마지막에 만총滿寵과 방덕龐德이 서 있다. 다음으로 촉나라인데, 촉의 처음은 유비 관우 장비 삼형제의 동상이 길 한가운데 서 있다. 그 뒤로 제갈량이 있고 계속해서 길 양옆으로 촉의 문무대신들이 서 있다. 마지막으로 오나라인데, 손권孫權과 손책孫策이 제일 먼저이고 그 뒤로 교국로喬國老와 장소張昭를 시작으로 하여 차례로 서 있는데, 맨 마지막으로 태사자太史慈와 정보程普가 있다. 이들 조각상이 진열되어 있는 오솔길이 끝나면 삼국인물 전시관이 나타난다.

무한은 삼국시대 요충지였던 형주의 주요한 한 지역이였기에 위·촉·오 삼국의 영향이 다 미쳤던 곳이었다. 그런 까닭에 그 시대부터 지금까지 위·촉·오 삼국의 인물들이 편중되지 않고 누구나 존중받고 인정되고 있는 것이다. 그래서인지 지금도 이곳 사람들은 도심의 중심지에 공원을 조성하여 삼국의 인물들의 조각상을 함께 만들어 놓고, 또 적벽대전 영화관에서는 적벽대전을 회상하는 영화를 상영하며 그 시절을 회고하고 있는 듯하다.

반룡성盤龍城 유적

중국 상대商代 초기 도시 유적으로 호북성 무한시 황피구黃陂區 반룡성 경제개발구 엽점양가만葉店楊家灣 반룡호반盤龍湖畔에 위치해 있다. 면적은 약 1.1평방킬로미터이다. 유적 문화 퇴적의 시대는 이리두二裏頭 문화 말기에서 은허殷墟 초기에 해당한다. 성터의 흥건 연대는 약 기원전 15세기 전후로서 상대 이리강기二裏崗期에 해당한다. 반룡성에서 출토된 94센티미터 길이의 대옥과大玉戈는 처음으로 출국 전람 금지 문물 목록에 올랐다. 반룡성 유적의 발견은 남방 상대 문화의 면모와 도시의 배치와 성질, 궁전의 구조 및 건축 기술을 연구하는 데 있어 대단히 중요한 가치가 있다.

호사요지군湖泗窯址群

호북성 무한시 강하구江夏區 양자호 梁子湖 연안에 위치해 있으며, 호사향에서 최초로 발견되어 이와 같은 이름을 얻었다. 청백유자青白釉瓷를 굽던 가마 98개가 이미 확인되었으며 시대는 오대五代로부터 원·명 시기까지의 것들이다.907년~1644년 가마는 보통 5미터 정도이고 둘레는 100미터 전후, 가장 큰 것은 높이가 9미터, 둘레는 200미터에 달한다. 호사자요지군은 규모가 크고 분포 범위가 넓으며 연속된 시대가 길고, 장강 중류 지대의 고대 가마터 중에서도 매우 드문 것이다. 이 요지군의 연대는 만당오대부터 원명시기907년~1644년까지 계속 이어지는 것으로 주로 송宋대의 것들이다. 가마의 생산품은 청백유자기靑白釉瓷器와 청유자기靑釉瓷器 두 종류이고, 자기의 종류는 호壺, 관罐, 완碗, 반盤, 접碟 등 일상 생활 용기로 모양이 정연하고 균형 있고 태는 회백색을 위주로 하며 유약을 입힌 표면이 매끄럽고 빛난다. 어떤 것은 기물의 내외벽에 국화잎, 연잎, 둥근 꽃무늬 등을 새긴 것도 있다.

보통사寶通寺

수려한 풍경의 무창 홍산 남쪽 기슭에 위치해 있으며 1,600여 년의 역사가 있는 무한시의 유일한 황가皇家 사원이다. 〈보통사지寶通寺志〉의 "황학산黃鶴山 현재의 사산蛇山 동쪽 10리에 허유산은 이름이 동산東山 현재의 홍산洪山 인데, 삼초三楚 제일의 웅봉雄峰이다. 위에는 정자가 있고, 남조 송宋대에 절을 지었다 한다. 당 정관貞觀 연간에 미타사彌陀寺라 하였고, 남쪽을 향하고 산문은 서쪽을 향하도록 지었다."라는 기록에서 홍산에는 남조 송420년~499년대에 이미 사원이 있었고 그것이 곧 동산사였음을 알 수 있다. 남송 단평端平 연간1234년~1236년에 형호제치사荊湖制置使가 이종理宗 황제에게 상소문을 올려 수주隨州 대홍산사大洪山寺를 이곳으로 옮기고 동산의 이름을 홍산으로 바꾸며 절에 숭녕崇寧 만수산사万壽山寺라는 이름을 내려 줄 것을 건의하였다. 명 헌종憲宗 성화成化 21년1485년에 숭녕만수선사를 보통선사로 봉한 것이 지금에 이르렀다.

청천각晴川閣

'초국청천제일루楚国晴川第一樓', 청천루晴川樓라고도 한다. 중국 내륙 최대 도시 무한시 한양 귀산 동쪽 기슭 우공기禹功磯에 자리잡고 있으며 명대 가정嘉靖 26년에서 28년1547년~1549년에 지어졌다. 당대唐代 시인 최호崔顥의 〈황학루黃鶴樓〉 가운데 '맑게 갠 하늘 아래 한양벌 나무들이 울창하고 싱그럽고 무성한 풀들은 앵무주를 덮었네晴川歷歷漢陽樹, 芳草萋萋鸚鵡洲'라는 시구에서 그 이름이 유래하였고, 한양 태수 범지잠范之箴이 우직禹稷 행궁行宮 원래 이름 우왕묘禹王廟을 보수할 때 증축했다. 북쪽으로 한수, 동쪽으로 장강과 맞닿아 있어 '천하강산제일루天下江山第一樓' 황학루와 강을 사이에 두고 마주보고 있으며, 무한 지구에서는 유일하게 강가에 세워진 명승 고적이다. 누대를 높게 쌓아 올렸고 이층의 석목 전통 구조로 헐산歇山 겹처마지붕의 앞쪽에는 기루騎樓가 있으며, 편액에는 '청천각' 세 글자가 적혀 있다. 바람이 불면 두 층의 비첨飛檐과 네 모퉁이의 풍경이 울려퍼진다.

동탁의 전횡

동탁은 양주凉州 임조군臨洮郡 사람이다. 예주豫州 영천군潁川郡에서 출생했으나, 얼마 후 부친을 따라 양주로 이주하여, 당시 양주를 근거지로 하던 강인羌人과 함께 생활하였다.

중평 원년, 동탁은 동중랑장으로 임명되어 기주에서 노식의 직책을 이어 장각과 싸웠으나, 장각에 패하여 관직을 잃었다. 중평 2년, 양주에서 황보숭의 후임으로 변장과 한수의 반란을 진압하려 했으나 실패했다. 한나라 조정은 다시 장온을 사령관으로 동기장군으로 임명하였고, 동탁은 전쟁에서 패했지만, 특유의 정치력에 힘입어 파로장군으로 승진하여 장군의 반열에 오르게 되었다. 동탁은 다시 중앙 정부의 돈을 관리하는 부서인 구경으로 승진하였으나, 그 지위가 높지 않음에 불만을 품어 낙양에서 벼슬을 하는 것을 거절하였고, 조정은 다시 그를 병주목으로 파견하였다. 조정은 그에게 부대를 내어 황보숭의 지휘를 받도록 하였으나, 그는 부대를 내놓지 않았고, 부대를 이끌고 병주로 향했고, 하동에 주둔하며 움직일 때를 기다리고 있었다.

당시 조정의 환관들과 대립하고 있던 대장군 하진何進은 동탁에게 군대를 이끌고 낙양에 입성하기를 부탁하였다. 동탁은 삼천의 병사를 이끌고 낙양으로 향했다. 하지만 동탁이 낙양에 도착해보니 하진은 환관의 손에 의해 이미 죽임을 당했다.

하진과 환관들의 갈등이 표면화 된 것은 영제의 죽음 이후였다. 영제는 태자를 정하지도 않은 채, 중평 6년 4월 병진일에 세상을 떠났다. 영제에게는 두 아들이 있었는데, 하나는 열네 살의 왕자 변辯으로, 황후 하씨의 소생이었고, 또 다른 아들은 아홉 살의 왕자 협協으로 왕미인王美人의 소생이었다. 협은 왕미인이 일찍 세상을 떠나, 영제의 모친 동태후董太后가 키웠다. 전하는 말에 의하면, 영제가 임종 때 왕자 협을 태자로 세우고자 하였으나, 그의 유언은 지켜지지 않았고, 황제의 제위를 계승한 자는 왕자 변소제 少帝이었다.

소제의 즉위 후, 하황후는 황태후의 신분으로 어린 소제를 대신하여 섭정을 하였다. 하황후는 오빠 하진에게 대장군의 신분으로 태부 원외袁隗와 함께 참록상서사參錄尚書事를 맡겼다. 하진은 건석을 잡아 옥에 가두고 살해하였고, 다음달 중평원년 5월에는 영제의 외삼촌과 표기장군驃騎將軍 동중董重을 잡아 옥에 가두고 살해하였다. 6월 영제의 모친 동태후가 갑자기 죽었다. 7월, 하진은 왕자 협을 진류왕陳留王으로 강등시켰으며, 하태후에게 모든 환관들을 파면하자고 건의하였다.

그러나 하태후는 '나는 젊은 과부인데 어떻게 단정한 선비를 부리겠는가?' 라며 하진의 건의를 거절하였다.

하진은 그 해 8월, 하태후에게 모든 환관을 죽이라고 주청했다. 하지만 하진과 하태후의 대화를 엿들은 젊은 환관이 중상시 장양에게 보고하였다. 장양과 단규段珪는 장락궁에서 나오는 하진을 잡아 죽였다.

동탁은 무진일 저녁에 낙양성의 서쪽에 도달하였고, 소제와 진류왕이 이미 북망의 민가에 기거하고 있다는 보고를 접하자마자 직접 북망으로 달려갔다. 소제는 동탁과 그의 군대를 보고서, 매우 두려워했지만, 나이 어린 진류왕은 약간의 두려움도 없이 동탁이 묻는 말에 똑똑하게 대답을 하여 동탁의 맘에 들게 되었다.

동탁은 환관 살해 이후 삼일째 되는 날 소제, 진류왕과 함께 낙양으로 돌아갔다. 동탁이 제일 먼저 한 중요한 일은 여포를 시켜 집금오執金吾 정원丁原을 살해토록 하고, 정원의 병사들은 모두 동탁의 군대에 흡수시켰다. 동탁은 본래 3,000명만 데리고 왔었는데, 깊은 밤에 몰래 낙양을 떠나 둘째 날 낮에 기를 날리며 성으로 들어와 백성과 원소로 하여금 동탁의 양주병들이 또 왔다고 여기게끔 하였다.

동탁이 했던 두 번째 일은 사공 유홍劉弘을 파직시키고, 자신이 사공이 된 것이었고, 세 번째는, 9월 문무백관이 모인 자리에서, 소제 변을 폐위하고 진류왕 협을 황제로 세우자는 의견을 내놓았다. 그러나 노식이 나서, 동탁의 황제 폐위 의견을 정면으로 반박하며 분명하게 반대의 뜻을 보였다. 동탁은 노식의 반대에 매우 진노하여 노식을 죽이겠다고 길길이 날뛰었다. 하지만 채옹蔡邕과 의랑 팽탁彭卓의 간곡한 만류에 노식의 관직을 파하는 선에서 마무리를 지었다.

제1장 다시 찾아온 춘추전국시대

다음 날, 동탁은 다시 회의를 열어, 소제를 폐위시키고 진류왕을 옹립하자는 의견을 내놓았다. 동시에 그는 하태후에게 소제 폐위에 관한 조서를 내리도록 압력을 넣었다. 결국 소제는 폐위되고, 아홉 살의 진류왕헌제이 황제의 자리에 올랐고 연호를 '초평'으로 바꾸었다. 동탁은 인재들을 대거 기용하였으나, 명분없이 폐위를 강행하였고, 무고한 하태후와 소제를 죽여, 온 나라 선비들의 불만을 사게 되었다.

반동탁反董卓동맹군의 결성

초평원년190년 정월, 원소 등은 동맹군을 결성하여 격문을 천하에 퍼뜨리며 동탁을 성토하는 동시에, 병력을 동원하여 낙양으로 진군하였다. 동탁은 명령을 내려 전국의 병사들을 모아 동맹군을 토벌하고자 했지만, 상서 정태의 간언으로 무력 토벌을 감행하지는 않았다. 대신, 장안 천도를 결정하였다. 낙양을 떠날 때는 성내 곳곳에 불을 질러 더 이상 번화했던 낙양성의 모습은 찾아볼 수가 없게 되었다.

사실, 동탁 제거를 모토로 내세운 동맹군의 진짜 동기는 조정의 간섭에서 벗어나 근거지에 할거하는 군벌이 되기 위함이었다. 정말로 동탁을 공격할 수 있었고 공격하려고 했던 사람은 단지 조조와 손견 두 사람 뿐이었다.

조조는 효렴 출신으로 의랑, 기도위, 교위를 역임하긴 했지만, 큰 벼슬을 한 적이 없었다. 그는 진류에서 병사들을 모집하여, 반동탁 동맹군에 참가하였지만, 원소 무리가 십 수만의 병사들을 모아놓고 매일 주연을 베푸는 것에 실망하였다. 그래서 조조는 단독으로 자신의 병사와 장막이 파견한 일부의 군사를 이끌고 형양현榮陽縣 변하汴河 강가에서 동탁군과 싸웠지만 패배하였다. 조조는 다시 원소의 무리를 만나 의견을 올렸다. 군사를 세 개의 노선으로 나누어, 진군하여 장안과 그 좌우 외곽을 위협하자고 하였다. 그러나 동맹군은 조조의 건의를 듣지 않고, 계속 주연을 열었다. 결국 식량은 바닥이 보이게 되었고 이와 동시에 군대는 자연스럽게 점점 흩어졌다. 또한 내분도 발생하였다. 조조는 각 지방의 제후들이 다 흩어지기 전에 고향으로 가서 병사 1,000여 명을 모집하고, 다시 황하 북쪽의 회현懷縣으로 갔다.

이때 원소는 동탁이 화해와 회유를 위해 파견한 다섯 명의 사신 중, 세 명을 살해하였다. 그는 동탁과 싸울 수도 없고 화해를 하고 싶지도 않았다. 차라리 다른 황제를 세워 새로운 조정을 조직하고 자신이 새

↑
무한시 귀산
삼국 인물 동상

조정의 동탁이 되어야겠다고 생각했다. 유주목幽州牧 류우劉虞를 새 황제로 옹립하겠다 결정하고, 초평 2년 정월에 대표를 보내어 유우를 만났다. 하지만 뜻밖에도 유우는 옹립 제안을 거절하였다. 동맹군 측에서 다시 사람을 보냈지만, 그는 "당신들이 다시 나에게 강요한다면 나는 흉노에게 도망 갈 것이오."라고 하며 완강히 거절하였다. 원소는 다시 개인적으로 원술에게 편지를 썼다. 원술은 "나는 동탁을 반대하지만 지금의 황제헌제를 반대하지 않는다. 나는 단지 동탁을 토벌하고 싶을 뿐 다른 것은 모르겠다."라고 했다. 원소는 두 차례 난관에 봉착한 후, 새 황제를 옹립하려는 생각을 버리고, 자신이 황제가 되고자 하지도 않았다. 그러나 원술은 자신이 황제가 되고자 하는 허황된 꿈을 꾸기 시작했다.

동탁도 역시 제위 찬탈의 뜻이 있었다. 그는 상국이 되었지만 만족하지 않았고, 헌제에게 자신을 태사로 임명하도록 하여 제후의 위에 있고자 했다. 하지만 동탁은 제위를 찬탈하기 전에 손견에게 패하였다.

손견은 젊었을 때, 주준을 따라 남양의 황건군을 쳐서 승리를 거두었으며, 또 장온을 따라 강인을 치고 동탁과 함께 일을 하기도 했다. 그후, 그는 또 의랑의 직위로 장사군長沙郡 태수를 역임하였다. 원소가 각 주와 군의 관리들을 불러모아 군사를 일으켜 동탁을 토벌하고자 했을 때, 손견은 적극 찬성하였지만 병사를 이끌고 회현과 산조에 와서 원소가 영수로 있는 동맹에 참가할 수가 없다.

그는 후장군 원술과 아주 가까운 사이였다. 원술은 손견이 장사에서 북상하여 동탁을 토벌하는 것에 찬성하였다. 손견은 남양에 와서 원술과 병사를 합하여 남양군의 근거지를 원술에게 주고 자신은 계속 북상하여 남양으로 진군하였다. 원술은 손견이 그에게 남양을 준 것에 고마움을 느껴 손견을 파로장군破虜將軍, 영예자사領預刺史로 추천하는 표를 올렸다. 동탁이 손견을 파로장군, 영예자사로 임명했는지는 고증하기가 어렵지만, 손견이 이때부터 자타칭 파로장군이 되었다.

손견은 병사를 이끌고 남양을 떠나 낙양으로 출발하여 동탁의 군대와 몇 차례 전쟁을 했지만 원술은 충분한 양식을 그에게 보내주지 않았다. 게다가 원소는 뜻밖에도 주앙周昂을 예주자사로 파견하였다. 손견은 남양에 돌아와 식량 건과 관련하여 원술에게 화를 내었다. 원술은 매우 부끄러워하며, 앞으로는 제대로 군량을 공급하겠다고 약속하였다. 손견은 다시 동탁의 군대를 공격하여, 여포와 호진을 크게 물리치고, 단숨에 낙양까지 돌진하였다. 동탁은 궁지에 처해 후퇴하여 장안으로 달아났으며, 주준에게 낙양을 지키도록 명령하였다. 하지만 주준은 동탁이 떠나자, 반동탁 동맹군의 군벌들과 교통하였다.

동탁은 초평 3년192년 4월 여포에 의해 살해되었다.

동탁의 죽음

사도司徒 왕윤王允은 동탁의 심복 여포를 설득하여 동탁을 제거했다. 동탁은 여포를 양자로 삼고 깊이 신뢰하였지만, 또 다른 한편으로는 제 멋대로 함부로 대하기도 하였다. 어느 날은 동탁이 작은 일로 몸에 지니고 있던 창을 여포에게 내던져 여포는 목숨을 잃을 뻔한 적도 있었다. 《후한서 · 여포전》에 의하면, 이 일이 발생한 후에도 여포는 동탁의 명령으로, 침실 부근의 호위를 맡았지만 몰래 동탁의 시녀와 사통을 하였다.

동탁은 초평 3년 4월, 궁성의 북액문에서 피살당했다. 먼저 여포의 동향 사람이자 기도위인 이숙이 동탁의 팔을 찍어 상처를 입히자, 동탁이 마차에서 굴러 떨어졌다. 이때까지도 동탁은 영문을 몰라 여포를 찾

제1장 다시 찾아온 춘추전국시대

았으나, 여포는 긴 창을 이용해서 그의 남을 목숨을 끝장내버렸다.

동탁이 죽자 궁 안팎의 병사들이 모두 소리 높여 만세를 불렀고, 많은 백성들이 길가로 뛰어 나와 노래하며 춤을 췄으며, 일부 사람들은 보석과 좋은 옷을 팔아 술과 고기를 사서 잔치를 벌였다. 동탁의 배꼽에 심지를 꽂아 불을 붙이자 과연 하룻밤 동안 불이 꺼지지 않았다. 원소, 원술 집안의 문객들은 동탁의 시체를 불태워 길에 뿌려대기도 하였다. 이러한 이야기는 정사와 소설《삼국연의》에 모두 보인다.

왕윤은 동탁을 살해한 이후, 헌제로부터 녹상서사의 실권을 부여받았고, 여포는 온후溫侯로 봉했졌으며, 분무장군에 임명되었다.

왕윤은 황보숭에게 미오로 가서 동탁이 모아놓은 재물을 몰수하도록 명령했다. 그 결과 황금 이삼만 근, 은 팔구만 근과 산처럼 쌓인 천, 엄청난 양의 보물이 몰수되었다. 미오에 살고 있던 동탁의 노모와, 좌장군이며 호우鄂侯로 봉해진 동생 동민董旻, 그리고 동씨 가문의 남녀는 모두 죽임을 당했다.

또한 왕윤은 여포를 파견하여 동탁의 사위 우포를 치게 했다. 우포가 괴멸당하자, 우포의 부하였던 교위 이각, 곽사, 장제는 왕윤이 자신들을 사면해 줄 것을 기대하였지만 왕윤은 그러지 않았다. 이, 곽, 장세 사람은 동탁이 죽었다는 소식을 듣고, 그들의 부하 중에서 왕윤과 동향인 병주並州 사람 수백 명을 도살했다. 이각을 비롯한 세 사람은 왕윤의 사면을 얻지 못하자, 반란을 일으켰다. 동탁의 또 다른 부장이었던 樊稠 또한 반란군에 가세하였다. 여포는 이들을 저지하지 못하고, 장안을 떠나 남양의 원술에게 몸을 의탁했고, 왕윤은 이각의 포로가 되어 죽임을 당했다.

이각과 곽사, 번조는 조정을 장악하고 권력을 휘둘렀다. 점점 삼공을 우습게 알고, 자기 사람을 대소 관리로 등용하였다. 장안 수도를 삼분하고, 각 한 부분씩을 관리하였으나, 어느 하나 잘 다스려지는 곳은 없었고, 그들의 병사들도 규율이 전혀 없어, 수도 시민을 마치 정복한 노예처럼 취급하였다. 장제의 권력은 그들 세 사람에는 미치지 못했다.

홍평 원년194년, 이각은 못마땅해 하던 번조를 술자리 중에 끌고 나가 죽여 버렸다. 이 일이 있은 후에도 이각은 종종 곽사를 청하여 함께 술을 마셨는데, 곽사는 매번 자신이 또 제2의 번조가 되지 않을까 노심초사했다. 결국 두 사람은 서로 의심해서 충돌하였다. 동탁이 장안으로 천도하고 빗장을 걸어 잠근 이후로, 물자는 부족하고, 물가는 치솟았다. 이, 곽 두 사람의 불화가 아니었어도 백성들의 삶은 이미 충분히 힘들었는데, 여기에 더해진 그들의 분쟁은 백성들의 삶을 완전히 파탄으로 몰아넣었다. 잡곡이 한 곡에 오십만 원, 보리도 한 곡에 이천만 원에 이르렀다. 《후한서 · 동탁전》에 따르면 '사람들은 서로 먹고 먹히고, 백골은 쌓여만 가고, 썩는 냄새와 더러움은 길거리에 가득하다'고 표현하였다. 이각, 곽사 두 사람이 이리저리 싸우다 홍평 2년에 이르니, 원래 수십만이 살았던 장안이 '인적이 없었다'라고 할 정도로 황폐해졌다.

이각은 헌제를 궁에서 모시고 나와 자신의 궁에 모시게 되자, 양표 이하의 공경대부는 충심으로 헌제와 곡황후 그리고 송귀인의 수레를 따라서 이각의 호랑이 입속으로 들어갔다. 헌제는 양표와 사공 장희, 태사농 주준 등을 보내, 곽사에게 이각과 화해하도록 권하기도 하고, 곽사를 거기장군에, 이각을 태사마로 승진시키기도 하였으나, 효과가 없었다. 이각과 곽사의 불화는 해결되지 않았다.

장제가 섬현에서 돌아와 그들에게 화해를 권하면서, 헌제와 공경대부를 관중이 아닌 섬현에 속하는 홍농군으로 동천시켜주길 부탁했다. 황제 본인당시 15세 역시 십여 차례 사람을 보낸 후에 비로소 이각의 허락을 얻어냈다.

홍평 원년 7월 갑자일에 헌제와 공경대부는 장안 부근의 이각의 북오영에서 나와 양정, 양봉, 동승 등의 호송을 받으며, 팔월 갑신일이 되어서야 신풍新豐에 도달하게 되었다. 두 달 후, 곽사는 돌연 후회가 들었고, 다시 헌제를 잡아오고자 하였다. 그러나 양정과 양봉은 곽사와 전쟁을 하고 헌제를 내어주지 않았다. 곽사는 패하고 난 다음, 장안으로 돌아와 이각과 화해하고 장제와 함께 양봉과 양정을 치자고 약속했다.

11월에 헌제와 공경대부의 행렬은 홍농군의 동쪽 골짜기에 이르렀고, 이곽과 곽사의 연합군에게 추격을 당했다. 이번에는 양봉과 양정이 그들을 막을 수 없었다. 이에, 양봉과 동승은 의논을 하고 하나의 계책을 내놓았다. 산서 '백파준白波賊'의 수령인 이락·한섬 그리고 남흉노南

조조가 물자 운반을 위해
파놓은 운량하

匈奴족에서 귀화한 좌현왕左賢王을 청하여 이각과 곽사를 막기로 했다. 예상대로 이각과 곽사는 양봉과 양정은 물리쳤지만, 백파군과 남흉노를 당해내지는 못했고, 동승 등은 이 기회를 틈 타 헌제와 황후, 귀비 그리고 몇몇의 수종을 데리고 황하를 건너, 하동군 안읍에 이르러 머물렀다. 하동군 태수 왕읍王邑과 하내태수 장양張楊은 모두 헌제와 그의 수종을 환영하고 극진히 대접하였다.

건안 원년196년 7월, 헌제는 안읍으로부터 낙양으로 다시 돌아왔다. 그러나 이때의 낙양은 궁전이 이미 불타 없어지고 도로에는 잡초만 무성한 폐허상태였다. 지방의 주나 군에서는 각자 병사를 거느리고 자신을 보호하느라 낙양으로 달려오는 자가 없었다. 이때, 조조가 천자를 영접하여 허현에 수도를 정했다.

신흥세력들 간의 세력 다툼

동탁이 발호하여 그 전횡이 극에 달한 상황에서 군웅들은 천하를 걱정하며 도처에서 일어나 세상을 바로잡고자 하였다. 이렇게 일어난 신흥세력들은 그들 간에도 여러 가지 갈등을 빚게 된다. 손견과 원술이 군량미로 인해 갈등을 일으키고, 원소와 손견 그리고 유표까지 옥쇄를 두고 갈등을 하며 서서히 새로운 영웅들이 천하에 떠오르고 또 사라지게 된다. 이 과정에서 원소, 원술, 공손찬, 조조, 유비와 같은 신흥세력들은 다양한 전략으로 서로를 정리해가면서 존재감을 드러내며 각자의 위치를 자리매김해 가게 된다. 먼저 원소가 기주쟁탈전에서 공손찬을 정리하자, 조조는 유비와 연합해 여포를 없애 버린 다음 다시 유비를 이용해 원술을 제거해 버린다. 소설《삼국지》를 보면 원술이 대거리를 하며 군사를 몰아 덤벼들었다. 현덕이 잠시 뒤로 물러서며 좌우 양편의 군사를 일시에 내모니 원술의 군사는 패하여 시체가 들을 덮고 핏물이 도랑을 이루며, 도망친 군사들이 이루 다 헤아릴 수 없이 많았다. …… 원술은 평상 위에 앉아 있다가 기가 막혀 외마디 소리를 지르고는 땅바닥에 쓰러져 피를 한 말 토하고 죽어버렸다.

원술은 이렇게 유비에 의해 사라져 갔다. 조조의 손아귀에서 빠져나와 원술을 제거한 유비는 이참에 서주를 근거지로 굳혀 미약한 힘을 보완하며 세력을 구축해가고자 했다. 또한 조조의 위협을 벗어나 안전한 미래를 확보하기 위해 원소를 이용해 조조에 대항하고자 했다. 소설《삼국지》를 보면

진등이 현덕에게 계책을 말했다. "조조가 두려워하는 사람은 원소입니다. 원소가 기주, 청주, 병주, 유주 등 여러 고을을 차지하고 있고 군사가 백만이요 문관 무관도 매우 많은데, 왜 그를 보내 구원을 청하지 않습니까?" …… "나더러 군사를 일으켜 유비를 도와 조조를 치라고 하셨으니, 군사를 일으키는 것이 옳소, 일으키지 않는 것이 옳소?"…… 원소는 즉시 군사를 일으킬 일을 의논한다. …… 조조는 냉소하며 모사들을 모아 적과 싸울 계책을 의논했다.

사실 그러했다. 북방 최고의 신흥세력이 바로 원소였던 것이다. 유비의 요청을 받은 원소는 이참에 조조를 제거하고자 했다. 이리하여 삼각관계가 이루어지면서 세 사람은 북방의 패권을 다투게 된다. 조조가

먼저 유비를 제거하고자 서주로 출병하여 유비의 세력을 무너뜨려 버린다. 소설《삼국지》를 보면

> 조조는 매우 기뻐하며 20만 대군을 일으켜서 다섯 갈래로 나누어 서수를 향해 떠났다. …… 장비는 어쩔 수 없어서 드디어 혈로를 헤치며 포위를 뚫고 달아나는데 겨우 수십 기가 뒤따를 뿐이었다. …… 현덕은 필마단기로 천방지축 북쪽을 향해 달아나고, 이전은 그의 수하 군사들을 잡아가 버렸다. …… 관공은 그렇게 날이 저물 때까지 싸웠으나 돌아갈 길이 없어서 부득불 한 토산으로 올라가 산마루에 군사를 세우고 잠시 쉬었다. 그러자 조조의 군사들이 토산을 겹겹으로 둘러쌌다. (중략)

서주에 있던 유비는 아직은 그 세력이 미약해 조조의 공세를 감당할 수가 없었다. 단번의 공격에 이렇게 허망하게 무너지게 되고, 같은 날 죽기를 맹세했던 삼형제가 패전을 거듭하며 목숨 부지에 급급해 모든 것을 버리고 각자의 길로 사라져 버린다. 새로운 질서가 형성되는 과정의 북방 세력다툼에서 무너진 유비는 후일을 기약하는 초라한 신세로 전락하여 버린다.

이렇듯 한나라 황실을 바로 세워야 한다는 명분하에 각지에서 일어나 새로운 세력으로 부상한 신흥세력들 간의 세력 다툼은 여러 사건과 전투를 거치면서 결국 북방지역에서는 원소와 조조만이 남아 후일 패권을 두고 북방지역 최후의 결전으로 관도대전을 벌이게 된다. 이 관도

대전은 삼국지에서 적벽대전, 이릉대전과 함께 천하의 판세 변화를 크게 야기시킨 삼대 전투의 하나로 손꼽힌다. 이 전투에서 조조는 관우의 엄청난 활약에 힘입어 당당히 원소를 제압하게 되고 이를 계기로 조조는 드디어 천하의 대업을 꿈꾸는 절대강자로 급부상하게 된다.

관도대전, 조조와 원소의 대결

관도대전은 동한 건안建安 5년200년에 발생하였는데 당시 원소袁紹가 20만 군사를 거느리고 남하하여 조조가 거느리는 4만 군사와 관도官渡에서 서로 대치하였다. 그해 봄 조조는 원소의 거만하고 적을 얕잡아 보는 점을 이용해 내부의 사이가 나빠지는 때에 원소의 후방을 공격하여 양식과 치중輜重을 불태워 양도糧道를 끊었고 원소 군대의 투지를 동요시킴으로써 군대가 뿔뿔이 흩어지게 하였다. 조조는 모든 전선에 걸친 공격으로 원소 군대의 주력을 섬멸하여 통일의 기초를 세웠다. 이는 중국의 역사상 작은 힘으로 강한 것을 물리치는 즉, 적은 병력으로 많은 병력을 이긴 유명한 전쟁 사례 중에 하나이다. 그 전쟁의 전투 현장 역시 관도의 옛 전장으로 유명해졌다.

관도의 옛 전장은 정주鄭州 중무현中牟縣 동북쪽 25km의 관도교촌 일대에 위치해 있으며 관도강에 인접되어 있어 지어진 이름이다. 마을 내에 원래 관왕묘가 있는데 건륭년간 석비가 잘 보존되어 있다. 《중모현지中牟縣志》에는 이곳은 옛부터 있는 성으로 '관도성官渡城'이라 하기도 하고 '관도대官渡臺' 혹은 '조공대曹公臺'라고도 하는데 동한의 조조와 원소가 서로 대적한 곳이라 기록되어 있다. 근처에는 '수궤촌水潰村'이 있다. 관도에서 20km 떨어진 곳에 '원소강袁紹崗'이라는 곳이 있는데 전하는 말에 의하면 이곳은 원소의 군대 주둔지라고 한다.

중무현中牟縣은 중원의 중심에 위치해 있는데 황하의 서쪽으로 정주鄭州를 잇고, 동쪽으로는 개봉開封과 접하고 있으며 관광자원과 지하자원이 풍부할 뿐만 아니라 지리적 위치가 우월하여 교통이 매우 편리하다. 중원의 중심에 위치해 있는 중무현中牟縣은 1,700여 년 전 역사적으로 유명한 조조와 원소의 '관도대전'이 발생한 곳이다.

↑
관도의 옛 전장 지역

1,700년 전 이곳은 역사상 유명한 조조와 원소의 '관도대전'이 발생한 장소이다. 아직 관도교官渡橋, 조조가 말을 묶어 놓았던 홰나무曹操拴 马槐, 사료 저장 창고草料场, 관왕묘关帝庙 등의 유적이 존재한다. 관도의 옛 전장 관광단지는 중무현中牟縣 동북 3km, 도로 북측에 위치해 있다.

관도의 옛 전장 관광단지의 예술관은 옛 군대 휘장의 형태를 채용하였는데, 대·중·소 모두 10개의 군대 휘장이 세워져 있다. 예술관 내부의 예술 창작은 입체 조형 위주이고 조소품, 벽화가 배치되어 있으며 컴퓨터 원격 조정을 채용하여 소리, 빛, 전기, 기계 등 현대 과학 기술 수단으로 나타낸 형상과 38개의 고사 장면을 통하여 '관도대전의 전모를 재현하고 있다. 궁의 양쪽에는 경마장과 양궁장이 세워져 있고, 앞에는 성루식城楼式의 군문이 세워져 있는데 문의 양쪽에는 줄 모양 장식 등과 18가지 무기로 옛 군대 주둔지를 묘사하고 있다. 남쪽 큰 문에는 칼刀, 창矛, 미늘창戟, 월钺, 방패盾 등의 무기로 형상을 나타내고 있다.

관도 전장 관광단지는 앞으로 복원공사를 완성한 후에 현지의 관광 문화에 새로운 의미를 부여할 것이다. 여행객들은 1,700여 년 전의 전쟁의 소리를 다시 경청하며 관도의 옛 모습을 새롭게 살펴볼 것이다.

관도의 옛 전장 관광단지를 개장한 후에 국내외에서의 강렬한 반향과 함께 여행 분야, 군사 분야, 상업 분야 등 각 분야의 큰 관심을 야기했으며 중외 관광객들의 잇따른 방문으로 왕래가 끊이지 않는다. 관광단지는 삼국 여행 코스의 중요한 구성 부분으로 오락성, 흥미성, 지식성, 참여성이 합쳐진 인문경관이다.

제
2
장

조조의 허도 시대가 열리다

간웅 조조, 허도에 둥지를 틀다

허창許昌은 하남성河南省 중부에 위치한 4,000년의 역사를 지닌 도시이
다. 주대周代에는 허국許國이라 했고, 진대秦代에는 허현許縣이라 불리
었으며, 삼국시대에는 위魏나라의 수도로서 허도許都라 불리었다. 이
허창이 역사 속에서 주목을 받는 시기는 그 긴 역사에 비해 그리 길지
가 않은데, 바로 동한東漢 말년, 조조曹操의 등장과 더불어 시작된 삼국
시대가 가장 활발한 시기였다.

　동한 말엽에 이르자 한나라는 이미 그 통치질서가 무너져 도처에
난이 일어나 국세가 기울어 갔다. 이에 황건적의 난과 같은 농민 대반
란이 일어나 세상은 걷잡을 수 없는 혼란에 빠지게 된다. 이런 지경에
빠지게 되면 으레 당대의 지배계층은 난을 진압하고 세상을 안정시킨

↑
허창성 조비묘

다는 명분을 내세우고 실제로는 그들의 기득권을 유지하기 위해 군대를 동원해 이를 진압하게 된다. 이런 과정에서 자연스레 군벌 세력들이 힘을 얻어 일어나게 된다. 중국의 역사를 보면 한漢나라는 물론이고 당唐나라, 명明나라, 청淸나라가 다 시대 말기에 농민 반란이 일어났고 기층민중인 농민들의 반란은 결국에는 그 왕조를 멸망으로 몰아가고 말았다.

동한 말엽은 극도의 혼란 시기로써 각종의 말기적 현상이 드러나고 있었다. 이에 황제는 이미 통치권을 상실한 채 군벌들에 끌려다니며 아무런 통치력을 발휘하지 못하고 있었다.

서기 196년, 한나라 헌제獻帝 건안建安 원년元年 9월, 헌제는 낙양洛陽에서 이각李傕과 곽사郭汜의 군대에 의해 곤욕을 치르고 있었다. 이 소식이 전해지자 막 여포呂布를 제압한 조조가 산동山東에서 대군을 이끌고 낙양으로 와서 헌제를 구하였다. 그리고 나서 조조는 곧바로 동소董昭의 의견을 받아들여 수도를 허창으로 옮기고자 했다. 《삼국지》는 이 애절한 역사적 사건의 한 대목을 이렇게 묘사하고 있다.

조조는 마침내 뜻을 정하고 그 이튿날 궁궐로 들어가 헌제를 알현하며 이렇게 말하였다.

"허도는 황폐한지 오래되어 쉽게 복구할 수 없을 뿐더러 양식을 운반하기에도 대단히 곤란합니다. 허도로 말하자면 노양이 가깝고 성곽과 궁궐이며 전량과 백성이 다 갖추어져 있어 도읍으로 사용하기에 충분합니다. 이에 신이 감히 허도로 천도하길 주청드리오니, 폐하께서는 부디 신의 말대로 하소서."

헌제는 따르지 않을 수 없었다. 또한 모든 신하들도 조조의 위세가 두려워서 감히 다른 의견을 내지 못하였다.

이리하여 한나라는 낙양에서 허창으로 도읍을 옮기게 되고 이때부터 허창이 당시의 수도가 되어 중국 북방의 정치, 경제와 문화의 중심이 되었다. 서기 220년, 건안 25년에 헌제는 강제로 부득이 황제의 보위를 조조의 아들인 조비曹丕에게 넘겨주었다. 조비가 황제로 등극한 후 다시 낙양으로 도읍을 옮길 때까지 허창은 25년간 동한의 수도가 되었다.

위나라 봉작 표

허창 삼국지 문화유적지

헌제의 허창으로의 수도 천도는 어쩔 수 없는 상황이었다. 당시 모든 권력을 한 손에 쥐고 있던 조조의 뜻에 의한 것이기에 이 허도는 한나라의 수도가 아니라 조조 부자에 의해 통치되었던 위나라 즉, 한위漢魏의 수도라 부름이 더 정확할 것이다. 전체 중국의 역사로 보아서는 그리 길지 않은 기간이었지만 천하가 위魏·촉蜀·오吳 삼국으로 나누어지던 그 시대는 하루 하루가 긴박감 속에 지나가던 전쟁 시기였기에 평온한 시절, 몇 백 년의 수도에 뒤지지 않을 정도의 많은 의미 있는 유적을 남겨놓았다. 그러나 이런 삼국시대의 많은 유적들은 이어진 남북조南北朝시대의 전란 속에 훼손되어 버려 안타까움을 더해주고 있다.

그때의 한위성汉魏城은 허창시 동남쪽 18킬로미터 떨어진, 자동차로 약 30분 거리의 장반진张潘镇 고성촌古城村에 유적지 공원으로 조성되어 있다. 현재는 허창시에서 1987년부터 이 지역을 문물보호지역으로 지정하여 보호하고 있는 상황이다. 당시 옛 성은 내성과 외성으로 나뉘어져 있었는데 외성은 사방 7.5km, 내성은 1.5km 정도였다. 물론 허창궁許昌宮, 경복전景福殿, 승광전承光殿, 영시대永始臺 등과 같은 당시의 궁궐의 모습은 기록에만 있을 뿐 지금은 남아 있지가 않다. 그러나 지금도 허창시를 벗어나 동남쪽으로 달려가면 곳곳에 성이 존재했음을 느껴 볼 수 있는 흔적을 만날 수 있다. 성 지역의 곳곳에 토성土城의 모습이 남겨져 있고, 유적지 곳곳에 당시의 벽돌들이 깨어져 흩어져 있는 것을 볼 수 있다. 특히 성 서쪽에서 성으로 흘러 들어가는 식량 수송을 위한 운량하運糧河를 만날 수 있는데, 이 운량하는 성의 존재 사실을 확실히 보여주는 것으로써 조조가 도읍을 옮겨온 후 가장 큰 관심을 기울여 조성하였던 토목 공사였다.

사실 조조가 낙양을 계속 수도로 사용하지 않고 허창을 새 수도로 정했던 것은 두 가지 의도가 있었다. 첫째는 애초에 황제의 자리를 꿈꾸었던 야심에 찬 조조였기에 한나라의 오랜 수도였던 낙양을 탈피해서 새로운 땅에서 새로운 통치 분위기를 조성하기 위한 것이었다. 또 하나는 정통성이 없었던 조조였기에 무력을 사용한 힘에 의한 천하 통제는 선택의 여지가 없는 것이었다. 그래서 전쟁은 피할 수 없는 것이었기에, 효과적인 전쟁 수행을 위해 하북河北과 장강長江 지역 그리고 동남부로의 진출이 용이했던 허창으로 수도를 옮겨와야만 했던 것이다. 그런 까닭에 수도 천도 후에 가장 관심을 기울였던 부분이 전쟁의 필수 요소인 군량미의 효과적인 수송을 위한 운량하 공사였던 것이다. 물론 이 물길을 이용해 많은 전쟁 물자를 수송했다. 이 운량하는 성의 동쪽을 통해 회하淮河로 흘러들어 간다.

이 허창 지역에는 사녹대射鹿臺, 청매정靑梅亭, 장공사張公祠, 춘추루春秋樓, 관성전關聖殿, 봉금괘인당封金掛印堂, 화타묘華佗墓, 수선대受禪臺 등의 삼국문화 유적이 남겨져 있다. 이것들은 허창의 성격상 대부분이 한위와 관련된 유적들이다.

조조, 사녹대에서 야욕을 드러내다

조조의 목숨이 위태로웠던 순간이 있었다. 마치 자신이 천자인 양 우쭐대는 조조의 모습을 충의지신인 관우가 차마 참고 볼 수가 없었던 때가 그때이다.

　사녹대는 허창시 동북쪽 25km 지점, 허전촌許田村 서쪽에 자동차로 약 50분 거리에 있다. 삼국시대 당시 황제의 사냥터였던 곳이다. 조조가 헌제를 허도로 데려온 후에 이곳에 황제의 사냥터를 만들고, 동시에 높은 누대樓臺와 정각亭閣을 만들어 조조와 헌제가 사냥을 할 때 전망하고 휴식하는 장소로 사용했다고 한다. 이때 만든 높은 누대를 후인들이 사녹대라 부른다.

제2장 조조의 허도 시대가 열리다

조조는 튼튼한 말과 새매와 사냥개들을 고르고 활과 화살을 구비하여 미리 군사를 성밖에 대기시켜 놓은 다음, 들어가 천자께 사냥하기를 청하였다. 헌제는 "사냥은 정도正道가 아닌 것 같소."

하고 말하였다. 조조가,

"옛 제왕들도 '춘수春蒐, 하묘夏苗, 추선秋獮, 동수冬狩'라 하며 사시로 들에 나가서 무위武威를 천하에 보이셨던 것이니, 이제 세상이 한창 어지러운 때에 사냥을 통해 무예를 보여주심이 마땅할 것입니다."

하고 아뢰므로, 헌제는 감히 그의 말을 듣지 않을 수 없어서 보조궁寶 雕弓과 금비전金鈚箭을 메고 소요마逍遙馬에 올라타 행렬을 갖추어 성을 나섰다. 현덕 또한 관우 장비와 함께 각기 활을 메고 화살을 준비하여 속에는 엄심갑掩心甲을 입고 손에는 병기를 들고 수십 기를 거느려 천자를 따라 허창을 나섰다. 이날 조조는 발톱이 누런 비전마飛電馬를 타고 10만 병사를 거느리고 천자와 함께 허전許田에서 사냥하는데, 군 사들이 사냥터를 둘러싸니 주위가 2백여 리나 되었다. 조조가 천자와 말을 나란히 하여 나아가는데 겨우 말머리 하나쯤 처졌을 뿐이고 그 뒤로는 죄다 조조의 측근 장수들이오, 문무백관들은 모두 멀리 뒤에서 따르며 감히 가까이 오지를 못하였다. 헌제가 말을 달려 허전에 당도 하니, 유현덕이 길가에서 예를 갖춰 인사를 한다.

"짐은 황숙의 사냥하는 솜씨를 구경하고 싶소."

하고 헌제가 말을 해서, 현덕이 말에 오르려니까 마침 숲 속에서 토끼 한 마리가 뛰어나와 달아난다. 현덕은 곧 활을 당겨서 한 살로 그 토끼 를 쏘아 맞혔다. 헌제가 박수를 치며 축하하고 언덕을 돌아가는데, 홀 연 가시나무 숲 속에서 큰 사슴 한 마리가 뛰어나왔다. 헌제는 연달아

화살 세 대를 쏘았으나 맞히지 못하고 조조를 돌아보며,

"경이 쏘아 보오."

하고 말하여, 조조가 곧 천자의 보조궁과 금비전을 빌려서 시위를 힘껏 당겼다가 놓으니, 사슴이 바로 등줄기에 화살을 맞고 풀밭에 쓰러졌다. 모든 신하와 장수들이 금비전을 보고는 천자가 쏘아 맞힌 줄로 여겨 헌제 쪽을 향하여 '만세'를 부르는데, 조조가 말을 달려나와 천자의 앞을 가로막고 서서 그 환호를 받았다. 사람들은 모두 얼굴빛이 변하였다.

현덕의 등 뒤에 섰던 관우가 크게 노하여 누에눈썹을 곤두세우고 봉의 눈을 부릅뜨며 칼을 들고 말을 달려나가 조조를 베려고 하였다. 그 모양을 본 현덕은 급히 그에게 손을 내젓고 눈짓을 했다. 관우는 현덕이 만류하는 것을 보자 감히 움직이지 못했다.

《삼국지》에서 사냥터로 묘사되어 있는 허전이 지금 사녹대가 남아있는 지역이다. 즉, 이 사녹대가 위치한 들판 지역이 당시 최고 통치자들의 사냥터이자 놀이터였던 것이다. 《삼국지》의 이 대목을 통해 우리는 고대 제왕들의 놀이 문화가 어떠한 것이었는지를 짐작해 볼 수 있다.

고대 원시사회에서의 사냥은 생존과 직결된 생산의 수단이었기에 원시인들은 목숨을 걸고 험준한 자연 속에서 사냥을 하며 살아 왔다. 그러나 안정된 농업사회로 접어들자 사냥은 지배계층인 제왕이나 귀족들에게는 더없이 스릴을 느낄 수 있는 최고의 오락이자 스포츠로 자리잡게 된다. 사냥이 생산을 위한 것이 아니고 소비적인 오락으로 바뀐 것이다. 그래서 많은 사람이 산이나 벌판에서 황제나 귀족의 사냥

제2장 조조의 허도 시대가 열리다

을 위해 무리를 지어 사냥감을 한 곳으로 몰아주면 황제나 귀족들은 말을 타고 그 짐승을 화살로 쏘아 맞히면서 즐거움을 만끽하면 그만이었다. 이에 제후나 귀족들은 성 외곽의 벌판으로 나가서 사냥을 즐기거나, 여유가 없으면 집 안팎의 가까운 공간에서 활쏘기나 말타기 정도를 오락으로 즐겼던 것이다. 이런 활쏘기, 말타기 나아가 사냥하기 등은 고대 봉건제 사회 속에서 제왕과 귀족들만의 오락이자 스포츠였던 것이다. 특히 황제와 같은 지존의 신분은 신변상의 보호가 문제가 되었기 때문에 아예 그들만의 안전한 사냥터를 만들어 그 속에서 직접 사냥을 하거나 사냥하는 모습을 보며 즐겼다. 바로 이 사녹대가 그런 공간이었다.

사녹대 삼국지 문화유적지

지금 이 사녹대는 허창현 문물보호단위로 지정되어 있다. 원래 3층으로 구성된 건축물이 있었다고 하나 지금은 그 자취를 찾아볼 수가 없고, 평평한 평원에 다른 곳보다 높다랗게 흙더미가 구릉 정도로 쌓여져 있을 뿐이다. 자세히 살펴보면 그 흙더미는 대략 세 단계로 층이 지어져 있고, 그 윗부분에 올라보면 '사녹대'라 적힌 비석이 남어져 있으며, 비석 주변에 들풀들만이 수북히 자라 염소들의 먹이가 되고 있을 뿐이다. 이 지역에 돌조각 같은 것이 많이 나오는 것으로 보아 그 규모가 대단한 건축물이 이전에 이곳에 있었음을 짐작하게 해준다.

許昌县重点文物保护单位

射鹿台

조조와 헌제가
사냥하면서 전망하고
휴식하던 사녹대

최근 1930년 9월에는 장개석蔣介石이 이 사녹대를 다녀갔다고
한다. 통치자로서의 권위를 자랑하기 위한 방문이었는지는 모르겠으
나, 남겨진 그 초라한 모습에 많은 비애와 인생무상을 느꼈으리라 생각
된다.

조조와 유비의 영웅 논쟁

청매정은 삼국시기 허창의 유명한 정자였다. 당시 허도로부터 19km 떨어진 조조 군영의 요지였던 영음현성潁陰縣城 구곡만九曲灣 서쪽편의 숲 속, 지금 허창시 위도구魏都區 구곡가九曲街 서면西面 제8중학의 서쪽 시 중심에서 자동차로 약 9분 정도의 거리에 있다. 이 청매정은 그 아름다운 경관으로도 유명하지만 조조가 유비와 더불어 천하의 영웅에 대해 토론한 곳으로 더 유명하다. 《삼국지》를 들여다 보자.

매실이 푸를 때 조조가 유비에게 술 마시길 청하여 술자리가 깊어지자 유비에게 천하의 영웅론을 펼치며 유비를 영웅으로 지목한다. 이미 천하를 꿈꾸고 있던 유비는 그의 본심을 읽히지 않으려고 때마침 들려온 천둥소리를 핑계로 젓가락을 떨어뜨려 위기를 모면했던 것이다.

하루는 관우와 장비가 어디로 나가고 현덕이 혼자 후원에서 채소에 물을 주고 있는데 허저와 장료가 수하 사람 수십 명을 데리고 후원으로 들어왔다.

"승상께서 사군을 부르시니 곧 가십시다."

"무슨 긴급한 일이 있소?"

현덕이 놀라 물었으나 허저는 모른다고 했다.

"모르겠습니다. 그저 저희더러 모셔 오라고만 하셨습니다."

현덕이 거부할 수 없어서 그 두 사람을 따라 승상부를 들어가니 조조는 웃으면서 말했다. (중략)

술이 웬만큼 돌았을 때 갑자기 검은 구름이 온 하늘을 뒤덮으며 금세 소나비가 쏟아지려 했다. 종자가 멀리 하늘을 가리키며 용이 물을 마신다고 하니, 조조는 현덕과 함께 난간에 기대어 그 쪽을 바라보다가 물었다.

"사군은 용의 조화를 아십니까?"

"아직 잘 모릅니다."

"용은 커지기도 하고 작아지기도 하며 하늘에 날아오르기도 하며 물속에 숨기도 하는데, 커지면 구름을 일으키며 안개를 토하고, 작아지면 티끌 속에 형체를 감추며, 하늘로 오를 때에는 우주 사이를 날고 숨을 때는 파도 속에 잠복해 버린답니다. 지금 봄이 깊었으니 용이 바로 때를 만나서 조화를 부리는 때이랍니다. 마치 사람이 뜻을 이루어 사해를 종횡하는 것과 같습니다. 용이란 영물은 가히 인간 세상의 영웅에 비한 것이라고 하겠는데, 현덕공은 오랫동안 사방을 다니셨으니 반드시 당대의 영웅들을 아실 것입니다. 어디 한 번 말씀해 보시지요."

"대체로 영웅이란 가슴에는 큰 뜻을 품고 있고 뱃속에는 좋은 계책과 후주를 싸 감출 슬기와 천지를 삼켰다 토했다 할 뜻을 가지고 있는 사람이라야 하지요."

"그러면 누구를 가리켜 그런 사람이라 할 수 있겠습니까?"

조조는 문득 손을 들어서 먼저 현덕을 가리키고 다음에는 자기를 가리켰다.

"지금 천하에 영웅이라 할 사람은 사군과 나뿐입니다."

그 말에 현덕은 어찌나 놀랐던지 손에 들고 있던 수저를 바닥에 떨어뜨리고 말았다. 때마침 소낙비가 쏟아지려고 천둥소리가 요란하게 일어났다. 현덕은 천연스레 수저를 집어들었다.

"천둥소리에 놀라 그만 추태를 보였습니다."

조조가 웃으며 물었다.

"아니 대장부도 천둥소리를 두려워하십니까?"

"성인께서도 신뢰迅雷와 풍렬風烈에는 으레 낯빛을 바꾼다고 하셨으니 어찌 두려워하지 않겠습니까?"

현덕은 조조의 말에 놀라 수저를 떨어뜨린 데 대해 이렇게 슬쩍 둘러댔다. 그리하여 조조도 마침내 현덕을 의심하지 않았다.

실제로 조조와 유비가 영웅의 일을 논한 사실은 역사서 《삼국지》에 단지 세 구절이 있을 뿐이다. 소설 《삼국지》에서는 이 일을 매우 생동적으로 확대 묘사하며 그 흥미를 더해주고 있다. 이처럼 두 인물이 영웅을 논한 자리가 바로 이 청매정이라는 곳이다.

청매정 삼국지 문화유적지

청매정이 지어지게 된 것에 대해서도 중국의 민간에 전해오는 이야기
가 있다.《삼국지》의 조조 얘기처럼 건안 초기 어느해 여름에 조조가
군대를 이끌고 남양南陽의 장수張繡를 치러 갈 때였다. 이 해는 오래
도록 가뭄이 들어 온통 대지가 메말라 물이 부족하였다. 조조의 군대가
원정길 도중에 병사들이 너무 목이 말라 길 위에서 움직이질 못하였다
고 한다. 이때 조조가 "빨리 가자! 앞에 푸른 매실나무 숲이 있다."라고
외치자, 이 소릴 듣고 입안에 군침이 돈 병사들이 갈증을 이기고 행군
을 계속해 장수를 토벌하여 원정에 성공했다는 것이다. 이후 원정에서
승리하고 돌아온 조조가 이 일을 잊지 못해 허도로부터 19km 떨어진
곳의 울창한 매실나무 숲에다 청매정을 지었다는 것이다.

조조와 유비가 천하의 영웅에 대해 논하던 청매정

지금 허창시의 파릉교 명승 유람지역 내에 청매원과 청매정이 조성되어 있다. 파릉교 명승지역을 들어서면 아늑한 분위기의 꽤 넓은 정원이 나타난다. 파릇한 잔디와 작은 연못이 잘 어우러진 곳으로 그 가운데에 정자가 놓여 있다. 물론 이 청매원과 청매정은 옛날의 것이 아니며 그것이 있던 곳도 아니다. 단지 그때 청매정의 분위기를 본 떠 다시 지어놓은 것이다. 그럼에도 불구하고 청매정이라는 이름만으로도 조조·유비 두 영웅이 술을 나누며 천하의 영웅론을 나누었던 그 자취를 느껴보기에 부족함이 없다 하겠다.

조조, 관우를 극진히 대접하다

건안 5년 봄, 조조는 서주에 있던 유비를 공격하여 유비의 감甘 미麋 두 부인을 포로로 잡은 다음 관우로부터 항복을 받고 그를 허창으로 데려온다. 그리고 조조는 관우를 한수정후漢壽亭侯에 봉한 다음, 그에게 집을 한 채 선사하여 유비의 두 부인과 함께 거처하게 한다. 그러자 관우는 집을 두 채로 나누어 두 형수는 동쪽의 내원인 동원東院에 거처하게 하고, 자신은 서쪽의 외원인 서원西院에 거처하며 아침저녁으로 문안을 올리면서 밤이면 촛불을 밝혀 역사서인 《춘추春秋》를 읽었다고 한다. 그래서 후세 사람들이 관우의 이런 충의를 기리기 위해 이곳에 춘추루春秋樓와 관제묘關帝廟를 지었던 것이다.

허창에 당도하자 조조가 저택 하나를 내주어 그들을 거처하게 하니 관우는 그 집을 안팎 두 채로 나누어 군사 10명을 뽑아 안쪽 문을 지키게 하고 자기는 바깥채에서 지냈다. 조조는 관우를 데리고 가서 헌제를 알현하게 했다. 그러자 헌제는 관우에게 편장군偏將軍을 제수했다. 관우는 천은에 사례하고 물러나와 자기의 처소로 돌아갔다. 이튿날 조조는 큰 잔치를 베풀고 모사들과 장수들을 한 자리에 모았는데 특히 관우를 상빈으로 대접하여 상좌에 앉히고 또한 비단과 금은 기물을 선사했다.

지금 하남성 허창시의 중심부에 대절정大節亭이라고도 불리는 규모가 상당히 큰 춘추루가 있다. 이곳이 바로 관우가 촛불을 밝혀 춘추를 읽었다는 그 바깥채인 서원이 있던 곳이다. 사실 이곳에 춘추루가 언제 처음 지어졌는지는 정확히 알 수가 없으나 대략 원元대 지원至元 년간일 것으로 추정하고 있다.

춘추루 삼국지 문화유적지

현존하는 허창 시내의 춘추루는 청淸대 강희康熙 년간에 중건된 것인데 최근 1996년 1월에 재보수를 시작하여 1997년 3월에 완공한 상하 양 층에 높이 18m의 새로운 유적이다.

허창시의 춘추루에 도착하면 높지막하고 웅장한 춘추루의 외형이 자못 보는 이를 압도한다. 춘추루의 바로 앞에는 양쪽에 하나씩 작은 비석이 두 개 있는데 좌측에 있는 비석에는 관우가 적토마를 탄 그림이 새겨져 있다. 춘추루를 올라가면 정문 위에 걸린 현판에 '춘추루春秋樓' 라는 세 글자가 새겨져 있고, 북문 위쪽 현판에는 '대절정大節亭'이라는 세 글자가 새겨져 있다. 춘추루 안을 들어가 보면 왼손에 《춘추》 책을 들고 오른손으로는 검은 수염을 쓸어내리는 모습의 관우 조각상이 있 다. 실로 대장부의 기개와 근엄함이 엿보인다.

이 춘추루의 왼쪽 편에는 화원이 있고, 뒤편에는 커다란 전각이 눈

춘추루 입구

제2장 조조의 허도 시대가 열리다

관성정 내 청룡언월도를
들고 서 있는 관우상

에 들어오는데 이것이 바로 관성전關聖殿이다. 이는 관부자사關夫子祠 또는 관제묘關帝廟 라고도 불리는데 원대에 처음 지어졌다고 한다. 정전正殿에 높이가 5척尺이나 되는 관우의 동상이 있었다고 하는데 지금은 소실되고 없다. 그래서 최근 1995년 허창시 각계인사들의 헌금을 모아 다시 동상을 만들었다. 전각 앞뜰에 9개의 비석이 늘어서 있고, 또 전각 바로 앞 좌우측 편에 각각 2개씩의 비석이 더 있으며, 한 계단 올라서면 왼쪽에 청룡언월도가 세워져 있다. 이 관성전은 계단이 3단계로 되어 있고, 전각은 밖에서 보면 3층으로 되어 있다. 그 면적은 700㎡이고 높이가 33m나 되는데 그 안에 13m나 되는 거대한 관우의 금빛 동상이 있다. 전각 안쪽 편에 동서로 '관우봉후도關公封侯圖'와 '관제현성도關帝賢聖圖'가 있다. 중앙의 관우 동상을 중심으로 좌측에 주창周倉, 우측에 관평關平의 동상이 있다. 왼편의 그림은 사람들이 우러러보는 가운데 하늘에서 세 사람이 적토마와 함께 내려오는 모습이 있다. 가히 전 중국에서 신으로 추앙 받고 있는 관우의 위상을 다시 한 번 느끼게 한다.

관우, 조조를 떠나다

관우는 과연 의지가 굳은 의인이었다. 모든 유혹을 떨치고 결국 조조를 떠나간다.《삼국지》를 보면 조조의 휘하에 머물러 있던 관우가 유비를 찾아 두 부인을 모시고 길을 떠나게 되는데 이 소식을 듣고 달려온 조조와 성밖의 한 다리에서 이별하는 대목이 나온다.

관우가 이렇게 말하고 나서 다리 위에 말을 세워놓고 멀리 바라보니 조조가 과연 수십 기를 거느리고 나는 듯이 달려오는데 허저·서황·우금·이전 등이 그 뒤를 따르고 있었다. 조조는 관우가 청룡도를 비껴들고는 다리 위에 말을 세우고 있는 것을 보자 여러 장수들에게 말을 세우고 좌우로 벌여 서라고 했다. 관우는 그들의 손에 병기가 없는 것을 보고서야 마음을 놓았다. 조조가 먼저 말을 했다.

"운장은 왜 이렇게 빨리 떠나시오?"

관우는 말 위에서 몸을 굽혔다.

"일찍이 승상께 말씀드린 바이지만 오늘 옛 주인이 하북에 계신 것을 알았기에 급히 가지 않을 수 없게 되었습니다. 여러 번 승상부로 찾아 갔었으나 뵐 수가 없어서 글을 올려 하직을 고하였고 금은 봉하고 인은 걸어두어 승상께 반환했습니다. 부디 승상께서는 지난날에 하신 언약을 잊지 마시옵소서."

"내가 천하에 신의를 얻으려 하면서 어찌 지난날의 언약을 저버릴 수 있겠소? 다만 장군이 도중에 궁색함이라도 있을까 염려되어 노자를 드리러 일부러 나온 것이오."

조조의 말이 떨어지자 한 장수가 곧 말에 탄 채 황금을 접시에 담아서 내주었다. 그러나 관우는 사양하며 받지 않았다.

"여러 번 은혜를 입어서 쓸 것이 아직 있으니 이 황금은 그냥 두셨다가 군사들에게 상으로 주시옵소서."

"장군이 세운 큰 공로에 비하면 만 분의 일도 안 되는 것을 가지고 무얼 사양하시오?"

"변변치 못한 그런 수고를 가지고 어찌 그렇게 말씀하십니까?"

"내가 박복하여 천하의 의인인 장군을 곁에 머물러 있게 하지 못하는 구려. 그럼 금포錦袍 한 벌로 나의 작은 성의나 표하겠소."

조조는 웃으며 한 장수를 시켜서 말에서 내려 금포를 가져다주게 했다. 관우는 무슨 변고라도 생길까 감히 말에서 내리지 못하고 청룡도 끝으로 금포를 걸어올려 몸에 걸친 다음에 말고삐를 당기며 머리를 돌려 사례했다.

"승상께서 금포를 주셨으니 훗날 다시 뵐 때가 있을 것입니다."

그리고는 다리를 내려와 북쪽을 향해서 떠나갔다.

허저가 불평했다.

"저자가 그렇게 무례한데 어찌하여 잡지 않으십니까?"

"그는 단지 필마단기요, 우리는 수십 명인데 어찌 의혹을 품지 않겠소? 내가 이미 언약을 한 적이 있으니 뒤쫓아서는 안 될 것이오."

조조는 이렇게 말한 뒤 여러 장수들을 거느리고 성으로 돌아가며 노상에서 관우의 일을 생각하고 탄식하기를 마지않았다.

이렇게 관우는 조조를 냉정히 떠나갔는데 이 조조와 이별한 곳이 바로 파릉교이다. 파릉교의 이별은 두 영웅이 길을 함께할 수 없는 운명의 갈림길이었다. 실로 두 영웅적 면모를 볼 수 있는 의미 있는 장면인 것이다. 우선 조조의 경우를 이해해보면, 조조는 엄청난 노력을 기울였음에도 불구하고 관우의 마음을 사로잡는데 실패한 것이다. 그러면서도 조조는 끝까지 관우에 대해 미련을 버리지 않고 있었다. 《삼국지》에서 보다시피 조조는 관우의 소식을 듣고 불쾌해 하기는커녕 곧바로 직접 성밖 파릉교까지 관우를 쫓아가 이별의 선물까지 증정하고, 또 말에서 내리지도 않고 선물을 받는 관우의 태도에 대해서도 언짢아하지 않고 전적으로 이해하며 문제삼지 않았다. 이런 조조의 태도가 훗날 화용도華容道에서 관우로부터 목숨을 건지게 되는 주요한 요인이 되었던 것이다. 사실 이와 같이 조조의 사람을 아끼는 인간적 모습은 그가 성공할 수 있었던 가장 큰 재산이었으며 동시에 가히 영웅으로서 지녀야 할

↑
파릉교 명승 유람지역
입구에 늘어선
삼국지 영웅상

면모였던 것이다.

　다음으로 관우의 경우를 보면, 관우는 당시 천하의 최고 권력자이자 떠오르는 영웅이었던 조조의 마음을 완전히 사로잡았을 뿐만 아니라, 실제로 황제 – 왕 – 후로 이어지는 중국의 고대 봉건제 계급구조를 볼 때 조조가 당시 승상이었으니 그가 제수 받은 한나라 수정후漢壽亭侯 관직은 최고의 수준이었다. 그리고《삼국지》에 나와 있다시피 조조는 그에게 엄청난 재물과 여흥을 제공해주며 물질적 풍요를 만끽하게 해주었다. 이런 상황에서 유비를 찾아 떠난다는 것은 사실 풍요로운 생활과 보장된 밝은 미래를 마다한 채, 고달픈 현실과 불투명한 미래를 향해 걸어가는 것과 같은 것이다. 실로 의리를 중시하는 영웅적 기질이 아니고서야 가능한 일이겠는가! 이런 관우의 의리를 저버리지 않은 태도가 훗날 중국인들의 마음속에 관우가 무신武神으로 존재하여 오늘날까지 남아 있게 한 가장 중요한 요인인 것이다.

　《삼국지》를 보면 관우는 유비의 행방을 알게 되자 두 부인과 상의한 후 조조를 떠나기로 결정을 한다. 그리고는 조조로부터 받은 많은 금은 재물을 하나도 빠뜨리지 않고 몽땅 남겨두고, 또 제수받았던 관직을 모두 반납한다는 뜻에서 그 상징인 인을 걸어 놓은 채, 조조에게 글을 한 통 남기고는 몸만 떠나간다.

바로 관우가 두 부인을 모시고 조조를 떠나 유비를 찾아갈 때 조조로부터 받은 많은 금은 등의 재물과 인을 넣어두고 떠난 곳이 봉금괘인당이다. 하남성 허창시의 중심부에 있는 춘추루를 들어가면 그 동쪽 편에 아늑한 가정집 분위기의 꽤 큰 정원이 조성되어 있다. 정원으로 들어서면 이 정원의 가운데 앞쪽에 자그마한 건물이 보이는데 이것이 봉금괘인당封金掛印堂이다. 굳게 닫혀있는 문과 걸려진 빗장에서 관우의 결연한 의지가 느껴진다.

봉금괘인당 옆에 또 하나의 건물이 있는데, 이것이 문안정이다.

관우가 허창에 온 뒤로 조조는 그를 매우 극진하게 대우하였다. 작은 연회는 사흘에 한 번, 큰 연회는 닷새에 한번씩 베풀었다. 그리고 미녀 10명을 곁에 두고 부리라면서 관우에게 보내주었다. 그러나 관우는 그들을 모두 안으로 들여보내서 두 형수를 모시게 했다. 조조는 관우에게 금은 재물을 보내주기도 했고 미인계를 써 향락에 빠지도록 유도하기도 했다. 그러나 헛일이었다. 이토록 조조가 노력을 기울임에도 불구하고 관우의 마음은 한결같이 유비와의 약속만을 생각하며 이처럼 두 형수를 극진히 모시며 산다. 《삼국지》에 묘사되어 있는 대로 관우는 사흘에 한번씩 빠뜨리지 않고 두 형수를 찾아가 몸을 굽혀 문안을 올렸던 것이다. 그때 관우가 두 형수에게 문안을 올렸던 곳이 바로 이 문안정이다.

파릉교의 원래 명칭은 팔리교八里橋였으며, 허창시 서쪽 8리 떨어진 교외의 석양하石梁河에 있다. 성에서 8리 떨어져 있기에 팔리교라 불렸다. 행정구역은 허창시許昌市 위도구魏都区 허계대도許继大道 서단西段 7호이며 시 중심가에서 자동차로 약 20분 거리에 있다. 파릉교는 장안長安의 파수灞水에 있었으며 한나라 당나라 사람들이 이곳에서 버들가지를 꺾어 이별을 한 것으로 유명한 곳이다. 역사서《삼국지》의 내용이 소설《삼국지》로 정착되는 과정에서 이별 장면을 부각시키기 위해 허창의 팔리교가 파릉교로 바뀐 것이다. 그리고는 소설《삼국지》속에서 조조와 관우가 금포를 주고받으며 이별한 장면으로 인해 이곳이 삼국문화 유적지가 되어버렸다.

허창 파릉교가 처음 지어진 연대는 알 수가 없다. 1991년 원래 다리 발굴 정리 때의 기록에 의하면 기본적으로 원대 구조물의 틀에 기초하고 있으며, 다리의 상부구조는 명청대의 형태로 되어 있었다고 한다. 푸른 돌에 잿빛 벽돌로 구성되었으며, 그 길이는 17m이고 높이가 2.88m였다고 한다. 그러나 이 다리는 1959년 여름 홍수에 소실되어 후에 시멘트 교각으로 대신되었다가 1993년에 새로이 보수 건립하였다.

지금 허창시의 파릉교 명승 유람지역은 파릉교와 관제묘의 양대 부분으로 구성되어 있다. 웅장한 대문을 들어서면 입구의 마주한 벽면에

석각화로 한관제신유지도漢關帝神游之圖가 그려져 있고 그 뒤편에 중수
파릉교기重修覇陵橋記가 적혀 있다. 곧바로 이어진 청매원靑梅園과 청
매정靑梅亭을 조성해 놓았고, 이를 지나 안쪽으로 들어가면 파릉교가
나타나는데 그 앞에 적토마를 탄 거대한 관우상이 있다. 1992년 허창
시 정부가 건설한 것으로 높이 8m 정도 된다. 아래에 장식된 성문들은
관우가 다섯 장수의 머리를 베며 성들을 지나간 것을 상징한 것이다.
양쪽에 비석이 하나씩 있는데 우측편의 비석에 관우가 조조로부터 말
위에서 금포를 들어올려 받아간 자리임을 나타내는 한관제도포처漢關
帝挑袍處라는 글귀가 새겨져 있다.

　　파릉교는 중국인들에게 이렇게 유명한 이야기와 역사적 의미를 담
고 있는 삼국문화유적이 된 지 이미 오래이다. 그러나 이런 장면은 역
사 속에는 존재하지 않는 소설《삼국지》에서만 묘사된 허구일 뿐이다.
단지 역사서《삼국지》에서는 조조가 떠나가는 관우에 대해 주위의 신
하들이 쫓아가 잡으려 하자 "사람에게는 각자 그 주인이 있으니 쫓을

필요가 없다."라는 태도를 보였음이 있을 뿐이다. 이 짧은 몇 구절이 그
토록 애틋한 영웅들의 이별 장면으로 바뀌어 중국인들의 가슴속에 남
아 아직도 전해오니 실로 문학이 얼마나 위대한지, 특히 소설《삼국지》
의 영향이 얼마나 큰지 다시 한 번 느끼게 한다.

　　허창시 서쪽 8리 떨어진 교외의 파릉교 서쪽편에 관제묘가 있다.
유명한 파릉교 옆에 있다보니 파릉교관제묘라고 부른다. 이 관제묘는
청대 강희康熙 28년에 처음으로 지어졌다. 지금은 누각은 소실되고 없
지만 원래 이 관제묘 앞에 극을 공연하는 희루戱樓가 있어 매년 음력 4
월 초팔일이면 관우극을 공연했는데 대단한 성황을 이루었다고 한다.
문을 들어서면 좌측 편에 고각鼓閣이 있고, 우측 편에 종각鐘閣이 있
다. 뜰 마당의 좌측에 료화廖化, 우측에 마량馬良의 동상이 있다. 중문
을 들어서면 비석이 두 개 있는데 관제묘와 파릉교의 연혁을 소개하는
것이다. 이어 의문儀門이 나오는데 이 의문은 입구가 세 개로 되어 있
다. 가운데 문은 제왕이 사용하는 것이고, 우측문은 문관들이, 좌측문
은 무관들이 드나들 때 사용하는 것이다. 의문을 지나 들어가면 동서쪽
의 곁채에는 파릉교의 문물과 당대 명인들이 관우를 칭송한 서화들이
전시되어 있다. 정면의 대전大殿에는 한가운데 적토마를 탄 관우상이
있고, 우측편 벽에 조조와 관우의 파릉교 이별 장면을 묘사한 그림이
있다. 중국의 각 지역에 수많은 관우 사당이 있지만 조조가 그려져 있
는 곳은 이 파릉교관제묘뿐이라고 한다. 실로 역사속에도 없는 허구적

관제묘 결채에 걸린 적토마를 탄 관우상

사실일지라도 이 허창 파릉교에서 나눈 두 영웅의 이별이 얼마나 중국인들에게 깊은 영향을 미쳤는지 가히 짐작할 수 있겠다.

대전을 지나가면 춘추각春秋閣이 나오는데 1층에는 관우가 《춘추春秋》를 읽는 동상이 있고 그 좌측에 주창周倉, 우측에 관평關平의 동상이 있다. 2층에는 3m 높이의 면류관冕旒冠을 쓴 관우 동상이 있다. 이 면류관이란 황제만이 쓸 수 있는 술이 달린 모자인데, 이미 관우가 제왕의 위치에 오른 신적인 존재로 추앙받고 있음을 알 수 있다.

또 관제묘의 오른쪽 편에 회랑回廊을 만들어 관제성속도關帝聖績圖라는 큰 그림이 온 벽을 장식하고 있다. 이 그림은 모두 46폭으로 관우의 일생을 묘사해 놓은 것이다. 그리고 관제묘의 뜰 동쪽 편에 '도원桃園'이 있다. 이곳으로 들어서면 작은 연못이 있고, 연못을 가로지르는 아치형 다리가 놓여 있다. 이 다리를 건너면 결의당決義堂이 있는데, 이 결의당 안에 유비 관우 장비가 도원결의하는 동상이 있다. 양측 벽면에 허창 지역의 삼국유적 사진이 전시되어 있는데, 그 중 눈길을 끄는 한 장의 사진이 있었다. 그것은 바로 수선대受禪臺 사진인데, 사진을 보면 수선대 옆에 수선표受禪表라는 비석이 있었음을 알 수 있다.

　문안정과 관련된 이야기는 유비가 전쟁에서 세 번째로 부인을 버렸을 때이다. 유비는 사실 그의 부인을 네 번이나 버렸었다. 서주에서 여포와의 두 차례 싸움에서 다 패했었는데, 그때마다 부인을 보호하지 못했었고, 세 번째로 조조에 패해 부인들을 버리고 도망갔는데 관우가 이처럼 극진히 모시며 두 부인들을 보호했던 것이다. 마지막 네 번째는 그 유명한 조조와의 장판파長板坡 싸움에서 두 부인과 아들을 버리고 도망했는데 조자룡의 활약으로 겨우 아들은 구했으나 미 부인은 잃고 말았다.

　《삼국지》에는 관우가 사흘에 한 번 정도 문안을 올린 것으로 묘사되어 있으나, 모든 중국사람들은 관우가 단 하루도 빠뜨리지 않고 매일 아침저녁으로 문안을 올렸다고 믿고 있다. 사실상 매일 문안을 올린다는 것은 불가능한 일이겠지만 어쩌면 그들 마음속에는 이미 관우가 신적인 존재이기 때문에 그렇게 믿고 싶은 건지도 모른다.

　이 문안정 뒤 북쪽에 감미이후궁甘糜二后宮이 있는데, 이는 두 부인의 거처로써 원래의 자리에 새로이 건축한 것으로 감 부인과 미 부인의 모습을 한 실물크기의 밀랍인형이 전각의 3층에 만들어져 있다. 남편의 생사를 몰라 하루 하루를 불안한 마음으로 살아가는 두 부인의 우수에 젖은 애처로운 모습이 잘 표현돼 있다.

하남성 河南省
허창시 許昌市

허유묘許由墓

언릉현鄢陵縣 소재의 허유묘는 4,500여 년 전 세워진 상고上古시대 현인 허유許由의 묘이다. 상고 요순堯舜시대에 현재 중원의 중심지인 허창시에 허유라는 선비가 있었다. 그는 곤오昆吾족의 수령이자 오늘날 허씨許氏의 시조였다. 기록에 따르면 허유와 그가 이끄는 부족 사람들은 주로 지금의 허창시 언릉현과 등봉시登封市 기산箕山 일대에서 생활하였던 것으로 보인다. 그는 직접 농사 지어 밥을 먹었고 의리를 중시하고 이익을 가벼이 여겨 그 어진 명성이 널리 알려졌다. 요堯 임금이 이를 알고 왕위를 그에게 선양禪讓하려 하였으나 허유는 벼슬에 뜻이 없었던 사람이라 기산 아래로 도피하여 은거를 시작하였다. 요 임금은 다시금 그로 하여금 구주의 우두머리가 되어 줄 것을 청하였지만 그는 또 영수潁水 물가에 가서 귀를 씻으며 그러한 말을 듣고 싶지 않다는 뜻을 내비쳤고 결국 요는 순舜에게 왕위를 물려주게 된다. 수천 년이 지나도록 요순선양의 미담은 사람들에게 회자되며 전해졌고, 허유 역시 후인들에게 최초의 은사로 불리게 되었다. 당시의 또 다른 은사인 소부巢父가 허유를 비꼬아 말하자, 마음이 편치 않았던 허유는 아예 중국 남방의 외떨어진 구억산九嶷山으로 떠나버렸다. 이를 계기로 요는 결국 마음을 접고 더 이상 그를 쫓아가지 않게 되었다. 허유는 구억산에서 노년을 보냈고, 전설에 의하면 백세가 되자 선학을 타고 떠났다고 한다. 허유의 고결한 이미지는 역대 사람들에게 큰 영향을 미쳤고, 그는 '고결한 선비', '은사의 시조' 등으로 불리며 역사에 길이 남는 인물이 되었다. 부귀영화를 사양하고 겸손하게 물러날 줄 아는 그의 고상한 인품과 곧은 절개는 중국의 은사 문화 및 도가 문화의 형성에 이르기까지 중요한 영향을 미쳐 중국의 전통적 문화 정신의 일부분이 되었다. 허유로부터 형성된 겸양을 중시하고, 영예와 이익을 좇지 않으며, 출세를 경시하고, 자연으로 돌아가 공명을 버리고 담박함에 만족하고, 산수를 유유하며, 몸소 노동하며 고단함을 마다 않는 등의 은사의 사상과 지향은 역대 지식인이 추앙하는 귀감이 되어 중국 지식인의 정신적 품격을 형성하였다.

팔룡총八龍冢

허창성城 북쪽 2km의 진장촌陳莊村 서쪽에 위치한 팔룡총은 동한東漢 말기 랑릉후상朗陵侯相 순숙荀淑의 묘총이다. 순숙 팔자荀淑八子[순검荀儉, 순곤荀緄, 순정荀靖, 순도荀燾, 순신荀詵, 순상荀爽, 순숙荀肅, 순부荀旉]는 모두 동한 말년과 위魏나라 시기의 명사로서 사람들은 그들을 '팔룡'이라 칭하였다. 순상은 12세에 춘추春秋에 통달하였고, 평민에서 95일만에 '삼공三公'의 관직에 이르렀다. 순숙의 조카이자 순담荀曇의 손자인 순유荀攸는 조조曹操의 모사로, 조조는 '군사 순유는 좌신으로 모든 정벌에 함께하였다. 연이은 승리는 모두 순유의 책략 덕택이다軍師荀攸, 自初佐臣, 無征不從, 前後克敵攸之謀也.'라고 그를 칭찬하기도 하였다. 순욱荀彧은 순숙의 손자이다. 제남상濟南相 순곤의 아들인데, 조조의 중요한 모사로서 관직이 상서령尚書令에 이르렀다. 일설에 의하면, 순숙이 죽은 후 팔자가 묘 꼭대기에 각각 측백나무 한 그루씩을 심어 '팔백총八柏冢'이라 불렀다고 한다. 묘의 서북쪽에 각각 여덟 명의 성인을 매장한 묘 8개가 흩어져 있었는데, 세월이 흘러 여덟 개의 묘는 이미 평지가 되었다고 전한다. 팔룡총은 원형으로 높이는 약 5미터, 둘레는 약 100미터이다.

육수대毓秀台

장반진張潘鎮 한위漢魏 고성故城 서남쪽 근처에 건안 3년198년에 지어진 육수대는 조조가 한漢 헌제獻帝의 제천의식을 위해 세운 것으로, 높이는 약 15미터, 면적은 4,000㎡이며 99개의 계단이 있는 푸른 벽돌을 깐 제사祭祀 광장이다. 황실의 제천 장소라는 점에서는 북경北京의 천단天壇과 같으나 육수대는 이보다 천여 년 일찍 지어졌다.

제
3
장

제갈량과 삼분천하

후일의 기업을 준비하는 유비

유비의 목숨을 사지死地에서 살려준 동물이 있었다. 그 동물은 바로 적로的盧라고 하는 보잘것없는 말이었다.

유비는 일찍이 허창에서 조조를 시해하려고 동승董承과 모의한다. 유비는 이 사실을 조조가 눈치 챘음을 알고는 생명의 위협을 느껴 서주로 탈주한다. 결국 조조의 응징을 받아 대패하여 관우, 장비와 서로 생사조차 모르고 흩어진 채 목숨만 부지하여 원소에게 의탁하게 된다. 이때 서주에서 유비가 패배한 가장 큰 원인은 그가 거느린 군사가 본시 허창에서 데려온 조조의 군사였기 때문이었다.

그 후 삼형제가 다시 모여 유벽劉辟과 공도龔都의 도움으로 여남汝南 땅에 머물며 복수의 기회를 엿본다. 마침 조조가 하북의 원소를 치러 출정한 틈을 타서 허창을 공격하지만 다시 조조에게 패배한다. 이때의 싸움은 천자의 밀조를 받든 종친이라는 대의명분을 지니고서 텅빈 수도 허창을 쳤던 일종의 기습 공격이었다. 하지만 이미 확실한 기반을 가지고 있었던 조조의 정보망에 걸려, 오히려 도중에 역습을 받아 후방의 군량 공급을 차단당하고 심지어 근거지 여남마저 기습당해 빼앗겨 버린다. 이처럼 탄탄한 기반과 정보력을 갖추고 있던 조조에 비해, 제대로 준비도 하지 않고 아무런 지역적 기반도 없이 그저 명분만을 앞세운 유비는 실패할 수밖에 없었던 것이다.

또 한 번 고배를 마신 유비는 다시 형주의 유표에게 몸을 의탁해 형주 지역의 신야新野 땅에 머물며 후일을 도모하고 있었다. 평소 형주성의 채모蔡瑁는 유표가 죽은 후 형주의 주인 자리에 생질 유종을 앉혀 사실상 형주를 차지하려는 음모를 꾸미고 있었는데, 그런 그에게 유비의 등장은 새로운 골칫거리가 아닐 수 없었다. 왜냐하면 유비가 나날이 형주 사람들에게 신망을 얻고 있었기 때문이었다. 그래서 채모는 시종 극심한 견제를 가하면서 결국 유비를 죽일 음모를 꾸민다. 형주 9군郡 42주州 관원들을 초청한 연회에서 그를 죽이고자 했던 것이다. 《삼국지》

↑
고융중 내
촉나라 영웅상

제3장 제갈량과 삼분천하

에 보면 유비를 죽이기 위한 채모의 계략이 나와 있다.

"동문 밖 현산대로峴山大路는 이미 나의 아우 채화蔡和에게 군사를 거느려 지키게 하였고, 남문 밖은 채중蔡中에게 지키게 하였고, 북문 밖도 채훈蔡勳에게 지키게 하였다. 서문만을 굳이 지킬 필요가 없어 보내지 않는데, 그곳에는 단계檀溪가 막혀 있어서 비록 수만 대군이라도 건너기가 쉽지 않기 때문이다."

이렇듯 철저한 채모의 계략에 걸려든 유비는 다행히 이적伊籍이 귀띔을 해주어 유일한 길인 서문으로 목숨을 건 탈출을 시도한다. 《삼국지》의 이 대목을 보면 그 긴박한 상황을 잘 알 수 있다.

현덕은 서문 밖으로 달려 나갔으나 몇 리를 못 가서 큰 시내가 앞을 가로막는다. 그 물은 폭이 몇 장丈이나 되고 상강湘江과 통해 있어서 물살이 매우 험했다. 현덕은 물가까지 갔으나 도저히 건널 수가 없어서 말을 멈추고 다시 돌아섰다. 멀리 바라보니 성의 서쪽에서 먼지가 뽀얗게 일어나며 추격병이 달려오고 있었다.
"이번에는 죽었구나!"
말머리를 돌려 물가로 와서 뒤를 돌아보니 추격병이 이미 가까이 와 있었다. 현덕은 급해서 그대로 말을 놓아 시냇물로 내려갔다. 그러나 몇 걸음을 가지 못해 말의 앞발이 푹 빠지면서 옷이 다 젖어버렸다. 현덕은 채찍을 들어 치면서 크게 외쳤다.
"적로야, 적로야, 네가 오늘 나를 죽게 하려느냐!"

그 말이 떨어지자 적로가 갑자기 물 속에서 몸을 솟구쳐 단숨에 세 길〔三丈〕을 훌쩍 뛰어넘어 서쪽 언덕으로 뛰어올랐다. 현덕은 마치 구름 속을 헤치고 나온 것 같았다.

정말 절망적인 상황에서 꿈과 같은 기적이 일어났다. 이렇게 해서 유비는 천신만고 끝에 적로의 분발에 힘입어 겨우 목숨을 건질 수 있었다. 수만 대군이라도 건너기 힘들 것이라고 채모가 예상했던 죽음의 계곡 단계를 유비가 건넌 것은 실로 기적이 아닐 수 없다. 유비가 적로를 타고 급류를 헤치는 생사의 갈림길에서 목숨을 건진 마약단계처馬躍檀溪處, 즉 말이 단계를 뛰어넘은 자리가 호북성 양번시襄樊市에 남아 있다.

마약단계처 삼국지 문화유적지

양번시의 서쪽에 숲이 울창한 진무산眞武山이 있다. 이 산의 북쪽으로 개울이 하나 흐르고 있는데, 이것이 단계이다. 전하는 말에 의하면, 단계는 옛날에는 그 폭이 대단히 넓고 파도가 심하며 물살이 급한 큰 계곡이었으며 그 물줄기가 장강으로 흘러들어 갔다고 한다.

양번시 기차역에서 버스를 타고 남쪽으로 10여 분쯤 가면 계원溪苑 호텔이 보인다. 이 호텔 맞은편에 있는 청산로靑山路 입구에서 자전거로 약 5분 정도 가면 진무산에 도착한다. 진무산은 그리 높아 보이지는 않으나, 작은 산들이 얼기설기 얽혀 뒤쪽으로 쭉 연이어 있다. 눈앞에 보이는 작은 개울이 단계이다. 이곳은 간선도로에서 겨우 몇 백 미터 떨어져 있고, 개울 주변에는 몇 채의 작은 상점과 민가가 있다. 이 작은 개울 한편으로 낭떠러지 같은 꽤 커다란 바위벽을 볼 수 있다. 바위벽의 왼쪽 상단에 '마약단계유지馬躍檀溪遺址'라는 글씨가 희미하게 새겨져 있다. 오른쪽 아래에 움푹 패인 말발굽 자국이 선명하게 남아 있는데, 적로가 유비를 등에 태운 채 단계를 뛰어넘은 자국이라고 한다. 얼핏 봐도 정말 말이 혼신의 힘을 다해 디디고 지나가며 남긴 발자국 같아 보인다.

마약단계 유적이라는 바위 주변은 풀들이 무성히 자라 바위를 거의 가리고 있다. 또 바위 뒤쪽은 나무들이 빽빽이 솟아 있어 꽤 깊은 산의 입구임을 느낄 수 있다. 작은 개울치곤 아래로 깊이 파여 있지만, 흐르는 물이 없어 바닥이 거의 말라 있다.

사실 마약단계 유적은 실제 유적이 아니라고 한다. 어느 날 우연한 기회에 사람들이 단계 부근 진무산 북쪽 산기슭의 큰 바위에서, 말발굽이 새겨진 듯한 구멍 하나를 발견했다. 이 바위에는 개울물에 씻긴 듯한 흔적이 남아 있고, 게다가 진무산 뒤편에는 남장南漳으로 직접 통하는 길이 있어 《삼국지》의 서술과 대체로 일치했다. 유비가 말을 달려 계곡을 건넌 후, 남장으로 달아나 수경水鏡 사마휘司馬徽 선생을 만난 것으로 나와 있기 때문이다. 그래서 사람들은 이 말발굽 자국이 삼국시대에 유비가 적로를 타고 뛰어 올랐던 바로 그 자리라고 확신하게 되었다는 것이다.

지금 눈앞에 보이는 단계는 《삼국지》의 묘사와는 달리, 폭이 좁고 흐르는 물도 거의 없는 보잘것없는 개울에 불과하다. 말을 타고서도 건너기가 힘들다던 개울이 왜 이렇게 되었을까? 그 이유는 이러하다. 263년, 위나라 경원景元 4년에 양양襄陽 서문 밖에 노룡제老龍堤 공사를 하느라 한수漢水로부터 들어오는 물을 막았다고 한다. 물이 흐르지 않는 상황에서 진흙이 점차 퇴적되어 단계의 물길이 좁아지고 물도 차츰 고갈되어 잘 흐르지 않게 되었다고 한다.

사람과 동물은 원래 같은 지역에 함께 어울려 살았다. 그러다가 사는 지역이 분리되어, 사람들은 소위 문명의 영역 속에, 동물은 아직도 자연 속에 살아가고 있다. 그 옛날 오랜 시절을 같이 보내서일까, 동서양을 막론하고 사람과 동물 사이에 존재하는 많은 아름다운 이야기가 있다. 그러나 동서양 문화의 차이 때문인지 그 내용을 살펴보면 약간의 차이가 있다. 우리가 잘 아는 프란더스의 개는 어린 주인과 함께 생활하다 결국 죽음을 같이함으로써 애처로움을 더욱 느낄 수 있다. 서양에서는 사람과 함께 사는 동물에 대해 애완용이라는 이름을 붙이고 자연스럽게 더불어 살아 왔다. 그러나 중국사람들에게 동물은 가축이라는 측면이 더 강했다. 동물은 그저 잘 길러서 잡아먹으면 그만이었다. 기본적으로 모든 동물은 식용의 대상이었기에, 중국사람들은 살아 있는 모든 것을 다 잡아먹는다. 우리나라에서 식용 여부를 두고 논란이 되고 있는 영양탕에 대해서도 중국사람들은 냉정히 결론을 내린다. 당연히 먹는 것이라고.

그래서 중국에서는 하늘에 있는 것은 비행기를 제외하고는 다 먹고, 땅 위에 있는 것은 책상다리를 제외하고는 다 먹는다는 이야기가 있다. 지역과 시대에 따라 다소 표현의 차이는 있지만 지금까지도 전 중국에 통용되고 있으며, 이것이 기본적으로 중국사람들이 동물에 대해 지니고 있는 전통적 인식이다. 얼핏 생각하기에 중국사람들이 대단히 야만적이며 동물을 학대하는 것 같아 보인다. 그러나 중국사람들이 결코 동물을 사랑하지 않는 것은 아니다. 단지 문화의 차이 때문이고, 사랑하는 방법이 다를 뿐이다.

그래서 중국에서도 사람을 위해 봉사하거나 헌신한 동물의 이야기, 물론 전통적 충의 사상의 영향 때문이겠지만, 특히 주인을 위해 헌신한 동물 이야기는 오래토록 아름다운 이야기로 전해 내려오고 있다. 그래서 《삼국지》에서 혼신의 힘을 다해 유비를 탈출시킨 적로의 이야기는 역사서는 물론이고 전설을 통해 기특한 동물로 온 세상에 알려져 아직까지도 중국사람들의 사랑을 한 몸에 받고 있다.

지금도 저 개울가 바위벽에 패인 구멍은 정말 사람의 눈길을 머물게 한다. 과연 그런 말이 있었을까? 정말 유비가 탄 적로의 발자국이 저것이었을까? 유비의 필사의 탈출 장면을 다시 한 번 떠올리며, 사람을 위해 혼신의 힘을 다한 기특한 동물의 모습을 가슴속에 그려 본다.

유비, 제갈량의 거처를 알다

《삼국지》에 보면 조조군에게 패해 형주의 유표에게 몸을 의탁한 채 형주 북쪽의 신야 땅에 머물러 있던 유비에게, 조조의 특명을 받고 번성에 머물며 호시탐탐 형주 땅을 노리고 있던 조인의 군대가 다시 들이닥친다. 이때 유비는 형주 땅에서 얻은 군사軍師 서서徐庶의 계책으로 조조군을 물리치고 아예 조인의 번성까지 빼앗아 모처럼 승리의 기쁨을 맛본다. 그러나 그 기쁨도 잠시, 서서의 능력을 탐낸 조조의 계략으로 결국 서서는 유비 곁을 떠나 조조에게 간다. 유비와 서서는 서로 눈물을 흘리면서 이별을 아쉬워하며 헤어지는데, 서서가 가던 길을 돌아와 유비에게 마지막으로 주고 간 선물이 바로 유비가 그토록 알고 싶어 하던 제갈량의 거처였다. 이 대목을 살펴보자.

제3장 제갈량과 삼분천하

서서는 말을 멈추고 말했다.

"제가 마음이 너무나 산만하여 그만 한 말씀 드리고 가는 것을 잊었습니다. 여기 천하기재가 한 사람 있는데 바로 양양성 20리 밖 융중隆中에 살고 있으니, 사군께서는 부디 만나 구해 보십시오."

"수고스럽겠지만 원직이 나를 위해 불러다 만나게 해주시오."

"그 사람은 그처럼 불러서 만날 인물이 아닙니다. 사군께서 몸소 가서 구하셔야 합니다. 만약 그 사람만 얻으시면 바로 주나라가 여망呂望을, 한나라가 장량張良을 얻은 것과 다를 바가 없을 것이옵니다."

(중략)

"대체 그 사람의 이름이 무엇이오?"

"그는 낭야琅琊 양도陽都 사람으로, 성은 제갈諸葛이요 이름은 량亮이며 자가 공명孔明이고 사예교위司隸校尉 제갈풍諸葛豊의 후손입니다. 그의 선친 규珪의 자는 자공子貢입니다."

《삼국지》에서 처음으로 제갈공명의 존재가 구체적으로 등장하는 대목이다. 물론 이보다 앞서 사마휘가 공명을 거명하며 유비를 애태운 적이 있었지만, 사실상 서서에 의해 제갈량이 처음 소개되고 있다.

소설 《삼국지》를 보면 정말 제갈량은 세상에 한 번 존재할까 말까 할 정도의 전지전능하고 특출한 인물로 묘사되어 있다. 이로 인해 제갈공명은 중국사람들의 마음속에 이미 지혜의 화신으로 자리 잡고 있다. 그래서 역사상의 제갈량이란 인물 자체에 대한 관심은 물론이고 그의 발자취가 스쳐간 유적 등은 예로부터 모든 사람의 관심의 대상이 아닐 수 없었다. 이토록 사람들이 궁금해 하는 유명한 와룡선생의 젊은 시절

거처가 바로 융중이다. 융중은 호북성 양번시 양양襄陽의 남쪽에 있다.

　역사적 기록에 바탕을 두어 제갈량의 삶을 살펴보면, 제갈량은 181
년 산동성 기수현沂水縣에서 태어났다. 어려서 부모가 일찍 죽고 형 제
갈근諸葛瑾, 동생 제갈균諸葛均 그리고 두 누이와 함께 숙부 제갈현諸葛
玄의 보살핌을 받는다. 14세 때 숙부를 따라 양양으로 오고, 17세에 숙
부가 죽자 융중으로 들어가 초가집을 몇 칸 짓고 은거하며 한편으로 밭
을 갈고 한편으로 책을 읽으며 10년을 살았다고 한다. 어려서부터 재능
이 남달랐던 그는 이 기간 동안에 항상 명사와 어울려 학문을 연구하고
토론했는데, 그의 재능과 학식은 이미 세상 사람의 주목을 끌어 '와룡臥
龍'이라는 이름이 널리 알려져 있었다. 후에 사마휘와 서서에 의해 유비
에게 추천되고, 유비는 그의 지혜를 구하기 위해 여러 차례 융중 초가
집으로 찾아갔다. 그는 유비의 삼고초려三顧草廬에 감동하여 천하 통일
의 부푼 꿈을 안고 융중을 나서 파란만장한 정치 생애를 시작했다. 이
때가 207년이었으며, 제갈량의 나이 겨우 27세였다. 이때 세상으로 나
와 54세에 오장원五丈原에서 병들어 죽을 때까지 융중으로 다시 돌아오
지 않았다.

　《삼국지》에 보면 융중의 모습이 잘 묘사되어 있다.

　　현덕이 관우, 장비와 함께 종자들 몇을 데리고 융중으로 가며 먼 곳을
　　바라보니, 산 밑에서 너댓 명의 농부가 쟁기로 밭을 갈며 노래를 부르
　　고 있었다.
　　(중략)

현덕이 장원 앞에 이르러서 말에서 내려 친히 사립문을 흔드니 안에서 동자가 나와 누구냐고 물었다. 현덕은 그에게 말을 일렀다.

"들어가서 한조 좌장군 의성정후 영領 예주목 황숙 유비가 선생을 뵈러 일부러 왔다고 여쭈어라."

"그 긴 이름을 저는 다 외우지 못하겠습니다."

"그럼 그저 유비가 왔다고 여쭈어라."

동자는 머리를 내저었다.

"선생님은 오늘 아침에 나가셨습니다."

(중략)

"선생께서 돌아오시거든 유비가 다녀갔다고 여쭈어 다오."

그러고 나서 곧 말에 올라 돌아오는데, 몇 리쯤 오다가 말을 세우고 융중 경치를 돌아보니 과연 산이 높지는 않으나 수려하고, 물이 깊지는 않으나 맑으며, 땅이 넓지는 않으나 평탄하고, 숲이 크지는 않으나 무성한데 잔나비와 두루미가 서로 놀고, 소나무와 대나무가 서로 어우러져 푸르렀다.

융중의 경치는 이처럼 《삼국지》에 묘사된 그대로이다. 정말 높은 산은 아니지만 둘러진 모습이 아늑하고 아름다우며, 흐르는 물이 깊은 계곡이 아님에도 중국에서 보기 드물게 맑음을 느낄 수 있다. 또 산 속의 땅이지만 크게 구릉이 없어 밭이 비탈지지 않고, 전체적으로 숲이 울창함을 느낄 수 있다. 문을 지나가면 연꽃으로 가득 찬 연못이 있고, 연못 가운데 풍하반월정風荷伴月亭이란 정자가 하나 있다. 그리고 연못 뒤쪽에 아치형 다리가 하나 있는데, 이것이 소홍교小虹橋이다. 《삼국지》를 살펴보자.

현덕은 장비를 꾸짖고 곧 말에 올라 다시 공명을 찾아 떠났다. 관우와 장비도 말을 타고 그 뒤를 따랐다. 때는 마침 한겨울이라 날씨가 맵고 하늘에는 검붉은 구름이 드리웠는데, 몇 리를 못 가서 갑자기 북풍이 몰아치더니 함박눈이 펑펑 쏟아져 내렸다. 산은 마치 옥을 깎아 세운 듯하고 숲은 은장식을 해놓은 것 같았다.

(중략)

현덕은 글을 써서 제갈균에게 주어 부탁한 다음 하직을 고하고 문을 나왔다. 제갈균이 그를 배웅하러 문 밖까지 따라 나오니 현덕은 재삼 은근한 뜻을 표하며 작별했다. 그가 막 말에 올라 떠나려고 하는데 별안간 동자가 울 밖을 향하여 손을 흔들며 소리쳤다.

"노老선생께서 오십니다."

현덕이 바라보니 작은 다리의 서쪽에서 한 사람이 방한모에 여우털옷을 입고 나귀 등에 앉아 오는데, 그 뒤로 푸른 옷을 입은 동자가 술 담는 호로병 하나를 들고 눈을 밟으며 따라오고 있었다.

(중략)

현덕은 곧 말에서 뛰어내려, 앞으로 다가가 인사를 하였다.

"선생께서 이 추위에 어떻게 오십니까? 유비 등이 기다리고 있은 지 오랩니다."

그러자 노인은 황망히 나귀에서 내려 답례했다. 이때 제갈균이 뒤에서 일러주었다.

"그 어른은 가형 와룡이 아니라, 가형의 빙부 황승언黃承彦이란 분이십니다."

그러나 현덕은 태연히 칭찬의 말을 했다.

"방금 읊으신 글귀가 대단히 고아합니다."

"늙은 사람이 사위한테서 양보음梁父吟을 보고 그 중 한 편을 외웠는데, 방금 다리를 지나다가 우연히 울 사이의 매화를 보고 감흥이 일어 읊었더니 뜻밖에도 손님께서 들으셨군요."

"사위를 어디서 보셨습니까?"

"바로 이 늙은이도 그 사람을 보러 오는 길이외다."

현덕은 그 대답을 듣고 나서 그와 작별하고 다시 말에 올라 돌아오는데, 마침 또 바람이 크게 일어나며 눈이 펑펑 쏟아졌다. 현덕은 고개를 돌려 와룡강을 바라보며 우울한 심사를 금하지 못했다.

눈바람이 몰아치는 겨울날, 유비는 관우와 장비를 데리고 두 번째로 제갈량을 방문했으나 만나지 못하고 돌아 나오는 길에 제갈량의 장인 황승언이 마침 당나귀를 타고 입으로 제갈량의 시를 외며 다리를 건너는 것을 보고는 그를 제갈량으로 착각한다. 바로 그 다리가 소홍교이다.

다리 뒤에 궁경전躬耕田이 있다. 궁경전이란 제갈량이 몸소 밭을 갈던 땅이란 뜻인데, 제갈량이 후주 유선劉禪에게 올린 출사표出師表에 "제가 베옷 입고 남양南陽 땅에서 몸소 밭 갈고 있을 적에······."라는 구절에서 따 이름을 붙였다. 전하는 말에 의하면, 제갈량이 직접 물을 길었던 우물은 융중산의 동쪽에 있고, 밭을 간 땅이 있다.

융중, 궁경전 삼국지 문화유적지

융중은 제갈량이 아름다운 청년 시절을 보냈던 곳으로, 천하를 손바닥에 두고 움직였던 그의 정치사상이 바로 이 시기에 형성되었다고 할 수 있다. 그래서 후세 중국사람들은 그가 머물렀던 융중 시절의 흔적과 자취를 보존해 그를 기리고자 했다. 융중에는 제갈량이 세상을 떠난 지 얼마 되지 않는 진晉대부터 기념적 성격의 건축물이 들어서기 시작해 오늘까지도 보수를 거듭하며 보존되고 있다.

현재 융중은 양양시襄阳市 중심에서 약 13킬로미터 지점에 위치하고 있으며 자동차로 약 25분 정도 가면 도착한다. 양번 시가지를 벗어나 남쪽으로 향하면 비교적 넓고 곧게 남으로 뻗은 도로를 만날 수 있는데, 이 길이 유비가 관우, 장비를 데리고 제갈량을 세 번이나 찾아갔던 바로 그 길이다. 지금은 현대식 아스팔트 포장길이지만 당시에는 산골 마을로 들어가는 좁고 외진 시골길이었으리라. 버스가 도착한 종점에

고융중의 무후사

고용중 내 와룡유지

서 작은 오토바이 삼륜차로 다시 3분 정도 더 산길로 들어가자 '고융중古隆中'이라고 적힌 표지석과 함께 산에 둘러싸인 융중의 정문이 눈에 들어왔다. 이 융중은 1996년 11월 중국 정부로부터 전국 중점 문물보호단위로 지정되어 보호받고 있다.

산들이 주위를 둘러싸고 있어 초목이 무성한데, 특히 접대실 입구 쪽에 높이 솟은 송백나무의 때마침 내린 빗물을 머금은 자태가 너무나 빼어나 멋있어 보인다. 정문인 융중대문隆中大門을 들어서면 정면에 도로 된 패방牌坊, 즉 문짝 없는 장식용 문이 보인다. 이 문의 가운데 위쪽에 붉은 글씨로 '고융중古隆中'이란 세 글자가 새겨져 있고 양옆 기둥에 당대 시인 두보杜甫의 시구 두 구절이 적혀 있다. 이 문을 지나면 융중의 경관이 한눈에 들어온다.

고융중은 융중의 앞쪽에 있었다고 하는데, 지금 이 궁경전이 그 자리인지는 알 수 없다. 지금 이곳에는 화원과 정자가 지어져 있다.

이 외에 궁경전 맞은편의 숲속과 융중을 둘러싼 주변 산 속에는 제갈량과 관련된 많은 유적들이 있는데, 후인들이 이것들에 다 이름을 붙여 주었다. 제갈량이 그 시절 밭을 갈 때 항상 앉아 휴식을 취했던 바위가 있는데 그 바위를 포슬석抱膝石이라 한다. 융중 대문 옆의 산 속

고융중 내 제사당

에 있다. 또 제갈량이 밭을 갈 때 융중산 서쪽으로 1리쯤 떨어진 동굴에서 샘물을 끌어다 관개했다고 하는데, 후에 사람들이 이곳을 노룡동老龍洞이라 했다. 그리고 제갈량이 이 동굴에서 나오는 물로 차를 끓여 마셨다고 하는데, 지금은 이를 기념해 융중의 뒷산 중턱에 노룡동 경관 지역을 조성해 놓았다. 또 제갈량이 바위에 올라 '양보음梁父吟'이란 시가를 읊으며 자신의 심정을 노래했다고 하는데, 그 바위를 바로 양보암梁父岩이라고 한다. 지금 궁경전 맞은편 숲속 아래에 있다. 제갈량은 달이 비치는 냇가에 서서 달을 즐겨 감상했는데, 그때 그 냇물을 반월계半月溪라 하며, 바로 지금 융중 대문 밖 앞쪽의 개울이 그것이다. 또 융중 산허리에 제갈량이 오후의 휴식을 취하던 서늘한 곳이 있는데, 이를 와룡심처臥龍深處라고 한다. 삼고당 뒷산에 있다. 이런 유적은 곳곳에 퍼져 있어 융중의 아름다운 풍경과 함께 융중을 더 분위기 있게 만들고 있다.

이와 같은 유적 외에 또 근래에 만든 여러 개의 정자와 정원, 비석 같은 기념물 등 다양한 볼거리와 심지어 놀이 시설까지 조성해 놓고 있다. 궁경전 앞의 소홍교를 건너 위쪽으로 걸어 올라가면 융중의 양대 유적인 삼고당三顧堂과 무후사武侯祠가 나온다.

유비-제갈량, 천하삼분지계를 논하다

현덕이 신야로 돌아온 뒤 세월이 빨리 흘러 어느덧 또 새봄이 왔다. 현덕은 점쟁이에게 명하여 시초蓍草를 갈라 길일을 택하게 해서 3일간 재계하고 목욕한 후 새 옷으로 갈아입고, 다시 와룡강으로 공명을 찾아가려 했다.

(중략)

그리하여 세 사람은 말에 올라 종자를 데리고 융중으로 갔다. 초려를 반 리쯤 앞두고 현덕이 말에서 내려 걸어가는데, 마침 도중에 제갈균을 만났다. 현덕이 얼른 인사를 하고 물었다.

"형님께서는 댁에 계신지요?"

"어제 저녁에 돌아오셨으니 오늘은 만날 수 있을 것입니다."

제갈균은 대답을 하고 나자 횡하니 저 갈 데로 가버렸다.

"이번에는 다행히 선생을 만나게 되는구나!"

현덕은 여간 다행스러워하지 않는데 장비는 또 투덜거렸다.

"저 자가 너무나 무례하오! 저의 집까지 데려다 주어도 무엇 할 텐데 그냥 저 갈 데로 가버리다니!"

현덕이 장비를 타일렀다.

"저 사람도 볼일이 있을 텐데 어떻게 그러길 바란단 말인가."

세 사람이 초려 앞에 이르러 문을 가볍게 흔드니 동자가 나와서 누구 냐고 물었다.

"유비가 선생을 뵈러 왔다고 좀 여쭈어 다오."

그러자 동자가 고개를 갸우뚱거렸다.

"오늘은 선생님께서 댁에 계시기는 하지만, 지금 초당에서 낮잠을 주 무시는 중인데요."

"그러면 아직 여쭙지 말아라."

현덕은 관우, 장비 두 사람에게 문 밖에서 기다리라고 분부한 다음에, 혼자 천천히 걸어서 안으로 들어갔다. 보니 선생은 초당 안의 평상 위 에 누워서 자고 있었다. 현덕은 섬돌 아래에 가서 두 손을 맞잡고 섰 다. 그러나 반나절이 지나도 선생은 깨지 않았다.

(중략)

현덕이 당상을 바라보는데, 선생이 몸을 뒤채 일어날 듯하다가 벽을 향해 돌아누우며 다시 잠이 들어 버린다. 동자가 사정을 알리려 하자 현덕이 만류했다.

"아직 깨우지 말아라."

그러고는 또 그대로 서 있었다. 그로부터 다시 한 시각이나 지나서야 공명은 잠을 깨며 시 한 수를 읊었다.

(중략)

공명은 몸을 뒤척이며 동자에게 물었다.

"어디서 손님이 오시지 않았느냐?"

"유황숙께서 오셔서 오랫동안 서서 기다리고 계십니다."

공명은 자리에서 몸을 일으키며 말했다.

"왜 진작 말하지 않았느냐? 잠시 옷을 좀 갈아입어야겠다."

그러고는 곧 후당으로 들어가더니 다시 한동안이 지나서야 의관을 정제하고 나와서 현덕을 맞았다. 현덕이 보니 공명은 8척 신장에 얼굴이 관옥 같고 머리에는 윤건을 쓰고 몸에는 학창의를 입었는데, 의젓한 기상이 신선과도 같았다. 현덕은 절을 하여 인사했다.

우리가 알고 있는 그 유명한 고사 삼고초려三顧草廬가 바로 이 이야기에서 유래된 것이다. 유비는 인재를 얻기 위해 세 번씩이나 몸을 굽혀 제갈량을 찾았다. 아마 제갈량을 얻지 못했더라면 유비에게 천하는 없었을 것이다.

현덕은 자리를 옮겨 가 앉으며 말했다.

"한실이 기울어지고 간신이 권세를 희롱하매 제가 스스로 제 힘을 헤아리지 않고 대의를 천하에 펴려고 하였으나, 지혜가 부족하여 이때까지 이룩한 바가 없습니다. 선생께서 저의 어리석음을 깨우쳐 주시고 액운을 덜어 주신다면 정말 다행이겠습니다."

그러자 공명이 자세히 정세를 말했다.

"동탁董卓이 모반한 뒤로 천하의 호걸들이 일시에 일어났습니다. 조조의 형세가 원소에게 미치지 못했는데도 원소를 이길 수 있었던 것은 오직 천시天時만이 아니라 역시 사람의 지략이 있었기 때문입니다. 이제 조조가 백만 대군을 거느리고 천자를 끼고 제후들을 호령하니, 장군께서는 실로 그와는 맞서 싸우지 못할 것입니다. 손권은 강동에 웅거하여 이미 3대를 지냈는데 지세가 험하고 백성들이 따르니 그를 후원자로 삼을지언정 공격할 수는 없습니다. 형주로 말하면 북으로는 한수漢水·면수沔水에 의지하고 남으로는 남해南海에 다다르며 동으로는 오회吳會에 이어지고 서로는 파巴·촉蜀에 통하니, 이는 용무지지用武之地요, 그 주인이 아니고서는 지킬 수 없는 곳입니다. 그야말로 하늘이 장군께 드린 것이나 다름없다고 생각되는데, 장군께서는 어떻게 생각하십니까? 익주益州는 천험天險의 요새인데 옥야沃野 천리요 천부지국天府之國이므로 고조께서 이로 인해 제업帝業을 이루셨거니와, 지금 유장劉璋이 사리에 어두워 나라가 부유해도 백성을 보살필 줄 모르니 재능이 있는 선비들은 밝은 주인을 생각하고 있는 판입니다. 장군께서는 한실의 후예로서 신의를 세상에 드러내시고 영웅들을 포용하시며 어진 이를 목마르게 생각하고 계시니 만약 형주와 익주를 차지하여 그 험준한 요새를 보전하고 서쪽으로 융족戎族과 화친하며 남쪽으로 이彛·월越 등의 오랑캐들을 어루만지고, 밖으로 손권과 손을 잡고 안으로 정사를 잘 다스리면서 천하에 변이 있기를 기다렸다가 한 상장에게 명하여 형주 군사를 거느리고 완宛·낙洛으로 진군하게 하시고, 자신께서는 몸소 익주의 군사를 거느리고 진천秦川으로 나가시면, 백성들이 기꺼이 장군을 맞지 않을 까닭이 있겠습니까? 실로 그렇게 되고 보면 대업을 이루실 수 있고, 한실을 다시 부흥시킬 수도 있을 것입니다. 이것이 제가 장군을 위해 생각한 계책이니, 장군께서도 생각해 보십시오."

한 차례 열변을 마치자 그는 동자를 시켜 그림 한 축을 내다 걸게 한 다음에 손으로 가리켰다.

"이것은 서천西川 54주의 지도입니다. 장군께서 패업을 이루려 하시거든 북을 천시를 얻은 조조에게 사양하시고, 남은 지리를 얻은 손권에게 사양하시고, 장군께서는 인화人和를 얻으셔서 먼저 형주를 취하여 근거지로 삼으신 다음에 서천을 취해서 기업을 세워 정족지세鼎足之勢를 이룬다면, 후에 가히 중원中原을 도모하실 수 있을 것입니다."

현덕은 이 말을 듣자 일어나서 두 손을 맞잡고 말했다.

"선생의 말씀이 저의 꽉 막혔던 가슴을 탁 틔워 줘서 마치 안개 속을 헤치고 맑은 하늘을 우러러보는 것 같습니다. 그러나 다만 형주의 유표와 익주의 유장이 모두 같은 한실의 종친이니 제가 어찌 차마 그들의 땅을 빼앗겠습니까?"

"제가 밤에 천상天象을 보니 유표는 오래지 않아 세상을 떠날 것이요, 유장은 기업을 세울 만한 인물이 아니어서, 그들의 땅이 후에 반드시 장군께 돌아올 것입니다."

현덕은 공명에게 다시 절하여 사례했다. 이날의 열변은 공명이 초려를 나서기 전에 이미 천하가 셋으로 나누어질 것을 알고 있었음을 말하는 것이니, 참으로 만고의 사람이 미치지 못할 일이다.

호북성 양번시
한수의 모습

　《삼국지》에서 유비는 삼고초려하여 결국 제갈량을 만나는데, 위의
글은 두 사람이 첫 대면에서 천하를 논의한 부분이다. 제갈량이 얼마나
앞날을 내다보는 식견이 뛰어난 사람인가를 잘 보여주고 있는 대목이
다. 이렇게 두 사람은 첫 만남에서부터 의기투합하여 천하를 논했는데,
중국사람들은 두 사람의 융중에서의 역사적 만남에 지금까지도 의미를
부여하고 존경심을 보태어 되새기고 있다. 왜냐하면 이후의 역사가 이
날의 만남에서 나눈 대화와 크게 다르지 않게 흘러갔기에, 그만큼 이날
만남이 의미가 있다는 것이다. 또 47세의 나이가 되어서도 뜻을 이루
지 못하고 다소 실의에 빠져 있던 유비, 27세의 젊은 혈기를 흙에 묻고
때를 기다리고 있었던 제갈량, 이 둘의 그토록 어려웠던 대면이 드디어
이날 이루어졌고, 무척이나 쉽게 서로 존경하게 된 두 영웅의 만남이었
기에 더더욱 의미가 깊다는 것이다.
　이렇듯 삼고초려의 얘기는 역사적 사실과는 관계없이 유비의 제갈
량에 대한 정성이 담겨 있고 또 유비에 대한 제갈량의 감동이 묻어 있
어, 중국사람들의 가슴에는 너무나 아름다운 만남으로 기억되고 있다.

그러다 보니 이와 관련된 많은 이야기가 남아 있는데, 이곳 양양에 전해져 내려오는 유비의 삼고초려와 관련된 한 가지 이야기를 살펴보자.

유비가 두 번씩이나 제갈량을 만나지 못하고 돌아가는 길에, 하도 아쉬워 인근의 만산萬山에 올라가 서쪽으로 멀리 있는 융중을 바라보았다고 한다. 그래서 지금 만산 위에는 마치 세 사람이 허리를 굽혀 산을 오르는 모양을 한 바위가 있는데, 이를 삼의석三義石이라 부른다. 관우와 장비는 유비를 따라 만산 꼭대기에 도착했을 때, 별 것 아닌 서생에 대해 그토록 집착하고 있는 형 유비의 태도에 대한 불만으로 인해 기분이 별로 좋지 않은 상태였다. 이에 관우가 청룡언월도를 산꼭대기 위의 바위에다 세워 놓았더니, 뜻밖에 관우의 마음을 대신한 칼날이 돌에 부딪혀 바위가 반으로 갈라져 버렸다고 한다. 갈라진 바위를 사람들이 도벽석刀壁石이라고 한단다. 한편 화가 난 장비가 장팔사모丈八蛇矛를 들고 아래로 한 번 만산 허리를 내려쳤더니 깊고 큰 구덩이가 생겨났는데, 이 구덩이를 사람들이 장비정張飛井이라 부른다고 한다.

이 모두가 상상으로 꾸며낸 이야기에 불과하지만, 유비의 인재에 대한 갈망의 심정, 당시 관우와 장비가 느꼈던 서운한 감정이 어떤 것이었는지를 잘 이해하고 있음을 느낄 수 있다.

삼고당 삼국지 문화유적지

융중의 소홍교를 지나 약간 경사진 듯한 숲길을 걸어 올라가면 삼고

삼고당 내 흰색 글씨로 쓴 삼고당 현판

당三顧堂이 나온다. 전하는 말에 의하면 이곳에는 원래 숲이 있었으며 유비가 삼고초려할 때 바로 여기서 말에서 내렸다고 한다. 삼고당은 유비가 삼고초려하여 제갈량이 세상에 나오도록 청한 일을 기념하기 위해 1750년, 청대 강희 59년에 지었다. 지금 삼고당은 융중 무후사武侯祠의 남쪽, 초려정草廬亭 앞에 있다. 삼고당 앞에는 천 년이 넘은 세 그루의 측백나무가 있는데, 유비와 관우, 장비가 이 나무에 각각 말을 매었다고 한다. 훗날 이 나무들에 근거해 위치를 짐작하여 삼고당을 재건했다고 한다.

삼고당에 도착해 정문을 바라보면 가운데 흰색 현판에 검은 글씨로 삼고당三顧堂이란 세 글자가 적혀 있다 그리고 정문 왼쪽으로 용머리를 한 거북이 형상의 돌비석이 있는데, 1540년 명대 가정嘉靖 19년에 세워 놓은 것이다. 정문을 들어서면 깨끗한 풀밭에 나무 몇 그루만이 서 있는데, 양쪽에 한 그루씩 서 있는 붉은 매화나무가 눈에 띈다. 맑고 밝은 분위기의 정원이다. 정원을 둘러싸고 있는 벽면과 그 앞에는 역대의 많은 문인과 시인들이 제갈량을 칭송한 글과 비석을 볼 수 있다. 정면에는 중국의 유명한 현대문학가 곽말약郭沫若이 쓴 '제갈초려諸葛草

盧'라는 현판이 보인다.

　삼고당을 나와 벽을 따라 왼쪽으로 걸어가면 꽤나 넓은 숲길이 나오고, 길 입구 왼쪽으로 바위에 '초려草盧'라는 두 글자가 새겨져 있다. 이 길을 따라 몇 백 미터 걸어 들어가면 제갈량이 살던 초가집이 나온다. 초가집을 상징하는 띠풀로 덮인 문 없는 입구 가운데에 '제갈초려諸葛草盧'라는 현판이 걸려 있다. 문 옆에는 나무로 듬성듬성 엮어진 울타리가 있는데, 집 안이 훤히 들여다보인다. 여기는 원래 제갈량이 젊은 시절에 악기를 연주하고 공부하던 곳이라고 한다.

　나무로 둘러싸인 초가집에 들어가면 마당 오른쪽에 나무로 만든 수레가 하나 놓여 있고, 건물 앞에는 내방객들에게 이 방이 융중 시절 제갈량이 명사를 초빙해 학문을 교유하던 곳이라고 소개하는 안내판이

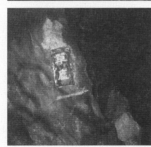

삼의전 현판과
삼고당을 나와 숲길로 가는 길에
바위에 새겨진 '초려草盧'

113

현대문학가 곽말약이 쓴 '제갈초려' 현판

걸려 있다. 두 칸의 방이 있는데, 방 안에는 탁자와 술병들이 진열되어 있다. 왼쪽 건물의 방은 일종의 거실인 셈이다. 정면에 있는 건물 역시 두 칸의 방이 있는데, 가운데 방은 제갈량의 침실로 침대가 놓여 있고, 왼쪽 방에는 탁자와 필기도구, 술병 등이 놓여 있다.

사실 융중의 모든 유적들은 실제의 것이 아니라 후인들이 제갈량에 대한 관심에 따라 고증을 거쳐 재건한 것이다. 그러나 두 채의 작은 초가와 작은 뜰로 구성된 이 초려는 산 속에 묻혀 있어, 표지판과 설명이 없다면 전형적인 여염집 농가와 비슷하다. 그래서인지 한 시절 은자들의 거주지가 되기에 부족함이 없어 보인다.

호북성湖北省
양번시 襄樊市

중선루仲宣樓

호북 양양襄陽의 양양성襄陽城 동남쪽 가장자리의 성벽 위에 있다. 동한 말년의 시인 왕찬王燦이 양양에서 〈등루부登樓賦〉를 지은 것을 기념하기 위해 지었으므로 왕찬의 자字인 '중선仲宣'을 따서 중선루라 이름하였다. 동한 말년 끊이지 않던 전란에도 유표劉表가 다스리던 형주荊州는 상대적으로 평화로워 수많은 문학지사들이 양양에 의탁하였는데, 왕찬도 그 중 한명이었다. 왕찬은 비록 유표와 동향 출신이면서 대대로 교분이 있던 집안의 사람이었지만 정치적으로는 중용되지 못하였다. 그는 자신의 회재불우懷才不遇하고 뜻을 이루지 못한 울적한 심정을 달래려 자주 이곳에서 글과 시를 지었는데, 〈등루부〉는 이때 지어진 것이다. 원래 건물은 이미 훼손되어 1993년 옛 터 위에 복원하였는데, 두겹 처마의 헐산정歇山頂이 우람하며 장려하다.

부인성위夫人城位

양양성 서북쪽 가장자리에 위치해 있다. 동진東晉 태원太元 3년378년 2월 전진前秦 부견파苻堅派 부비苻조가 동진의 요지 양양을 공격하였다. 이때 동진의 중랑장中郎將이자 양주 자사刺史인 주서朱序가 이곳을 수비하였는데, 전진에 배가 없어 면수沔水 한수漢水를 건너기 어려울 것

115

이라 여기고 적을 가볍게 보고 방비를 소홀히 하였다. 주서의 어머니인 한부인韓夫人은 젊은 시절 남편 주도朱燾를 따라 군중에 있었으므로 군사에 대해 잘 알고 있었다. 그녀는 양양이 포위되었을 때 직접 성에 올라 지형을 관찰하고 성의 방어상태를 순시하였다. 그녀는 서북각 일대의 방어능력을 중점적으로 증강시켜야 한다고 판단하고 직접 여종들과 성내의 부녀자들을 이끌고 내성內城을 증축하였다. 후에 부비가 과연 성의 서북각을 향해 쳐들어왔고, 순식간에 외성外城을 돌파하였다. 진晉나라 군대는 새로 지은 내성을 잘 지켜냈고, 부비를 격퇴시켰다. 후인들은 한부인이 성을 지어 적에 항거한 공을 기리기 위해 그 일대의 성벽을 '부인성'이라 불렀다. 명초 이곳에 길이 24.6m 너비 23.4m의 자성子城을 증축하였고, 후세에 몇 차례 보수를 거쳤다. 위쪽에 '부인성'이라 새긴 석액이 있고, '양양 땅에 백성을 이롭게 하는 명승고적으로 부인성이 으뜸이라 襄郡益民勝跡, 夫人城爲最'라고 새긴 비석 등이 세워져 있다.

녹문사鹿門寺

양양시 동남쪽 교외 한수 중류, 도심에서 20km, 양양시내에서 15km 떨어진 양주구襄州區 동진진東津鎭 경내에 위치해 있다. 산림의 총면적은 29,176m³로 삼림복개율 92.6%에 달하며, 국가삼림공원으로 지정되어 있다. 녹문사는 대홍산大洪山의 여맥으로 기암괴석이 즐비하고 경내에 녹문산鹿門山, 패왕산霸王山, 향로산香爐山, 이가대산李家大山, 사자산獅子山의 다섯 봉우리가 짙푸르고, 형세가 우뚝하고 드넓은 녹색의 물결이 펼쳐져 있다. 산림주변은 초목이 무성하고 골짜기가 종횡으로 나 있고, 시냇물이 졸졸 흐르고, 인문 사적이 사방에 분포해 있고, 높고 낮은 5대 명봉名峰이 이어져 있는데, 고리 모양의 분포를 보이고 있다.

소명대昭明台

남조南朝 양梁나라 소명 태자昭明太子 소통蕭統을 기념하기 위해 지은 것으로, 양양 고성 한 가운데에 위치해 있다. 소명대는 양양의 대표적인 건축물이다. 역사에 '군郡에 누각이 있어 중앙을 다스리는데, 높이가 3층이고 남쪽을 향해 있다. 종과 북을 날개로 삼은 방성方城의 명승지이다. 소명태자는 양 무제武帝의 장자로, 양양에서 태어났다. 그가 편집한 〈문선文選〉은 후세에 길이 전해졌다. 소명대의 건립 연대는 정확하게 밝혀지지 않았다. 원래 이름은 '문선루文選樓'였으나, 당대唐代에 '산남동도루山南東道樓'로 개칭하였다. 옛날에는 당 이양빙李陽冰의 전서篆書 '산남동도山南東道' 네 글자의 석각이 있었다. 명대에 '종고루鐘鼓樓'로 개칭하였고, 가정嘉靖 연간에는 '진남루鎭南樓'라고 불렀고 청 순치順治 연간에 중건한 후 '소명대'로 이름이 정해졌다. 건물은 남향으로 지어졌고 푸른 벽돌로 대를 쌓았는데 가운데 연석으로 둘러싸인 권동券洞이 있다. 동의 높이는 4.5m, 너비는 3.5m이다. 대 위에는 세 겹 처마의 2층 헐산정 누방 5칸이 있는데, 높이가 약 15m이고, 동서로 각각 횡방橫房 4칸이 있다. 대의 남쪽에는 고루鼓樓, 종루鐘樓가 각각 하나씩 있다. 소명대는 성 안에 위풍당당하게 자리잡고 있는데 그 우뚝한 모습이 실로 장관이어서 예전에는 "성 내 제일가는 명 승지城中第一勝跡"라 했다. 항일 전쟁 기간에 양양이 함락되자 누각 은 훼손되었고 대만 남았다. 1973년 여름 오랫동안 계속된 비로 인해 내려앉아 헐어서 평평하게 하였다. 1993년 원래 터에 중건하여 고대 기高台基 중첨重檐 헐산정식歇山頂式 삼층 누각이 되었다. 중건한 소 명대는 현대의 건축 재료로써 세워졌다. 대기台基 위에는 위진魏晉 풍 격을 따라 3층 누각을 지었고, 건물 전체 높이는 34m에 달한다.

조자룡, 장판파에서 감 부인과 아두를 구하다

208년 동한 건안建安 13년에 조조는 여포呂布를 사로잡고, 원소袁紹를 패퇴시켜 북방을 평정한 다음, 대군을 이끌고 남하하여 형양荊襄을 탈취하였다. 유표가 죽은 뒤 형주荊州의 새 주인이 된 유종劉琮은 조조군이 쳐들어오자 목숨이 아까워, 유비에게 알리지도 않고 바로 조조에게 투항해 버렸다. 유비는 조조군을 대항하기에 역부족이라고 판단하고서, 조조군에 맞서 싸우지 않고, 곧바로 군대를 이끌고 번성樊城을 떠나 강릉江陵으로 퇴각했다. 양양襄陽을 지날 때, 많은 백성들이 줄지어 함께 가기를 원해, 따르는 인원이 십여만에 이르렀다. 그들 중 늙고 약한 자들이 많아 매일 겨우 십여 리씩밖에 갈 수 없었다. 당시 강릉은 형주 지역의 군사요충지로, 대량의 군수물자가 있는 곳이었다. 조조는 유비가 강릉을 먼저 점령할까 두려워, 친히 오천의 정예 기병을 이끌고, 밤낮을 가리지 않고 삼백 리씩 강행군을 하여 맹렬히 유비를 뒤쫓았다. 상황이 긴박해지자, 유비는 관우에게 수군 만 명을 이끌고 먼저 뱃길을 따라 하구夏口로 가게 하고 나중에 그곳에서 합류하기로 했다. 그리고는 자신은 여전히 가솔들과 백성들을 데리고 남쪽으로 내려가고 있었다. 유비가 당양에 도착했을 때, 조조의 정예부대 역시 뒤쫓아와 서둘러 도착했다. 제갈량이 신야新野를 불태운 원한을 보복하기 위해 조조는 그토록 빨리 유비를 추격해 당양에 이르렀던 것이다. 유비는 급한 상황에서 조조군을 맞아 싸웠으나 크게 패하게 되고, 겨우 몇십 명만을 데리고 황급히 달아났다. 그러나 그 식솔들과 십수만 명의 백성들은 모두 장판파에서 조조군에게 포위되어 버렸다. 이에 조자룡은 유비의 두 부인과 아들을 구하기 위해 창을 들고 홀로 적진으로 뛰어 들었던 것이다. 그는 조조의 장수 순우도淳于導를 창으로 찔러 죽이고, 미축糜築과 감 부인을 구해내고, 그들을 장판파로 보낸 다음, 다시 되돌아가 미糜 부인과 아두阿斗를 찾았다. 도중에 조조군의 하우은夏候恩을 칼로 찔러 죽이고 청홍검青紅劍을 빼앗아 홀로 포위를 뚫고 들어가 사방을 찾아 헤매다가 한 우물가에서 두 사람을 찾아내게 된다. 왼쪽 허벅지에 중상을 입은 미 부인은 스스로 버틸 힘이 없음을 알고는 조자룡에게 짐이 되지 않고자 아두를 넘겨주고는 우물에 뛰어들어 목숨을 끊어 버린다. 이때에 조조의 대군이 쫓아왔다. 조자룡은 흙담을 넘어 뜨려 우물의 입구를 덮어버리고 갑옷을 풀고 아두를 가슴에 품고는, 창을 짚고 말에 올라 조조군과 혈전을 벌인다. 조자룡은 장판파를 무인지경으로 오가며 큰 기를 두 개 부수고, 창을 세 개나 빼앗았으며, 창칼로 죽

제3장 제갈량과 삼분천하

인 조조군의 장수가 오십여 명이나 되었다.

"너희들이 가서 주공을 뵙거든, 내가 어떻게 해서든지 기어이 두 부인과 작은 주인을 찾아 모시고 돌아갈 텐데, 만약에 그 분들을 찾아내지 못하면 차라리 싸움터에서 죽을 생각이더라는 말을 여쭈어라"

말을 마친 조운은 즉시 군사들을 거느리고 말을 몰아 장판파로 달려갔다.

"조 장군, 어디로 가십니까?"

조운은 말을 세우고 돌아다보았다.

"너는 누구냐?"

"소인은 유사군 장하에서 수레를 호송하던 군사인데 그만 화살을 맞고 여기에 쓰러져 있습니다."

조운이 두 부인의 소식을 물었더니 그 군사는 손을 들어 남쪽을 가리켰다.

"조금 전에 감 부인께서 산발을 하고 신발을 벗은 채 한 무리의 여염 부인들 틈에 끼어서 저쪽으로 가시는 것을 보았습니다."

그 말을 들은 조운은 군사들을 내버려둔 채 급히 말을 몰아 남쪽을 향해 달려갔다. 바라보니 과연 남녀 수백 명이 한데 몰려서 달려가고 있다. 조운은 큰 소리로 불러보았다.

"거기에 혹시 감 부인이 안 계십니까?"

마침 사람들 뒤에서 쫓아가던 감 부인이 조운을 보고는 그만 목놓아 통곡했다. 조운은 말에서 뛰어내려 창을 땅에 꽂아놓고 울면서 물었다.

"부인을 이 지경에 이르시도록 한 것은 모두 이 조운의 죄입니다. 그런데 미 부인과 도련님은 어디 계십니까?"

"나와 미 부인이 적병에게 쫓겨 수레를 버리고 백성들 틈에 숨어서 바삐 달아나던 중에 또 한 떼의 군마가 덮쳐드는 바람에 미 부인과 아두는 어디로 갔는지 알 수 없고. 나만 혼자서 여기까지 도망쳐 온 길이에요."

이때 갑자기 백성들의 아우성 소리가 들려왔다. 한 무리의 적병이 또 이쪽으로 달려오고 있었다. 조운이 얼른 땅에 꽂았던 창을 뽑아들고 안장에 뛰어올라 보니, 앞쪽에서 한 사람이 말 위에 결박되어 있는데 다름아닌 미축이었다. 그의 뒤에는 손에 큰 칼을 들고 1천여 명의 군사를 거느린 조인의 수하 장수 순우도淳于導가 있었다. 그는 미축을 사로잡아 가서 공적을 자랑하려고 압송해 가는 길이었다. 조운은 벽력같이 호통치며 창을 꼬나들고 말을 몰아 순우도에게 달려들었다. 순우도는 조운을 당해내지 못하고 한 창에 찔려 말 아래로 떨어졌다. 조운은 곧 앞으로 다가가 미축을 구해내고 말 두 필을 빼앗았다. 그리고는 감 부인을 태워서 길을 헤치며 장판파까지 나아갔다.

(중략)

또 앞쪽에서 두 장수가 두 가지의 병기를 들고 앞길을 가로막았다. 뒤에서 쫓는 장수는 마연과 자의요, 앞에서 막는 장수는 초촉과 장남인데, 네 장수가 모두 원소 수하에 있다가 조조에게 투항한 자들이었다. 조운이 혼자서 네 장수를 상대로 죽을 힘을 다하여 싸우고 있는데 또 조조의 군사들이 일제히 몰려들었다. 조운은 청홍검을 빼어들고 닥치는대로 내리쳤다. 그의 손이 한번 번뜩하기만 하면 적의 갑옷이 찢기고 상처에서 피가 대줄기처럼 솟구쳤다. 조운은 마침내 뭇 적병을 모조리 쳐서 물리치고 겹겹이 둘러싸인 포위 속을 뚫고 빠져나갔다.

이때 경산 마루터기에 높이 앉아 있던 조조는, 한 장수가 좌충우돌하는 것을 아무도 당해내지 못하는 것을 보고 급히 좌우를 돌아보며 저게 누구냐고 물었다.

(중략)

조운은 몸을 돌려 장판교를 향해 나아갔다. 그런데 뒤에서 또 함성이 일어났다. 문빙이 군사를 이끌고 뒤쫓아온 것이었다. 조운이 장판교 부근에 이른 때에는 사람과 말이 다 지칠 대로 지쳐 있었다. 그런데 눈을 들어보니 장비가 창을 비껴들고 다리 위에 말을 세우고 있지 않은가! 조운은 소리쳐 불렀다.

"익덕, 나 좀 살려주오!"

"자룡은 어서 가오. 추병은 내가 막을 테요."

그래서 조운은 말을 달려 다리를 건넜다. 20여 리쯤 가니 현덕이 여러 사람들과 함께 나무 아래 앉아서 쉬고 있었다. 말에서 뛰어내린 조운은 땅에 엎드려 울음을 터뜨렸다. 현덕도 따라 울었다.

이 장판파 전투 이후 조자룡은 세상의 영웅이 되었고, 홀로 말달려 그 주인을 구해 낸 이야기는 천하의 미담이 되었다. 정말 조자룡이 얼마나 용맹을 떨쳤으면 조조가 매료되어 그를 사로잡아 자기 사람으로 만들고자 했겠는가!

장판파 삼국지 문화유적지

장판파의 옛 이름은 역림장판樣林長坂이라 한다. 이곳은 원래 경사진 지형으로 울창한 삼림 지역이었는데 계속된 벌목으로 인해 청대에 이르러서 민둥한 흙비탈로 변하였다고 한다. 그 유명한 전장터 장판파였으나 지금은 이곳에 장판공원長板公園이 조성되어 있다.

당양시내 중심가에서 서쪽으로 얼마간 가면 이 장판공원을 만날 수 있다. 시내에 위치한 데다 삼거리의 도로변에 있다 보니 많은 가게와 오가는 행인과 차량으로 인해 공원 입구가 꽤나 혼란스럽다. 이 공원 앞 삼거리 로터리의 한복판에는 말을 탄 채 긴 창과 청룡검을 들고서 아두를 안고 있는 조자룡의 동상이 세워져 있다. 도로변에서 공원을 바라보면 삼층누각으로 된 공원 입구 문이 보이고 그 가운데 장판파長坂坂라고 적힌 현판이 걸려 있다.

입구를 들어서 우편으로 난 계단 위쪽을 바라보면 자룡각子龍閣이 보인다. 이 자룡각은 벽돌로 지어 기와를 올린 2층 전각인데, 그 안을 들어서면 정면에 촉순평후蜀順平侯라고 적힌 현판 아래 조자룡의 앉은 모습의 조각상이 놓여 있다.

이 자룡각을 지나 가면 언덕배기의 넓직한 공간에 수풀과 잔디밭으로 조성된 공원 뜰이 나온다. 이것이 최근에 조성한 장판파대전조소성長坂坡大戰彫塑城인데, 이 공원 뜰의 곳곳에 장판파 전투 당시의 상황을 재연한 듯 조자룡, 유비, 아두, 조조, 장비 등의 인물 조각상들이 생동감 있게 세워져 있다. 먼저 뜰 한가운데에 비석이 하나 보이는데, 이는 당양시에서 1991년에 문물보호단위로 지정하며 세운 것으로 장판웅풍長坂雄風이라는 네 글자가 새겨져 있다. 이 비석 옆의 나무 숲 속에는 백마를 탄 조자룡이 창을 들고서 에워싼 조조군을 마구 무찌르는 모습을 재연한 조각상들이 놓여 있다. 그 왼편으로 멀찌감치 떨어진 공원 한편 구석의 숲 속에는 붉은 말을 탄 조조와 백마를 탄 서서徐庶의 조각상이 서 있는데, 이들은 멀리 보이는 조자룡의 용맹무쌍한 전투 모습을 넋이 나간 듯 바라보고 있다. 그리고 비석의 오른쪽 편에는 앞쪽 가운데에 통나무로 만든 다리가 놓여 있고, 그 다리 건너편에 말을 타고 창을 비껴든 채 눈을 부라리고 있는 모습의 장비 조각상이 있다. 장비가 있는 그곳의 옆쪽으로 약간 떨어진 숲 속에는 유비가 아두를 땅에 던지자 조자룡이 깜짝 놀라는 모습을 한 조각상들이 놓여 있다. 공원 담벼락을 따라 자룡각의 반대편으로 걸어가면 또 다른 입구가 나오는데 이곳에 장판파대전조소성이란 현판이 걸려 있고, 이 입구 양쪽 편에

조자룡의 용맹무쌍한
전투 모습을 지켜보고 있는
조조와 서서 조각상

창을 든 왕평王平과 료화廖化의 조각상이 세워져 있다. 다시 아래로 내려오면 장판파라는 검은 현판이 걸린 또 다른 문이 있다. 이 문의 앞 쪽 도로 한가운데에 특이하게 생긴 커다란 바위덩이가 있는데, 이 바위에 붉은 글씨로 역시 장판파라는 세 글자가 적혀 있다.

이 공원에 세워져 있는 모든 조각상들은 당시 장판파 전투 상황을 생동감있게 그대로 묘사하려 한 듯하다. 장판파 전투 장면을 직접 눈으로 보는 듯한 생생한 느낌을 받게 된다.

이 공원이 장판파 전투의 결정적 부분을 대신하고 있지만, 사실은 공원 주변 10리가 모두 당시 조자룡과 조조군이 일대 혼전을 벌였던 장소이다. 장판파 동쪽으로 길이 하나 나 있는데 옛 이름이 자룡가子龍街였다고 한다. 이곳이 실제 조자룡과 조조군이 전투를 벌였던 장소라고 한다. 이처럼 이 장판파 일대에는 아직도 조자룡의 흔적이 많이 남아 있다고 한다. 또 장판파 서남쪽으로 멀지 않은 곳에 작은 언덕이 하나 있는데, 그 언덕을 지금도 자룡언덕이라고 부른다고 한다. 조자룡이 장판파 전투 때 누비고 다녔던 곳이라는 것이다. 지금 도심 한가운데 있는 자룡로子龍路나 장판파 호텔 등은 다들 장판파 전투에서의 조자룡의 모습을 떠올리기에 충분한 것들이다.

이 외에 장판파 전투와 유관한 유적으로 장판파의 서북쪽으로 약 500m 지점에 태자교太子橋와 낭낭정娘娘亭의 유적이 있다. 태자교는 당시 미 부인이 아두를 안고 피신해 있던 곳이라고 한다. 낭낭정은 미 부인이 몸을 던져 목숨을 끊은 곳으로 미 부인 우물이라고도 불리는데,

원래 이 우물 옆에는 후세 사람들이 세웠다고 하는 미후사糜后祠가 있었다고 하나 지금은 소실되고 없다. 그리고 장판파에서 저 멀리 보이는 금병산錦屛山은 조조가 당시에 안전하게 진을 치고 병사를 주둔시킨 곳으로, 그는 이 높은 곳에 올라 아래를 내려다보면서 북을 치고 전투를 벌였다고 한다.

장판파 전투는 조조에게 있어서는 북방을 제패하고서 드디어 천하를 손에 넣기 위한 첫걸음을 디디는 과정에서 발생한 전쟁이었다. 조조의 남방 진격의 목적은 우선 제갈량의 계략에 의해 빼앗겼던 번성을 되찾아 남쪽으로의 길목을 확보하는 것이었고, 그 다음 이것을 기회로 하여 늘상 마음에 걸렸던 유비를 아예 제거하여 후환을 없애고자 함이었고, 마지막으로 유표가 죽은 이후 내분 조짐을 보이며 허약할 대로 허약해진 형주를 차지해 천하 쟁패의 발판을 마련하기 위한 것이었다.

장비, 당양교에서 조조군을 물리치다

그 소식을 들은 조조는 급히 말을 타고 진 뒤에서 나왔다. 장비가 고리눈을 부릅뜨고 바라보니, 적의 후진에 푸른빛 양산과 모월정기旄鉞旌旗가 다가오는 것이 어렴풋이 눈에 띄었다. 틀림없이 조조가 의문을 품고 직접 동정을 살피러 온 것임을 짐작한 장비는 목소리를 높여 호통쳤다.

"나는 연燕나라 사람 장익덕이다! 누가 나와서 판가름을 해볼 테냐?"

우레 같은 호통 소리에 조조의 군사들은 은근히 몸을 떨었다. 조조는 급히 일산을 치우게 하고 좌우를 돌아보았다.

"언젠가 내가 관운장한테서 들은 바이지만, 익덕이 백만대군 속에서도 상장의 머리베기를 마치 주머니 속에 든 물건을 꺼내듯 한다고 하던

데, 오늘 직접 만나보니 과연 가볍게 보아서는 안 되겠구나."

조조의 말이 채 끝나기도 전에 장비가 눈을 부릅뜨며 다시 호통을 쳤다.

"연나라 사람 장익덕이 여기 있다! 누가 나와서 사생 결단을 할 테냐?"

조조는 장비의 기개에 눌려서 그만 물러갈 생각을 했다. 조조의 후군이 뒤로 움직이고 있는 것을 발견한 장비는 긴 사모를 꼬나들고 다시 한 번 호통쳤다.

"싸우겠느냐, 아니면 물러가겠느냐? 도대체 어쩔 작정이냐?"

그 호통이 끝나기도 전에 조조의 곁에 있던 하후걸夏侯傑이 그만 기절하여 말 아래로 떨어졌다. 조조는 놀라서 그대로 말머리를 돌려 달아나고 말았다. 그러자 모든 장수와 군졸들이 일제히 서쪽을 향해 도망치기 시작했다.

장판교에 서 있는 장비의 위용에 조조군이 스스로들 놀라 퇴각을 한다. 실로 장비의 대단히 경제적이고도 엄청난 활약이 아닐 수 없다. 당시 장비 뒤쪽에는 그야말로 유비가 패잔병을 거느리고 있었을 뿐이었는데, 장비가 홀몸으로 칼 한번 휘두르지 않고 조조의 대군을 막아주었으니 어찌 대견한 일이 아니었겠는가! 조자룡에 이은 또 한 사람의 스타 탄생이었다. 조자룡은 용맹스런 무용으로 조조군을 휘저어 놓았고, 장비는 엄청난 기세로 조조의 대군을 일순간에 눌러 그 진격을 막았던 것이다.

장비, 그는 결코 무용만을 지닌 그런 장수가 아니었다. 나름대로 지략을 갖춘 장수였다. 워낙 제갈량이나 관우로 인해 상대적으로 아무 생각 없이 힘만 믿고 설치는 장수로 삼국지에서 묘사되어 있다보니 우리가 그를 그렇게 생각해왔을 따름이다. 더 구체적으로 말하자면, 소설에서 장비라는 인물의 전형을 창출하기 위해 소설가들이 더욱더 그의 힘, 급한 성격 등을 집중 부각시켰기 때문이다. 그러면 조조군이 단지 장비의 고함소리 한마디만을 듣고 그토록 당황해 정신을 못 차리고 퇴각을 했을까? 과연 조조군이 허겁지겁 도망갈 수밖에 없었던 근본적인 요인은 무엇이었을까? 그 해답으로 다음 몇 가지를 생각해 볼 수 있다.

첫째, 장비가 지니고 있던 지략의 결과이다. 전하는 말에 의하면, 조조가 유비를 추격해 왔을 때, 장비가 이곳에서 후방을 엄호했다고 한다. 이때 장비는 겨우 20여 기의 기병을 데리고 있었다. 그는 다리 동쪽에 있는 나무숲을 보고는 곧장 병사들에게 명령하여 몇 개의 나무 가지를 베어, 말꼬리에 묶게 하고, 숲 속에서 말을 달리게 하여 병사들을 의아하게 했다. 말들이 질주하자, 흙먼지가 하늘 끝까지 높이 일어나, 마치 수많은 병력이 숲 속에 숨어 있는 것처럼 보이게 했다. 놀라운 장비의 지략이 아닌가! 둘째, 장비가 지니고 있던 용맹의 결과이다. 장비는 창을 가로잡고 말 위에 앉아, 비록 홀로 다리를 지키고 있으면서

장판과 문화유적 입구

도 결코 비굴하게 죽음을 두려워하지 않고 너무나도 당당하고 태연하게 조조의 대군을 맞이했던 것이다. 조조군의 장수인 문빙文聘, 장합張郃이 많은 군사를 이끌고 조자룡을 뒤쫓아 이곳에 도착하자, 장비는 우선 조자룡을 안전하게 지나게 하고는 조조의 대군을 맞아 기가 죽기는커녕 오히려 그들과 정면으로 맞서 호랑이 수염을 곧추세우고, 눈을 부라리면서 엄청난 소리로 그들을 위협했다. "연나라 사람 장익덕이 여기 있다. 누가 감히 나와 함께 혈전을 벌이겠는가!"라고 했는데, 그 기세와 소리가 세상을 뒤흔들었다고 한다. 그러니 어찌 조조군이 당황하지 않을 수 있었겠는가! 셋째, 제갈량 때문이다. 이미 조조군은 신야 전투와 번성 전투에서 제갈량의 신출귀몰한 재주를 한 번 맛보았기에, 장비가 임기응변적으로 꾸민 계략이 결코 장비의 임기응변에서 나온 것으로 생각하지 못하고, 저건 틀림없이 제갈량의 계략일 거라고 믿었기에 도망할 수밖에 없었던 것이다. 넷째, 관우의 덕택이다. 물론 관우는 그 자리에 없었다. 그러나 관우가 조조의 막하에 머물러 있던 시절 관도대전에 참전하여 원소의 맹장 안량과 문추를 단칼에 베며 그 위용을 떨친 적이 있다. 그 시절 관우에게 매료되어 있던 조조에게 관우는 자신의 동생 장비는 백만대군을 혼자서도 상대할 수 있는 용맹을 지녔다고 말했었다. 조조는 안량 문추를 단칼에 제압한 관우보다도 더 뛰어난 장수가 있다는 말에 너무나 놀라 단단히 주위에 일러두었었다. 장비를 만나면 조심하라고. 그 전설같은 장비를 눈앞에 대했으니 누가 감히 섣불리 나설 수가 있었겠는가!

앞의 두 가지는 직접적 요인이고, 뒤의 두 가지는 간접적 요인이라 하겠다. 다시 말해 이 모든 것이 복합적으로 작용해 조조군은 스스로 놀라 도망했던 것이다.

세상 사람의 간담을 서늘하게 만들었던 천하의 호걸 장비는 특히 적지인 위나라 사람들에게 더 인상적이었으며, 동시에 그가 본시 북방 연燕나라 사람이었기에 그들에게는 장비가 자랑스런 인물로 생각되었다. 그런 까닭에 지금까지도 조조의 심장부였던 허창에 촉나라 장수 장비를 모셔놓은 사당이 남겨져 있는 것이다. 바로 허창의 장공사이다.

장비는 삼국지에서 앞뒤 재지 않고 즉흥적으로 행동하는 급한 성격의 소유자인데다 술을 지나치게 좋아하는 장수로 묘사되어 있다. 그는 서주성에서 술을 자제하지 못하고 경계를 게을리 하다 여포에게 기습당하였을 뿐만 아니라 결국에는 술로 인해 비참하게 생을 마감하고 만 장수였다. 이런 점 때문에 장비는 그가 지닌 대단한 용맹에도 불구하고 유비와 관우, 제갈량에게 늘상 걱정을 끼쳤던 것이다. 그러나 한편으로 보면 장비는 결코 무용만을 지닌 그런 장수가 아니었다. 장판파 전투나 사천에서 적장 엄안을 사로잡는 과정을 보면 나름대로 지략을 갖춘 훌륭한 장수였음에 틀림이 없다. 워낙 제갈량이나 관우로 인해 상대적으로 아무 생각 없이 힘만 믿고 설치는 장수로《삼국지》에서 묘사되어 있다 보니 우리가 그를 그렇게 생각해왔을 따름이다. 더 구체적으로 말하자면, 소설에서 장비라는 인물의 전형을 창출하기 위해 소설가들이 더욱더 그의 힘과 급한 성격 등을 집중 부각시켰기 때문이다. 어쩌면 누구에게나 내면에 양면성이 존재하듯 이는 장비의 양면성일런지도 모른다.

제3장 제갈량과 삼분천하

조조의 심장부 허창에 적장 장비의 사당이 있다. 허창은 조조의 위나라 수도였다. 서기 196년, 한나라 헌제獻帝가 조조의 강권에 의해 낙양에서 허창으로 도읍을 옮긴 이후, 조조의 아들 조비가 황제의 보위를 빼앗아 다시 낙양으로 도읍을 옮길 때까지 허창은 25년간 한위漢魏의 수도였다. 그래서 이 허창 지역에는 지금도 많은 삼국문화 유적이 남겨져 있지만, 그 대부분이 위나라와 관련된 유적들이다.

엄청난 역사적 의의를 지닌 다리가 바로 당양교이다. 당양교는 일명 장판교長坂橋라 불리기도 하는데, 장판파 전투 당시 장비가 천지가 떠나갈 듯이 고함을 질러 조조군의 기세를 꺾은 다음 물을 막고 다리를 끊어 조조의 대군을 물리친 바로 그 유적이다. 장판파의 동북쪽 4km 지점에 이 다리가 있었다고 한다. 그러나 현재는 예전의 작았던 당양교는 그 흔적조차 찾을 수가 없고 단지 그것이 있었던 자리만이 남아 있다. 지금 남아 있는 옛 당양교 자리는 도로의 삼거리 갈림길에 위치해 있는데, 도로변의 들판에 황금색 기와와 칠이 반쯤은 벗겨진 붉은 기둥의 육각정이 세워져 있다. 이 정자 안에는 장익덕횡모처張翼德橫矛處라는 커다란 여섯 글자가 새겨진 오래된 비석이 있는데, 장비의 후손이 1731년 청나라 옹정擁正 9년에 세웠다고 한다.

지금 이 정자 주변은 온통 농촌 들판이고 단지 자동차 도로만이 그 위를 가로지르고 있어 얼핏 보기에 전혀 다리가 있었던 지역 같아 보이

지 않았다. 그래도 이 정자의 맞은 편에 작은 호수가 있는 걸로 보아 옛
날에는 이 근처로 물이 흘렀고, 그 물 위로 다리로 있었음직하다.

현재 호북성 당양시에는 이 삼국시대의 작은 다리를 대신해 인근지
역에 저하沮河를 지나는 큰 현대식 시멘트 대교를 지어놓고 당양교라
이름하고 있다. 당양시 동북방향의 옥양진玉阳镇 서남쪽에 당양시 중
심에서 자동차로 10분 정도의 거리에 있다. 옛 당양교 자리에서 자동
차로 채 5분이 걸리지 않는 가까운 거리에 이 새 당양교가 있다.

이 다리는 길이가 500m에, 폭이 10m로 자동차 두 대가 교행이 가
능한 2차선 도로로 되어 있다. 이 다리가 시작되는 부분의 우편에는 당
양교當陽橋라는 검은색의 세 글자가 새겨져 있어 눈에 띄고, 좌측에는
이 다리가 준공된 날짜인 1971년 10월이 뚜렷하게 새겨져 있다. 이 다
리 아래로는 저하의 푸른 물이 끊임없이 유유히 흘러가고 있고, 다리
건너편으로는 높이 솟은 도심의 현대식 건물이 눈에 들어온다.

위치와 규모는 바뀌어 장비의 그 우렁찬 목소리는 들을 수 없지만,
당양교라는 이름은 계속해서 이어지고 있는 셈이다. 자연이 변하고 강
물이 흘러가듯 역사는 또 이렇게 흘러가나 보다.

허창시 동남쪽 18킬로미터 지점의 장변진张潘镇 고성촌古城村 서
북쪽에 자동차로 약 35분 거리에 있다. 민간의 전설에 의하면 이 자리
에 당시 한위 허도의 관역館驛이 있었는데 이곳에 장비가 머물렀었기
에 후대 사람들이 여기에 사당을 지어 장비를 모셨다고 한다.

광활하게 펼쳐진 들판길을 달려 장공사 사당 입구에 도착하면 삼성

백三姓柏이라는 높이 솟은 특이한 소나무가 한 그루 보인다. 민간 전설에 의하면 유비 관우 장비가 허창에 머물던 시절 나들이를 나갔다가 이 나무에 말을 매어 두었었다고 해서 이름이 삼성수三姓樹라고도 불린다.

이곳의 입구도 특이하다. 여느 중국의 사당과는 달리 입구 문이 성문과 같은 아치형의 동굴문으로 되어 있고 위에는 극을 공연하는 신선경神仙竟이라는 누각이 있다.

이것은 청나라 순치順治 시기에 지은 것으로 삼국시대 극을 주로 공연했다고 한다. 이는 이곳이 숭배하는 인물을 모셔 제사를 지내는 사당의 역할과 함께 민간 참배객들을 위한 문화 공연장으로도 사용되었음을 짐작할 수 있게 한다.

이곳은 담벼락 돌마저 독특하다. 사당으로 들어가는 누각의 입구가 돌로 쌓여져 있는데 이 담벼락의 양쪽 편에 약간 푸르스름한 빛을 띠는 돌이 하나씩 있다. 이것이 우석雨石과 풍석風石인데, 우석은 길이가 85.7cm이고 넓이가 74cm이며, 풍석은 길이가 63.5cm이고 넓이가 47cm이다. 이것들은 비바람의 변화를 예측하는 돌이었다고 한다. 즉 비가 오려고 하면 이 우석에 먼저 물이 맺히고, 바람이 불려고 하면 풍석이 먼저 흔들거렸다는 것이다.

이밖에 사당 뜰에 놓여 있는 명청 시기 허창의 지진 상황에 대해 상세히 기록한 두 개의 비석은 지금도 지진사 연구의 중요한 자료이다. 사당 뜰 여기저기에 마구 흩어져 있는 4,000여 개의 벽돌 조각엔 정교하고 아름다운 문양들이 가득 새겨져 있어 한나라 때 장인들의 솜씨를 알 수 있게 한다.

　무엇보다도 이 장공사는 장비와 함께 부처도 모시면서 포청천包青天까지 모셔 놓은 사당이라는 점이 특이하다. 장공사 안에는 장비를 모신 전각과 함께 부처를 모신 법당과 포청천을 모셔놓은 전각이 나란히 어우러져 있다. 그래서 이 장공사를 포공묘包公廟라고 부르기도 한다.

　본래 이 사당은 촉나라 장수 장비를 모신 곳이었다. 그러다 어느날 법당이 들어서고 또 청 광서光緒 17년부터는 당시 민간의 존경을 한 몸에 받던 포청천도 이곳에 함께 모셔졌다. 즉 삼국 문화에다 위진魏晉 이후의 불교 문화, 송대 이후의 포청천에 대한 민간인들의 존경심이 모두 이 한 곳에 어우러진 것이다. 이는 중국과 같이 오랜 역사를 지니고 문화적 포용력이 강한 나라에서만 가능한 것이다.

　처음에 얼핏 보면 너무나 무질서하고 무원칙한 것들의 모음이라고 밖에 생각되어지지 않았다. 우선 촉나라 장수 장비를 위나라 사람들이 모셔놓은 것도 그렇고, 전혀 다른 종교적 이념을 지닌 사당이 같은 곳에 나란히 있는 것도 그렇고, 엄숙해야 할 사당에서 민간극을 공연했다는 것 또한 그러했다.

　그러나 자세히 이곳을 살펴보고 또 참배하는 사람들의 태도를 보면, 중국인들의 조화 융합에 대한 인식과 태도가 대단히 포용적이고 거시적이어서, 상대적으로 작은 것에 집착해 온 우리의 상식과는 많은 차이가 있음을 느낄 수 있다.

　중국사람들은 자신의 출신 지역, 추앙하는 인물, 종교 등에 대한 자부심이 대단하다. 그러나 우리나라와 같은 좁은 의미의 지역감정이나 배타성·결벽성은 찾아보기 힘들다.

이 장공사는 장비를 모셔놓은 삼국문화 유적이다. 두 눈을 부릅뜨고 있는 장비의 모습에서 대륙 장부의 기개를 느낄 수 있고, 그로 인해 장공사가 한층 더 장엄해 보인다.

그리고 이 사당은 중국 민간의 보편적 문화 현상을 가장 잘 대변해 주는 곳이라는 생각이 들었다.

장공사에서 느껴볼 수 있는 이런 현상들은 중국의 전통 도가, 불가 사상이 중국인들에게는 자연스레 함께 수용되어져 왔음을 보여 준다. 동시에 중국 민간인들은 교육받은 계층과는 달리 특정 이념이나 종교, 지역으로부터 자유로웠음을 알 수 있다. 따라서 지금도 장비와 부처와 포청천이 중국사람들의 마음속에서 함께 살아가고 있는 것이다.

아무튼 이 장공사는 여러 가지 이질적인 대상과 관념들을 잘 포용하고 자연스럽게 융합하는 중국의 문화와 중국인의 기질을 잘 이해할 수 있는 좋은 장소인 것 같다.

제4장

적벽대전, 삼국시대 최대의 격전

방통, 적벽대전의 숨은 주역

과연 적벽대전 승리의 일등 공신은 누구일까? 승리의 가장 큰 원인은 불을 이용한 공격, 즉, 화공의 방법을 채택한 것이었다. 결과적으로 그 화공이 성공하여 역사를 바꿔놓게 되었지만, 어떻게 이것이 가능했을까 하는 것은 아직도 의문이다. 상식적으로 적은 병력으로 많은 대군을 이기기 위해서는 일반적인 전술을 써서는 불가능하다. 그래서 유능한 전략가들, 즉, 주유 제갈량 등은 일찍이 이 화공을 생각했었다. 하지만 화공은 반드시 두 가지 조건이 전제되어야만 성공이 보장되는 것이었기에 그 누구도 실행에 옮길 수가 없었다. 첫째, 바람이었다. 북쪽에 위치한 조조군을 불태우기 위해서는 동남풍이 필요했다. 둘째, 강 위에서의 수전이었기 때문에 함께 불태울 수 있기 위해서는 전함들이 연결되어 있어야만 했다.

원래 양양 사람 방통은 자가 사원인데 난리를 피해서 강동에 임시 거
처하고 있었다. 노숙이 전에 그를 주유에게 천거하였으나, 방통이 미
처 찾아와 보기도 전에 주유가 먼저 노숙을 보내서 방통에게 계책을
물은 적이 있었다.
"조조를 깨뜨리려면 어떤 계책을 써야 할까요?"
그러자 방통은 노숙에게 말했다.
"조조의 군사를 깨뜨리려면 반드시 화공을 써야 하겠지만, 큰 강에서
는 한 배에 불이 붙으면 나머지 배들은 죄다 사면으로 흩어지고 말 것
이니 연환계連環計를 써서 적선들을 한데 붙들어 연결해 놓지 않고서
는 성사시킬 수 없을 것입니다."

소설 《삼국지》를 보면 이 두 부분이 허구적 사실을 가미해 이야기의
전개과정에서 속시원하게 해결되고 있다. 첫 번째 조건은 가장 능력이
남달랐던 제갈량으로 하여금 신통한 괴력을 발휘토록 해서 동남풍이
일어난 것으로 설명하고 있다. 두 번째 조건은 바로 방통이란 인물을
내세워 연환계라는 계책을 썼기에 가능했던 것으로 자연스럽게 설명하
고 있다. 그러니 적벽대전 승리의 일등공신은 소설 《삼국지》에 따르면
이 두 가지를 해결한 제갈량과 방통이 아니겠는가? 이런 불가능해 보
인 전술이 현실로 눈앞에 나타났기에 당시 최강이었던 조조군이 적의
화공에 속수무책으로 당하고 말았던 것이다.

"저에게 한 가지 계책이 있는데 그대로만 하시면 대소 수군이 다들 병에 걸리는 일이 없이 안전하게 공을 이룰 수 있을 것입니다."

조조가 크게 기뻐하며 다시 그 묘책을 묻자 방통은 말을 이었다.

"강 가운데서는 조수가 밀려들고 밀려나가느라 풍랑이 그칠 새가 없는데, 워낙 배에 익숙하지 못한 북방 군사들은 시달린 끝에 병이 나게 마련입니다. 만약 큰 배와 작은 배를 각각 배열하되 혹은 30척씩 혹은 50척씩 한데 모아 선두와 선미를 쇠고리로 연결해 놓고 그 위에 넓은 판자를 깔아놓으면 사람뿐만 아니라 말도 그 위로 다닐 수 있을 것입니다. 그렇게 해서 타고 나간다면 제아무리 풍랑이 일고 조수가 오르내린다 하더라도 두려울 것이 없을 겁니다."

《삼국지》를 보면 연환계는 방통이 건의하여 조조가 받아들인 것으로 되어 있다. 조조는 왜 그렇게 쉽게 방통의 견해를 받아들였을까? 물론 화공은 기상관계로 그 실현이 불가능했기에 그렇다 치더라도 낯선 책사의 견해에 백만대군의 운명을 그토록 쉽게 맡겨버렸단 말인가? 《삼국지》를 보면 그때 방통은 이미 조조의 사람이 아니었다. 그러나 조조는 당시 인물난을 겪고 있었기에 방통과 같은 이의 계책을 흔쾌히 수용하게 된다. 조조의 인간적인 면을 다시 한 번 소설에서 활용한 것이다. 관우와 헤어진 파릉교에서의 이별 대목에서 다른 사람이 이해 못할 정도의 관우에 대한 조조의 예우가 그 이별을 더욱 아름답고 안타깝게 해주었듯이 이 부분에서도 조조의 사람을 그리워하는 인간적 면모가 엄청난 원인을 제공한 것으로 되어 있는 것이다.

《삼국지》에서 방통은 제갈량에 전혀 뒤지지 않는 능력을 지닌 인물로 되어 있지만, 그의 전체적 비중은 전혀 제갈량에 미치지 못한다. 우선 그는 주인을 일찍 만나질 못했으니, 당연히 그 능력을 펼칠 기회가 없었던 것이다. 그럼 왜 주인을 일찍 만나지 못했을까? 그건 그의 외모와 성격의 독특함 때문이었다.

손권은 이 말을 듣고 매우 기뻐하며 그 사람의 성명을 물었다.

"그는 양양 사람으로 성은 방, 이름은 통, 자는 사원, 도호道號는 봉추 선생입니다."

"나도 그 이름을 들은 지 오래요. 그가 이곳에 와 있으면 곧 데려다 만나보게 해주시오."

그리하여 노숙은 방통을 데려다가 손권을 만나보게 하였는데, 인사를 하고 나자 손권은 그의 눈썹이 길고 코가 들려 있고 얼굴이 검고 수염이 짧아 용모가 기괴한 것을 보고는 불쾌해하였다. 그래도 손권은 한 마디 물었다.

"공이 평생 배우신 것은 주로 무엇이었소?"

"딱히 일정한 것은 없고 때에 따라 배웠습니다."

"공의 재주와 학문이 공근과 비하면 어떠하시오?"

"제가 배운 것은 공근과 별로 같지 않습니다."

손권은 평생에 주유를 가장 신임해 온 터이므로, 방통이 주유를 대단치 않게 말하는 것도 마음에 퍽 못마땅했다.

"공은 아직 물러가 계시오. 공을 쓰게 되면 그때에 다시 부르리다."

방통이 길게 탄식하고 물러가자 노숙은 손권에게 물었다.

"주공께서는 어찌하여 방사원을 쓰지 않으십니까?"

제4장 적벽대전, 삼국시대 최대의 격전

"너무 거만한 선비요. 그런 사람을 써서 무엇하겠소?"

방통의 독특한 외모와 성격은 상대방에게 친근감을 주지 못했기에 손권과의 인연이 맺어지지 못했던 것이다. 아무리 뛰어난 능력을 가진 사람이라고 할지라도 그 능력을 알아주는 사람을 만나지 못하면 아무 소용없는 것이다.

방통은 노숙이 써주는 글을 받아 들고 그 길로 현덕을 만나러 형주로 떠났다. 이때 공명은 마침 4개 군을 순시하러 나가서 돌아오지 않았다. 그래서 문지기가 들어가 현덕에게 바로 말했다.

"강동의 명사 방통이 휘하에 몸을 의지하러 왔습니다."

현덕도 오래 전부터 그의 이름을 들어서 아는 터이므로 곧 맞아들였다. 현덕을 만난 방통은 읍만 할 뿐 절을 하지 않았다. 게다가 현덕도 방통의 용모가 추한 것을 보고 역시 마음에 좋아하지 않았으나 위로를 해주었다.

"먼 길을 오시느라 수고가 많으셨겠소이다."

방통은 노숙과 공명의 글을 내놓으려 아니 하고 그저 이렇게 대답했다.

"황숙께서 어진 선비들을 널리 구하신다는 소문을 듣고 일부러 찾아왔습니다."

그러자 현덕이 시원찮은 소리를 했다.

"형·초 지방을 평정한 지 얼마 안 되어 아직은 빈 자리가 없고, 여기서 동북쪽으로 1백 30리 떨어진 곳에 뇌양현末陽縣이라는 고을이 있는데 그곳 현령 자리가 비었으니 우선 거기에 가 계시면, 앞으로 차차 자리가 나는 대로 중히 써드리도록 하리다."

이 말을 들은 방통은

'현덕도 어찌하여 나를 이처럼 박대하는가?'

하고 서운하게 생각하면서, 재주와 학문으로 유비의 마음을 움직여 볼까 하는 생각도 하였으나, 공명이 마침 없으므로 그냥 참고 하직을 고한 다음 뇌양현으로 가서 부임했다.

……

"도대체 내가 중단했다는 일이 무엇이오? 나는 조조와 손권 같은 이들도 손바닥의 글 보듯 하는 터인데, 작은 현을 어찌 개의하겠소?"

유비도 그의 모습을 보고는 마음속으로 그다지 내키지 않아 겨우 뇌양현령耒陽縣令의 자리에 앉혔다. 훗날 장비가 직접 가서 하루 안에 백일 동안 쌓여 있던 공문을 읽고 처리하는 방통의 모습을 보고 그 사실을 보고하자, 유비는 그제서야 그의 능력을 인정하여 부군중랑副軍中郎으로 삼았던 것이다.

이처럼 방통은 추한 외모 때문에 첫인상이 좋지 못해 좋은 대접을 받지 못했다. 특히 방통과 유비와의 첫 만남을 유비와 제갈량과의 삼고초려를 통한 첫 만남과 비교해 보면 사뭇 엄청난 차이를 느낀다. 유비가 사마휘에게 두 사람의 명성을 공히 들었으나 이토록 두 사람에게 갖춘 첫 번째 예가 차이가 심하였다. 결국 방통이 그 능력에 비해 출세가 늦을 수밖에 없었던 이유는 바로 추한 외모로 인해 다른 사람에게 주는 첫인상이 좋지 못했고, 또 그의 성격이 다소 직선적이어서 태도가 예의

제4장 적벽대전, 삼국시대 최대의 격전

가 없어 보이고 거만해 보였던 것이 주요 원인이었다.

　게다가 방통은 제갈량에 대한 라이벌 의식이 굉장히 강했다. 사실 방통은 호북湖北 양양襄陽 사람이며, 제갈량과는 인척관계였기에 제갈량을 형이라 불렀다. 왜냐하면 제갈량의 누나가 방산민龐山民이라는 사람에게 시집을 갔는데 이 방산민의 사촌동생이 바로 방통이었다. 그들 두 사람은 서로의 능력에 탄복하여 서로 존경하며 교유하였다. 그래서 사마휘司馬徽가 일찍이 유비에게 공명과 방통 중 한 사람만 얻어도 천하를 얻을 수 있을 것이라고 말했던 것이다.

　방통의 도량이 좁아 보이지만 사실은 제갈량에 대한 라이벌 의식 때문이었다. 이런 의식은 운이 없어 주인을 일찍 만나지 못해 인정받지 못했던 지난날을 빨리 만회해서 인정받고 싶은 조급함으로 나타나 스스로가 대도를 저버리게 되었던 것이다. 결국 능력이 없어서가 아니라 이런 현실적 요인이 일종의 콤플렉스로 작용해 늘상 제갈량에 대한 열등감을 지녔던 것이며 이것이 조급함으로 나타나 끝내는 대업의 뜻을 이루지 못하고 먼저 세상을 떠나게 되었던 것이다.

　이는 동서고금을 막론하고 지식인들이 가진 속성이며 동시에 어쩔 수 없는 한계이기도 하다. 방통의 가장 두드러진 공적이 유비의 서천 공격을 도운 것이었다. 그러나 락현雒縣으로 진군하는 도중에 불행히도 낙봉파落鳳坡에서 화살에 맞아 전사해버려 더 이상의 공적을 세울 수가 없게 되어 버렸다. 그가 유비를 따른 지 불과 3년만의 일이었으며, 그의 나이 겨우 36살이었다. 실로 안타까운 일이 아닐 수 없다. 방통은 벼슬길에 나온 것이 비교적 늦었고, 또한 너무 젊은 나이에 세상을 떠나버렸기 때문에 뛰어난 재능을 지녔음에도 불구하고 더 많은 공적을

세울 수 없었다. 그래서 제갈량과 같은 명성을 떨치지 못한 채 잊혀져
갔던 것이다.

금란산 삼국지 문화유적지

적벽대전이 일어났던 적벽산은 금란산金鸞山과 남병산南屏山 등 크고
작은 산으로 이어져 있다. 적벽시의 적벽공원 입구에서 남쪽으로 길을
따라 걸어나오면 무후궁이 있는 남병산을 지나게 되고 또 몇백 미터를
더 나오면 금란산을 볼 수 있다. 남병산과 바짝 붙어 있는 이 금란산은
적벽대전 당시 주유가 병영을 짓고 주둔했던 곳이라고 한다.

이 금란산 기슭에 봉추암이 있는데, 이곳은 봉추선생 방통이 적벽대
전 전에 거주하며 병서兵書를 공부했던 곳이다. 후세 사람들이 제갈량과
더불어 적벽대전의 일등공신이라 할 수 있는 봉추선생을 기념하기 위
해, 그가 은거했던 이곳에 봉추암을 지어 그를 기리고자 했던 것이다.

금란산 입구에 도착해 우측을 바라보면 연못이 보이고 그 앞에 금
란산을 소개하는 안내판이 서 있음을 볼 수 있다. 입구에서 숲이 우거
진 금란산을 바라다보며 계단을 따라 올라가면 푸른 기와로 된 입구 문
이 나오는데, 가운데 적벽고풍赤壁古風이라는 네 글자가 적혀 있다. 이
문을 지나가면 약간 평평한 평지로 된 정원이 있고, 약간 우측 편에 하
얀색 벽에다 기와를 올린 자그마한 집이 하나 보인다. 정면에 조그마한
입구가 있는데 그 위에 봉추암鳳雛庵이라 적혀 있다. 지금 남아 있는

방통을 모신 봉추암

이 봉추암은 1846년 청대 도광道光 26년에 다시 지은 것이라 한다.

　이 안으로 들여다보면 양쪽 편에 긴 의자가 놓여 있고, 정면 한가운데 방통의 조각상이 모셔져 있다. 봉추암의 앞에 뜰이 있고 그 아래 숲 사이로 난 계단을 따라 걸어 내려가면 숲으로 둘러싸여진 꽤 넓은 연못이 있다. 이 연못 한가운데에는 붉은 기둥에 녹색기와로 된 정자 하나가 있는데 가운데 방통정龐統井이란 현판이 걸려 있다. 이 연못 한가운데의 정자까지는 구불구불하게 만든 다리로 연결되어 있는데 그 모습이 너무나 아늑해 보인다.

　연못에서 올라와 봉추암을 바라보면 오래된 큰 나무들에 의해 둘러싸여 있음을 알 수 있다. 또 그 주변으로 나 있는 꼬불꼬불한 좁은 길이 보이는데 이 길을 걸어가면 금란산 정상에 이를 수 있다. 봉추암 문 앞에 큰 은행나무가 한 그루 있는데, 천년 이상 된 나무라 한다. 이 나무에 관해 전해 내려오는 이야기가 있다. 방통이 이곳에 은거할 때, 그는 책을 읽고 남는 시간이 있으면 항상 악기를 타며 노래를 불러, 금빛 봉황을 불러들여 머물게 했다고 한다. 이후에 방통이 낙현維縣에서 화살에 맞아 전사한 후, 금빛 봉황 한마리가 방통이 은거했던 이곳으로 날아와 문 앞의 은행나무에 머물렀다고 한다. 이 산이 금란산이라고 불려지는 것도 바로 이 때문에 얻은 이름이라고 한다. 이곳 사람들은 그 봉황이 봉추선생이 변한 것이라고 생각하고 그를 위해 집을 지어주었는데 이것이 바로 지금의 봉추암이라는 것이다.

그리고 봉추암 앞뜰의 왼쪽 편에 역시 천년이 넘었다고 하는 구불구불 이어져 하늘을 향해 올라간 큰 등나무가 한 그루 있다. 이곳 사람들의 말에 의하면, 방통이 바로 이 등나무의 이어진 모습을 보고 조조의 대군을 격파할 연환계를 생각했을 것이라고 한다.

방통을 기리기 위해 지은 금란산의 봉추암은 한 시대를 풍미하고도 남을 재능을 지녔던 한 영웅적 인물이 그 꽃을 피우지 못하고 사라져간 정열적 청춘을 기억하기에 충분하다. 천재적 재능을 지닌 사람이 요절했다고 하면 왠지 더 안타까움을 느끼게 한다. 그러나 천재와 요절이란 단어는 어딘지 모르게 우리 가슴속에 조화를 이루는 단어처럼 들리기도 한다. 천재적 재능을 지닌 방통이 세상에 나선 지 겨우 3년 만에 그 생을 마감하고 말았으니 어찌 안타까운 일이 아니겠는가! 세상은 두 영웅을 용납하지 않는다고 했는데, 혹 제갈량과의 양립을 허락하지 않은 것은 아니었을까?

오림, 적벽대전 최고의 전략요충지

서기 207년, 건안 12년 11월 15일 보름날, 조조군은 장강 북쪽의 광활한 대지 위에 진을 치고 있었는데, 그 위치가 바로 오림의 남쪽이었다. 때는 바야흐로 그 유명한 적벽대전을 눈 앞에 둔 시각이었다. 폭풍전야 같은 그 시간 조조는 손권과 유비 연합군의 화공을 앞세운 공격이 임박했음을 알지 못한 채 그렇게 보름날 밤을 보내고 있었다.

오림은 적벽대전에서 중요한 의미를 지닌 지역이었는데, 그 이유는 위치가 전략적으로 너무나 중요한 곳이었기 때문이다. 조조군은 이 오림을 육지의 군영으로써 뿐만아니라 중요한 군량미 비축 장소로 활용하고 있었다. 왜냐하면 이 오림은 장강 가의 조조 대군의 진영에서 북으로 통하는 길목이었기에 후방 북쪽으로 식량과 보급품이 오는 길목

적벽대전의 역사적 진실을
담고 있는 장강삼협

으로 군량을 저축해두는 곳으로 쓰고 있었던 것이다. 오림은 이처럼 그
위치가 전략적으로 너무나 중요한 곳이었다. 이곳의 중요성을 주유와
제갈량은 이미 간파하고 있었다.

조조는 남쪽의 병풍 같은 경치를 보고 다시 눈을 들어 주위를 살펴보
았다. 동쪽은 시상의 지경이요, 서쪽은 하구의 강물이요, 남쪽으로는
아득히 번산樊山이 보이고, 북쪽으로는 오림烏林이 퍼져 있어, 사방이
광활하기 그지없다.

적벽대전을 앞 둔 양측의 전혀 다른 분위기를 《삼국지》 속에서 찾아
보자. 《삼국지》를 보면 동오의 명장 주유는 적벽대전을 치르기 직전에
장수들에게 명령을 내리는데,

주유는 모든 장수를 모아놓고 군령을 내렸다. 먼저 감녕을 불러서, "채
중과 전에 항복한 군사들을 이끌고 남쪽 언덕을 따라가되 조조군의 기

를 들고 오림 쪽으로 가시오. 그곳이 바로 조조가 군량을 비축해 두는 곳이오…….”

이처럼 주유는 조조 진영의 허실을 파악하고 있었다. 그러니 천하의 제갈량이 어찌 이의 가치를 몰랐겠으랴! 그도 배풍대에서 동남풍을 일으킨 다음 그를 죽이고자 하는 주유의 속셈을 훤히 꿰뚫고 있다가 가볍게 그들의 손아귀를 빠져 나왔다. 제갈량은 유비군의 근거지인 하구로 돌아오는 즉시 가장 먼저 내린 명령이 오림을 장악하라는 것이었다. 《삼국지》의 이 대목을 보면

“자룡은 3천 군마를 거느리고 강을 건너 곧장 오림에 가서 나무와 갈대가 무성한 장소를 골라 군사를 매복시키시오. 오늘 밤 4경이 지난 뒤에 조조가 필연코 그 길로 도망칠 것이오. 그들의 군마가 절반쯤 지나가기를 기다렸다가 중간에서 불을 지르시오. 비록 조조 군사를 모조리 죽이지는 못하더라도 절반은 죽일 수 있을 거요.”
그러자 조운이 물었다.
“오림에는 길이 두 갈래여서 하나는 남군으로 통하고 다른 하나는 형주로 가는 길인데, 그들이 어느 길로 갈는지 모르겠는데요.”

적어도 《삼국지》에 묘사된 제갈량은 역시 주유보다 한 수 위의 전략가였다. 천하의 전략가 제갈량은 한걸음 더 나아가 패배한 조조가 이 오림을 통해 퇴각할 수밖에 없음을 이미 간파하고 있었다. 그래서 배풍대에서 동남풍을 일으켜 화공을 가능토록 한 다음 유비군의 근거지인

하구로 돌아오는 즉시 가장 먼저 조자룡에게 내린 명령이 오림을 장악하라는 것이었다. 이러한 정황을 살펴보면 오림의 중요성과 가치를 충분히 알 수 있으며 이곳이 얼마나 치열한 전쟁터였겠는가 하는 것을 짐작하게 해준다.

이렇게 폭풍전야처럼 감돌던 전운이 결국 현실로 다가와 대전투가 벌어지고 이 오림은 전략가들의 예언대로 큰 전쟁터가 되었다. 결과는 조조군의 대패였다. 이곳이 조조군의 진영이 있던 곳이다 보니, 조조군에게는 참패의 현장이었고, 유비·손권 연합군에게는 승전의 장소였다. 이 적벽대전은 오림을 비롯한 주변의 여러 곳에 많은 유적을 남겨 놓았다. 그러나 그 의미는 달랐다. 다시 말해 강남江南의 여러 적벽대전 유적은, 유비·손권 연합군이 지혜로써 승리를 얻은 곳, 즉 적은 병력으로써 많은 병력을 이긴 영광의 전쟁터이다. 반면에, 강북江北의 오림 유적은 강대한 조조군이 참담한 패배를 맛본 치욕의 전투장이었다.

오림 삼국지 문화유적지

오림은 홍호시洪湖市 동남쪽 20킬로미터 지점의 오림진烏林鎭에 자동차로 약 15분 거리로 장강의 북쪽 강가에 있다. 옛날 이 오림 지역은 빽빽이 우거진 원시삼림 지역이었는데, 적벽대전으로 인해 잿더미로 변해 버렸다고 한다. 장강 변에서 이쪽을 바라다보면 끝없이 펼쳐진 들판 가운데 약간 구릉이 져서 부근 지역보다는 다소 높아 보이고, 마을 뒤쪽으로는 짙은 숲이 보인다. 전형적인 한적한 시골 마을인데, 마을 입구에 도착하면 붉은 글씨로 오림채烏林寨라고 새겨진 비석이 하나 서 있다. 이 비석의 우측에 이 마을 모든 사람이 지금까지도 우러러 받들고 있는 조조를 모신 조공사曹公祠라는 작은 사당이 하나 있다.

사당 주변에는 붉은 벽돌로 지은 시골집들이 꽤 여러 채 있다. 사당 입구 양측 편에 돌사자가 한 마리씩 있고, 정면의 작은 입구 문 위쪽에 검정색이 반쯤 벗겨진 바탕에다 역시 빛 바랜 금색 글씨로 조공사라는 세 글자가 새겨져 있다. 이 사당은 문화대혁명 때에 훼손되었다가 최근에 보수된 것이라고 한다. 방문객이 왔음을 알고 문 입구까지 마중 나온 이 사당을 지키는 사람들은 한결같이 갈색 두건을 쓰고 파란 옷을 걸쳐 입었는데, 조조를 숭배하는 사람들로서 모두가 증曾 씨이며 조상 대대로 조조를 숭배해 왔다고 한다. 그래서 지금도 하루에 수 차례씩 조조에게 제를 올리고 있으며, 그 운영비용도 정부지원에 관계없이 그들 스스로가 한다고 한다. 사실 거주하고 있는 본인들도 정확하게 언제부터인지는 모르지만, 이 오림촌은 증씨들만 사는 집성촌으로 현재도 마을에는 전부 증씨만이 살고 있다고 한다.

이 조조 사당을 들어서면 가운데 붉은 옷을 입은 조조의 조각상이 위풍도 당당하게 서 있다. 그 좌측 옆에 장합張哈 허저許楮의 조각상이, 우측 옆에는 전욱典旭 장료張遼의 조각상이 조조 조각상의 절반 정도 크기로 세워져 있다. 이곳을 지나 안으로 들어가면 조그마한 뜰이 있고, 정면에 낡은 건물이 있는데, 안에는 의외로 네 개의 부처가 삼국

인물 조각상과 함께 모셔져 있다. 그리고 방문객을 위한 배려인지 사당 안에는 두 사람의 사당지기가 앉아 목탁을 치며 염불을 외고 있었다. 참 특이한 사당이었다. 그들도 언제부터 조조를 불상과 함께 모셨는지를 모르고 단지 그들 윗대 때부터 그래 왔다고만 말을 할 뿐이다. 중국 문화의 포용성을 다시 한 번 느껴본다. 전체적으로 이 사당은 대단히 낡고 허름한 건물이며, 뜰 가운데에도 단지 석등만이 하나 있고 네 그루의 관상용 작은 나무가 허전하게 뜰 한 모퉁이씩을 메우고 있을 뿐이다.

오림채 비석이 있는 마을 입구에서 안쪽으로 십여 분 정도 걸어 들어가면 꽤 여러 채의 집들이 모여 있는 마을이 나온다. 이 마을 한가운데에 90년대 초에 세워졌다고 하는 조조만曹操灣이란 비석이 서 있다. 이 마을은 현재는 행적구역상으로 홍호현 횡제촌橫堤村 이조二組이

(좌)오림채 비석 (우)조조를 모신 조공사

제4장 적벽대전, 삼국시대 최대의 격전

다. 그러나 입구의 오림촌과 함께 옛날 오림의 주요지역으로써 예로부터 이곳을 '조조만'이라고도 불렀다고 한다. 왜냐하면 적벽대전이 벌어지던 시절 이 마을이 바로 조조 군영의 지휘부가 있었던 곳이라고 해서 조조만이라는 지명이 붙여졌었다는 것이다.

전하는 말에 의하면 적벽대전 때 오림이 불 탄 뒤, 조조군 병사들의 피가 흘러 하천을 이루고, 시체와 유골이 산처럼 쌓였다고 한다. 그래서 당시 이곳 사람들이 이들의 시체와 머리를 한 곳에 쌓고, 구덩이를 파서 매장을 하였다. 훗날 사람들이 그 자리를 홍혈항紅血巷 또는 만인갱萬人坑이라 불렀다고 한다. 지금 이 조조만이란 비석의 앞쪽으로 몇 백 미터 걸어가면 약간 구릉진 언덕과 논 사이의 비탈 벽에 꽤나 큰 구덩이가 있다. 이곳 사람들은 여기가 바로 당시 시체를 묻었던 그 구덩이일 것이라고 한다. 이들은 최근까지도 이 근처 논밭에서 일하던 중에 수많은 사람 뼈와 말굽, 칼, 창과 같은 병기를 발견해 파내었다고 한다.

그토록 오랜 시간이 지났건만 그 전쟁이 도대체 어느 정도였기에 그 영향이 오늘날까지 미치고 있단 말인가? 그렇게 울창했다고 하던 숲은 지금 찾아 볼 수 없고, 주위의 장강의 강폭도 그 당시처럼 그렇게 넓지는 않다. 자연적 조건은 세월의 흐름에 따라 이미 상당히 변해 있건만 사람이 저지른 전쟁의 결과는 아직도 눈앞에 보여진다고 하니, 자연의 변화나 재앙보다 인간의 변화와 재앙이 더 무섭고 큰 것임을 다시 한 번 느껴본다.

적벽 배풍대赤壁 拜風臺

"대체로 화공을 하려면 바람을 빌려야 하는데, 이 엄동에는 서풍과 북
풍이 있을 뿐이지 동풍과 남풍이 어디 있겠느냐? 우리는 서북쪽에 있
고 저쪽 군사들은 다들 남쪽 언덕에 있으니, 저들이 만약 화공을 쓴다
면 도리어 저들 군사만 태워 죽이게 될 것이니 내가 무엇이 두렵겠느
냐? 지금이 사월의 초봄이라면 내가 벌써 대비했을 것이다."

이는《삼국지》에서 방통이 건의한 연환계로 인해 묶여진 전선을 보
며 조조의 군사軍師 정욱이 화공을 걱정하자 조조가 웃으며 그런 걱정
을 일축하고 있다. 이 조조의 말을 보면 당시의 일반적 기상 현상을 잘
알 수 있다. 즉, 적벽대전이 벌어진 시점은 11월 초겨울이었다. 대개

북서풍이 부는 계절이다. 이처럼 한겨울에 동남풍을 바란다는 것은 불가능한 것으로 여기고 있었다. 그러나 이를 제갈량은 현실로 나타나게 만드는데, 그 전제 조건으로 동남풍을 일으킬 수 있도록 천지신명께 빌기 위해 칠성단七星壇을 설치해 줄 것을 요구한다.

"제가 비록 재주는 없지만 일찍이 이인異人을 만나 기문둔갑천서奇門遁甲天書를 전수받아 능히 바람을 불러오고 비를 내리게 할 수 있습니다. 도독께서 동남풍을 쓰시려면 남병산南屏山에 단을 하나 쌓되 이름은 칠성단七星壇이라 하고 높이 9척에 3층이 되게 하고, 군사 1백 20명이 저마다 깃발을 들고 단을 둘러싸게 하십시오. 제가 단상에 올라가 술법을 써서 3일간 동남풍을 빌어, 도독께서 군사를 쓰시는 데 도움을 드리지요. 그게 어떻겠습니까?"

"3일은커녕 단 하룻밤만 바람이 크게 불어주어도 대사를 이룰 수 있겠습니다. 그런데 정세가 워낙 급하다 보니 늦어서는 안 되겠습니다."

"11월 20일 갑자일甲子日에 바람을 빌어서 22일 병인일丙寅日에 그치게 하면 어떻겠습니까?"

주유는 크게 기뻐하며 벌떡 자리에서 일어나더니 즉시 군령을 내려, 정병 5백 명을 남병산에 보내 칠성단을 쌓게 하고, 또 1백 20명은 깃발을 들고 단을 지키며 대령하게 했다.

공명은 주유에게 하직하고 밖으로 나오자 노숙과 함께 말을 타고 남병산에 가서 지세를 살펴본 다음, 군사들에게 동남방의 붉은 흙을 파다가 단을 쌓게 했다. 단의 둘레는 24장, 각 층의 높이는 3척씩 모두 3층 9척이었다.

적벽대전 그림관
양쪽의 부조들

    준비를 갖춘 다음 제갈량은 적벽의 승리를 위해 동풍이 불기를 빈
다. 물론 주유는 제갈량의 말에 반신반의하였지만, 그로서는 흔쾌히 응
할 수밖에 없었다. 주유에게는 다른 생각이 있었다. 정말 제갈량이 동
풍을 일으킨다면 더없이 좋은 것이고, 만약 일으키지 못한다면 늘상 제
갈량의 비범한 재주를 보고 훗날을 두려워하던 차에 그를 제거할 절호
의 명분을 얻기 때문이었다.

공명은 11월 20일 갑자 길신吉辰 일에 목욕재계한 다음 몸에 도의
道衣를 입고 발을 벗고 머리를 풀고 칠성단 앞에 이르러 노숙에게 일
렀다.
"자경은 군중에 돌아가 공근이 용병하는 것을 도우십시오. 혹시 나의
기도에 효험이 없더라도 이상하게 생각지는 마십시오."
노숙이 물러가자 공명은 단을 지키는 군사들에게 말했다.
"함부로 제자리를 떠나지 말도록 하오. 서로 머리를 맞대고 수군대지
도 말며, 함부로 지껄이거나 무엄한 소리를 하지도 마시오. 이상한 일

160

에 놀라지도 마시오. 만약 어기는 자가 있으면 참할 것이오."

군사들은 모두 그 명령에 복종했다. 공명은 천천히 단 위로 올라가더니 방위를 살펴보고 나서 향로에 향을 피우고 바리에 물을 붓고, 하늘을 우러러 속으로 가만히 축원하였다. 그리고는 단을 내려와 장중에 들어가 잠깐 쉬면서, 군사들이 번갈아 밥을 먹게 했다. 이렇게 공명은 하루에 세 번씩 단에 올라갔다 내려왔으나 동남풍이 쉽게 일어나지 않았다.

(중략)

모든 군사와 장수들은 군령을 받들어 저마다 주먹을 어루만지고 손바닥을 비비며 적과 싸울 준비를 했다. 이 날도 어느덧 저물어 밤이 되었다. 하늘은 맑게 개고 바람은 한 점도 일지 않았다. 그러자 주유가 노숙에게 말했다.

"공명의 말은 거짓이오. 이 깊은 겨울에 어찌 동남풍이 일 수 있겠소?"

"제 생각에는 공명이 거짓말을 할 까닭이 없습니다."

노숙은 믿어 의심하지 않았다. 그런데 3경쯤 되었을 때 별안간 바람소리가 나고 깃발이 휘날리기 시작했다. 주유가 장막에서 나가 보니 깃발이 서북쪽으로 펄펄 휘날리고 있었다. 삽시간에 동남풍이 크게 일고 있었다. 주유는 소스라치도록 놀랐다.

정말 동남풍이 불었다. 주유는 놀라지 않을 수 없었다. 그는 많은 전공을 올린 명장이자 전략가였다. 그래서 그도 나름대로 일반적 기상 상황에 밝았기에 조조의 생각과 같았을 것이다. 그런데도 결국 동남풍은 불었고, 이로써 적벽대전은 시작되었던 것이다.

이처럼 소설 《삼국지》에서 묘사한 적벽대전은, 기본적으로 역사적 사실과 일치하지만, 사실과 달리 허구적 요소를 가미한 여러 가지 이야기가 있다. 예를 들면, 제갈량이 풀로 덮어씌운 배를 노숙과 함께 타고 가서 조조군의 화살을 노획해 오는 초선차전草船借箭 이야기가 그것이다.

공명이 자리에 앉자 주유가 공명에게 물었다.

"곧 조조의 군사와 싸우게 될 터인데 수전을 하려면 대체 어떤 병기를 먼저 써야 하겠습니까?"

"큰 강 위에서는 화살을 먼저 써야지요."

"선생의 말씀이 바로 내 생각과 똑같군요. 그런데 지금 군중에 화살이 넉넉하지 못합니다. 수고스럽겠지만, 대적할 준비로 선생께서 화살 10만 대를 만들어 주시면 좋겠습니다. 이것은 공적인 일이니 선생께서는 사양하지 마시기 바랍니다."

주유의 억지에도 공명은 고개를 끄덕였다.

"도독께서 시키시는 일을 제가 어찌 마다하겠습니까마는, 도대체 화살 10만 대를 언제 쓰시렵니까?"

"열흘 내에 쓰려고 합니다. 해내실 수 있겠습니까?"

"조조의 군사가 당장에라도 쳐들어올 판인데 열흘씩이나 기다리다가는 대사를 그르치지나 않을런지요?"

"그럼 선생께선 며칠이면 다 해놓으실 수 있겠습니까?"

"사흘 기한만 주시면 화살 10만 대를 가져다 바치겠습니다."

(중략)

제4장 적벽대전, 삼국시대 최대의 격전

"자경은 부디 내게 배 20척만 빌려주십시오. 그리고 1척에 군사 30명씩 붙이고, 배 위에 청색 포장을 둘러치고, 각각 풀단 천여 개씩을 배의 양편에 세워주십시오. 그렇게만 해주시면 제가 계략을 써서 사흘째 되는 날에 틀림없이 화살 10만 대를 마련해 내겠습니다."

(중략)

공명은 배 20척을 기다란 밧줄로 잇게 하더니 북쪽 기슭을 향해서 나아가게 하였다. 이날 밤은 안개가 자욱하게 하늘을 덮었는데 장강 위는 더욱 심하여, 서로 얼굴을 알아보기조차 어려울 지경이었다. 공명은 배들을 재촉하여 계속 앞으로 나가는데 과연 안개가 이만저만이 아니었다.

……

5경쯤 배들이 조조의 수채 가까이에 이르자, 공명은 배들의 머리가 서쪽을 향하고 꼬리는 동쪽을 향하도록 한 줄로 죽 늘여 세우더니 군사들이 배에서 북을 치고 고함을 지르게 했다.

노숙은 깜짝 놀라 부르짖었다.

"조조의 군사가 일제히 나오면 어쩌려고 이러십니까?"

공명은 태연히 웃으며 말했다.

"내 생각에 조조가 아무리 대담하다고 해도 이렇게 짙은 안개 속으로 감히 나오지는 못할 것입니다. 우리는 그저 술이나 마시면서 즐기다가 안개가 걷히면 돌아가기로 합시다."

조조의 수채에서는 갑자기 들려오는 북소리, 고함소리를 듣고 모개와 우금이 황급히 조조한테 알렸다. 그러자 조조는 이렇게 명을 내렸다.

"지금같이 안개가 자욱한 때에 적병이 갑자기 이르렀을 적에는 반드시 매복이 있을 것이니 결단코 경솔하게 움직여서는 안 될 것이오. 수군의 궁수들을 내보내 활이나 어지러이 쏘도록 하오."

그리고는 또 사람을 육지의 진영에 보내 장료와 서황을 불러서, 각기 궁수 3천 명씩 거느리고 급히 강변에 나가 수군과 함께 활을 쏘게 했다. 조조의 명령이 전해졌을 때 모개와 우금은 이미 남쪽 군사들이 혹시 수채 안으로 뛰어들까 두려워하여 수군 궁수들을 수채 앞으로 내보내서 활을 쏘게 한 뒤였다. 이윽고 또 육지의 진영에서도 궁수들이 나와서 모두 약 1만여 명이 일제히 강 복판을 향해 활들을 내쏘았다. 화살은 사뭇 빗발치듯 날아갔다. 이때 공명은 배들을 빙그르르 돌려서 뱃머리는 동쪽을 향하고 꼬리는 서쪽을 향하게 한 다음에 조조의 수채 앞으로 바싹 다가가 화살을 받으며 계속해서 북을 치고 고함을 지르게 했다. 그러다가 해가 높이 떠올라 안개가 흩어지기 시작하자 곧 명을 내려 배들을 수습해서 급히 돌아섰다. 20척의 양쪽에 세운 풀단들 위에는 빈틈없이 화살들이 빽빽하게 꽂혀 있었다.

사실 초선차전 이야기의 실제 주인공은 제갈량이 아니라 손권이었다. 역사서 《삼국지》를 보면 손권이 배를 타고 조조군의 동정을 살피자, 조조가 그에게 어지러이 활을 쏘라고 명령한다. 뱃전에는 화살이 날아들어, 배가 한쪽으로 기울어 버렸다. 급한 나머지 손권이 뱃머리를 돌리자, 다른 한 쪽에도 얼마 되지 않아 화살이 가득 날아들어, 손권이 탄 배는 균형을 이루어 돌아왔다. 이 실제 사실이 《삼국지》에서는 제갈공명의 지혜와 재능을 돋보이게 하기 위해 이용되어진다. 특히 제갈량과 주유의 인물됨을 비교 대조시키면서 주유는 줄곧 폄하시키고 상대적으로 제갈량은 더 부각시키고 있다.

이런 소설의 허구적 요소는 근본적으로 역사서와 차별되는 문학성 부분이다. 이런 부분이 인물의 성격을 더욱 분명하게 부각시킬 뿐만 아니라 이야기의 전개에도 긴장감과 박진감을 더해주어 더더욱 《삼국지》를 흥미롭게 해준다. 그래서 독자들은 모르는 사이에 인물에 매료되고 이야기 속에 빠져들어 《삼국지》로부터 눈과 손을 뗄래야 뗄 수 없게 되는 것이다.

남병산 삼국지 문화유적지

적벽시에 있는 적벽산과 남쪽으로 이어진 산이 있는데 이 산을 남병산南屛山이라고 한다. 이 산 위에는 무후궁武侯宮과 동풍각東風閣이 있다. 이 무후궁이 바로 제갈량이 동풍을 빌었던 곳이라 한다. 그래서 배풍대拜風臺라고도 불린다.

새로이 조성해 놓은 적벽시의 적벽공원 입구에 백여 미터 못 미쳐 우측편에 이 적벽공원을 소개하는 안내판이 있다. 적벽공원 안내판 뒤편으로 숲이 울창한 산이 보이고, 안내판 아래에는 이곳이 남병산임을 소개하는 글이 적혀져 있다. 이곳에서 적벽공원 매표소와 입구까지는 백여 미터 정도 되는데 길 양편으로 기념품 가게가 즐비하게 늘어서 있다. 안내판 뒤쪽으로 우뚝 솟은 푸른 나무들 사이로 가파른 계단이 있는데, 이곳을 올라가면 노란색으로 칠해진 남병산 무후궁이 나온다. 빛

바랜 노란색 건물의 정면 가운데 위쪽에 세로로 배풍대拜風臺라고 붉은 글씨가 적혀 있고, 그 아래에 가로로 역시 붉은 글씨로 무후궁武侯宮이라고 적혀 있다.

안으로 들어가면 양쪽 벽면에 삼국 인물이 그려진 족자가 걸려 있고, 가운데에 제갈량의 조각상이 놓여 있다. 무후궁의 주변은 숲이 울창한데, 이 궁의 왼편에 2층으로 된 짙은 나무색 기둥에 흰 색칠을 한 누각이 있다. 이것이 동풍각東風閣이다. 이 두 건물이 울창한 숲 속에 둘러싸여 있어서인지 아늑한 느낌이 드는데, 동시에 제갈량이 특이한 재주를 부린 곳이라 그런지 다소 장엄하고 으쓱한 느낌이 들기도 한다. 물론 이 건물들은 1936년도에 다시 지어진 것들인데, 이때 배풍대라는 세 글자가 크게 새겨진 비석조각을 파냈다고 한다.

과연 그때 그 동남풍은 제갈량이 불러온 것일까? 중국사람들은 소설 《삼국지》에서 꾸며진 허구일 뿐이라고 한다. 설명하기로는 북서풍이 부는 겨울날씨에도 간혹 동남풍이 한번씩 불기도 한다고 한다. 즉 일종의 기상이변 현상이었을 것이라는 것이 중국사람들의 추측일 뿐이다.

치열한 전투의 전모

적벽대전 승리의 주역은 동오의 대장군 주유周瑜였다. 동한 말부터 시작하여 위·촉·오의 삼국시대까지 당시 세상의 영웅들은 천하의 패권을 쟁패하기 위해 수많은 전쟁을 했다. 적벽대전은 유비·손권의 연합군과 조조군이 벌인 실로 엄청난 전투였다. 이 전투로 인해 조조의 남진을 통한 천하쟁패의 꿈이 좌절되어 그야말로 삼국이 각각의 형세를 갖추어 본격적인 삼국시대가 열린다.

이때 황개는 불을 지를 화선 20척을 준비하고, 뱃머리마다 큰 못들을 빽빽하게 박아놓았다. 배 안에는 갈대와 마른 섶을 가득 실은 뒤 두루 생선 기름을 뿌리고, 위에는 유황과 염초 등 인화물들을 얹어놓은 다음 푸른 천과 유지로 그 위를 푹 덮어씌우고, 또 선두에는 청룡 아기를 꽂고 선미에는 각각 쾌선을 매놓았다. 그리고 나서 장하에 대령하여 주유의 군령이 내리기만 기다렸다.

……

서성은 뱃길로 1백 명의 도부수를 데리고 노를 저어 나가고, 정봉은 1백 명의 궁노수들을 이끌고 말에 올라 남병산을 향해 달려가는데, 도중에 동남풍이 크게 불었다.

……

남쪽의 배는 조조의 수채에서 겨우 2리 떨어진 곳까지 다가왔다. 이때 황개가 칼을 한 번 휘두르자 앞의 배에서 일제히 불이 일었다. 불은 바람의 위세를 타고 바람은 불의 형세를 돕우는 가운데 배들은 쏜살처럼 내닫고 연기와 불꽃은 하늘을 가렸다. 20척의 화선이 수채 안으로 몰려들자 조조의 수채에 있는 선척에 모조리 불이 옮겨붙기 시작했다. 그러나 배들이 사슬로 이어져 있어서 어디로도 피할 곳이 없었다. 이때 강 건너에서 포성이 크게 울리며 사면으로부터 화선이 일제히 몰려들었다. 삼강 물 위는 불길이 뒤쫓고 바람이 몰아쳐 온 천지가 시뻘겋게 불빛으로 물들었다.

……

실로 불은 군사의 형세에 응하고 군사는 불의 위세에 의지하니 이것이 바로 삼강의 수전, 적벽의 결전이다. 조조의 군사들은 창에 찔리고 화살에 맞고 불에 타고 물에 빠져 죽은 자가 이루 헤아릴 수 없이 많았다.

적벽대전, 그것은 실로 엄청난 전투였다. 동한 말부터 시작하여

위·촉·오의 삼국시대까지 당시 세상의 영웅들은 천하의 패권을 쟁패하기 위해 수많은 전쟁을 했다. 그 중 가장 규모가 크고 또 중요한 의미를 지닌 전투를 꼽아보면 관도대전, 적벽대전, 이릉대전이라 하겠다. 관도대전은 조조와 원소가 북방의 패권을 다툰 전투였다. 이 전투를 통해 조조는 명실상부한 북방의 패권자가 되었다. 적벽대전은 손권·유비의 연합군과 조조군의 전투였다. 이 전투로 인해 조조의 일방적 천하 통일의 꿈은 좌절되고, 삼국이 정립하는 본격적인 삼국시대가 열린다. 이릉대전은 유비의 촉군과 손권의 오군의 전투였다. 이 전투에서 유비가 대패함으로 인해 서서히 삼국은 그 균형을 잃기 시작해서 통일의 전조를 보이기 시작한다.

이 중에서도 적벽대전이 가장 규모가 컸고 그 의미도 깊었던 대전투였다. 결과적으로 《삼국지》에서 묘사한 것처럼 조조군의 대패였다. 이미 북방을 장악하고 남쪽의 동오를 공격하여 천하를 쟁패하고자 위풍 당당하게 남진을 시도했던 조조는, 손권·유비의 연합군에 의해, 사실상으로는 제갈량과 주유에 의해 엄청난 패배를 맛보게 된다.

여기에서 실제 역사 속의 적벽대전의 상황을 한번 살펴보자. 서기 208년 조조는 30여만의 대군을 이끌고, 남쪽으로 신야新野, 번성樊城, 양양襄陽을 차례로 제압하고, 형주를 취한 다음, 40여만의 병력을 정비하여 일거에 손권과 유비를 소멸시키고 천하를 손에 넣으려 하였다. 당시 손권과 유비의 군대는 겨우 5만 명으로, 장강을 경계로 하여 남쪽 편에 군대를 주둔시킨 채 조조군과 대치하고 있었다. 손권은 조조의 대군을 보고는 전의를 상실하여 장소張昭를 비롯한 투항파들의 건의를 받아들여 항복을 생각하고 있었다. 그런데 이때 제갈량, 주유, 노숙魯肅

赤壁古战场遗址——赤壁山
简 介

적벽대전 그림관
앞의 설명석

등이 나서 투항파를 논박하고, 손권과 유비의 군사연맹을 결성시켰다. 손권과 유비의 연합군은 동풍의 힘을 빌어 화공火攻을 해 조조군의 물위의 진지와 오림의 군영을 불태운 다음, 승세를 타고 대거 진격하여 조조군을 크게 무찔렀다. 조조는 패잔병을 이끌고 화용도華容道를 거쳐 북방으로 되돌아갔다. 이 전투가 끝난 뒤, 손권의 지위는 보다 더 공고해졌으며, 유비는 형주 대부분의 땅을 점유하고 나아가 익주益州까지 얻어, 위·촉·오의 3국이 정립하는 국면이 형성되었다.

　장강 중류 적벽 지역 일대에서 약 2천 년 전 삼국시대의 최고로 격렬한 전투로 기록된 적벽대전이 벌어졌다. 그럼 왜 이곳에서 전투가 벌어질 수밖에 없었을까? 이는 아무래도 지정학적 입장에서 이해를 해야 할 것 같다.

　이 적벽 지역은 장강의 중류 지역에 위치하여 북으로는 당시의 수도 허창 지역으로 이어지는 평원이 있었고, 서쪽으로는 장강의 물길을 따라 형주를 거쳐 멀리 서천西川의 내륙으로 통할 수 있고, 동으로는 역시 장강을 따라 내려가면 동오의 핵심지역인 구강九江 악주鄂州 남경南京으로 통하는 전략적 요충지였다. 즉, 삼국시대 가장 핵심지역이었던 형주의 바로 동쪽에 위치하고 있었던 것이다. 당시 형주를 장악한 조조로서는 이제 동으로 손권만 공략하면 그야말로 천하쟁패는 눈앞의 일이었다. 그러니 동오의 손권으로서는 적이 턱밑에까지 다가와 칼날을 들이민 급박한 상황이었고, 또 당시 형주의 남쪽지역에서 명맥만 유지하고 있던 유비로서도 이곳에서 더 이상 물러나서는 살아날 방안이 없는 절박한 상황이었다. 각 삼국이 처한 상황이 이곳에서 필연적으로 충돌하게끔 만든 것이었다.

소위 조조의 백만대군이 그 오분의 일에도 못 미치는 연합군에게 대패를 했다. 과연 천하의 조조가 대패한 원인은 무엇이었을까? 《삼국지》를 살펴보면 그 답이 나와 있다.

북방이 채 평정되지 않은 상황이어서 마등과 한수가 후환거리인데도 조조가 오랜 기간 남쪽 원정을 하고 있으니 이것이 첫째로 꺼리는 바입니다. 북방 군사들이 수전에 익숙하지 못한데 조조가 말을 내버리고 배에 의지하여 우리 동오와 싸우려고 하니 이것이 둘째로 꺼리는 바입니다. 그리고 지금은 때가 바로 엄동설한이라 말먹이가 부족하니 이것이 셋째로 꺼리는 바입니다. 중원의 군사를 이끌고 멀리 남방으로 나오면 환경이 맞지 않아 병이 많이 날 터이니 이것이 넷째로 꺼리는 바입니다.

이는 《삼국지》에서 동오의 주유가 손권에게 승리를 장담하며 조조군의 허실을 분석 보고하는 부분이다. 사실상 이 분석은 핵심을 찌른 것으로써 바로 조조군이 대패한 근본적 원인인 것이다.

이런 이유로 조조의 백만대군이 패배를 할 수밖에 없었던 것이다. 그래서 적벽대전 하면 《삼국지》의 허구성과는 관계없이 조조의 백만대군이 패배한 전투로 기억되고 있다. 여기서 한 번 생각해보자. 적벽대전에 참여한 조조군이 과연 백만 명이나 되었을까?

공명이 중군장에 이르러 인사를 마치고 나자 주유가 말했다.

"전에 조조의 군사는 적고 원소의 군사는 많았지만 조조가 도리어 원소를 이긴 것은, 조조가 허유의 모략을 써서 먼저 오소의 양초를 끊었기 때문이었습니다. 지금 조조의 군사는 83만이요, 우리의 군사는 단지 5, 6만 뿐이니, 정면으로야 무슨 수로 당해내겠습니까?"

(중략)

방통이 깜짝 놀라 돌아다보니 죽관 쓴 사람은 다름 아닌 서서였다. 방통은 옛 친구를 알아보고 가슴이 진정되었다. 주위를 둘러보니 마침 아무도 보는 사람이 없으므로 방통은 서서에게 말했다.

"자네가 만약 내 계책에 훼방을 놓으면 강남 81주의 백성들이 모두 자네 손에 죽게 될 걸세."

서서는 껄껄 소리내어 웃었다.

"그럼 이곳으로 온 83만 인마의 목숨은 어떻게 되는가?"

(중략)

이때 북군 쪽에서 이전이 악진에게 말을 걸었다.

"저 맞은편에 금투구를 쓴 자가 손권이라네. 만약 손권을 사로잡으면 83만 인마의 원수를 갚는다고 할 수 있다네."

그 말이 채 끝나기 전에 악진이 칼을 휘두르며 손권을 향해 말을 내달렸다.

동오의 명장 주유, 조조의 군사 서서, 그리고 조조의 장수 이전 등의 말을 보면 이 적벽대전에 참전한 조조의 병력을 83만 명이라고 이야기하고 있다. 그러나 실제로는 약 40만이었다고 한다. 조조가 북방에서 이끌고 내려온 병사가 약 30만이고 형주의 수군이 약 10만이어서 조조군의 병력은 40만 정도였다는 것이다. 즉, 실제 40만 정도의 병력이 소설 《삼국지》에서는 약 두 배인 83만으로 불려 묘사되어지고 있고, 또 이것이 중국인들의 입을 오르내리며 20만이 더 늘어나 백만대군이 되어버린 것이다. 말이란 이렇게 전해지면서 불려지게 마련이다.

사실 중국에서 정확한 수치를 안다거나 통계를 낸다는 것은 거의 불가능한 일이다. 한나라 때의 모든 인구를 통틀어보면 대략 6천만 정도였다고 한다. 그러나 소설 《삼국지》에서 전투 중에 죽은 사람만을 대략 살펴보아도 약 1억이나 된다고 하니, 소설에서의 허구적 과장이라고 치더라도 전사한 사람이 당시 인구보다 2배 가까이 많으니 그 정도가 정말 심하지 않은가! 지금도 중국 인구가 13억이라고 하지만 실제로는 14억 정도 될 걸로 생각하는 사람이 많다. 그 오차가 지금도 1억이나 왔다갔다하는 실정인데, 한나라 때 그 정도 차이가 뭐 그리 대수냐, 라는 것이 오늘날 중국인들의 생각이니 뭘 더 언급하겠는가!

《삼국지》에 묘사되어진 바에 따르면 적벽대전 승리의 주역으로 제갈량과 방통을 꼽을 수 있다. 방통은 연환계를 제안하여 조조의 대군을 하나로 묶는데 공을 세웠고, 제갈량은 화공의 필수 조건이었던 동남풍을 일으키게 한 장본인이었다. 이 두 사람이 두 가지 조건을 갖추어 주지 않았다면 정말 적벽대전의 대승은 있을 수가 없었을 것이다. 그러나 방통이 방통사 앞의 등나무를 보고 아이디어를 얻었다고 하는 연환계도 그렇고, 제갈량이 하늘에 빌어 불러일으켰다는 동남풍도 모두《삼국지》의 소설화 과정에서 꾸며진 허구적 요소이다.

중국사람들은 연환계는 방통이 제안한 것이 아니며, 제갈량이 불러일으켰다는 동남풍도 일종의 자연현상이지 그의 초인간적인 능력에서 나온 것이 아니라고 한다. 그러면서 그들은 진정한 적벽대전의 승리는 주유의 작품이라고 말한다. 그는 조조군의 위세에 눌려 항복으로 기울었던 침울한 동오의 분위기를 일소시키고 결국 손권·유비 연합을 결성시켜 사기를 고조시켰다. 뿐만아니라 직접 도독이 되어 전쟁의 선봉에 서서 화공을 이용해 조조군을 초토화시켜 버린 것이다. 아마 주유가 없었더라면 세상은 일찌감치 조조의 천하가 되어 역사 속에 삼국시대는 존재하지 않았을 것이다.

그럼 왜 주유의 공이《삼국지》에서 반감되어 있을까? 아무래도 충의사상의 미화과정과 관계가 있다 하겠다. 봉건통치자들에 의해 관우가 신격화되어지면서《삼국지》는 본래의 사실과는 달리 모든 서술이 촉나라에 그 중심이 기울어 갔다. 그래서 지금도 우리는 조조를 간웅奸雄으로 알고 있지 않은가? 그러나 사실 최대의 피해자는 주유였다. 주유는 용맹과 지략을 두루 갖춘 인물이나, 소설《삼국지》에서 여러 부분에 걸쳐 왜곡되어 서술되고 있다. 유비와 손권의 누이의 결혼은 손권이 먼저 제안하고 서로의 필요에 의해 이루어진 정략적 혼인임에도 불구하고,《삼국지》에는 주유가 미인계를 쓰려고 하다가 실패한 것으로 묘사되어 있다. 또 제갈량이 세 번씩이나 주유의 기를 꺾어 놓자 주유가 스스로 분을 이기지 못해 병이 도져 죽은 것으로 묘사되어 있으나 실제로 주유는 악양岳陽에서 병으로 죽었다. 《삼국지》의 이런 대목을 보면 주유는 능력은 있으나 도덕적 수양이 부족해 영웅의 반열에 끼지 못하는 부정적인 인물로 폄하되어 있음을 알 수 있다. 그래서 적벽대전 부분에서도 주유의 활약은 축소되어 있고, 실제 유비군의 활약은 미약했지만 방통, 제갈량과 같은 촉의 인물들은 중요한 역할을 한 것으로 묘사되어 있는 것이다.

적벽 삼국지 문화유적지

오림과 적벽은 장강 하나를 사이에 두고 마주보고 있다. 당시 장강 남쪽 강변의 산족은 손권과 유비가 군대를 주둔시킨 장소였고, 조조는 강의 북쪽에 있는 오림에 군대를 주둔시켰다. 손권과 유비의 연합군은 화공을 채택하여, 먼저 강에 있는 조조군의 전투선을 불태워버리고, 이어 북쪽 강변의 오림에까지 불을 놓았다. 당시 오림 일대는 고목이 하늘 높이 치솟아 있는 원시림이었으나, 그때 불타 잿더미가 되었다. 당시 활활 타오르던 불이 장강 남쪽 강변의 절벽을 붉게 비추었기 때문에 이 절벽을 적벽赤壁이라 부르고 그 산을 적벽산이라 부르게 되었던 것이다.

이 유명한 적벽대전의 전쟁터가 수당隋唐 이래로 내려오면서, 호북성 장강 일대에는 저마다 적벽대전의 장소라고 주장하는 적벽이

삼국인물공원 안의 적벽대전전경화관

포기蒲圻, 무창武昌, 한천漢川, 한양漢陽과 황주黃州의 다섯 곳이나 되었다고 한다. 지금은 고증을 통해 포기 지역으로 정리가 된 상태이다.

그러나 지금 중국에는 아직도 적벽이 두 곳이나 있다. 그 하나는 삼국지 최대의 격전장이었던 곳, 오늘날 호북성 적벽시의 적벽을 가리키는 것이고, 다른 하나의 적벽은 송대 최대의 문호였던 소동파蘇東坡가 유배시절 객과 더불어 배를 띄워 놀며 명문장 적벽부赤壁賦를 지었던 오늘날 호북성 황강현黃岡縣에 있는 적벽을 말한다. 그래서 오늘날 중국인들은 이 소동파가 노닐며 지은 적벽부로 인해서 이곳을 문적벽文赤壁이라 부르고, 삼국지 전쟁터였던 적벽시의 적벽을 무적벽武赤壁이라고 부른다. 흥미로운 것은 실제 삼국의 전쟁터였던 무적벽보다 소동파의 명성으로 인해 그가 노닐었던 문적벽을 중국인들이 더 많이 알고 있고 또 찾고 있다는 것이다.

　이는 삼국문화 유적에 대한 이해와 정리 부족에서 오는 것이기도 하거니와 동시에 역대로 내려오는 적벽의 위치에 대한 혼란이 한몫한 결과이기도 하다. 실제로 이 무적벽 지역은 국민당 통치시절에는 행정 구역상 가어현嘉魚縣 소속이었는데, 공산당이 통치하면서부터 포기현 관할로 바뀌었다. 지금 두 개의 적벽이 존재하는 데다 이와 같은 행정 구역의 변경으로 인해 적벽의 정확한 위치에 대해 많은 혼란이 있었던 것이다. 그래서 중국 정부에서는 최근의 행정구역 정리과정에서 계속되어온 혼란을 없애기 위해 아예 적벽시로 그 이름을 바꾸어 버렸다.

　현재 무적벽은 호북성 적벽시의 서북쪽 40km 지점의 장강 남쪽 강변에 위치하고 있으며, 그 맞은편 북쪽 강변은 오림이다. 지금 적벽시의 무적벽에는 적벽산의 삼국시대 유적을 정비하여 공원을 조성해 놓고 있는데, 공원을 들어가 좌측 편으로 비스듬히 걸어가면 좌측 위쪽에 제갈량의 팔괘진八卦陣을 대나무를 이용해 만들어 설치해 놓았다. 입

적벽대전 설명석

구로 들어가니 그 나오는 곳을 정말 찾기 힘들었다. 그 맞은편 아래쪽에 동오의 명장 주유가 활쏘기 연습을 하던 장소가 있는데, 아래로 내려가 보면 나무 숲 속에 성벽같이 생긴 작은 구조물이 보인다. 이 구조물 맞은편에 그물을 쳐놓고 과녁을 걸어놓았는데, 이 구조물 위에서 주유가 활쏘기 연습을 했다는 것이다. 이 구조물 아래의 작은 공간으로 들어가면 삼국시대 화살촉 등 양궁 도구가 전시되어 있다. 이곳을 나와 산 정상쪽으로 올라가면 앞이 확트인 광장이 나오는데, 그 한가운데 장강을 바라보고 있는 거대한 주유의 동상이 그 늠름한 위용을 자랑하며 우뚝 솟아 있다. 이 광장 주변 곳곳에 관상 보는 노인들이 앉아 지나가는 사람을 보고 왕후의 상이니 대성공을 할 관상이니 하며 호객행위를 하고 있다.

장강을 내려다보며 강가로 계단을 걸어 내려가면 깎아지른 듯한 절벽에 붉은 색으로 가로로 쓰여진 〈적벽赤壁〉이란 커다란 두 글자를 볼 수 있다. 각 글자의 길이는 150㎝ 폭은 104㎝이다. 본시 적벽대전의 승리를 기념하기 위해 동오의 명장 주유가 승전의 연회석상에서 이 두 글자를 직접 썼다고 한다. 그러나 지금 남겨진 글씨는 최근에 다시 쓰여진 것이고 자세히 절벽을 살펴보면 우측편 약간 위에 희미하게 남겨진 옛 글씨의 흔적이 있음을 볼 수 있다. 허나 이것도 주유가 직접 쓴 것이 아니고 당唐 대에 쓰여진 것이라 한다.

다시 돌아 나와 적벽산 정상으로 올라가면 푸른 나무숲 속에 익강정翼江亭과 망강정望江亭이라는 두 개의 정자가 있다. 나무숲 사이로 그 앞쪽을 내려다보면 아래로 드넓은 장강이 한눈에 들어온다. 전하는 말에 의하면 이 익강정은 주유가 조조의 군대를 쳐부수던 당시의 초소였다고 하며, 망강정은 황개가 강북의 군영을 바라보며 계책을 세운 곳이라고 한다.

적벽산 뒤쪽으로 난 길로 내려가면 산 아래쪽에 널따란 평지 위에 성벽의 한 부분을 잘라놓은 모양의 규모가 꽤 큰 기념관이 있다. 이것이 적벽대전진열관赤壁大戰陳列館인데, 그 안을 들어가면 삼국시대의 역사적 상황과 적벽대전을 설명해주는 각종 지도 및 도표가 벽에 걸려 있고, 또 제갈량의 전차와 전투병기, 옛날 마차 등이 한가운데 전시되어 있다. 그리고 왼편 방에는 삼국시대 인물들의 조각상들이 나열되어 있다. 반대편 방에는 문사자료실文史資料室이 있는데, 그 안에 각종 적벽대전을 묘사한 그림과 위·촉·오 각국의 세계도世系圖 삼국봉건표三國封建表 등이 벽에 걸려 있고, 적벽대전 유적분포 모형물 및 당시 각국 전함의 모형물이 전시되어 있다.

이 적벽 일대에는 적벽산 유적공원 외에 인근 지역에 적벽대전과 관계 있는 유적으로, 적벽산의 서남쪽에 아주 큰 호수 황개호黃盖湖가 있다. 이곳은 당시 적벽대전에서 화공의 선봉에 서서 큰 공을 세웠던 동오의 노장 황개가 수군을 훈련시킨 곳이라고 한다. 또 근처에 동오군이 당시 양식을 비축했던 포기성蒲圻城, 태평성太平城 등의 유적이 아직 남아 있다고 한다.

실로 이 적벽산에 올라 산기슭을 내려다보면 도도히 흐르는 장강의 세찬 물보라와 파도소리가 눈과 귀를 가득 채운다. 아득히 강의 북쪽을 바라보면 울창한 숲이 한눈에 들어오는데, 이곳이 바로 오림이다. 순간 이 장강을 사이에 두고 벌였던 영웅들의 전투 모습이 눈에 보이는 듯하다. 이 넓은 대륙의 한가운데에 이토록 끝없이 펼쳐진 누런 황토물로 된 바다 아닌 바다가 있어, 그 광활한 영토와 함께 영웅들의 꿈과 포부를 길러 가슴에 담아주었을 것이다. 대자연과 영웅, 너무나 어울리는 말이 아닌가! 그러나 예로부터 지존이란 본시 세상에 둘일 수 없는 법, 이것이 이곳을 역사 속의 격렬한 전쟁터로 만들어 버린 영웅들의 논리였던 것이다.

제4장 적벽대전, 삼국시대 최대의 격전

제5장

본격적인 삼국시대의 개막

제갈량의 지략으로 형주를 얻다

결국 제갈량의 아이디어에 의해 유비는 동오로부터 형주를 빌리는 데 성공한다. 이때부터 사실상 형주는 촉의 관할이 되었으며, 유비는 이곳을 토대로 삼아 천하를 삼분하게 된다. 유비가 사천 지역을 얻어 완전히 천하를 삼분한 후 형주는 유비의 오른팔인 관우에게 맡겨진다. 관우는 형주를 10년간 지키는데, 이때 형주성이 지어진다.

여기에서 한 가지 주목해야 할 것은 그토록 중요한 형주를 동오가 왜 그렇게 쉽게 유비에게 빌려주었을까 하는 것이다. 당시의 여러 가지 상황을 잘 살펴보면 동오는 유비에게 형주를 빌려줄 수밖에 없었다. 그 이유는 다음과 같다.

첫째, 사실 동오로서는 적벽대전을 승리로 이끌었지만 천하를 통일

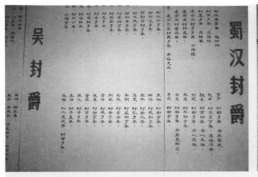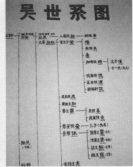

촉나라의 작위표와 오나라의 왕위가계도

하고자 하는 의지가 부족했다. 동오의 손권은 조조와 같은 개인적 야망이 없었고, 또 유비와 같이 종친으로서 한나라 황실을 부흥시켜야 한다는 사명감과 대의명분 같은 것이 없었다. 둘째, 동오 지역은 중국의 지형상 장강을 따라 형주를 거쳐야만 중원으로 나아갈 수 있는 비교적 고립된 지역이었기에, 이런 자연 환경의 영향으로 인해 위나 촉에 비해 상대적으로 폐쇄적이고 소극적인 사고를 가지고 있었다. 그래서 삼국시대라고는 하지만 삼국의 주요 역사는 위와 촉에 의해 전개되었으며, 동오는 위와 촉에 이어 마지막으로 천자의 국가임을 선포하는 등 항상 조연에 지나지 않았다. 셋째, 동오는 적벽대전의 승전국이었지만 이 전쟁은 동오의 입장에서는 공격적 전쟁이 아니었고 수비적 전쟁이었기에 동오로서는 지켰으면 그만이라는 생각을 가졌다. 또 전쟁 승리의 원동력이 독자적 힘이었다기보다는 제갈량과 같은 이의 전략에 의한 연합군의 승리였기 때문에 그들로서는 뜻밖의 승리였다. 넷째, 동오 내부적으로 보면 주유와 같은 영웅이 군주가 아니었다는 점이다. 《삼국지》에서는 서술 관점이 유가 중심이어서 상대적으로 동오에 대한 서술이 분량이나 중요성 면에서 약한 편이다. 특히 동오의 명장 주유는 대단한 영웅적 기개를 지닌 능력 있는 인물임에도 불구하고 그에 대한 서술은 역사적 사실과 달리 상당히 폄하되어 있다. 만약 이런 주유가 동오의 군주였더라면 역사는 달라졌을 것이다. 다섯째, 동오는 6군이 통치 영역이었는데, 이는 조조가 중원을 중심으로 천하의 반 이상을 차지한 것과는 비교가 되지 않으며, 형주의 통치 지역이 9군인데 비해 보더라도 당시 기반이 비교적 약한 나라였음을 알 수 있다. 작은 나라가 큰 나라를 물리치고 형주와 같은 중요한 지역을 손에 넣게 되었으니 바라던 꿈이 현실로 다가오기는 했지만, 기대하지 않았던 엄청난 결과에 대해 당연히 부담을 가졌을 것이다.

결론적으로 동오는 천하를 통일하겠다는 적극적 사고를 지니지 못한 나라였다. 그래서 풍족한 현실에만 안주하는 소극적 사고가 지배적이었고, 또 독자적 능력으로 조조를 직접 다시 맞아 싸울 현실적 역량이 부족하다 보니 유비를 활용하여 조조를 대신 막고자 한 것이었다. 다시 말해 형주를 차지하고 일선에 나서서 북의 조조를 막자니 힘이 아직 모자랐기에, 동맹군이었던 유비에게 형주를 빌려주어 의리를 중시한다는 대외적 명분을 과시하고 대내적으로는 전쟁으로 인해 소홀했던 내정을 공고히 한다는 실리를 추구한 어쩔 수 없는 선택이었던 것이다. 결코 유비를 도와주려고 그랬던 것은 아니었다. 즉, 직접적으로 통치 영역이 너무 확대되어 혼란을 야기하는 것보다 전후에 내부를 잘 정리한 다음 형주를 손에 넣겠다는 기본적 계산을 한 것이다. 그리고 동시에 독자적으로 지키기에는 너무 부담이 크고 또 조조에게 넘어가는 것은 너무 두려우니, 기반이 없는 유비에게 잠시 빌려줘서 대신 조조를 막도록 하여 잘 지켜내면 좋고 혹 지더라도 그 피해는 유비가 고스란히 입도록 하자는 계산이었던 것이다. 물론 당시의 관점에서 유비를 평가해봤을 때 유비 정도의 세력은 언제라도 이길 수 있다는 계산도 했음을 쉽게 짐작할 수 있다.

그러자 공명이 다시 대답했다.

"조조가 백만 대군을 통솔하고 천자의 이름을 빙자하여 나섰어도 내가 그를 우습게 여겼는데, 어찌 주유周瑜 같은 어린애를 두려워하겠소? 그러나 만약 그대의 처지가 난처하다면 내가 주공께 권하여 문서를 써서 내놓으시게 하고 잠시 형주를 빌려 들어 있다가, 우리 주공께서 다른 성지를 차지하시게 되면 그때에 즉시 동오에 돌려드리기로 하면 어떻겠습니까?"

"공명은 도대체 어디를 취하신 다음에 형주를 돌려주실 생각이십니까?"

"중원은 급히 도모할 수 없고, 서천西川의 유장劉璋이 유약하니 우리 주공께서는 그곳을 도모해 보고자 합니다. 만약 서천을 얻기만 하면 그때에는 즉시 형주를 돌려드리겠습니다."

《삼국지》에서 제갈량이 당시 차지하고 있던 형주荊州를 동오에 돌려주지 않고 잠시 빌려 사용하고 있다가 새 기업을 마련하면 그때 돌려주겠다고 동오의 사신 노숙魯肅에게 제의하는 부분이다. 그러면 제갈량이 왜 형주를 돌려주지 않고 빌리려 했을까? 그 이유는 너무나 간단하다. 삼국시대에 형주가 지니는 가치가 매우 컸기 때문이다. 즉, 천하를 얻기 위해서는 반드시 형주를 얻어야 했던 것이다. 형주는 동서남북으로 통하는 지리적 · 군사적 요충지였다. 게다가 토지가 비옥하고 산물이 풍부해서 각국은 모두 형주를 차지하여 천하를 도모하고 싶어 했다. 그래서 조조, 유비, 손권은 각각 사력을 다해 형주를 지키게 했다. 그러다 보니 형주를 둘러싸고 격렬한 전투와 극심한 암투가 벌어질 수밖에 없었던 것이다. 그래서 당시 형주성의 형세는 실로 삼국 전쟁의 축소판이라 할 수 있었다. 이런 까닭에 소설《삼국지》120회 중에서 82회가 형주와 관련된 이야기로 구성되어 있다.

형주 삼국지 문화유적지

지금 호북성 형주시는 장강변에 위치하고 있는데, 형주에 도착해 보면 쉽게 옛 형주성의 모습을 볼 수 있다. 눈앞에 들어오는 지금 형주성의 모습은 견고한 성벽이 웅장하고 장엄해 보인다. 또 도도히 흐르는 형강荊江이 그 주위를 휘감아 돌고 있어 한눈에 봐도 쉽게 공략하기 힘든 천연의 요새임을 알 수 있다. 형주성의 가장 중요한 문은 동문이다. 이 동문은 현재 형주시에서 잘 관리하고 보존하여 형주시를 대표하는 명물로 남아 있다.

지금 남아 있는 형주성의 동문에는 황금색 글씨로 '형주荊州'라는

형주성 성곽 담벼락

두 글자가 크게 적혀 있다. 그러나 이 동문은 옛날 형주성의 동문이 아
니다. 새 동문에는 성문 위에 반드시 있어야 할 누각이 없어, 새로이 만
든 것임을 금방 알 수가 있다. 형주성 안쪽 지역인 형주시의 형주구荊
州區에서 형주성 밖 동쪽에 위치하고 있는 사시구沙市區로 통하는 새로
운 길과 다리를 내며 만든 것이어서, 신동문新東門이라고 부르고 있다.
이 동문의 북쪽 약 2백여 미터 지점에 작은 문이 하나 있는데, 이것이
노동문老東門으로 불리는 원래 형주성의 옛 동문이다.

　옛 동문은 전통적인 이중 성문의 형태를 다 갖추고 있으며, 위쪽에
는 빈양루賓陽樓라는 누각이 있다. 청대에는 형주성에 6개의 문이 있
었으나 지금은 3개가 추가되어 모두 9개의 문이 있다. 빈양루 2층에는
옛 성의 모습을 모형으로 만들어 놓았다.

　형강을 따라 이어져 있는 옛 형주성의 모습을 살펴보면 옛 성벽의

흔적이 아직도 많이 남아 있음을 쉽게 볼 수 있다. 형강을 끼고서 잿빛 벽돌로 견고하게 쌓여 아직까지도 그 위용을 과시하고 있다. 성벽은 높이가 9미터에 이르고 두께는 10미터, 둘레는 약 20里에 이른다. 중국의 성벽은 대체로 흙으로 쌓아 오다가 명대 이후에야 벽돌로 쌓았기에, 이 성벽은 명대 이후에 개축된 것임을 짐작할 수 있다. 정확한 기록은 없으나 청대부터 최근까지 꾸준히 개축되고 보수되어 왔다고 한다.

빈양루에 올라 보면 지금 형주시의 모습을 한눈에 바라볼 수 있는데, 성문 안쪽의 형주 지역은 다소 예스런 분위기가 남아 있으나 성문 밖의 사시 지역은 이미 새로운 모습의 현대적 도심이 조성되어 가고 있음을 느낄 수 있다. 새 동문 앞의 남쪽 형강은 용주龍舟 경기장으로 조성되어 해마다 단오절이 되면 세계적 규모의 용주 시합이 열리고 있다.

형주시 중산공원

그리고 새 동문 앞과 옛 동문 앞 사이에는 광장을 갖춘 시민공원이 조성되어 있고, 광장 한가운데에는 형주시를 상징하는 봉황 동상이 자리 잡고 있다.

바로 이 형주를 무대로 하여 삼국시대의 조조, 유비, 제갈량, 관우, 손권 등의 영웅들이 감동적인 한 편의 대서사시를 연출했던 것이다. 물론 삼국시대의 형주는 지금의 형주와는 그 규모가 다른 큰 행정구역이었다. 당시 7개 군郡 중의 하나로서, 현재의 호북, 호남湖南, 하남河南, 섬서陝西 남부 지역까지 포괄하고 있었다. 또 어떤 이는 삼국시대 당시 형주성의 실제 위치가 지금의 위치보다 좀 더 서쪽이었을 것이라고 주장하기도 한다.

여하튼 형주의 가치는 소설 《삼국지》를 보면 더 이상의 설명이 필요 없을 정도로 그 중요성을 너무나 잘 알 수 있다. 형주는 지리적으로 위·촉·오 삼국의 접경지이다 보니 힘의 이동에 따라 처음에는 위의 관할이었다가 촉의 관할로 바뀌고 마지막에는 오의 관할이 되는 기구한 역사를 가지고 있다. 그러다 보니 당연히 삼국시대와 관련된 많은 역사적 이야기가 남아 있는데, '유비가 형주를 빌리다', '관우가 대의를 따르다 형주를 잃다' 등의 이야기가 바로 그것으로, 더더욱 형주를 주목받게 만든 이야기들이다.

이 형주 지역에는 크고 작은 많은 삼국 유적이 있었는데 이들의 상당수가 관우와 관계된 것이었다고 한다. 오랜 세월을 지나는 동안 많은 유적이 역사서 혹은 사람들의 가슴속에 이름과 전설만을 남긴 채 사라졌다. 그러나 아직도 여러 가지 유적이 남아 삼국시대 영웅들의 숨결을 느낄 수 있는데, 오늘날까지 존재하는 삼국 유적 중 대표적인 것으로 관제묘關帝廟, 행군과行軍鍋, 석마조石馬槽, 춘추각春秋閣, 괄골료독처刮骨療毒處 등이 있다.

유비, 형주목이 되다

손권과 유비의 연합군이 적벽대전에서 조조를 물리친 후, 주유는 남군 태수南郡太守가 되어 유비에게 전리품으로 형주 남쪽의 땅을 약간 떼어 주었다. 이에 서기 209년, 건안建安 14년에 유비는 형주목荊州牧이 되어, 유강油江 어귀에 병영을 짓고 주둔하였다. 이 유강 어귀가 바로 현재의 공안현 두호제斗湖堤 서쪽 지역으로 성관진城關鎭이 있는 곳이다. 당시 유비는 한나라 황제로부터 좌장군左將軍을 제수 받았던 몸이기에, 사람들은 그를 좌공左公이라 불렀다. 사람들이 유비에게 안부를 물으면서 '좌공 안녕하신지요?' 하는 말을 했다는 것과, 또는 '좌공이 편안히 다스리는 곳'이라는 뜻에서 이곳의 지명이 '공안'으로 바뀌었다는 것이다.

황충이 당시 유현攸縣에서 한가히 지내고 있는 유표의 조카 유반을 천거하므로, 현덕은 그를 데려다가 장사군을 맡아서 다스리게 했다.

이렇게 4군을 다 평정하자 현덕은 회군하여 형주로 돌아가서 유강 어귀의 이름을 고쳐 공안이라고 했다. 이때부터 전량이 넉넉해지고, 어진 선비들이 그에게 몰려들었으며, 군마를 나누어 각 요충지에 주둔하고 있게 하였다.

유비는 꽤 오랜 시간을 이곳에 머물면서 공안 지역을 다스렸다. 그래서 유비가 다스렸던 이 공안 지역을 유비성劉備城이라 불렸던 것이다. 후일 유비는 동오와의 관계를 더욱 굳건히 하기 위해 손권의 누이동생과 정략적 혼인을 한다. 그때 유비는 동오에서 손 부인을 맞이하여 석수의 수림산에서 신혼의 시간을 보낸 후 육로를 통해 유강 어귀로 돌아와서 함께 살았다. 유비와 손 부인이 이 공안 지역에 오랜 시간동안 함께 살았기에 지금도 이곳 공안현에는 이들 부부와 관련된 여러 유적과 이야기가 전해내려온다.

유비성 삼국지 문화답사기

삼국지에 나오는 유강 어귀라고 하는 곳이 바로 지금 호북성 공안현 지역을 말하는 것이다. 삼국지의 내용처럼 유비가 그 이름을 공안이라고 고친 것은 아니다.

호북성의 남쪽지방에 있는 공안현은 장강의 남쪽편에 위치해 호남성과 경계를 이루고 있다. 이곳은 장강을 끼고 있어 경관이 수려하고 산물이 풍부하였으며, 예로부터 문화적 분위기가 풍부해 많은 훌륭한 인물을 배출한 지역이다. 춘추전국시기에 공안은 초楚나라에 속하였으나, 한나라 때 무릉군武陵郡 잔릉현孱陵縣이 되었다. 잔릉현이던 명칭이 공안현으로 바뀐 것은 바로 삼국시대의 일이었다.

　　지금 공안현 지역이 바로 유비성이다. 그러나 지금 아무런 유적이 남아 있지 않다. 호북성의 수도 무한에서 서쪽 방향으로 고속도로를 자동차로 약 3시간 달리면 형주시가 나온다. 호북성 형주시 사시沙市 부두의 장강 맞은 편이 바로 공안현이다. 이 공안현 동북쪽 2킬로미터 지점에, 형주시 중심에서는 자동차로 약 50분 거리의 두호제진斗湖堤鎮에 유비성이 있다. 지금 도심에 높이 솟은 공안 시외버스터미널이 눈이 띄는데, 그 건물 옆으로 아늑하게 작은 강이 하나 흐르고 있고 그 강 위에 폭이 상당히 넓은 다리가 하나 놓여 있다. 이 다리 가운데에 붉은 글씨로 유강교油江橋라는 세 글자가 새겨져 있어 이 강이 그 옛날의 유강이고 동시에 이 지역이 유비성이었구나 하는 것을 짐작할 수 있다. 농촌지역의 현임에도 불구하고 현대식 건물과 자동차의 물결이 만만치 않아, 이야기 속으로 전해오는 삼국시대의 모습은 어디에서도 찾아볼 수가 없고 단지 유강교만 그 이름을 머릿속에서나마 상상의 나래를 펼치게 해준다.

공안현에는 삼국시대와 관련되어 전해오는 이야기와 유적이 여러 가지 있다. 여몽영呂蒙營, 손부인성孫夫人城, 유장묘劉璋墓, 육손호陸 遜湖 등이 그 대표적 유적이다. 또 전하는 말에 의하면 손권이 공안에 있을 때 이미 왕씨 성을 가진 여인에게 장가를 들었는데 이 왕부인은 바로 공안 사람이었다고 한다. 또 이 공안현 일부 지역에 이 지역을 지칭하는 이름으로 여몽영이라는 명칭이 전해온다고 한다.

여몽영과 관련된 이야기는 이러하다. 유비가 동오로부터 형주를 빌어 그것을 발판으로 하여 사천을 취하였지만, 처음의 약속과는 달리 형주를 동오에게 돌려주질 않았다. 이에 손권은 결국 무력으로 형주를 빼앗기로 결정하고 여몽을 그 선봉에 내세웠다. 여몽은 흰옷을 입은 상인으로 변장하여 형주 지역으로 잠입해 있다가 관우가 북으로 조조를 공격하러 간 틈을 타 형주를 기습하여 탈취했다고 한다. 이때 형주를 기습한 여몽의 부대가 바로 공안에 몰래 주둔하고 있다가 강을 건너 형주

공안현 육손 지부

제5장 본격적인 삼국시대의 개막

를 공격했다고 한다. 그래서 여몽의 군대가 주둔했던 공안현 지역을 여몽영이라 한다고 한다. 또 이후에 손권이 여몽의 공을 높이 평가해 그를 남군태수에 임명함과 동시에 잔릉후의 작위를 봉했다고 한다. 결국 공안현은 일정기간 여몽의 통치를 받게 되었다. 그래서 이 공안현을 여몽영이라 불렀을 것이라는 것이다.

어쨌든 이 공안현은 본시 잔릉현이었던 것이 유비의 통치시절에 공안현이란 이름을 얻게 되었고 또 여몽의 영향에 있었던 시절이 있었기에 여몽영이란 이름도 남아 있게 된 것이다. 그러나 이야기인즉슨 그렇다는 것이지 지금 공안현의 어떤 사람도 여몽영이란 지명을 사용하거나 자랑스러워하는 사람은 없다. 심지어 여몽영이란 명칭의 존재조차도 아는 이가 거의 없다. 중국에서 관우는 전 중국인들의 추앙을 받는 충의의 화신이다. 그런 관우를 공격하여 형주를 빼앗았다는 사실만으로도 가히 환영받을 일이 아닌데, 더구나 관우를 정면으로 싸워 이긴 것도 아니고 계략을 써서 이긴 여몽이기에 어느 중국사람이 제 고장의 지명에 그런 자의 이름이 들어가는 것을 용납하겠는가! 그저 그들에게는 한 역사의 뒤안길에 묻혀 내려오는 전설 같은 이야기에 불과할 따름이다.

유비, 손권의 권유로 재혼하다

유비와 손 부인의 혼인 성사 과정에서 주유의 형상이 역사적 사실과 달리 많이 왜곡된 허구적 요소가 가미되어 있긴 하지만 어쨌든 유비와 손 부인의 혼인은 이루어졌다. 《삼국지》의 서술과는 달리, 이 혼인은 손권이 직접 제안한 것이었다. 당시 손권은 적벽대전에서 승리를 하여 조조의 예봉을 피하기는 했지만 여전히 조조에 대해 불안을 느끼고 있었다. 이는 손권의 그릇이 작고 인물됨이 부족해서이기도 하고, 실제로 당시 손권의 세력이 그리 크지 않아 조조를 상대하기에는 역부족이었기 때문이기도 하다. 그래서 그는 유비를 이용해 북방의 조조를 막아 보자는 계산을 했다.

한편 유비는 왜 이 혼인을 받아들였을까? 당시 유비는 적벽대전의

제5장 본격적인 삼국시대의 개막

승리 이후 대중적 명망을 얻어 한 시대 영웅으로서의 위치가 잡혀 가고 있었지만, 여전히 그 기반이 조조나 손권에 비춰볼 때 최약의 전력이었다. 그런 까닭에 이 혼인을 통해 손권과 더 가까워져 자신의 입지를 강화할 필요가 있었던 것이다. 손권이 유비에게 형주를 빌려준 것도 바로 이와 같은 이유에서였다. 이런 두 사람의 동상이몽으로 인해 유비와 손 부인의 혼인이 전격적으로 이루어진다. 그러나 소설 《삼국지》에서 유비는 사실상 동오에 억류당한 채 한 동안의 시간을 보내게 된다. 그러고는 손 부인의 힘을 빌어 동오를 탈출해 형주로 돌아간다.

주유는 노숙을 보고 말했다.

"이제 내게 계책이 하나 있소이다. 유비는 꼼짝 못하고 잡히고, 형주는 힘들이지 않고 얻게 될 것이오."

"어떤 계책입니까?"

"유비가 상처를 하였으니 반드시 재취할 것이오. 마침 우리 주공께 누이동생이 한 분 계신데, 매우 용감하여 평소에도 시녀 수백 명이 칼을 차고 있게 하고 방안에는 병기를 두루 세워 놓아 남자도 당하지 못하는 형편이라오. 내가 주공께 글을 올려서 중매장이 하나를 형주에 보내 유비에게 동오에 장가들라고 꼬일 작정이오. 그가 속아서 남서를 오면 장가는 둘째치고 먼저 옥에 가두고 사람을 보내서 유비와 형주를 맞바꾸자고 하는 것이오."

(중략)

교국로喬國老는 현덕을 만나고 나서 그 길로 오국태吳國太를 찾아가 축하의 말을 했다. 그러나 국태는 까닭을 몰라서 물었다.

"무슨 기쁜 일이 있다는 말씀이신지요?"

"영애를 유현덕에게 주시기로 혼인이 정해져서 현덕이 이미 이곳에 왔던데 어째서 속이십니까?"

교국로의 말에 국태는 깜짝 놀랐다.

"저는 그런 일을 전혀 모르고 있습니다."

그러고는 즉시 사람을 보내 오후吳侯를 불러서 사실 여부를 묻기로 하는 한편 사람을 성안에 들여보내 소식을 알아오게 하니, 그 사람이 와서 말했다.

"과연 그렇다고 합니다. 신랑은 이미 관역에 들어와 쉬고 있고, 5백여 수행 군사들은 모두 성안에 들어와 돼지, 양, 과일 등을 사들이며 혼인 준비를 하고 있는데, 중매는 신부 쪽이 여범呂範이요 신랑 쪽이 손건孫乾인데 관역에서 만나고들 있다고 합니다."

국태는 그만 소스라치게 놀랐다. 때마침 손권이 모친을 보러 후당으로 들어오자 국태는 주먹으로 가슴을 치며 통곡을 했다.

(중략)

손권은 마침내 실토를 했다.

"그런 것이 아니라 이것은 주유의 계책입니다. 형주를 빼앗기 위해서 혼인을 빙자하여 유비를 꾀어 이리 불러다 감금해 놓고, 그의 목숨과 형주를 바꾸자고 해서 만약 듣지 않을 때에는 먼저 유비를 죽이자는 것이니, 이것은 계책이지 진정으로 혼인을 하려는 것은 아닙니다."

(중략)

국태는 계속해서 주유를 욕하는데 교국로가 권했다.

"유황숙은 한실의 종친이니, 일이 이미 이렇게 된 바에는 차라리 그를 사위로 삼아서 추한 소문이나 나지 않게 하는 것이 좋을까 보다."

"나이가 맞지 않는걸요."

이렇게 손권이 걱정하니 교국로가 다시 말했다.

"유황숙은 당대의 호걸이니, 그런 사위를 얻기만 하면 누이를 욕되게 하지는 않을 걸세."

이때 국태가 딱 잘라 말했다.

"나는 아직 유황숙을 보지도 못했으니 내일 감로사甘露寺에 불러서 한 번 선을 보겠다. 만약 내 눈에 들지 않으면 너희들 마음대로 할 것이요, 내 눈에 드는 때엔 딸을 그에게 줄 것이니라."

(중략)

"장부께선 저를 속이지 마세요. 제가 이미 엿들어서 다 알고 있습니다. 아까 조자룡이 들어와 형주가 위급하다는 말씀을 드렸기 때문에 형주로 돌아가시려고 그러시는 거지요?"

현덕은 부인 앞에 무릎을 꿇고 호소했다.

"부인이 이미 알고 있으니 내가 어찌 감히 속이겠소. 내가 아니 가자니, 만약 형주를 잃는 날에는 온 천하 사람들의 비웃음을 면하지 못할 것이고, 가자고 하니 차마 부인을 버리고 갈 수가 없어 고민하는 것이오."

"첩은 이미 부군을 섬기는 몸이니, 부군께서 가시는 것이면 어디든 따라가겠습니다."

(중략)

손 부인은 한동안 곰곰이 생각해 보더니 마침내 한 가지 계책을 내놓았다.

"정월 초하룻날 첩이 부군과 함께 모친께 세배를 드릴 적에 같이 강변에 나가 조상님께 제사를 지내고 오겠노라고 핑계대고서 하직을 고하지 않고 그대로 떠나면 어떨는지요?"

(중략)

건안 15년210년 정월 초하룻날, 오후吳候는 조회를 열고 문무 관원들을 당상에 모았다. 이때 현덕과 손 부인은 안에 들어가 국태에게 세배를 드렸다. 그리고 손 부인이 말했다.

"저의 부주夫主께서 부모님과 조상 어른들의 분묘가 모두 탁군涿郡에 계신 것을 생각하고 밤낮 비감한 마음을 억제하지 못하시니, 오늘 강변에 나가 멀리 북쪽을 바라보고 제사나 드려 볼까 하여 모친께 말씀을 올립니다."

국태는 고개를 끄덕끄덕했다.

"그건 효도이니 내가 어찌 막을 수 있겠느냐? 너도 비록 시부모를 뵙지는 못하였으나, 네 남편을 따라가서 제사를 지내는 것이 남의 며느리된 도리이니라."

국태가 쾌히 허락을 하자 손 부인은 현덕과 함께 모후에게 절하여 사례하고 물러나왔다.

손권을 감쪽같이 속였다. 부인은 옷가지와 패물 등 간소한 물건들만 챙겨 수레에 오르고 현덕은 말 탄 종자 몇 명만 거느리고서 말을 타고 성을 나가 조운과 만났다. 그러고는 5백여 군사의 호위를 받으며 남서를 떠나 길을 재촉했다.

《삼국지》의 서술과는 달리, 유비와 손 부인의 혼인은 그 자체가 두

나라의 필요에 의해 이루어진 정략적인 것이었다. 그래서 이 신혼 행렬은 두 나라의 경사였기에 대단한 규모와 예를 갖추었을 것이다. 동오에서 출발하여 먼 길을 거쳐 형주로 왔을 것이고, 형주에서는 이 행렬을 성대히 맞이하기 위해 성 밖에서부터 많은 준비를 했을 것이다.

특히 중국에서는 혼인이 남녀 양가의 공통된 행사이긴 하나 전통적으로 남자 집안이 더 많은 준비를 하고 신경을 썼다. 물론 혼수품이나 결혼 비용도 대부분 신랑측이 부담을 한다. 이런 전통은 오늘날까지도 크게 변함이 없다. 《삼국지》의 서술도 이런 전통을 반영하고 있다. 유비가 동오로 장가들러 갈 때는 많은 예물을 준비해 갔지만, 손 부인이 형주로 시집올 때는 간단한 물품만 챙겨서 온 것으로 되어 있다. 이야기 전개에 친정을 속인 탈출이라는 배경이 있어서 그렇기도 하지만, 실제 중국의 전통적 혼인 관습 자체가 이러하다.

이렇게 볼 때 신랑측인 형주에서 더 큰 의미의 혼인 행사가 당연히 있었을 것이다. 만약 이런 정도의 행사가 있었다면 지금 형주의 어딘가에 흔적이 남아 있을 법도 하다. 아니 어쩌면 남아 있는 것이 너무나 당연한 일이기도 하다.

영친가 삼국지 문화유적지

지금 형주 시내에 영친가迎親街라는 거리가 있다. 즉, 새 식구를 환영하는 거리라는 뜻이다. 형주성에 있던 제갈량 등 신랑측 사람들이 예를 다해 영친가에서 유비와 손 부인의 행렬을 맞이하여 형주성으로 모시고 갔던 것이다. 그래서 이때부터 이 거리를 영친가 혹은 영희가迎喜街라고 부르게 되었다고 한다.

현재 형주 시내에 있는 영친가는 작은 다리에서 시작한다. 영친가 입구에 도착하면 다리 건너편에 좁고 복잡한 골목거리가 눈에 들어온다. 다리를 지나면 현대화된 다른 지역과는 달리 아직도 허름한 낡은 단층 혹은 이층 건물들이 길 양옆으로 늘어서 있고, 또 길을 따라서 전봇대와 전선줄이 어지러울 만큼 이리저리 얽힌 채 머리 위를 지나고 있다. 얼핏 봐도 낙후된 지역임을 짐작할 수 있는데, 거리를 오가는 사람들의 옷차림새와 자전거, 오토바이, 삼륜차 등을 살펴보면 더욱 잘 느낄 수 있다. 이 거리에 그런 유서 깊은 의미가 있다고는 하나, 거리 입구의 다리는 물론이고 거리 전체 어느 곳에도 이곳이 영친가임을 나타내는 아무런 유적이 남아 있지 않고, 심지어 그 흔한 안내 표지판조차 보이지 않는다. 단지 다리를 지나 거리로 접어들어 왼편 두 번째의 일용잡화 건재 도매상 가게 정면 위에 적힌 간판에서 '영희가迎喜街'라는 글자를 찾아볼 수 있을 뿐이었다. 이것에서나마 이 거리가 그 옛날 화려한 혼례 행렬이 지나갔던 곳이었음을 짐작할 수 있다.

유비, 동오와 정략적 결혼을 하다

소설 《삼국지》에 등장하는 손권의 친누이동생이자 유비의 세 번째 부인이 되는 손상향孫尚香은 보통의 여인네들과는 다른 다소 특별한 여인으로 묘사되어 있다. 《삼국지》에 따르면, 그녀는 매우 총명하고 문무에 능하였으며, 내심 유비의 안사람이 되기를 원하였고 결정적일 때 유비의 한쪽 팔 역할을 담당하여 주었다. 특히 유비가 동오를 탈출하여 형주로 돌아갈 때, 패기와 재치로써 용감하게 유비를 죽이러 온 동오의 장수를 네 명이나 물리친 대담한 여인으로 묘사되어 있는 것이다.

동오의 손권과 주유는 북방의 조조를 견제하기 위해, 표면적으로 유비와 보다 나은 관계를 맺어 두어야겠다는 정치적 계산에 의해 혼인을 빙자한 미인계를 썼다. 유비 또한 이면에 깔려진 정치적 계산을 알면서도 당시로서는 그 역시 동오의 힘이 필요했던 선택의 여지가 없는 상황이었기에 이를 흔쾌히 받아들였다. 결국 손 부인은 손권과 유비 사이에 이루어진 정치적 흥정의 희생물에 불과했던 것이다. 이런 순수하지 못한 정략적 혼인이 으레 그러하듯 유비는 손 부인과 혼인한 후 서로가 사랑을 쌓지 못하고 의심하며 별거하게 되었다. 유비가 유강 어귀에 주둔하고 있을 때, 손 부인은 유강 어귀에서 5, 6리 떨어진 곳에 살았었는데, 훗날 사람들이 그 자리를 일러 손부인성이라 했다.

며칠 뒤 크게 잔치를 벌여 현덕과 손 부인은 혼례를 치렀다. 밤이 되어 손님들이 다들 돌아가자 붉은 촛불들이 두 줄로 늘어선 가운데 현덕이 신방으로 인도받아 들어갔다. 촛불 아래를 살펴보니 창, 칼, 살촉이 벽마다 가득하고, 시녀들도 모두 허리에 칼을 차고 손에도 칼을 들고 양쪽에 늘어서 있었다. 현덕은 그만 혼비백산, 제 정신이 아니었다.

……

현덕이 손 부인의 방 안 양쪽 벽에 창과 칼이 가득 차 있고 시녀들도 모두 칼을 차거나 들고 있는 것을 보고는 대경실색하자, 늙은 시녀가 일러주었다.

"귀인께서는 놀라지 마십시오. 부인께서는 어려서부터 무예를 좋아하셨기 때문에 평소에도 시녀들에게 칼싸움 시키기를 즐기신답니다. 그래서 지금도 저렇게들 하고 있습니다."

현덕이 머리를 내젓고,

"그런 것은 부인들이 좋아하실 일이 아닐세. 내가 가슴이 서늘하니 잠시 치우도록 해주게."

라고 말하자, 늙은 시녀는 손 부인에게 전하였다.

"신랑께서 불안해하시니 방안에 늘어놓은 병기를 치우는 것이 좋겠습니다."

그 말에 손 부인은 빙그레 웃었다.

"반생을 싸움터에서 지내신 분이 어쩌면 병기를 두려워하신담!"

그리고는 곧 병기를 모조리 치우고, 시녀들도 모두 칼을 치우고 모시게 하였다.

　

유비와 손 부인이 별거하게 된 근본적 원인은 과연 무엇이었을까? 물론 기본적으로는 두 사람 사이에 애정이 없었기 때문이다. 사람들의 얘기로는 손 부인에게 많은 문제가 있었다고 한다. 즉, 손 부인은 스스로가 강대국인 오나라 군주의 누이동생이라고 생각하며 살아간 것이 주요한 원인일 걸로 생각한다. 즉 이웃나라에 시집와서도 시집을 낮추어 보며 질서나 법도에 따르려 하지 않고, 친정 동오를 강대국이라 생각하며 그 나라 공주로서의 태도를 벗어버리지 못한 채 방자하고 거만하게 행동하였던 것이다. 시집 온 이후에도 줄곧 스스로 오나라 호위병들을 훈련시켰으며, 예의범절에 대한 가르침은 듣지도 않았다고 한다. 유비조차도 그녀를 두려워하며 어찌할 수 없었기에 결국에는 별거를 하게 되었다고 한다. 유비가 서쪽으로 사천을 정벌하러 나간 때를 기회로 삼아 손권은 누이동생을 오나라로 돌아오게 하였다. 그녀는 장차 유비의 뒤를 이을 아두를 인질로 삼았으나, 조자룡이 배를 타고 쫓아와 목숨을 걸고 아두를 빼앗아 가자, 포기한 채 혼자 동오로 가서 영원히 돌아오지 않았다. 이로써 손권과 유비간의 정치적 거래는 막을 내리고

만 것이다. 전하는 말에 의하면 손 부인은 이후 병들어 죽었다고 한다.

손부인성 삼국지 문화유적지

손 부인의 형상이 중국의 민간인들에게 언제부터인지는 몰라도 엄청난 열녀로 전해 내려오고 있다. 이 지역 사람들 사이에 전해내려오는 바에 의하면, 당시에 사람들이 강에서 손 부인의 시체를 인양하여 땅에 안장하고, 오군옥후吳郡玉侯라는 묘비를 세우고 그녀를 기리며 제사까지 지내주었다고 한다. 이처럼 손 부인은 의협심이 강한 용기 있는 열녀의 형상으로 중국사람들에게 깊은 인상을 남겨 추앙받아 왔던 것이다.

그러나 실제로 손 부인은 소설《삼국지》에서의 묘사와 같은 의협적 여인이거나, 중국의 민간인들이 알고 있는 것처럼 남편을 극진히 사랑한 순종적 열녀의 모습이 결코 아니었다.

공안현 부근에 황금구黃金口라는 곳이 있다. 이는 금묘구金猫口라고도 불리는데, 사람들은 이곳을 손부인성이 있던 곳이라고 한다. 공안현에서 서남쪽 방향으로 45킬로미터 지점에 위치해 있으며 자동차를 타고 길 양옆으로 가로수가 곧게 뻗은 농촌 들녘 도로를 약 20여 분 달리면 삼거리 도로 한가운데 황금구대교黃金口大橋라고 새겨진 검은 돌로 된 표지석이 가로로 놓여져 있다. 이 간선도로에서 공안현 방향으로 몇백 미터 가다 좌측으로 난 좁은 길로 접어들면 꽤 큰 마을이 나온다.

이 마을은 비포장도로를 사이에 두고 길 양편이 대부분 2층으로 된 가게 건물로 이루어져 있다. 물론 이 2층 가게 건물들 뒤쪽 편으로는 단층의 일반 가옥들이 많이 보이는 농촌 마을이다. 이 길가 가게들의 담벼락 곳곳과 가게이름 곳곳에 황금구라는 글자가 들어있다. 한 간판에 이곳을 황금구 신강촌新崗村이라고 적어놓았다. 이 주변은 산을 찾아볼 수 없는 평야지역인데 이 마을 한가운데의 흙으로 다져놓은 듯한 도로가 길 양편의 집들보다 높아 보인다. 아마도 옛 성의 담벼락인 듯하다. 이 마을 일대가 손부인성의 성안 지역이었다고 한다. 그리고 무척이나 낡은 집의 대문에 걸린 간판에서 금묘구라고 적힌 글씨도 찾을 수가 있었다. 이 마을길을 따라 마을 바깥쪽으로 나가보면 마을 내부에서 보다 훨씬 뚜렷하게 흙으로 쌓은 담벼락 길을 볼 수가 있다. 이것들을 이곳 사람들은 옛날 손부인성의 흙담벼락 흔적이라고 한다. 이 흙담 길 위에 올라보면 너무나 평온해 보이는 농촌 마을이 한눈에 들어오고 멀리 아늑한 농촌 평야 너머로 공안현의 중심지역이 보이는 것 같기도 하다. 지금 이 황금구 지역에는 손부인성의 유적이 아무 것도 남아 있지

않고 단지 금묘구라는 이름과 성 흙담벼락이 전부이다. 이 흙담벼락 길에서 다시 공안현 서쪽으로 자동차로 약 10분 동안만 가면 도로가에 금묘구촌金猫口村이란 표지판과 함께 황금구라고 적힌 간

황금구를 볼 수 있는 표지판

판들이 여러 군데 걸려 있다. 이걸로 보아 손부인성의 면적이 적지 않았음을 알 수 있다.

이 손부인성은 본래 면적이 7, 8평방킬로미터의 흙으로 쌓은 꽤 규모가 있는 성이었으나, 지금은 다만 10여킬로미터의 일부만이 남아 있다고 한다. 전하는 말에 의하면, 손 부인은 성의 안팎에다 꽃과 나무를 심어 성을 매우 아름답게 꾸몄다고 한다.

그럼 왜 금묘구가 손부인성이란 말인가? 그 이야기는 이렇다. 어느 날 손 부인이 말을 타고 성밖으로 나가 놀다가, 1리도 채 못 가서, 길가에 있는 작은 고양이 한 마리를 발견하였다. 누런빛 털 색깔이 너무 아름답고, 영리하게 생겼기에 손 부인은 하녀를 시켜 고양이를 데리고 성에 돌아가 직접 길렀다고 한다. 매일 밤 이 고양이는 꼭 손 부인의 침상 가에서 잠이 들었다가, 날이 밝아 손 부인의 무예연습 시간이 되면, 야옹야옹하면서 손 부인을 깨웠다고 한다. 이 이후로 하녀들이 손 부인을 깨우러 갈 필요가 없어졌다. 이후 하녀들의 입을 통해 손 부인이 황금빛 고양이를 기른다는 사실이 온 세상에 알려지게 되었던 것이다. 그래서 사람들이 이 손부인성을 가리켜 금묘구라 불렀던 것인데, 이 지명은 오늘날까지도 계속 사용되고 있다.

손 부인, 아두를 데리고 동오로 돌아가려 하다

《삼국지》에는 유비의 세 번째 부인인 손 부인이 유비의 아들 아두를 데리고 몰래 동오로 돌아가려고 하다 만류하는 조자룡과 장비에게 아두를 빼앗긴 채 혼자만이 황급히 떠나가는 부분이 나온다. 즉, 동오에서 유비에게 시집왔던 손권의 누이 손 부인이 남편 유비가 출정하고 없는 틈을 타 친정인 동오로 돌아가 버린 것이다.

　왜 손 부인은 이토록 급하게 동오로 돌아갔을까? 손 부인의 행적에 대해서는 역사적 기록과 민간의 전설이 너무나 상반되게 전해오고 있다. 소설 《삼국지》에서의 묘사처럼 사실 손 부인은 남편 몰래 친정으로 가서는 다시 돌아오지 않았다. 그러나 예로부터 중국의 민간인들은 손 부인이 유비가 동오와 벌인 이릉전투의 대혼란 속에서 전사했다는 소

호복성 석수시 망부대

식을 듣고는 너무나 놀라 슬픔을 이기지 못하고 통곡하다 절망감에 빠져 장강에 몸을 던져 자살한 걸로 알고 있다. 지금 호복성 석수시에 가면 손 부인이 남편 유비를 매일같이 애타게 기다리며 나날을 보냈다고 하는 망부대까지 있고, 심지어 이 지역의 지명은 물론이고 유비 손 부인 부부와 관련된 많은 유적과 이야기가 아직도 전해져 오고 있다. 그럼 무엇이 진실이고 어떤 모습이 손 부인의 본래 면모일까?

적벽대전 이후 손권과 유비는 승리의 기쁨에 그리 오래도록 취해 있을 수만은 없었다. 왜냐하면 조조의 보복성 공격이 늘상 두려웠기 때문이다. 그래서 두 사람은 더욱 가까워질 필요가 있었다. 이런 이유로 손권의 제안에 의해 유비와 손권의 여동생이 전격적으로 혼인을 하게 된다. 전형적인 전략적 혼인이었다. 이 혼인을 손권이 먼저 제안하자 유비로서는 내심 반기던 바였기에 마다해야 할 아무런 이유가 없었다. 이는 실로 경사가 아닐 수 없었다. 이에 유비의 신하들이 이 국가적 경사를 축하하고, 유비 부부에게 달콤한 신혼의 시간을 보내라는 뜻에서 석수 지역의 산 언덕에 비단장막으로 아름답게 꾸민 임시거처를 마련해

주었다. 그 장소가 지금 호북성 석수시의 수림산이다.

모친의 병이 위급하다는 말을 들은 손 부인은 마음이 급해져서 그길로 일곱 살 먹은 아두를 안고 수레에 올랐다. 형주성을 떠나 배를 타러 강변으로 나가는데 수행인 30여 명이 각기 칼을 차고 말에 올라 그 뒤를 따랐다. 부중 사람들이 이것을 알고 공명에게 알렸을 때는 손 부인이 이미 사두진沙頭鎭에 이르러 막 배에 오른 뒤였다. 그런데 그 주선의 배가 떠나려고 할 때 언덕에서 누군가가 큰 소리로 외쳤다.

"아직 배를 띄우지 말아라! 내가 부인을 전송하겠다!"

돌아보니 조운이다. 조운이 초소들을 순시하고 돌아오던 길에 이 소식을 듣고 깜짝 놀라 네댓 기만 거느리고 풍우같이 말을 달려 강변까지 쫓아온 것이었다. 주선이 손에 긴 창을 들고 호통쳤다.

"네가 누구이기에 감히 무례하게 부인께서 가시는 길을 막는가!"

그리고는 군사들에게 호령하여 일제히 배를 띄우게 하는 한편 저마다 병기를 들고 배 위에 벌려 서게 했다. 배는 급류를 타고 순풍을 받아 쏜살같이 내려갔다. 조운은 강변을 따라 쫓아 내려가며 외쳤다.

그러나 주선은 들은 체도 안 하고 배를 재촉하여 앞으로 나가기만 했다. 조운이 강변을 따라서 10여 리나 쫓아가는데 문득 여울에 어선 한 척이 매여 있는 것이 눈에 띄었다. 조운은 말에게 내려 창을 들고 어선에 뛰어올라 사공과 둘이서 힘껏 노를 저어 부인이 타고 있는 큰 배를 향해 쫓아갔다. 주선이 군사들을 시켜 활을 쏘게 하였으나 조운은 창을 휘둘러 화살을 분분히 물에 떨어뜨렸다. 큰 배와의 거리가 1장丈 남짓밖에 안 되자 동오 군사들이 창을 들어 어지러이 내질렀다. 조운은 곧 창을 배 위에 버리고 허리에 찬 청홍검을 쑥 빼들었다. 앞으로 내뻗친 무수한 창끝을 칼로 헤치며 조운이 몸을 한번 솟구쳐 큰 배에 뛰어오르자 동오 군사들이 모두 놀라 자빠졌다. 조운이 선창에 들어가자 부인은 아두를 품에 안고 앉았다가 그를 보고 꾸짖었다.

"어찌하여 이렇게 무례하오?"

조운은 칼을 칼집에 꽂고 말했다.

"부인께서는 어디로 가시려 하며, 어찌하여 군사에게 알리지 않으셨습니까?"

"우리 모친께서 병환이 위독하시다니 미처 알릴 새가 없었소."

"부인께서 병문안 가시는데 작은 주인은 왜 데리고 가십니까?"

"아두는 내 아이요. 형주에 두고 가면 누가 보아주겠소?"

"부인께서는 잘못하십니다. 우리 주공의 평생에 혈육이라고는 이 아기뿐입니다. 소장이 당양 장판파에서 백만 적군 속에서도 구해냈는데 오늘 부인께서 데리고 가려 하시니, 이게 무슨 도리입니까?"

"당신은 장하의 일개 무부이면서 어찌 내 집안 일에 참견이오?"

"부인께서 가시려거든 가시되 작은 주인은 두고 가십시오."

"당신이 함부로 배 안에 뛰어들었을 때에는 필연코 모반할 뜻이 있었는가 보오."

그래도 조운은 물러나지 않았다.

"만약 작은 주인을 두고 가지 않으시면 설사 만번 죽는 한이 있더라도 부인을 못 가시게 하겠습니다."

손 부인은 시비들을 꾸짖어 조운을 때리게 하였으나 조운은 그들을 밀어젖히고 부인의 품에서 아두를 빼앗아 품에 안더니 뱃머리에 나섰다.

　　　　　　　　　　　　　　제5장 본격적인 삼국시대의 개막

그러나 배를 언덕에 대자니 조력해 줄 사람이 없고, 배 안의 동오 군사들을 쳐죽이자니 또한 도리에 온당하지 않을 것 같아 망설였다. 손 부인은 연해 시비들을 꾸짖어 아두를 빼앗아 오라고 했다. 그러나 조운이 한 팔에 아두를 꼭 안고 또 한 손에 칼을 들고 서 있으니 누구도 감히 범접을 못했다. 주선은 고물에서 키를 잡고 부지런히 배를 몰아 강을 내려갔다. 순풍에 배가 쏜살같이 중류로 내려갔다. 고장난명孤掌難鳴의 난국에 처한 조운은 오직 아두를 보호하고 있을 뿐 배를 옮겨 언덕에 올라갈 수가 없었다.

이렇게 위급한 중에 하류 쪽의 포구 안에서 배 10여 척이 줄지어 벌려서서 일자로 나오며 배 위에서 기를 휘두르고 북을 치기까지 한다.

'이번에는 완전히 동오의 계교에 빠졌구나!'

하고 조운이 한심하게 생각하는데 맨 앞에 오는 배 위에서 한 장수가 손에 장팔사모를 들고 서서 높은 소리로 외친다.

"아주머니는 조카를 두고 가시오!"

장비 또한 순찰하던 도중에 이 소식을 듣고서 황급히 유강油江 어귀로 왔는데, 마침 동오의 배가 보이자 재빨리 앞을 막고 나선 것이었다. 장비는 칼을 들고 동오의 배에 뛰어올랐다. 장비가 배에 오른 것을 보고 주선이 칼을 들고 달려들었으나 장비는 한 칼에 그를 베어 그 머리를 들어다 손 부인 앞에 내던졌다. 부인이 깜짝 놀라며 소리질렀다.

"아주버니, 이게 무슨 무례한 짓입니까?"

"아주머니가 우리 형님을 중히 알지 않으시고 몰래 집으로 돌아가시니, 이거야말로 무례한 짓이지요!"

"우리 어머님이 중환으로 지금 위급하시대요. 만약 형님한테서 회보가 오기를 기다리다가는 내 일이 낭패가 되고 말겠는걸, 어떻게 해요? 종내 나를 못 가게 붙드신다면 나는 강물에 빠져죽고 말겠어요."

부인의 말을 듣고 장비는 조운과 의논했다.

"만약 부인을 핍박했다가 자결이라도 하시면 이는 신하의 도리가 아니네. 아두나 데리고 돌아가세."

그리고 나서 부인에게 말했다.

"우리 형님은 한실의 황숙이시거니와 아주머니께도 부족함이 없었소이다. 오늘 가시더라도 형님의 우의를 생각하시거든 속히 돌아오시도록 하십시오."

그리하여 장비는 아두를 안고 조운과 함께 그의 배로 돌아가고 손 부인과 동오의 배 5척은 놓아보냈다.

수림산 삼국지 문화유적지

석수시 수림산 일대는 장강 남쪽에 위치한 아름다운 이름만큼이나 훌륭한 경관을 지닌 지역이다. 앞으로는 평온한 모습의 장강이 끊임없이 흐르고 있고, 뒤로는 푸른 나무숲으로 가득 찬 수림산이 빙 둘려져 있는 전형적인 배산임수背山臨水의 지형을 갖추고 있다. 일반적으로 수림산이라고 부르는, 석수시를 두르고 있는 이 산은 각각 동악산東岳山, 남악산南岳山, 필가산筆架山으로 구성되어 있다. 이 수림산의 원래 명칭은 양기산陽歧山이었다. 유비가 손 부인을 맞이할 때 비단에 수를 놓

망부대 아래의 삼의사

듯이 아름답게 이 숲에다 신혼의 거처를 꾸몄었는데, 후일 이것을 기념해 그 자리에 수림정綉林亭을 지은데서 수림산이라는 이름이 붙여졌다고 한다. 실제로 이 수림산 지역은 그 옛날 삼국시대 유비가 손 부인을 맞이하여 신혼을 보냈던 곳이어서, 수림산이란 명칭은 물론이고 망부산望夫山, 유랑포劉郞蒲, 조영교照影橋 등의 여러 유적이 지금까지도 이들 부부와 관련되어 그 이야기와 함께 전해져오고 있다.

망부산이란 지금 수림산공원이 있는 동악산을 달리 지칭하는 말인데, 일명 초망산楚望山이라고도 한다. 이 수림산에서 달콤한 신혼의 시간을 보낸 손 부인은 유비를 전쟁터로 떠나보낸 후 남편의 무사귀환을 위해 매일같이 장강을 바라보며 기원을 한데서 얻어진 이름이다. 전하는 말에 의하면, 이 망부산의 서쪽 끝에 탁자처럼 생긴 바위덩이가 있었는데, 그 위에 팔八자 모양의 발자국이 패어 있었다고 한다. 이는 손 부인이 아침저녁으로 이 바위 위에 올라가 남편을 기다리다 보니 그 자리에 발자국이 패인 것이라 한다. 그래서 이 돌을 사람들이 망부석이라 부르게 되었다고 한다. 그러나 지금은 그 자취를 찾아볼 수가 없었다.

지금 석수시를 가면 장강변의 수림산에다 공원을 조성해 놓고 있다. 공원 입구에 도착하여 고개 들어 산쪽을 바라보면 푸른색 기와와 붉은 기둥으로 된 공원 입구 문이 보이는데, 그 가운데 수림산공원綉林山公園이라고 적힌 현판이 걸려 있다. 이 현판은 중국의 유명한 현대 극작가 조우曹禺가 쓴 것이다. 사실 이 수림산에는 예로부터 내려온 선인동仙人洞, 망부대望夫臺, 삼의사三義寺, 동악묘東岳廟, 문묘文廟, 조영교 등의 유적이 있었으나 1940년대 일본 제국주의의 침략과정에 몽땅 소실되었다고 한다. 지금 이 공원과 남겨진 유적은 1988년에 석수시 정부에 의해 조성되고 복원된 것이다.

공원 안쪽으로 계단을 걸어 올라가면 짙은 숲이 나오는데, 이 숲 사이로 난 다소 가파른 계단길을 계속 오르면 오른쪽 편에 우뚝 솟아 있는 커다란 석수시신십경명지비石首市新十景銘志碑가 서 있다. 이곳을 지나 계단을 또 올라가면 정상이 나오고 정상의 입구에 정자가 하나 있다. 이것이 바로 수림정이다. 이 정자의 옆에 붉은 벽돌을 쌓아 만든 단상이 있고 그 위에 팔장을 끼고서 멀리 장강을 바라보고 있는 손부인의 조각상이 세워져 있다. 이것이

석수시 망부대

손 부인의 망부대望夫臺인데, 장강쪽에서 단상을 바라보면 망부대라는 세 글자가 뚜렷이 새겨져 있다. 망부대를 지나 우거진 숲속길을 아래로 내려가면 언덕 아래쪽에 유비 관우 장비 삼형제를 모셨다고 하는 삼의사三義寺가 있다. 사당에는 아무 것도 없고 건물만이 낡을 대로 낡은 상태로 잡초 속에 남아 있으나 건드리면 금방이라도 무너질 듯하다.

석수시의 수림산공원 정상에 서면 뒤편으로 멀리 푸른 산과 석수시의 시가 전경이 한눈에 다 들어오고, 앞으로 아득히 장강의 물결 하나도 빠뜨림 없이 다 보이는 듯하다. 유비와 손 부인은 이토록 경치가 아름다운 곳에서 그들의 신혼을 보냈던 것이다. 신혼이란 달콤하고 아름다운 것이다. 그래서인지 중국의 민간인들에게는 그 사실 여부와 관계없이 이들 부부와 관계된 이야기가 모두 아름답고 달콤한 것으로 미화되어 알려져 있다. 수림산이란 너무나 아름다운 이름부터가 그렇고, 망부대, 망부석 모두가 들으면 아름다운 열녀와 관계된 어휘가 아닌가! 그러나 사실상 손 부인과 유비의 사이는 그리 좋지 않아 신혼시절을 제외하고는 별거하며 살았었는데, 언제부터인지는 알 수 없으나 후세 사람들에게 이 두 사람의 이야기가 아름답게 꾸며져 전해오고 있다고 한다. 남편을 버리고 떠난 여인이 이토록 훌륭하게 미화되어 오히려 열녀로 전해지는 경우가 세상에 또 있을는지! 여성의 힘이 강한 중국이어서 그런 건지 알 수가 없다.

호북성湖北省
석수시石首市

범려묘范蠡墓

'수림십경綉林十景' 중의 하나로, 호북성 석수시 도화산桃花山 녹각두촌鹿角頭村에 위치해 있으며 범려가 이곳에서 은거하였다고 전해진다. 초나라 사람으로 젊은 시절 절친한 벗이었던 문종文种이 월越나라 왕에게 그를 추천하여 월나라의 상장군上將軍 겸 재상을 맡았다. 후에 그는 월왕 구천勾踐을 보좌하여 오吳왕 부차夫差를 쳐서 승리하고 춘추 말엽의 명사가 되었다. 구천이 패권을 잡은 후 범려는 토사구팽兎死狗烹의 도리로 문종을 산림에 은거하도록 설득하였으나, 문종은 그의 말을 듣지 않아 결국 오왕에게 죽임을 당하였다. 그리하여 범려는 조용히 조정을 떠나 미인 서시西施를 태운 배를 띄워 오호사해五湖四海로 떠났다고 한다.

옥전사玉田寺

옥전사는 장강 물가 호북성 석수산石首山 기슭의 웅장한 고찰이다. 석수 민중이 동진의 저명한 의학자, 제약가, 교육자, 도교이론가, 문학가인 갈홍을 기념하기 위해 세운 전당으로 불교, 도교, 유교가 서로 융화되고 공존하는 독특한 사원이다.

유비, 유장을 항복시켜 익주를 얻다

유비는 사천을 차지하면서 유장을 나름대로 예우하여 공안으로 보냈다. 그러나 당시의 상황을 볼 때, 유비의 영역은 동쪽은 형주에서부터 서쪽은 사천 내륙까지였으니 실제로 유장과 아무 연고가 없으면서 거리상으로도 가장 먼 지역으로 유장을 쫓아보낸 셈이다. 그래도 목숨을 건진 것만도 다행한 일일까? 유장은 말없이 공안으로 떠나가 성을 바꾸어 그 신분을 속인 채 남은 여생을 조용히 살았다고 한다.

유장은 마침내 항복할 뜻을 정하고 간옹을 후히 대접했다.
이튿날 유장은 친히 인수와 문적을 들고 간옹과 한 수레에 올라서 성을 나가 항복했다. 현덕은 영채에서 나와 그를 영접하면서 손을 잡고 눈물을 흘렸다.

"내가 인의를 저버리는 것이 아니라 사세가 부득이했던 때문이오."

그리고는 함께 영채 안에 들어가서 인수와 문적을 받은 다음에 함께 말을 타고 성 안에 들어갔다. 현덕이 성도에 들어가는데 백성들은 일제히 향기로운 꽃과 밝은 등촉을 내걸고 대문에 나서서 영접했다. 현덕은 공청에 이르러 당상에 높이 앉았다. 그러자 군내의 관원들이 거의 다 들어와 당하에 엎드려 절하는데, 오직 황권과 유파만이 문을 닫고 집에 들어앉아 나오지 않았다. 여러 장수들이 분개하여 곧 가서 죽이려고 하자 현덕은 황급히 영을 내렸다.

"만약 그 두 사람을 해치는 자가 있으면 그의 삼족을 멸할 것이오!"

그리고는 몸소 그 두 사람의 집을 찾아가서 그들에게 출사를 간청하였다. 두 사람은 신하에 대한 현덕의 은혜와 예절이 극진한 데 감동하여 마침내 출사하였다. 이때 공명이 현덕에게 청했다.

"이젠 사천이 평정되었으니 한 곳에 두 주인이 있을 수 없습니다. 유장을 곧 형주로 보내도록 하십시오."

"내가 촉군을 갓 얻은 터에 아직은 계옥을 멀리 보낼 수 없소."

이런 현덕의 대답에 공명은 다시 말했다.

"유장이 기업을 잃은 것은 너무 나약했기 때문입니다. 주공께서 만약 부인 같은 인자함을 가지고 일을 적절히 결단하지 못하신다면 이 땅도 오래 가기가 어려울까 봅니다."

현덕은 공명의 말에 따라 성대하게 주연을 베풀어 유장을 대접한 다음, 그로 하여금 재물을 수습하여 진위振威 장군의 인수를 차고 처자 권속과 노비들을 모조리 이끌고 남군 공안에 가서 살게 하며 그날로 곧 길을 떠나게 했다. 그리하여 현덕은 스스로 익주목이 되었다.

유장묘 삼국지 문화유적지

다행스럽게도 유장의 무덤이 이 공안에 남아 있다고 했다. 순간 틀림없이 초라할 것이라고 생각을 했다. 역시 그랬다. 아니 초라한 정도가 아니었다.

공안현의 중심부에서 승용차를 타고 서남쪽으로 약 45km 지점에 이르러 우측편으로 비포장의 전형적인 시골길로 접어들어 약 1km 정도를 더 들어갔다. 지남촌指南村이란 외딴 농촌 마을이 나왔다. 이 마을 입구에서 차를 내려 개울을 건너 좁은 밭길을 걸어 약 10여 분 정도 들어간 곳에 유장의 무덤이 있었다. 아니 정확히 유장 무덤이 있었다고 하는 자리가 있었다. 유장묘는 지금은 그 묘가 있던 자리만이 입으로 전해오고 있는데, 그 묘터는 감귤 과수원 밭 가운데 있었다. 과수

유장묘가 있었던 묘자리

원 주인과 촌장, 초등학교 교장의 말에 의하면 5,6년 전쯤 과수원을 세웠다고 한다. 구체적인 위치는 지남촌 4조組 허래중許來中 씨 집 옆의 과수원 밭 한가운데이다. 이 지역에는 본래 유장의 동상도 있었다고 한다. 즉,

공안현 유장교

진조사陳祖祠란 사당이 있었는데, 이 사당 가운데 유장의 동상이 있었다고 한다. 유장의 사당임에도 유씨의 표시가 없고 오히려 진씨가 들어있는 것은 유장이 공안에 온 후에 진陳씨로 개명했기 때문이다. 또 이 마을에는 유장을 기념한 비석도 있었다고 하는데, 사회주의 혁명 이후 1950년대 초 토지개발을 하던 시절에 모두 부셔버리고 현재는 남아 있지 않다고 한다.

지금은 아무 흔적도 남아 있지 않지만 촌마을 사람들이 유장과 관련된 유적을 자체적으로 보호하려 하고 있고, 정부도 이런 유적들에 대해 복원을 고려중이라고 한다. 여하튼 이곳에는 유장과 관련하여 실존하는 유적이라고는 아무 것도 남아 있지 않는 셈이다. 경제개발의 성공에 따라 서서히 문화유적에 관심을 가져가고 있는 것이 오늘날 중국의 상황이기에 머지 않은 장래에 반드시 복원되어 지리라고 믿는다.

패자의 역사는 본시 이런 법이다. 역사 기록의 대상에서 사라지는 순간 그의 존재는 개인의 문제일 뿐 아무도 관심을 가지지 않기 때문이다. 그래서 대개 그런 이가 어떤 여생을 보냈는지를 아무도 알려고 하지도 않았고, 또 알 수도 없었다. 문학가들의 경우는 작품이라도 남겨 놓아 세월이 흐른 후 그 자취를 좇아 그 사람의 본질을 더 정확히 알게 해주기도 한다. 하지만 정치적 인물들은 목숨 보존이 그 어떤 행위보다 우선이기에 남겨놓은 것이 별로 없다. 우리나라에서도 역모를 도모한 반역 죄인은 삼족三族을 멸하여 그 집안을 없애 후환을 없애버리곤 했다. 그래서 정치적 좌절을 당한 인물의 집안 사람들은 다들 두려움에 떨며 평생을 살아갈 수밖에 없었던 것이다. 중국의 경우에는 구족九族을 멸하여 아예 그 씨를 말려 버렸으니, 어찌 다른 생각을 지닐 수 있었겠는가. 그저 한목숨 살아 강호를 떠돌다 삶을 마치면 크나큰 행복이라고 생각하였다. 그런 까닭에 그나마 죽은 뒤에 장례라도 치러주고 무덤이라도 제대로 만들어 주면 저 세상에서라도 그저 기뻐할 따름이었다.

호북성湖北省
공안현公安縣

남평문묘南平文廟

남평문묘는 명대 초기에 지어졌고, 호북성 공안현 남쪽 30km에 있는 남평진南平鎭 구 현성縣城에 위치해 있다. 남쪽을 향해 지어졌으며 현재 범위는 동서 너비 80 미터, 남북 길이 120미터, 점유 면적 9,000평방미터이다. 남평문묘는 청 동치同治 13년 1873년에 지어졌는데, 황장黃墻, 예문禮門, 의로義路, 영성문欞星門, 장원교狀元橋, 반지半池, 대성문大成門, 대성전大成殿, 조장照墻, 동무東廡, 서무西廡 등 건물들로 이루어져 있고 방대한 규모가 장관을 이룬다. 현재는 대성문, 대성전, 영성문, 반지, 2개의 비석 등이 남아 있다.

삼원묘三袁墓

오늘날의 맹가계진孟家溪鎭 삼원촌三袁村인 공안현 장안리長安里 장안촌長安村에 위치해 있다. 명대의 저명한 문학가인 원종도袁宗道, 원굉도袁宏道, 원중도袁中道의 묘이다. 400여 년 전 명대 만력萬曆 연간에 원씨 삼형제는 인산지수仁山智水의 인문적 포부와 독창적인 창작사상으로 복고가 주류를 이루던 명대 후기 문단에서 독자적 일파를 형성하고, 중국문학사상 중요한 문학유파인 '공안파公安派'를 창립하였다. 공안파의 '오직 성령만을 펼치고 옛 방식에 얽매이지 않는다獨抒性靈, 不拘格套'는 문

제5장 본격적인 삼국시대의 개막

학 풍격은 중국문단 풍소風騷를 수백 년 간 인도하였다. 그 새로운 문학사상은 후세 수백 년의 사상·문화·역사에서 '5.4신문화운동'에 이르기까지 적극적이고 광범위한 영향을 미쳤다.

유비의 사천 공략과 관우의 형주 수성

《삼국지》에서 제갈량은 사천을 공략하러 떠난 유비가 방통龐統의 죽음으로 인해 곤경에 처하자 직접 유비를 지원하러 떠난다. 이때 제갈량이 그 중요성을 관우에게 다시 한 번 강조하며 형주를 맡긴다. 이렇게 하여 형주는 관우에게 맡겨지고, 관우는 형주를 10년간 전력을 다해 성심껏 지킨다.

여기서 관우가 형주를 맡게 되는 역사적 배경과 과정을 한번 살펴보자. 유비가 형주를 빌린 것은 제갈량의 전략상 승리의 결과였는데, 일찍부터 제갈량이 유비를 위해 계획하고 준비했던 일이었다. 사실 형주는 적벽대전 전에는 유표劉表의 지역이었다. 적벽대전 직전에 유표가 죽자 그의 차남 유종劉琮이 조조에게 투항하여 형주는 조조의 손에 들

제5장 본격적인 삼국시대의 개막

어가게 되었다. 적벽대전에서 패한 조조는 형주의 수비를 조인에게 맡긴 채 후퇴를 했다. 1년여 동안 피투성이가 되도록 싸운 조인은 결국 주유에게 패하고, 형주는 그때부터 손권의 수중에 들어갔다.

손권은 동오의 영웅 주유를 남군 태수에 임명하여 형주를 지키게 했다. 적벽대전에서 동오와 연합하여 승리한 유비는 장강 남부의 형주 사군을 점령하고 그 세력을 확대하기 위해 노력하고 있었다. 그래서 형주의 가장 핵심인 형주성을 얻기 위해 제갈량은 바로 '형주를 빌리자'는 의견을 내게 된다. 210년, 형주를 빌리기 위해 유비는 친히 동오에 가서 손권과 의논을 한다. 그러나 주유의 반대가 거세어 유비는 빈손으로 돌아오게 된다. 후에 주유가 병으로 죽고 나자 유비는 마침내 손권의 수중에서 형주를 빌리게 되는데, 그것이 바로 형주의 남군이다.

이렇게 유비는 남형주의 대토지를 획득하게 됨에 따라 형주를 발판으로 천하통일을 하기 위한 새로운 한 걸음을 더 내딛게 된다. 조조는 이 소식을 듣고 너무나 놀라서 문서를 쓰다가 붓이 손에서 떨어지는 것도 알지 못했다고 한다.

유비는 형주를 빌린 이듬해 천하를 세울 근거지를 확보하기 위해 군사를 이끌고 사천을 공격한다. 또 몇 년이 지나 사천에서 유비를 보좌하고 있던 부군사 방통이 전사하자 제갈량이 직접 사천 공략을 위해 서쪽으로 떠나가게 된다. 그래서 형주를 지키는 중책이 관우의 어깨 위에 놓이게 되었던 것이다. 형주와 관우의 특별한 관계는 이로부터 사실상 시작되었다.

"이미 주공께서 부관涪關에서 진퇴양난의 위기에 빠져 있다니 내가 부득이 가보아야만 하겠습니다."

공명의 말에 운장이 말했다.

"군사께서 가시면 형주는 누가 지킵니까? 형주는 중요한 곳이니 소홀히 할 수 없습니다."

공명은 다시 입을 열었다.

"주공의 글에 분명히 누구를 오라고 하지는 않았지만 내가 이미 주공의 뜻을 알고 있습니다."

(중략)

"주공의 글에는 형주를 내게 부탁하시면서, 인재를 골라 위임하도록 하라고 하셨습니다. 비록 그러하나, 이제 주공께서 관평에게 글을 들려 보내셨으니, 그 뜻은 운장공에게 이곳의 중임을 맡기시려는 것입니다. 운장은 도원결의의 정의를 생각하여 힘을 다해서 이 땅을 지키되 그 책임이 막중하니 부디 힘써 주십시오."

운장도 별로 사양하지 못하고 마지못해 응낙했다. 공명이 연석을 베풀고 인수를 내주니 운장이 두 손으로 받으러 나왔다.

형주 관제묘 삼국지 문화유적지

관우는 형주를 통치하는 10년 동안 형주민들의 존경을 한 몸에 받을 정도로 자신의 직무에 충실하였으며 스스로도 형주에 대한 애착이 매우 강했다. 이때 관우는 형주성의 안전한 수비를 위해 정성을 다해 성벽을 보수하고 쌓았다고 한다. 자존심 강한 천하의 명장 관우는 대의를 따르다 형주를 잃게 된 상황에서도 "이 성벽은 내가 축조한 것이니 공격할 수 없다."라고 말했다고 한다. 세월이 지남에 따라 그때 쌓은 토성벽은 일찍이 자취가 사라지고, 후에 다시 벽돌로 쌓은 성벽만이 지금까지 남아 있을 뿐이다.

사실 관우는 형주에서 출생한 것도 아니고 성장을 한 것도 아니다. 그럼에도 불구하고 형주 사람들의 관우에 대한 관심은 특별하다. 왜 그럴까? 지금 형주시의 옛 형주성은 기본적으로 삼국시대 관우에 의해 지어진 것이라고 한다. 관우가 형주를 튼튼히 지키기 위해 지었던 것이다. 지금 형주의 기본적 틀과 모습이 바로 관우에 의해 그려졌다고 말할 수 있다. 그러니 형주와 관우, 이 얼마나 특별한 인연인가! 그래서인지 오늘날까지 형주 사람들은 여러 사람으로부터 통치를 받았음에도 불구하고 유독 관우와의 관계를 강조하며 관우에 대해 남다른 애정을 보이고 있다. 특히 중국의 여러 지역 삼국지 학회 중 형주시 삼국지 학회는 형주가 관우 문화의 중심지임을 주장하며 가장 열심히 '관공 문화'를 연구하고 있다.

이러다 보니 관우를 숭배하는 분위기는 지금까지도 한결같아 그의 자취를 보존하고 기념하려고 노력한다. 형주 관제묘關帝廟는 바로 이런 분위기와 함께 이해해야 한다.

형주 관제묘는 지금 형주성 남문 밖에 자리잡고 있는데, 남문에서 도보로 복잡한 시장 길을 몇 분 걸어 작은 다리를 하나 지나면 나타난

형주 관제묘

다. 사람들의 통행이 꽤 번잡한 삼거리에 위치하고 있지만, 일단 정문을 들어서면 매우 아늑한 분위기가 느껴진다.

정문 한가운데 위쪽 현판에 '관제묘'라고 적혀 있다. 정문을 들어서면 나무와 화분으로 조성된 정원이 나오고 정면에 정전正殿이 보인다. 이 정원 한가운데 큰 향로가 전각 앞에 놓여 있다. 정전 바로 앞에는 참배객들이 절을 올리며 꽂아 놓은 향이 그 내음을 뿌리며 타고 있고, 정전으로 들어가는 살문에는 정전을 소개하는 표지가 붙어 있다. 전각은 모두 두 개가 있다.

정전에는 관우가 중앙에 늠름하게 앉아 있고 그를 위시하여 양옆에 관평과 주창이 서 있다. 양쪽 벽면에는 벽화가 그려져 있고, 관우의 앞에 늘어져 있는 빨간 천에는 '의義'와 '충忠' 두 글자가 쓰여 있다. 그리고 오른쪽에는 관제묘라고 쓰인 종이 하나 있다. 정전을 지나 뒤쪽으로 가면 정면에 2층으로 된 또 하나의 전각이 눈에 들어온다. 아래층 가운데 현판에는 '도원 결의'라고 적혀 있다. 전각의 안에는 탁자를 앞에 놓고 앉아 있는 유비와 관우, 장비의 조각상이 있는데, 세 사람이 탁현에서 도원 결의하는 장면을 떠올리게 한다.

정전과 전각 사이의 정원 오른쪽에는 2층으로 된 진열루陳列樓가 있는데, 안을 들여다보면 1층에 나무로 만든 적토마가 있고 그 옆에 5미터나 되는 마조馬槽와 말구유가 있다. 또 그 옆에는 청룡언월도가 세워져 있다. 2층은 관제묘 사무실이다.

정원 양쪽에 키가 큰 나무가 각각 한 그루씩 있다. 찾아간 날 새벽에 때마침 벼락이 쳐서 오른쪽 나무의 꽤나 큰 가지 하나가 떨어졌는데, 정원에 놓여 있는 화분 사이의 채 1미터도 안 되는 공간에 떨어져서 아무런 피해가 없었다. 이곳의 관리인은 그야말로 관우신이 돌보아서 풀 한 포기도 상하지 않았다고 하며 연신 관우신을 되뇌며 절을 올린다.

지난 1940년대 중일전쟁 때 일본군의 폭격기가 그렇게 폭탄을 투하했음에도 불구하고 관제묘는 아무런 피해도 입지 않았다고 한다. 우연일까? 아니면 정말 관우신이 이곳을 지키는 것일까? 어쩌면 중국사람들의 관우신에 대한 믿음 때문이 아닌지.

관우, 강하를 순시하다 호랑이를 베다

호북성은 삼국시대에 위·촉·오 삼국의 접경지이다 보니 삼국문화 유적과 그에 얽힌 이야기가 가장 많이 남겨진 지역이다. 지금도 호북성의 수도인 무한武漢시를 가보면 동호東湖 부근의 산기슭에 한 샘물이 있는데, 이 샘물에 삼국시대 당시 최고의 명장이었던 관우와 관련된 이야기가 간직되어 전해 내려오고 있다.

삼국시대 관우는 유비가 사천을 공격하러 떠난 후에 형주를 맡아 10년간 다스린 적이 있었다. 그때 어느 날 관우가 형주를 떠나 강하江夏 지역을 직접 순시하였다. 본래 이 일대는 예로부터 호수와 강이 많아 물이 풍부한 지역이었다. 그러나 무창 남쪽 교외 지역을 지나는데 온통 세상이 말라 풀 한 포기조차 자라지 않고 있었다. 마침 한여름이라

제5장 본격적인 삼국시대의 개막

날씨가 무덥고 하늘에는 구름 한점 없어 병사와 군마가 온통 땀에 흠뻑 젖어 있었다. 모두들 입안이 바짝 마르고 피로하여 힘이 없었다. 관우는 너무나 답답해 사람을 보내어 이곳의 늙은이를 불러와 그 연유를 물었다. 노인이 말하길, 원래 이 일대는 산이 푸르고 물이 풍부한 옥토였는데, 3년 전 흰 호랑이 한 마리가 나타나 이곳 산을 차지한 이후 사람을 잡아먹는 등 온갖 나쁜 짓을 행하기 시작한 이후부터 이렇게 변했다고 했다.

그날 밤, 밤이 깊어 병사들이 잠들자 관우는 신이 되어 그 산으로 가서 흰 호랑이와 맞닥뜨렸다. 호랑이가 관우를 향해 갑자기 달려들자 관우는 즉시 청룡언월도를 뽑아 호랑이를 향해 던졌다. 그러자 관우의 청룡언월도가 청룡으로 변하여 호랑이와 싸우기 시작했다. 그 둘이 어우러져 싸우기를 반나절이 지나자, 호랑이가 점차 힘이 빠지더니 끝내 공중에서 아래로 비명을 지르며 떨어지더니 큰 돌산으로 변해버렸다. 머리는 서를 향하고 꼬리는 동을 향하여 땅에 엎드린 모습이었다. 그래서 사람들이 오늘날까지 이 산을 복호산伏虎山이라고 부르게 된 것이다.

호랑이가 떨어지자 청룡은 순식간에 청룡언월도로 변하여 관우에게로 돌아왔다. 관우가 두 손으로 청룡언월도를 들어 돌로 변한 호랑이의 머리에 일격을 가하자 순간 한 가닥 샘물이 펑펑 솟아 멈추지 않았다고 한다. 그날 이후 이 지역은 다시금 온갖 꽃과 곡식이 자라는 기름진 옥토로 변하였고, 지쳐 있던 인마가 그 샘물을 마시고 기력을 회복했다고 한다. 후에 사람들이 관우의 은덕을 기리기 위해 복호산의 그 샘물이 있는 곳에 사당을 지었는데, 그것이 지금의 탁도천 사당과 그 가운데 있는 탁도천이라는 것이다.

지금 탁도천과 탁도천 사당은 호북성 무한시 동호東湖 남쪽의 복호산伏虎山 기슭에 위치하고 있다. 탁도천 사당은 송대에 건축되기 시작했다고 하는데 명말 시기에 훼손되어 청 강희康熙 때 다시 지어졌다고 한다. 그래서 현재의 건축물은 기본적으로 청대의 양식과 규모를 지닌 것이라 한다.

무창 복가파僕家坡 시외버스 정류장에서 승용차를 타고 동남쪽 방향으로 약 10여 분을 달리면 거리 표지판에서 탁도천로卓刀泉路를 발견할 수 있다. 바로 무한시武汉市 무창구武昌区 탁도천 사거리 입구에 있는 탁도천사卓刀泉寺가 그곳이다. 이 탁도천로의 대로변에서 복호산을 향해 안 쪽으로 조금만 들어가면 왼편에 탁도천 사당이 나온다. 일견 밖에서 보니 그 규모도 그리 크지 않고 사당 벽의 황토색이 바랠 대로 바랜 허름한 사당이었다. 정면의 입구 문 위에 작은 붉은 글씨로 고탁도천古卓刀泉이라는 네 글자가 새겨져 있다. 마침 이곳을 방문했을 때 사당 입구 주변에는 나무 등의 건축자재가 어지러이 사방에 흩어져 있어 한눈에 사당이 보수되고 있음을 알 수 있었다. 그래서 입구가 정리되지 못하고 산만하기만 한데 단지 입구 양쪽 편에 작은 돌사자 한 마리씩이 자재더미와 함께 그 자리를 지키고 있었다.

입구를 들어서면 바로 정면 벽에 대춧빛 얼굴을 한 관우의 그림이 걸려 있고 바로 그 아래편에 붉은색 망토를 걸친 조그마한 관우의 조각상이 놓여 있다. 안으로 들어서면 사당의 정원이 나오고, 정원의 한가운데에 세 개의 계단 위에 올려진 돌로 된 우물을 볼 수 있는데 이것이 바로 탁도천이다. 물론 지금의 이 돌우물은 명청대 이후의 것이라고 한다. 위쪽 우물 입구는 원형이고, 정면에서 우물을 보았을 때 붉은 글씨로 우물에 탁도천卓刀泉이란 세 글자가 새겨져 있다. 우물 위쪽을 철판 뚜껑으로 덮어두고 있는데, 뚜껑을 열고 안을 들여다보면 맑고 깨끗한 샘물이 고여 있음을 볼 수 있다. 곁에 놓여 있는 두레박을 사용하면 한여름의 날씨임에도 불구하고 이 우물에서는 지금도 시원하고 맑은 물을 맘껏 길어 올릴 수 있다.

이 우물은 단이 세 계단으로 층계가 지어져 있는데, 이는 중국에서 흔히 볼 수 없는 독특한 양식이다. 즉, 우물의 단이 세 계단으로 되어 있어, 단은 높고 입구는 작아 진흙이나 모래가 들어가는 것을 막아주기에 우물이 더욱 청결하고 맑다는 것이다. 그런 까닭에 이 우물의 물은 그 맛이 너무나 달고 여름에는 그 어떤 우물보다 시원하고 또 겨울에는 따뜻하다고 한다. 또한 이곳 사람들의 말에 의하면 이 우물의 수질검사 결과가 현재 전 중국에 시판되고 있는 어떤 광천수보다도 영양이 풍부하여서 질병치료에도 효험이 있다고 한다. 우리나라와는 달리 대체로 물이 좋지 못한 중국의 사정에 비추어보면 끓이지 않고 음용이 가능한 것만으로도 중국인들에게는 엄청난 것이 아닐 수 없다. 게다가 지금도 주민들의 이용이 끊이지 않고 있다고 하니 그들의 말이 과장만은 아닌 듯하다.

이 정원의 양쪽 편에 각기 두 그루의 나무가 서 있고, 또 우물 뒤쪽의 계단 위에는 이 탁도천 사당의 정전正殿이 있다. 허나 한참 기둥에 붉은 칠을 하는 등의 보수공사가 진행 중이어서 내부에는 아무 것도 볼 수가 없었다. 사실 이곳은 사회주의 혁명 이후 상당기간 동안 장례식장으로 사용되었다고 한다. 아마도 그런 분위기를 없애고, 전통을 회복하는 대보수공사가 아닐까 한다. 틀림없이 이 보수공사가 끝나면 낡을 대로 낡은 전각이 새로워질 것이고 벗겨진 담벼락의 칠도 깨끗해질 것임이 분명하다. 그리고 옛날에 있었다고 전해지는 도원각桃園閣 등도 반드시 복원되리라 믿는다.

중국인들은 대단히 현실적이다. 그래서 어떠한 이질적인 요소도 포용하고 수용을 한다. 그리하여 또다시 새로운 것을 창조해 내기에 끊임없이 이념과 제도가 시대를 따라 바뀌어 왔다. 그러나 더 중요한 것은 중국인들의 머릿속에 담겨 있는 전통적인 문화의식은 그렇게 쉽사리 변하지 않는다는 점이다. 바로 이것이 그들의 일시적 필요에 의해 장례식장으로 바뀌었던 문화유적이 다시금 관우의 사당으로 돌아오고 있는 현상을 이해하는 출발점이 되어야 하지 않을까 생각한다.

제
6
장

관우의 활약과 최후

관우, 뼈를 깎아 독을 치료하다

《삼국지》에 보면 천하의 명의 화타가 등장해 관우와 조조, 두 영웅을 치료한다.

《삼국지》의 표현 그대로 실로 천신과 신의의 만남이다. 《삼국지》의 이 부분으로 인해 관우는 중국사람들의 가슴속에 더더욱 천하의 영웅으로 새겨졌고, 화타는 더없는 천하의 명의가 되었던 것이다. 화타는 이처럼 관우를 치료했을 뿐만 아니라 조조의 병도 돌보게 되는데, 그 과정에서 억울한 죽음을 당하고 만다. 화타의 관우와의 소설 속 만남은 행운이었지만, 조조와의 실제 만남은 더할 수 없는 불행이었던 것이다.

화타는 그야말로 세상에 의술을 베풀었던 실존했던 명의였다. 이런 그가 소설 속에서 관우의 뼈를 깎아 독을 치료한 것은, 이미 민간에서 신격화되고 있었던 관우를 더욱 돋보이게 하고 그 굳은 의지와 강건한 성격을 형상화함으로써 소설 속 이야기의 전개에 흥미와 박진감을 더하기 위한 것이라고 할 수 있다.

실제로 관우는 많은 전쟁을 치르면서 일찍이 독화살에 맞아 입은 상처로 인해 명의를 형주성 내로 초빙해 뼈를 갉아내어 상처를 치료했다고 한다. 관우가 형주를 다스릴 때 그의 막사가 옛 형주성의 중심 지역에 있었는데, 그 막사에서 수술을 했다고 한다. 역사서 《삼국지》의 기록을 간단히 살펴보면, "관우가 왼쪽 팔에 화살을 맞아 상처를 입었는데 치료를 해서 나았다. 그러나 비가 올 때마다 뼈에 통증이 있어, 수술을 해서 독을 제거해야만 한다는 의원의 의견에 따라 뼈를 긁어 독을 제거했다. 그때 관우는 제후와 장군을 청해 음식과 술을 마시고 있었는데, 팔에서 흐르는 피가 그릇을 가득 채웠는데도 관우는 태연자약했다."라고 되어 있다. 관우의 강인한 정신력이 돋보이는 대목이다. 화타가 관우를 치료하는 대목을 들여다보자.

"이는 살촉에 상하신 것인데, 오두烏頭의 독이 있어 뼈까지 스며들었습니다. 빨리 치료를 받지 않으시면 이 팔은 영영 못 쓰시게 됩니다."
관우가 걱정스레 물었다.
"도대체 어떻게 고치시려오?"
"제게 고칠 방법은 있습니다만 군후께서 견뎌낼 수 있을지 걱정입니다."
관우가 웃었다.
"나는 죽는 것도 대수롭지 않게 생각하는데 무엇인들 못 견디겠소?"

"우선 조용한 곳에 기둥을 하나 세우고 기둥 위에 큰 고리를 하나 박아 놓고 그 고리 속으로 팔을 넣으신 후 끈으로 묶은 다음 머리는 보로 싸십시오. 제가 뾰족한 칼로 뼈가 드러나도록 살을 갈라서 뼈에 미친 살촉의 독약을 죄다 긁어낸 다음 그 위에 약 바르고 또 쨌던 자리를 실로 꿰매면 되는데, 군후께서 무서워하실까 걱정됩니다."

"그렇게 간단한 걸 가지고 기둥이니 고리니 할 것이 무엇이오?"

관우는 웃으며 주연을 벌여 화타를 대접했다. 관우는 술을 몇 잔 마신 후 마량馬良과 바둑을 두면서 팔을 내밀어, 화타로 하여금 상처를 치료하게 했다. 화타는 한 장교를 시켜서 큰 바리를 받쳐들고 피를 받게 했다.

"칼을 댈 텐데 놀라지 마십시오."

"그대 마음대로 하시오. 내가 어찌 세상의 속된 무리들처럼 아픈 것을 무서워하겠소?"

화타는 곧 상처에 칼을 댔다. 살을 쭉 째어 뼈가 드러나게 하고 보니 이미 푸른색이 드러났다. 화타는 칼로 뼈를 긁었다. 갈그락거리는 소리에 주위 사람들이 모두 낯빛이 변하며 얼굴을 가렸으나, 관우는 술을 마시고 고기를 먹으며 얘기하고 바둑을 두며 전혀 아파하는 기색이 없었다. 잠깐 동안에 피가 흘러 바리에 가득 찼다. 화타가 독을 깨끗이 다 긁어낸 다음 약을 바르고 쨈 자리를 실로 꿰매자 관우는 크게 웃으며 일어나 여러 장수에게 말했다.

"이제는 이 팔을 움직이는 것이 예전과 같고 또 조금도 아프지 않으니 이 분은 정말 신의神醫요."

화타도 한마디 했다.

"제가 한평생 의원 노릇을 했어도 이제껏 이와 같은 분을 보지 못했으니 장군께서는 참으로 천신天神이십니다."

여기서 우리는 소설 《삼국지》의 두 가지 허구를 만나게 된다. 먼저 천하의 명의 화타가 관우를 치료했다고 나와 있으나, 이는 소설 속의 허구일 뿐이다. 즉, 관우를 치료한 의원은 화타가 아니라는 것이다. 왜냐하면 관우가 화살에 맞아 상처를 입은 것은 건안 24년 번성樊城의 조인을 공격하던 번성대전 때인데, 화타는 건안 13년에 이미 조조에게 피살되었기 때문이다. 죽은 지 11년 된 사람이 어떻게 살아 있는 관우를 치료했단 말인가? 당시 천하의 명장이자 최고의 영웅인 관우를 어찌 감히 하찮은 의원이 수술을 할 수 있겠는가 하는 생각 때문에, 엇비슷한 시기의 천하 명의인 화타를 소설 속에 등장시켜 그 격을 맞추고, 또 이를 통해 이야기의 박잔감과 흥미를 보탰던 것이다. 소설 《삼국지》가 크게 유행한 명대에 관우가 이미 신격화되기 시작했음을 생각해 보면 쉽게 이해가 간다.

또 다른 허구적 요소는 관우가 실제 화살을 맞아 다친 팔은 왼쪽이지만 소설 속에서는 오른쪽 팔로 묘사되어 있다는 점이다. 왜 다친 부위가 왼쪽에서 오른쪽으로 바뀌었을까? 사람들은 대개가 오른손잡이여서 오른쪽 팔을 왼쪽 팔보다 훨씬 더 중요하게 생각한다. 상대적으로 덜 중요한 왼쪽 팔을 다쳐 수술했다는 것보다 역시 중요한 오른쪽을 수술했다고 하는 것이 훨씬 이야기 전개에 긴박감과 흥미를 더해 주기 때문이다.

그런 관우를 치료한 명의는 누구였을까? 전하는 바에 의하면, 관우

형주병원에 있는
관우를 치료하는 화타상

를 수술한 위원은 오보_{吳普}라는 사람으로, 화타의 수제자였다고 한다. 그는 스승 화타가 조조에게 억울하게 피살된 후 스승의 복수를 위해 관우를 치료해 주었다고 한다. 오보는 관우가 화살 맞은 상처로 고생한다는 소식을 듣고, 세상에서 조조를 없앨 능력을 가진 영웅은 관우밖에 없다고 생각해 그를 직접 찾아가 치료하여 스승의 원수를 갚고자 했던 것이다. 스승으로부터 배운 의술을 관우에게 베풀어 간접적이나마 스승의 한을 풀려고 했다는 것이다.

형주병원, 형주박물관, 춘추각 삼국지 문화유적지

현재 형주시 중심에 위치한 형주병원을 찾아가면 병원 정원에 있는, 관우가 수술을 받고 있는 모습을 새긴 조각상을 볼 수 있다. 바로 이곳이 옛날 관우가 수술받았던 자리라는 것이다. 관우가 치료받았던 행적을 기념하기 위해 병원 분위기에 어울리도록 흰색 조각상을 세워놓았다. 수술받던 그 광경이 한눈에 들어오는데, 술상을 놓고 의연히 객과 마주앉아 담소하는 늠름한 관우의 모습, 정성을 다하는 화타의 모습, 그릇을 받쳐들고 피를 받으며 상처난 곳을 차마 쳐다볼 수 없어 고개를 돌린 보조자의 안타까운 모습이 소설 《삼국지》의 내용을 충분히 대신해 주고 있다.

지금 이 병원은 6층 병원 건물과 병동으로 구성되어 있다. 두 건물 사이에 나무와 오솔길 그리고 정자로 조성된 정원이 있어 휴식 공간으로 사용되고 있다.

지금은 수백 병상을 갖춘 서양식 병원이 있지만, 삼국시대 당시에는 이 자리에 관우의 막사가 있었으리라. 아직까지도 실제로 관우를 치료한 의원이 정확히 누구인지조차 모르면서, 단지 소설을 통해 그 인물이 화타와 같이 뛰어난 의원이었을 것이리라는 추측과 바람 속에 살아가고 있는 이들이 바로 중국사람들이다. 특히 형주사람들은 그저 관우라는 인물이 이 지역에 한때 존재했다는 이유 하나만으로 행복해하며 관우에 대한 사랑을 언제나 이 자리에 남겨 놓고 또 내일을 맞이하려 하고 있다. 관우의 영욕이 교차했던 이 형주에서 말이다.

형주는 역사가 매우 오래된 데다 동서남북을 가로지르는 중심지였다. 고대 국가 시절 주요한 교통 수단이었던 물길, 즉 장강을 끼고 있어 역대로 가장 주목받는 중심 지역의 하나였다. 그러다 보니 형주성

지역에는 삼국 유적 외에 기타 명승고적도 매우 많다. 형주고성의 북쪽 약 5킬로미터 지점, 자동차로 약 12분거리에 초楚나라 기남고성紀南古城이 있는데, 춘추전국시대 초楚나라의 도성 '영郢'이 있던 곳이다. 2천여 년도 더 전에 땅을 다져 축성한 성벽이 아직까지도 남아 있다. 이곳의 유물이 발굴되어 형주박물관에 진열되어 있다. 형주박물관은 지금 형주 시내에 위치하고 있는데, 그 규모가 대단하며, 특히 진품 진열관에는 2천 년이 넘는 유물 등 가히 세계 제일이라 할 만한 것들로 가득 차 있다.

형주박물관 내 정원의 한구석에 관우의 마조馬槽와 촉군의 행군과 行軍鍋가 놓여 있다. 이 두 가지 삼국시대 유적은 본시 1,300년 전 세워진 형주성 서쪽의 오랜 건축물에 전시되어 있던 것을 최근에 박물관 내로 옮겨다 놓은 것이라 한다.

약간 푸른빛이 감도는 큰 돌을 깎아 만든 마조는 길이가 약 5미터 너비가 약 1미터 정도이고, 높이가 50센티미터 가량, 깊이가 약 30센

형주박물관 입구

245

티미터 가량인데, 관우가 적토마를 먹일 때 사용한 돌구유라고 한다. 적토마는 알려진 바대로라면 하루에 천 리를 달리는 명마여서 먹이의 양도 보통 말과는 분명 차이가 있었을 것이다. 그러나 이렇게 큰 구유가 말 한 마리의 먹이통이라는 것이 자못 믿기지 않는다.

전하는 말에 의하면, 적토마는 독특한 성질이 있어 돌구유의 물이 아니면 마시지 않았고, 돌구유에 담긴 먹이가 아니면 먹지 않았다고 한다. 관우가 형주에 온 초기에 마부가 이런 적토마의 성질을 몰라 다른 구유에다 맛있는 풀과 좋은 물을 주어도 먹지를 않아서 나날이 적토마가 야위어 갔다고 한다. 수의사가 와서 진찰을 해도 적토마의 몸에는 아무 이상이 없어, 먹이를 먹지 않는 이유를 알지 못했다.

이 사실을 안 관우가 마구간에 와서 야윈 적토마를 보고는 눈물을 멈추지 못했다. 그 원인이 돌구유가 아닌 데 있음을 알고 당시의 저명한 석장石匠에게 청해 큰 돌을 구해 돌구유를 만들어 적토마에게 가져다주었다. 그러자 그제서야 적토마가 먹이를 먹고 힘을 내었다고 한다. 적토마의 지조인지 아니면 까다로운 성격 때문인지는 모르겠지만, 구유의 크기를 통해 짐작해본 먹이의 양만을 보더라도 과연 적토마는 보통 말이 아니었음을 알 수 있다.

지금 형주박물관에 있는 이 돌 마조는 사실 관우가 말을 먹일 때 사용한 물건이 아니고, 관우가 죽은 지 40여 년이 지난 뒤에 사람들이 관우를 기리며 제작한 상징적 기념물이다. 제작 연대가 256년이니, 이미 1,700년 이상 된 삼국시대의 유물이다.

마조 옆에는 특별히 제작된 큰 철제 솥, 행군과가 있다. 정확히 언제 제작되었는지 알 수가 없지만, 직경이 175센티미터이고 높이가 80센티미터이며, 두께가 15센티미터 가량이나 된다. 이 솥을 두고 여러 가지 해석이 있다. 관우와 그 측근들의 전용 밥솥이라고 하기도 하고, 관우의 군대 행군시 밥 짓는데 사용한 솥이라고도 하고, 관우가 적의 첩자나 내부 반역자를 처벌할 때 사용한 기름솥, 즉 형구刑具였다고도 한다. 대체로 행군할 때 쓴 밥솥이라는 게 정설인데, 관우의 인품으로 볼 때 병사들을 도외시한 채 그만의 전용 밥솥을 썼을 리가 없고, 더더구나 기름 솥을 사용해 사람을 처벌했을 리가 없다는 것이다.

《삼국지》에 묘사된 관우는 우리가 알고 있다시피 관도대전에서 원소袁紹의 명장 안량顔良, 문추文醜를 벤 훌륭한 무장이다. 중국의 역사를 살펴보면 무예에 뛰어난 장수는 관우 외에도 여러 명이 있다. 초패왕楚覇王 항우項羽, 한나라의 한신韓臣, 동한의 여포, 송나라 때의 악비岳飛 등이 천하에 용맹을 떨친 대표적인 무장이다. 그러나 지금까지도 중국사람들에게 역사 속의 최고 명장이 누구냐고 물으면 한결같이 관우를 먼저 꼽는다. 그 이유로 문무를 겸비한데다 충의를 실천했기 때문이라고 스스럼없이 말한다. 관우는 평생 종군했는데, 용맹스럽고 무예가 뛰어나 그 위엄을 세상에 떨친 뛰어난 무장이었으며, 동시에 사학史學 애호가였다. 천하를 오가며 전쟁을 치르던 틈틈이는 물론이고 형주를 지키던 기간에도 그는 《춘추》를 손에서 놓지 않았다. 이 때문에 중국의 많은 지방에 관우를 기념하는 누각을 지어 그 이름을 '춘추각春秋閣'이라 했다. 관우의 자취가 있는 곳이면 어느 곳에나 으레 관제묘와 춘추각이 있어 관우의 정신을 기리고 있다. 이곳 형주시 사시구의 춘추각도 그 중의 하나이다.

형주성 동문으로 나가면 바로 사시구인데, 이곳은 장강 북안에 위치한 이미 현대화된 도시이다. 사시구의 중심에 정자와 호수로 꾸며진 아름다운 공원이 하나 있는데, 이것이 중산中山공원이다. 공원의 이름은 중국 현대사의 주역인 손문孫文의 호를 따서 지은 것이다. 이처럼 중국에는 옛날부터 좋은 일이나 훌륭한 인물 또는 기억해서 좋은 것들이 있으면 반드시 어떤 사물에다 그 이름을 붙여 기리는 전통이 있다. 그래서 중국 전역의 많은 공원이나 도로, 건물 등의 이름이 유명한 인물들의 이름에서 유래되어 붙여져 있다. 곳곳에 관제묘, 춘추각, 중산공원, 노신공원 등이 있는 이유가 이런 문화적 전통에서 기인하는 것이다.

중산공원의 정문을 들어서면 평평한 대지 위에 숲과 오솔길 그리고 호수로 조성된 공원의 전경이 한눈에 들어온다. 오른쪽으로 호수를 따라 나 있는 길을 걸어가면 황금빛 기와 지붕으로 덮여 있는 누각이 나타나는데, 이것이 바로 관우를 기념하고 그의 충의 정신을 기리기 위해 지어 놓은 춘추각이다. 규모는 크지 않지만 정교하고 아름답게 꾸며진 옛 누각으로, 1986년부터 형주시 문물보호단위로 지정되어 보존되고 있다. 원래 이 누각은 사시 금룡사金龍寺 앞에 있던 극을 공연하던 희루戲樓였는데, 1931년에 이곳으로 옮겨다 놓았다. 지금 중산공원은 형주 시민들이 오리 배를 타고 물놀이를 하는 놀이 공원이다. 이런 놀이 공원에 춘추각과 같은 문화유적을 옮겨다 놓은 이유는 시민들이 좀 더 문화유산을 가까이서 감상하고 느낄 수 있도록 한 일종의 배려이고, 전통과 현대 생활과 문화를 조화시키기 위한 것이기도 하다.

춘추각은 단층으로 된 아담한 누각으로, 높이가 약 4미터인 견고한 돌 기초 위에 세워져 있으며, 네 개의 석조 사각기둥이 받치고 있다. 주변이 나무로 둘러싸여 있는 공원 호숫가에 위치하고 있으며 돌사자가 떡하니 입구를 지키고 있다. 돌계단을 올라 누각으로 들어가면 한가운데 연두색 옷을 입고 긴 수염을 드리운 대춧빛 얼굴의 관우가 한 손에 《춘추》를 들고 앉아 있다. 때마침 춘추각 내부를 다시 정비하고 있었는데, 여러 명의 화공이 누각 안에서 그림 그리는 작업에 열중하고 있었다. 이미 일부 벽에는 이들에 의해 그려진 '삼영전여포三英戰呂布' 등 여러 폭의 벽화가 붙어 있었다. 아마도 이 작업이 끝나고 나면 모든 벽에 관우와 관련된 벽화가 붙을 것으로 짐작된다.

이렇듯 관우를 숭배하고 기리는 마음은 지금 이 순간에도 중국 전역에서 계속되고 있고, 또 앞으로도 그러리라고 생각한다.

호북성 湖北省
형주시 荊州市

장화사 章華寺

호북성 사시沙市 태사연太師淵에 위치한 장화사는 형초荊楚의 유명사찰이다. 경내 비문의 기록에 의하면 이 절은 원대 태정泰定 연간인 1325년 전후에 지어졌고 청대에 개수했다고 한다. 전당 건물의 면적은 1,200평방미터이다. 산문, 천왕전, 재신전財神殿, 위태전韋馱殿, 대웅보전, 관음전, 미타전, 장경루, 신당, 염불당, 정월당淨月堂, 재당齋堂, 객당, 방장실方丈室 등 주요 건물은 규모가 거대하고 우람하여 장관을 이룬다. 사찰 전체는 궁정식의 건축 구조로 배치가 합리적이며 금빛 벽이 찬란하다. 장화사는 한양漢陽 귀원사歸元寺, 당양當陽 옥천사玉泉寺와 함께 호북성의 3대 사찰로 꼽히며, 호북성 중점보호단위이다. 역사 기록에 따르면, 장화사의 위치가 초楚 영왕霽王이 기원전 535년에 지은 오행궁五行宮인 옛 장화대張華台 자리이고, 이러한 까닭에 처음에는 장대사章台寺라고도 불렀다고 한다.

장거정 張居正 고택

형주시荊州市 고성 동대문 내에 위치해 있다. 형주 고성에 장거정의 이름을 딴 거리는 그 유래가 오래되었는데, 장거정 고택은 글자 그대로 이 거리에 위치하고 있다. 역사적 이유로 고택은 전란 때 훼손되었다. 후에 형주시에서 원래의 건물 구조를 재현하여 장거정 고택을 중건하였다. 대학사부大學士府, 구조원九鳥苑, 진열관陳列館, 문화예술 비랑碑廊, 수보논증 군조首輔論證群雕 등을 포함하고 있으며, 중국 국가 AAA급 관광지구 이다.

용천서원龍泉書院

형문시荊門市 용천龍泉 중학교 내 소재한 용천서원은 청 건륭乾隆 19년 1754년에 형문 지군知軍 서성룡舒成龍이 자금을 모아 옛 서당 자리에 건립하였다. 서원에는 당堂 3칸, 하廈 4칸 그리고 몇 개의 연심蓮沁 샘이 있어 '용천서원'이라 이름하였다. 도광道光 6년 1826년 동치同治 6년1867년 두 차례에 걸쳐 보수하였다. 주요 건물로 육덕당育德堂, 세심당洗心堂, 동산초당東山草堂, 춘화관春華舘, 추실관秋實館, 경업재敬業齋, 군락재群樂齋, 기창헌寄暢軒, 회심헌會心軒 등이 있고 작은 다리가 놓인 시내와 푸르른 송백이 어우러져 마치 정원과 같은 운치가 넘친다.

강독궁江瀆宮

이곳은 중국의 위대한 애국 시인 굴원屈原이 창작활동을 하던 옛 집이 있는 곳이다. 그의 불후의 명작인 〈천문天問〉은 바로 이곳에서 탄생하였고 강독궁 내의 '천

문각天問閣'도 여기에서 유래하였다. 굴원은 초楚나라에서 태어나 근 20년간 초나라의 요직을 맡았다. 그의 우국우민의 위대한 애국 정조와 불세출의 걸작은 중국 뿐 아니라 더 나아가 세계적으로 크나큰 영향을 끼쳤다. 1954년 국제문련이사회國際文聯理事會에서는 이 위대한 문학 거장을 세계 4대 문화 명인의 한 사람으로 선정하였다. 초 지방 사람들은 그를 더욱 우러러 존경하여, 형주 고성 부근에는 4곳의 굴원 사당이 연이어 지어졌는데, 강독궁도 그 중 하나이다. 남송南宋 가정嘉定 6년 강독궁을 중건할 때, 전 내에 〈중수강독궁기重修江瀆宮記〉라는 비석 하나를 세웠는데, 비문에 '이 궁은 삼려대부의 고택이라 전한다此宮相傳爲三閭大夫故宅'라는 기록이 있다. 1991년 강독궁을 재차 개수하면서 주 건물을 3층 각루식閣樓式으로 세우고, 천문각을 붉은 담장과 녹색 기와로 장식하여 기상이 웅대하다.

개원관開元觀

강릉江陵 성안 부근에 소재한 개원관은 호북성 중점 문물보호단위이다. 당唐 개원開元 연간에 지어 개원관이라 불리게 되었다. 개원관은 후대에 보수를 거쳐 현존하는 건물은 명·청 양대에 지어진 것이다. 주축이 되는 건물인 산문山門, 뇌신전雷神殿, 삼청전三清殿, 천문天門, 조사전祖師殿은 보존 상태가 양호하다. 또한 관내에는 원·명시기의 비각碑刻과 도교문물 일부가 소장되어 있다.

관우, 손권에게 기습당하다

천하의 명장 관우가 손권의 기습공격에 쫓겨 맥성으로 갔다. 천하의 명
장 관우가 왜 이렇게 되었을까? 당시의 상황을 살펴보자. 219년 동한
건안建安 24년에, 천하에 명성을 떨치던 관우는 제갈량이 세운 동오와
연합해서 위에 대항한다는 촉의 기본 전략을 어기고, 북으로 군대를 이
끌고 조조의 위나라를 공격했다. 번성樊城에서 7군을 수몰시키고, 우
금于禁을 생포하고, 방덕龐德을 참하는 등의 혁혁한 전공을 세우며 그
명성을 또 한번 온 천하에 떨치게 된다. 그러자 온 중원이 크게 놀라게
되고, 조조는 불안을 느껴 심지어 도읍을 옮겨 관우의 날카로운 예봉을
피해보려고 생각하였다. 이렇듯 승승장구하던 관우가 승리의 기쁨에
취해 있을 때, 전혀 뜻밖으로 동오의 손권이 여몽呂蒙을 파견해 형주荊

州를 기습 공격하게 된다. 이에 허를 찔린 관우는 어쩔 수 없이 군대를 이끌고 남쪽으로 돌아올 수밖에 없었다. 왜냐하면 북방이 아무리 중요하다 하나 당시 상황에서 보면 형주를 잃게 되면 촉의 근거지인 사천으로 들어가는 길목이자 동오로 진출할 교두보를 잃게 되는 크나큰 손실이기에 부득이하게 돌아가 형주부터 지켜야만 되는 그런 상황이었기 때문이다. 그러나 관우가 형주로 돌아왔을 때 형주는 이미 동오의 수중에 들어가 있었고, 민심과 군심도 헤이해진 상태여서 관우는 맥성으로 도피할 수밖에 없었다.

"이 고장 사람들은 속히 항복하라!"
관우는 크게 노하여 산 위에 올라가 그들을 죽이려 하였다. 그러나 이때 산 아래에서 또 두 무리의 군사가 뛰쳐나왔다. 왼편은 정봉이고 오른편은 서성인데, 장흠까지 쫓아와서 세 길의 군마가 관우를 둘러싸고 들이치니 함성이 땅을 뒤흔들고 북소리가 하늘을 진동시킨다. 수하 장졸은 점점 줄어들었다. 황혼 무렵이 되어 관우가 멀리 바라보니 사방의 산 위에 있는 것이 모두 형주 토병들인데 형을 부르고 아우를 부르며 아들을 찾고 아비를 찾느라고 함성이 끊어지지 않았다. 군심이 크게 변해서 모두들 부르는 소리에 따라 흩어져 버렸다. 관우가 아무리 못 가게 꾸짖어도 소용없었다. 나중에는 남은 수하의 군사가 겨우 3백여 명밖에 없었다. 그런대로 3경까지 싸우고 나니 동쪽에서 함성이 크게 일며 관평과 요화의 두 갈래 군사가 겹겹이 싸인 포위를 뚫고 들어와 관우를 구했다.
"군심이 어지러워졌으니 다른 성지를 얻어서 군사를 주둔시켜 놓고 구

원병을 기다려야 하겠습니다. 맥성이 비록 작기는 하지만 머무르기에
적당합니다."

하는 관평의 말을 좇아 관우는 남은 군사를 재촉하여 맥성에 들어가
서는 군사를 나눠 네 문을 굳게 지키게 한 뒤 장수들을 모아놓고 상의
했다.

당시 이 맥성의 상황을 살펴보자. 관우는 이 맥성 내에 병사를 주둔
시킨 채 사방을 지키며 원군을 기다렸다. 오륙백 명의 병사를 거느리고
7일 밤낮을 버텼으나 고립된 상태인데다 설상가상으로 물과 식량이 부
족하였다. 인근 상용上庸의 유봉劉封과 맹달孟達에 사람을 보내 구원을
청하였으나, 그들은 죽음이 두려워 출병을 하지 않았다. 이때 동오가
제갈근諸葛謹을 보내 항복을 권유했으나 관우는 이를 거절하였다. 그날
밤 관우는 주창과 왕보王甫에게 성을 지킬 것을 명하고, 아들 관평과 병
사 200명을 친히 이끌고 북문을 나가 서쪽으로 포위망을 뚫어 나갔다.
관우는 밤에 큰 길을 두고 작은 길을 택해 가다 결국 여몽의 계략에 걸

나무 윗대가 잘려나간 관릉의 나무들

려들고 말았다. 그리하여 관우 부자는 마침내 동오군에게 사로잡혀 장향漳鄕에서 죽임을 당하고 말았던 것이다.

천하의 관우로서는 정말로 생각조차 할 수 없는 운 나쁜 상황이 눈앞에 벌어진 것이다. 영웅도 인간이었기에 그의 운명은 어쩔 수 없었던 모양이다. 게다가 관우는 이 전쟁에서 생포되어 목이 잘리는 어처구니 없는 일까지 당하게 된다. 과연 누가 관우에 맞서 싸울 수 있을까 하고 물었을 때 그 답을 아무도 제시하지 못하는 그런 상황에서, 세상의 어느 누구도 생각하지 못한 그런 일이 관우에게 생겨 한순간에 세상을 떠나고 만 것이다. 관우의 입장에서는 그야말로 불행한 일이 아닐 수 없는 것이다. 그래서 지금도 중국사람들은 힘들고 고된 어처구니없는 일을 당하게 되면, 항상 '맥성 간다'라는 말로 비유를 한다. 이 말은 '액운이 끼었다.', '운이 따르지 않는다.', '재수없다' 는 뜻을 지닌 것이다. 이런 영웅의 비극적 말로는 우리에게 많은 것을 생각하게 한다. 영웅도 어쩔 수 없었던 자신의 운명, 과연 인명은 하늘만이 아는 것인가?

맥성 삼국지 문화유적지

당양시 양하진兩河鎭 내의 시 중심가에서 약 20킬로미터 지점에 자동차로 약 40분 가량 가면 맥성의 유적이 남겨진 곳이 나온다.

지금 맥성유적지에 가보면 성의 유적은 찾아보기 힘들고 너무나 평온한 농촌 들녘 풍경만이 눈에 가득 들어온다. 성터 지역 옆의 길게 뻗

당양시 맥성터

은 둑 너머로 저하의 물길이 유유히 흐르고 있고, 강둑에 올라보면 끝없이 펼쳐진 넓은 들판이 보이는데, 들판 한쪽 편 농가 옆으로 두둑히 쌓아올린 토담의 흔적이 보인다. 이것이 옛 맥성 담벼락이었음을 알 수 있다. 지금 이 넓지막한 담벼락 위의 공간은 이미 밭이 조성되어 농부들이 심은 밭작물들이 무럭무럭 더운 햇살을 받으며 자라고 있었다. 아무런 유적 표지판도 보이질 않았는데, 이 마을 노인의 도움으로 들판 한가운데 수풀에 반쯤은 가려진 돌로 된 유적 표지판을 찾을 수가 있었다. 이 표지판은 당양시에서 1991년 11월에 이 지역을 중점문물보호단위로 지정하여 양하진 정부에서 세운 것인데, 맥성유지麥城遺址라는 네 글자가 새겨져 있다. 인근의 농가의 주민들은 이 유적지를 그냥 논밭으로만 알고 있을 뿐 어떤 의미가 있는 곳인지 제대로 아는 이가 하나도 없었다.

관우의 최후

천하의 명장 관우는 죽어갔다. 관우는 군대를 이끌고 양번襄樊을 공격하러 갔다가 동오 여몽呂蒙의 후방 기습공격을 받아 형주를 잃고 맥성으로 일단 도망을 한 다음, 점차 좁혀오는 포위망을 뚫기 위해 필사의 탈출을 시도하다 동오의 함정에 빠져 사로잡힌 채 죽음을 맞이했던 것이다. 실로 엄청난 일이 아닐 수 없었다.

관우도 역시 눈물을 뿌리며 작별하고, 드디어 주창을 남겨두어 왕보와 더불어 맥성을 지키게 한 다음에 자기는 관평, 조루와 함께 남은 군사 2백여 명을 거느리고 북문으로 나갔다.

관우가 칼을 비껴들고 말을 달려서 초경 이후에 약 20여 리를 달리고 나니 문득 산골짜기에서 징소리, 북소리가 요란하게 일어나며 한 떼의 군사가 달려나오는데 앞장 선 대장은 주연이다. 주연은 창을 꼬나들고 말을 달려나오면서 소리쳤다.

"관우는 도망치지 말고 빨리 항복하여 죽음을 면하라!"

관우는 크게 노하여 말을 달려나가며 칼을 휘둘러 그와 맞서 싸웠다. 주연은 곧 말을 돌려 달아났다. 관우가 승세를 타고 그 뒤를 쫓는데 또 북소리가 크게 울리며 사면에서 복병이 일제히 뛰쳐나왔다. 이제는 관우도 감히 더 싸우지 못하고 임저의 작은 길을 향해 달아났다. 주연은 그 뒤를 쫓았다.

관우가 자기를 따르는 군사가 점점 줄어드는 것을 보며 4, 5리를 갔을까 한 때인데 전면에서 또 함성이 진동하고 화광이 크게 일며 반장이 칼을 휘두르면서 말을 풍우같이 달려왔다. 관우는 크게 노하여 칼을 휘두르며 맞서 싸웠다. 단지 3합에 반장이 패하여 달아났다. 그러나 관우는 감히 그 뒤를 쫓지 못하고 급히 산길을 향해 말을 몰았다. 뒤에서 관평이 쫓아오며, 조루가 이미 난군 속에서 죽었다고 말했다.

관우는 슬프고 창황함을 이기지 못하며 관평이 뒤를 끊게 한 다음 몸소 앞장서서 길을 트고 나가는데, 수하에 따르는 군사가 단지 10여 명밖에 안 되었다.

결석決石에 이르니 양편이 모두 산이고 그나마 갈대와 잡초와 수목이 가득했다. 때는 이미 5경이 지날 무렵이었다. 계속해서 말을 달려나가노라니 별안간 함성이 일며 양편에서 복병이 일시에 달려나와 긴 갈고리와 올가미를 던져서 먼저 관우가 타고 있는 말을 걸어 쓰러뜨렸다. 관우는 공중제비를 하여 말에서 떨어졌다. 그리하여 마침내 반장의 부장 마충의 손에 사로잡히고 말았다.

관평은 부친이 사로잡힌 것을 알고 급히 구하러 오는데, 뒤에서 반장과 주연이 군사를 거느리고 쫓아와서 관평을 사면으로 에워쌌다. 관평은 필마단기로 그들과 싸웠으나 마침내 힘이 부쳐서 역시 적에게 사로잡히고 말았다.

날이 훤히 밝아올 무렵에 손권은 관우 부자가 이미 사로잡혔다는 말을 듣고 크게 기뻐하며 여러 장수들을 장중에 불러모았다.

이윽고 마충이 관우를 옹위하고 들어왔다. 손권은 관우에게 말했다.

"내가 장군의 성덕을 사모한 지 오래이고, 진진의 의를 맺고자 했는데 어째서 거절하셨소? 공이 평소에 스스로 천하무적이라고 하더니 오늘은 내게 사로잡히고 마셨구려. 장군이 이제는 손권에게 복종하시겠소, 어쩌시겠소?"

관우는 언성을 높여 손권을 꾸짖었다.

"이 눈깔 푸르고 수염 붉은 쥐새끼 같은 놈아! 내가 유 황숙과 도원에서 결의하여 한실을 붙들어 세우기로 맹세를 하였는데 어찌 너와 더불어 한나라를 배반하는 도적이 될까 보냐? 내가 이제 너희들의 간계에 잘못 빠졌으니 오직 죽음이 있을 따름이다. 더 여러 말할 것 없다!"

손권은 여러 관원들을 돌아보며 물었다.

"관우는 천하 호걸이라 내가 몹시 사랑하고 있소. 이제 예로써 그를 대접하여 항복을 권해볼까 하는데 어떻겠소?"

이때 주부 좌함이 말했다.

"안 되십니다. 옛적에 조조가 저 사람을 얻었을 때 제후에 봉해서 작위를 내리고 3일에 작은 연회, 5일에 큰 연회를 한번씩 베풀고 말에 오

르면 금을 주고 말에서 내리면 은을 주는 등 극진한 은혜를 베풀었지
만 끝내 머물러 있지 않고 참관살장斬關殺將하고 가는 꼴을 보아야 했
고, 근래에는 도리어 그의 핍박을 받아 도읍을 옮겨서 그의 예봉을 피
해보려고까지 했지 않습니까? 이제 주공께서 이미 사로잡으신 이상
만약 곧 없애지 않으셨다간 반드시 후환이 될 것입니다."

그 말을 듣고 나서 손권은 한동안 생각하다가 입을 열었다.

"그 말이 옳소."

그리고는 드디어 밖으로 끌어내게 했다. 그날 관우 부자는 모두 해
를 입었으니 때는 건안 24년219년 겨울 10월이다. 관우의 나이 58세
였다.

손권을 비롯한 동오의 모든 사람들이 너무나 뜻밖의 성과에 기뻐하
면서도 그 결과를 차마 현실로 쉽게 받아들이지 못하고 의아해 하며 또
다른 고민을 하게 된다. 즉 유비의 오른팔이자 촉의 오호대장군五虎大將
軍 중 첫 번째인 관우를 전쟁터에서 정상적인 싸움으로 죽인 것이 아니
고 계략을 써서 사로잡아 처형한 것이기에 유비의 보복이 두려웠던 것
이다. 일은 저질러져 돌이킬 수 없는 상태가 되어버린 것이다. 즉 너무
좋지만 그것을 드러내놓고 좋아할 수 없는 상황에서, 그 고민을 조조에
게 떠넘기게 된다.

손권은 관우의 수급을 목갑木匣에 담고, 사자를 시켜 밤을 도와 조조
에게 가져다 바치게 했다. 이때 조조는 마파에서 회군하여 낙양에 돌
아가 있었다. 동오에서 관우의 수급을 보내왔다는 말을 듣고 그는 매

우 좋아했다.

"운장이 이미 죽었으니 내가 이제는 편히 잠을 자겠다."

그러자 계하에서 한 사람이 말했다.

"그것은 동오에서 화를 떠넘기려는 계략입니다."

조조가 보니 그는 주부 사마의였다. 조조가 그 까닭을 물으니 사마의가 대답했다.

"옛적에 유비, 관우, 장비 세 사람이 도원에서 결의할 때 생사를 같이하자고 맹세했습니다. 그런데 이제 동오에서 관우를 죽여놓고는 복수당할 것이 두려워서 수급을 대왕께 바치고, 유비로 하여금 대왕께 노여움을 품어 동오를 치지 않고 위를 치게 하고, 자기네는 중간에서 형편을 보아 일을 도모하려는 것입니다."

"중달의 말이 옳소. 그러면 대체 무슨 계책으로 이것을 풀어야 하오?"

"이건 아주 쉬운 일입니다. 대왕께서는 관우의 머리에 향나무로 몸뚱이를 만들어 붙이시고 대신의 예로 장사지내 주십시오. 유비가 알면 반드시 손권을 괘씸하게 여겨 힘을 다해서 동오를 칠 것입니다. 우리는 그 승부를 살피다가 촉이 이기면 오를 치고 오가 이기면 촉을 치기로 하는데, 두 곳 중에 한 곳만 얻으면 나머지 한 곳은 오래 가지 못할 것입니다."

조조는 크게 기뻐하며 그 계교대로 행하기로 하고, 곧 동오에서 온 사자를 불러들였다. 사자가 들어와서 목갑을 바쳤다. 조조가 받아서 뚜껑을 열고 보니 관우의 얼굴이 평소와 다를 것이 없었다. 조조는 웃으며 인사를 했다.

"운 장공, 그간 별고 없으셨소?"

제6장 관우의 활약과 최후

그러자마자 관우의 얼굴이 입을 벌리고 눈알을 굴리며 수염과 머리털을 곤두세웠다. 조조는 그만 놀라서 까무러쳤다. 여러 관원들이 구호한 지 한참만에 깨어난 조조는 사람들을 돌아보며 말했다.

"관 장군은 참으로 천신天神이오."

그러자 동오의 사자가 관우의 혼령이 여몽의 몸에 붙어 손권을 꾸짖고 여몽을 죽인 일을 낱낱이 조조에게 고하였다. 조조는 더욱 두려워하며, 드디어 제물을 갖추어서 제사를 지내게 했다. 침향목을 깎아 몸뚱이를 만들고 왕후의 예로 낙양의 남문 밖에서 장사를 지내는데, 대소 관원들로 하여금 영구를 모시게 하고 조조 자신이 절하여 제사를 지낸 다음 관우를 형왕荊王으로 하고 관원을 보내 무덤을 지키게 했다. 그리고 동오에서 온 사자를 곧 강동에 돌려보냈다.

손권의 동오로서는 유비의 보복이 두려워 조조와의 화친을 통해 그 화를 다소 피해 보려고 하였다. 그러나 조조 역시 그런 부담을 안을 리가 없었다. 조조는 그런 동오의 계산을 짐작하고 이를 오히려 역으로

↑
관우묘 내에 있는 적토마를 탄 관우상

이용하려 한 것이다. 삼국시대의 삼각관계는 이토록 미묘한 것이었다. 두 나라로 나뉘어 싸우는 것, 이는 상대가 너무나 분명한 전쟁이다. 그러나 삼각관계에서는 어느 한쪽을 견제하기 위해 다른 두 쪽이 언제든지 힘을 합치는 경우가 빈발하기 때문에 적과 우군이 상황에 따라 변하기 마련이다. 그러니 어제의 적이 오늘의 우군이 되기도 하는 수많은 변수가 있는 것이다.

관우묘 삼국지 문화유적지

관우의 죽음과 그의 시신 처리에 관한 당시의 역사적 기록을 살펴보면 대략 다음과 같다. 서기 219년, 건안建安 24년에 손권이 형주를 공격하여 강릉을 차지하고 장수들을 보내 관우를 공격하여 당양까지 추격하게 하였다. 관우와 그 아들 관평關平을 사로잡은 다음 그들을 지금 원안현遠安縣의 서쪽인 임저臨沮에서 참하고는 유비가 군대를 일으켜

관림

보복할까 두려워 한편으로 관우의 머리를 조조에게 바쳐 화를 그에게 떠넘기려 하였고, 또 한편으로는 제후의 예를 갖추어 장사지내고 그의 시신을 당양 고장향古漳

264

鄉에 묻어 주었다. 조조 또한 동오의 계략을 알고 역시 제후의 예를 갖추어 관우의 머리를 낙양洛陽의 남문 밖에다 묻어 주었던 것이다. 이렇게 하여 관우의 무덤이 두 개가 된 것이다. 사실 관우는 평생을 주군 유비를 모시며 충성을 다하였다. 그래서 천 몇백 년 동안 중국의 봉건통치자들은 정치적인 이유에서 관우를 충의의 화신으로 내세우며 끊임없이 그를 미화하였다. 처음에는 관우를 장무후壯繆侯 충혜공忠惠公 등으로 봉하였다가 무안왕武安王 숭녕진군崇寧眞君 등으로 추존하였고, 나중에는 나라를 지키는 충의대제忠義大帝로 모시게 된다. 그러기에 중국의 민간인들은 관우를 후侯에서 왕王으로, 또 대제大帝로 결국에는 신神으로 추종하게 되어, 전 중국의 방방곡곡에 큰 사당을 짓고 그를 기리며 제사를 지내게 된 것이다. 즉, 청대에 이르게 되면 호국지신護國之神으로 여겨, 공자를 문신文神으로, 관우를 무신武神으로까지 추앙하게 된다. 이런 영향은 오늘날까지 이어져, 지금도 새해를 맞이하면 관우묘에 가서 돈을 많이 벌게 해달라며 관우신에게 빌고 있다.

당양시의 서북쪽 3킬로미터 지점에 자동차로 약 10분거리에 규모가 상당히 큰 관릉이 있다. 관릉 앞에 도착하면 우선 넓지막한 철창살 문에 둥근 붉은색 나무판에 황금색 글씨로 쓰여진 관릉關陵이라는 큼지막한 두 글자가 보인다. 정면에서 능을 바라보면 눈에 들어오는 넓다란 입구 문과 붉은 담벼락, 황금색 기와, 그 사이로 보이는 푸른 나무들이 모든 것들이 벌써 이 능이 예사로운 규모가 아님을 느끼게 해준다. 실제로 이 관릉에는 15채 150여 칸이나 되는 많은 건축물이 있다고 한다. 정문을 들어서면 보도블록을 깔아놓은 상당히 넓은 광장 같은 마당이 있는데, 바로 가운데 관우의 묘임을 새긴 커다란 비석이 서 있다. 그리고 그 앞으로 몇십 미터를 걸어가면 기다란 흰색 돌기둥이 네 개 서 있다. 그 뒤로 세 개의 아치형 문으로 된 건축물이 있는데, 가운데 문의 위쪽에 붉은 글씨로 한실충랑漢室忠良이라는 네 글자가 가로로 새겨져 있다. 그곳을 지나면 작은 뜰에 양쪽으로 두 그루의 나무가 있고, 그 앞에 하나의 문이 보이는데 문의 위쪽에 세로로 관릉關陵이라는 두 글자가 새겨져 있다. 이 문을 지나가면 넓은 정원이 나오는데 가운데 역시 두 그루의 나무가 있고 양옆으로 트인 풀밭에 여러 그루의 나무가 서 있다. 정면에 전각이 하나 있는데 이것이 마전馬殿이다. 이는 청 가정嘉靖시대에 지어진 것으로 1989년에 다시 보수를 한 것이다. 이 전을 들어서면 오른편에 적토마가 있고, 왼편에 백마가 있다. 이 전각을 지나가면 또 보도블록으로 된 넓은 마당이 있고 여러 그루의 나무가 질

관릉 내 관우의 묘임을
새긴 커다란 비석들

제6장 관우의 활약과 최후

서정연하게 심겨져 있다. 정면에 보이는 전각이 배전인데, 이는 명 성화成化시기에 지어진 것으로, 청 강희康熙시기에 크게 보수를 하고 최근 1984년에 다시 수리를 한 것이다. 지금 이 배전 안에는 삼국문화와 관련된 기념품을 전시해 판매하고 있다. 이 배전의 오른쪽 옆에 재방齋房이 있는데, 서화와 작은 조각품들이 잔뜩 전시되어 있다. 배전을 지나가면 뜰의 약간 오른쪽 편에 팔각정이 보이는데 이것이 성상정聖像亭이다. 이 성상정에는 한수정후상漢壽亭侯像이라는 관우의 모습이 새겨진 큰 비석이 가운데 있고, 그 옆에 또 하나의 작은 비석이 세워져 있다. 이를 지나가면 정전正殿이 나오는데 가운데 위진화하威震華夏라는 현판이 걸려 있다. 이 정전은 명 성화시기에 지어진 것인데 이후 청대에 두 차례에 걸쳐 보수를 하였고 최근 1985년에 역시 크게 수리를 한 것이다. 이 정전의 왼쪽 편 앞에 관우의 청룡언월도가 세워져 있다. 정전을 들어서면 가운데 앉아 있는 관우상을 볼 수가 있다. 정전을 지나가면 또 하나의 전각이 나오는데, 이것이 침전寢殿이며 정면에 천하무성天下武聖이라는 현판이 걸려 있다. 이것도 명 성화시기에 지어졌는데 1985년에 크게 보수를 하였다. 이 침전의 한가운데에 관우상이 세워져 있는데 이는 1990년부터 세워놓은 것이다. 이 침전 관우상의 뒤쪽 편 벽에 관우의 머리 조각상이 붙어 있다.

이 침전을 지나가면 넓다랗게 자리잡은 관우의 묘가 눈에 들어온다. 묘의 정면 가운데에 한수정후묘漢壽亭侯墓라고 새겨진 비석이 세워져 있다. 원형의 흙으로 조성된 이 능은 그 높이가 7m이고 둘레가 70

관릉에 있는 머리부분이 없는 나무

여m가량 되며, 돌난간으로 주위가 빙 둘러져 있고, 꽃을 조각해 난간을 장식했다. 꽃 모양의 장식을 한 난간 벽 위에 58명의 화상의 머리가 장식되어 있는데, 이는 관우가 58세까지 산 것을 나타낸다. 능의 문은 북쪽을 향하고 있는데 이것은 관우가 고향 산서山西를 바라보고 있음을 나타낸다. 능의 봉분 위에는 푸른 나무와 풀들로 빽빽이 메워져 있고, 능의 주변 정원에도 역시 많은 나무들이 여기저기 서 있는데, 그 중에는 불에 탄 듯한 나무도 보인다. 이 지방 사람들의 말에 의하면 최근 조경된 나무를 제외한 이곳 관릉의 나무는 전부가 머리부분이 없다고 한다. 유일하게 한 그루만이 머리부분이 있었는데, 그나마 벼락을 맞아 타버렸다고 한다. 바로 불에 탄 듯 보이는 나무가 그 나무라고 하며 자세히 보면 그 흔적을 알 수 있다고 한다. 그리고 보니 능의 뒤쪽 편에 머리부분이 명확하게 없는 나무가 한 그루 보인다. 또 자세히 보니 능의 위에 난 나무들 중에도 머리부분이 없는 것 같은 나무가 한두 그루 보이는 듯하다. 왜 이 관릉의 나무에 머리부분이 없는지 어떤 과학적 증명으로도 입증이 되지 않고 있다고 한다. 어쨌든 중국사람들은 이 관릉에 관우의 머리가 없고 몸뚱이만 묻혔기 때문에 이곳의 모든 나무들 역시 머리부분이 없게 된 것이라고 믿고 있다고 한다.

　이 외에 중국사람들 사이에 이 관릉과 관련된 여러 이야기가 전해 오고 있다. 먼저 과연 이곳에 관우의 시신이 묻혔을까 하는 것이다. 전하는 말에 의하면 관우가 맥성의 포위망을 뚫고 나가다 불행하게도 동오군에 의해 목이 잘리게 되었다. 그러나 그 몸은 계속 적토마에 실려 당양 방향으로 달려갔는데, 복선산覆船山의 정상에 이르러서야 관우가 목이 잘렸음을 원통해하며 "내 목을 내놓으라."고 소리치며 그 자리를 떠나지 않고 있었다. 그때 보정普淨 선사로부터 이미 죽어 다시 살아날 수 없다는 사실을 듣고서, 관우는 그제서야 바람을 타고 사라졌다고 한다. 그러다 장판파 서쪽의 고장향古漳鄕 지역을 떠돌고 있던 중에 돌연 하늘의 상제로부터 "관장군, 어찌하여 이 땅에서 편히 잠들지 않는 게요?"라는 말을 듣고서, 관우가 이 지역을 살펴보니 사방의 지세가 훌륭하여 구름에서 내려 이곳에 묻혔다고 한다. 이런 민간의 얘기를 들어보면 정말 이곳에 관우의 몸뚱이가 묻힌 것인지 의심이 간다. 그러나 여러 역사적 자료에 의하면 이곳이 아무래도 관우의 시신이 묻힌 곳임에 분명한 듯하다. 어쨌든 모든 중국사람들은 이곳이 관우의 시신이 묻힌 곳으로 다들 믿고 있다. 그리고 이곳에는 본시 흙으로 된 무덤만이 존재했는데, 관우를 기리는 기념적인 건축물이 들어선 것은 송대에 와서라고 한다. 아마 이때부터 봉건통치자들이 민간에서 관우가 차지하는 위치를 인식하고는 그것을 활용하기 시작한 것 같다. 특히 원을 거쳐 명대에 이르러서는 본격적으로 관청에 의해 이 관릉이 꾸며지기 시작했던 것이다. 그래서 이 관릉의 주요 건축물이 명대에 지어졌던 것이다.

그러나 우리나라 사람이 유의해서 중국을 살펴봐야 할 것은, 중국 전역에 공자를 모신 사당은 얼마 되지 않는 반면에 관우를 모신 사당은 매우 많다는 점이다.

관우는 적어도 중국 민간인들에게는 너무나도 위대한 신으로 이미 자리 잡고 있다. 그래서 어떤 이념도 관우에 대해 지니고 있는 중국 민간인들의 믿음을 능가하지 못하고 있다. 이를 중국학자들은 민간에 내려오는 전통적 문화현상이라고 말한다. 우리나라의 어떤 역사책이나 교과서를 뒤져봐도 이런 중국의 모습은 나오지 않는다. 지금 이 순간 우리가 과연 중국을 얼마나 제대로 이해하고 알고 있는지 생각해본다. 어쩌면 우리는 그동안 전적으로 우리의 입장에서 우리의 방식으로만 생각해 왔고 또 생각하고 있는 것은 아닌지? 정녕 중국을 제대로 알고자 한다면 관우 문화에 대한 새로운 이해부터 시작해야 하지 않을까?

주창, 관우의 뒤를 따르다

주창은 황건적 출신으로 일개 산적 두목이 되어 약탈이나 일삼는 보잘 것없는 삶을 살고 있었다. 그의 인생을 바꿔 놓은 계기가 바로 관우를 만난 것이다. 관우가 허창에서는 유비의 소식을 듣고 조조와 파릉교에 서 이별하고 두 형수를 데리고 유비를 찾아 떠나게 된다. 그 과정에서 다섯 관문의 여섯 장수를 베어 그 위용을 떨치지만 실제로 여러 어려움 을 겪게 된다. 그 중 산적 떼로부터 두 부인이 위험을 당한 적이 있는 데, 이때 주창의 도움으로 위기에서 벗어나게 된다. 관우는 두 형수를 수행해 가는 과정에서 많은 고충을 겪었지만 그가 얻은 큰 수확 중의 하나가 바로 관평을 양자로 맞이한 것과 주창을 얻은 것이었다. 이때 부터 관평과 주창은 평생을 관우 곁에서 그와 생사고락을 같이 하게 된다. 실제로 관평은 관우와 운명을 같이 했고 주창 또한 관우의 죽음을 알고는 스스로 목숨을 끊어 관우의 뒤를 쫓아갔다.

관우는 배원소에게 다시 물었다.

"자네는 내 얼굴도 모르면서 어떻게 내 이름은 알았던가?"

"여기서 20리 떨어진 곳에 와우산臥牛山이란 산이 있습니다. 그 산에 성이 주周, 이름이 창倉이라는 관서關西 사람이 있는데, 천근 무게를 드는 힘을 지녔습니다. 시커먼 얼굴에 메기 수염이고 덩치도 매우 큽니다. 그는 원래 황건적 장보의 수하에서 장수로 있었는데, 장보가 죽은 뒤로는 산적 떼를 데리고 지냅니다. 그가 여러 차례 제계 장군의 존함을 이야기하고, 만나 뵐 방법이 없음을 한탄하였답니다."

"도둑 떼 속은 호걸이 있을 곳이 아니네. 자네들은 나쁜 짓 그만두고 바른 길로 돌아가서 몸을 더 망치는 일이 없도록 하게."

관우가 타이르자 배원소는 땅에 엎드려 고마워했다. 그런데 이렇게 이야기를 하고 있는 중에 멀리서 한 떼의 인마가 달려오는 것이 보였다.

"저기에 달려오는 사람이 필시 주창일 것입니다."

배원소가 이렇게 말하므로 관우는 여전히 말을 세운 채 기다렸다. 과연 얼굴이 검고 기골이 장대한 사나이가 창을 들고 말을 달려 무리를 거느리고 오더니 관우를 보자 날 듯이 기뻐했다.

"관 장군이시군요!"

그는 곧 말에서 뛰어내려 길가에 넙죽 엎드렸다.

"주창이 인사드립니다."

관우가 물었다.

"장사는 어디서 나를 알았소?"

"지난날 황건적 장보의 수하에 있을 때 일찍 장군을 뵈었으나 제 몸이 도적의 무리에 들어 있어 따를 수 없음을 한스럽게 여겼는데, 오늘 천만 다행으로 만나뵙게 되었습니다. 원컨대 장군께서는 저를 버리지 마시고 보졸로라도 거두어 주십시오. 아침, 저녁으로 장군의 옆에서 말채찍을 잡고 말등자를 따를 수 있게 해주신다면 죽어도 여한이 없겠습니다!"

관우는 그 성의가 하도 간절한 것을 보고 다시 물었다.

"자네가 날 따르면 수하 사람들은 어쩔텐가?"

"따르기를 원하는 자는 데리고 가고, 원하지 않는 자는 제 마음대로 가게 하면 되지요."

주창이 이렇게 대답하자 수하의 무리들이 이구동성으로 대답했다.

"저희들도 따라가기를 원합니다."

관우가 말에서 내려 수레 앞으로 가서 두 형수에게 말하고 의향을 물으니 감 부인이 말하였다.

"아주버니는 허도를 떠난 뒤로 여기까지 오시면서 필마단기로 수많은 고초를 겪으셨지만, 단 한번도 다른 군마들이 따르는 것을 허락하지 않으셨습니다. 앞서 요화가 따라오려 하는 것도 물리치시더니, 이번에는 어찌하여 주창의 무리만 용납하려 하십니까? 이건 저희 여자들의 얕은 소견이니 아주버니께서 짐작해 하십시오."

"형수님 말씀이 지당하십니다."

관우는 돌아와서 주창에게 말했다.

"내가 박정해서가 아니라 두 부인께서 들어주지 않으시니, 자네들은 잠시 산중에 돌아가 있게. 그러면 내가 형님을 찾아뵌 다음에 반드시 데리러 오겠네."

그러나 주창은 땅에 머리를 조아리며 거듭 간청했다.

"제가 무지한 탓에 그만 몸을 그르쳐 도적이 되었다가 오늘 장군을 만나니 마치 해를 다시 보는 듯한데, 어찌 차마 이 기회를 놓치겠습니까? 만일 많은 사람들이 따르는 것이 불편해서 그러신다면, 이 사람들을 모조리 배원소에게 딸려보내고 저 혼자만이라도 걸어서 장군을 따르되, 만리길도 마다하지 않겠습니다."

관우가 다시 가서 그 말을 두 형수에게 전하니, 감 부인이 또 대답했다.

"한두 사람쯤 따르는 거야 무방하겠지요."

관우는 돌아와서 주창더러 수하 사람들을 배원소에게 딸려보내라고 일렀다. 그러자 배원소도,

"저 역시 관 장군을 따라가고 싶습니다."

하는 것을 주창이 타일렀다.

"자네까지 따라가면 이 사람들이 다 흩어질 테니까, 아직은 잠시 거느리고 있게. 내가 관 장군을 따라가서 함께 있을 곳이 생기게 되기만 하면 즉시 자네들을 데리러 오겠네."

(중략)

한편 왕보는 맥성에서 가슴이 방망이질하고 몸이 자꾸 떨려서 마침내 주창에게 물었다.

"간밤 꿈에 주공께서 온몸이 피투성이가 되어 가지고 내 앞에 와 서시기에 내가 급히 그 연고를 여쭈어 보려다가 그만 놀라 깨었으니, 그 꿈이 대체 무슨 조짐인지 모르겠소."

그때 사람이 들어오더니, 동오 군사들이 성 아래 와서 관우 부자의 수급을 보이며 항복을 권한다고 한다. 왕보와 주창은 소스라치게 놀라서 급히 성 위에 올라가 내려다보았다. 과연 관우 부자의 수급임에 틀림없었다. 왕보는 한번 크게 부르짖고는 곧 성 위에서 떨어져 죽고, 주창은 제 손으로 목을 찔러 죽었다. 그리하여 맥성마저 동오에 넘어가고 말았다.

주창은 이렇게 스스로 목숨을 끊어 자결하고 말았다. 219년 관우는 동오의 후방 기습공격을 받아 형주를 잃게 되자 인근의 자그마한 맥성으로 일단 도피하여 원군을 기다리다 원군이 오지 않자 포위망을 뚫고 탈출을 시도한다. 결국 성공하지 못하고 관우는 58세로 생을 마치고 마는 안타까운 역사적 사건이 맥성에 얽혀 있다. 그리고 이 역사적 사건 이면에 또 한 명의 슬픈 운명이 있었는데, 그가 바로 주창이다.

충의를 다하는 인물에게는 역시 충의를 아는 사람들이 따르기 마련인가 보다. 그러기에 중국의 많은 관우 사당에는 관우의 조각상 옆에 항상 관우의 아들 관평과 주창이 서 있다. 실제로 관우 사당에 유비 장비와 함께 있는 조각상보다 관평 주창과 함께 있는 조각상이 더 많다고 한다. 그 이유는 관우와 함께 생사를 같이 하기로 도원에서 결의한 유비 장비는 사실상 운명을 같이 하지 않은 반면에, 오히려 관평과 주창은 관우와 함께 세상을 같이 하였기에 중국사람들이 그들의 충의 정신을 더 기특하게 생각하기 때문이라고 한다. 그래서 어떤 중국사람들은 유비 삼형제의 도원 결의를 관평과 주창의 죽음과 비교해 비꼬기도 한다.

관우가 맥성을 떠나면서 주창에게 맥성을 굳게 지키라고 명령하였을 때 주창은 관우를 향해 무릎꿇고서 목숨을 걸고 지키겠노라고 맹세하였다. 결사의 정신으로 버티고 있던 주창은 맥성 밖에 관우의 목이 걸리자 스스로 목숨을 버려 그를 따랐던 것이다. 이렇게 죽은 주창은 맥성 부근에 묻어졌다고 한다.

주창묘 삼국지 문화유적지

당양시 동남쪽, 맥성의 서쪽 2킬로미터 지점, 당양시 20여 킬로미터 지점, 자동차로 약 40분 거리에 주창의 묘가 있다. 닫혀진 철대문을 열면 사방이 흰 담벼락으로 둘러진 아늑한 뜰이 보인다. 이 뜰 가운데 아담한 무덤이 하나 자리 잡고 있는 것이 눈에 들어온다. 무덤 앞 비석에는 '한무열후주장군휘창지묘漢武烈候周將軍諱倉之墓'라고 새겨져 있다. 이 무덤은 무덤을 둘러싼 석축이나 비석을 봐도 그렇고 주변에 조경된 나무들을 보더라도 최근에 조성되어 관리되고 있는 것 같았다. 이 무덤은 일반적인 흙무덤으로 규모가 그리 크지 않고 세로로 50여 미터, 가로로 20m 정도 된다. 이 무덤 뒤쪽 약 30여 미터 정도 위치에 꼬불꼬불하게 난 수염을 달고 있는 주창의 조각상이 세워져 있다. 또 그 뒤쪽에는 물품을 넣어두는 창고로 보이는 붉은색 단층 건물이 하나 있다. 비석, 무덤, 조각상이 일렬로 쭉 늘어서 있다. 전체적으로 묘가 깨끗하고 다듬어진 듯한 느낌을 주는데 비해, 봉분의 풀이 마구 자라 있고 거미

줄이 쳐져 있어 내방객들의 출입이 그리 많지 않음을 알 수 있다.

　삼국인물의 유적임에도 그리 많은 사람이 찾지 않는 것은 다른 이유가 있었다. 그것은 역시 누구도 확인할 수는 없는 사실이지만, 어떤 중국사람의 말에 의하면 주창이 실존인물이 아니라고 한다. 그래서 이묘 역시 가짜 무덤이라는 것이다. 즉, 주창은 소설 《삼국지》에서만 만날 수 있는 허구적 인물이라는 것이다. 관우의 충의정신을 돋보이게 하기 위해 주창과 같은 인물을 등장시켰다는 것이다. 그러나 이곳 사람들은 주창이 실존인물이라고 주장한다. 그 답은 누구도 알 수 없다. 중요한 것은 실존인물이었든 가공된 인물이었든지 간에 중국인들에게 주창은 관우와 더불어 충의를 실천한 인물로 이미 알려져 관우 사당에 관우와 함께 서 있다는 것이다.

손권, 관우 시신을 놓고 고민하다

뜻밖의 성과를 올린 손권은 유비가 군대를 일으켜 보복할까 두려워하여 관우의 머리를 조조에게 바쳐 버린다. 그리하여 관우를 죽인 책임을 조조와 나누려 하면서, 동시에 유비의 증오심과 복수심을 조조에게 돌리고자 했던 것이다. 그래서 손권 자신은 오히려 관우의 머리없는 시신을 잘 수습하여 제후의 예로써 정성껏 장사지낸 후, 당양 고장향古漳鄕의 좋은 자리에 묻어 주었다.

한편 관우의 머리를 받은 조조는 동오의 이러한 계략을 파악하고는 이에 말려들지 않으려 했다. 그래서 그도 제후의 예를 갖추어 장사지낸 다음 관우의 머리를 낙양의 남문 밖 명당자리에다 묻어 주어 유비와의 불필요한 충돌을 피했던 것이다. 이렇게 하여 관우는 손권과 조조에 의

제6장 관우의 활약과 최후

해 무덤이 두 개가 되어 버렸다.

《삼국지》에서 조조는 천하의 관우가 동오의 군대에 의해 죽었다는 소식을 듣고서는 믿을 수 없다는 듯한 태도를 보인다. 동시에 손권이 관우의 잘린 머리를 자신에게 보내 관우를 죽인 부담을 고스란이 떠넘기려고 하는 동오의 계략도 알아차렸다. 하지만 항상 부담이었던 관우의 존재가 사라졌다는 사실에 기쁜 마음으로 관우의 머리를 맞이하게 되는데, 이때 조조에게 뜻하지 않은 큰 화가 생기게 된다.

《삼국지》에서 보듯 당시에 조조는 관우의 잘린 머리를 보고 엄청난 충격을 받았던 것이다. 전하는 말에 의하면 조조는 《삼국지》에 묘사된 것보다 훨씬 더 심각한 충격을 받아 중풍까지 걸렸다고 한다. 그래서 이 일이 있은 이후 조조는 모든 공식행사에 나타나지 못했다는 것이다. 또 실제로 조조는 관우의 머리가 든 상자를 열어보고 관우의 얼굴색이 살아있는 것처럼 생생한 것을 보고 너무 놀라 수염이 다 떨렸다고 한다. 그러다가 매우 오랫동안 정신을 차리지 못하고 혼절했다가 깨어나서는 관우를 형왕荊王으로 추대하고 관우 무덤에 사당을 지어 매년 제사까지 지냈다고 한다. 관우를 신으로 모시는 중국인들의 마음을 잘 느낄 수 있는 이야기이다. 어쨌든 조조는 이후 계속 건강상에 심각한 변화를 가져오는데 《삼국지》를 보면 그 정도를 짐작할 수 있다.

갑자기 전각 안에서 귀를 찢는 듯한 소리가 들려왔다. 조조가 놀라서 눈을 들어보니 복황후와 동귀인이며 두 황자, 복완·동승 등 20여인이 온 몸이 피투성이가 되어 왠지 보기에도 언짢은 모습으로 구름 속에 서 있는데 은은히 '살려달라' 하는 소리가 들려 왔다. 조조가 급히 칼을 빼어들고서 허공을 내리치는 순간 갑자기 벼락치는 소리가 나며 전각 서남쪽의 한 모서리가 허물어졌다. 조조가 놀라 땅바닥에 쓰러졌다. 내시의 구호를 받아 별궁으로 거처를 옮겨 병을 조리하는데, 다음날 밤에도 들으니 전각 밖에서 여러 남녀의 울음소리가 그치지 않았다. ....

조조는 낙양에서 관우를 장사지내 준 뒤에도 밤마다 눈만 감으면 관우가 보이는 통에 마음이 대단히 어지러웠다.

조조는 이처럼 관우의 머리를 보고 쓰러진 이후 건강이 극도로 악화되어 심각한 신경쇠약 증세까지 보이게 되고, 결국엔 죽음까지 이르게 된다. 이처럼 관우의 죽음 그 자체가 여러 사람에게 충격을 가져다 주었다. 우선 여몽을 죽게 하였고 이처럼 조조도 죽음으로 몰아갔던 것이다. 이렇듯 관우는 죽어서까지도 그 위용과 영향이 대단하였다.

관림 삼국지 문화유적지

중국에서 관우는 공자와 대등한 성인이다. 중국에는 두 사람의 성인이 있다. 한 사람은 우리가 너무나 잘 아는 공자이고, 다른 한 사람이 바로 관우인 것이다. 중국사람들은 공자를 '문성文聖'이라 하고, 관우를 '무성武聖'이라 부른다.

중국 하남성 낙양시의 남쪽에 관우의 무덤인 관림關林이 있다. 옛날

관림으로
들어가는 정문

중국에서는 제왕의 묘를 릉陵이라 하고 왕후의 묘는 총冢, 일반 백성의
묘는 분墳, 성인의 묘를 림林이라고 불렀다. 그래서 이곳의 관우 무덤을
관림이라 하고, 산동성山東省에 있는 공자의 무덤을 공림孔林이라 부르
는 것이다.

낙양시 시외버스터미널에서 승용차를 타고 남쪽으로 30분 정도 달
리면 관림에 이르게 된다. 밖에서 얼핏 봐도 그 규모가 크고 웅장해 보
인다. 관림은 전체적으로 앞쪽은 관우를 모신 사당이고 뒤쪽은 관우의
무덤으로 이루어져 있다.

이 관림의 대문을 들어서면 사당이 대전大殿 이전二殿 삼전三殿의
순서로 되어 있다. 마치 북경의 자금성을 떠올릴 만큼 그 배치와 짜임
새에 있어서 자금성과 유사하다. 이것은 청대에 이미 관우가 중국인들
에게 신으로 추앙되었기 때문에 그의 무덤인 관림도 황제의 궁궐과 같
은 형태로 격상시켜 정리해 놓은 것이라고 한다. 그래서인지 보이는 건
축물 하나, 놓여진 비석, 돌조각 하나 하나에서 실로 장엄한 분위기가

느껴진다. 마침 필자가 방문한 날 부슬부슬 비가 내려 더욱 깊고 짙은 궁궐의 분위기를 연출해 주었다.

고루鼓樓와 종루鐘樓, 많은 비석, 곳곳을 차지하고 있는 여러 건축물, 이들 속에 떨어지는 빗물을 맞으면서도 창연한 빛을 자랑하고 있는 몇 그루의 특이한 나무가 눈에 띄었다. 대전 앞의 용수백龍首柏과 봉미백鳳尾柏은 각각의 나무가 용의 머리모양과 봉황의 꼬리모양을 하고 있다. 또 이전과 삼전 사이의 선생백旋生柏은 두 그루의 나무가 윗부분이 합쳐져 하나로 되어 있고, 결의백結義柏은 나무 가지가 세 갈래로 갈라져 있는데, 이것은 유비 관우 장비 세 사람의 결의를 상징한다고 한다.

대전과 이전 삼전에는 황제의 모습을 한 관우가 좌우에 촉의 장수 주창周倉과 아들 관평關平의 호위를 받으며 앉아 있다. 이들의 모습에서 근엄한 품위와 늠름한 장수의 기상을 볼 수 있다.

황제의 모습을 한 관우상

뒤쪽의 관우 무덤에 이르면 넓은 정원에 자리한 아주 크고, 잘 다듬어진 봉분이 보는 이의 눈을 가득 채워준다. 이 관우묘는 불규칙한 8각형의 토총인데 바깥은 잿빛 벽돌로 주위를 둘러놓았다. 그 크기는 높이가

제6장 관우의 활약과 최후

약 10m이고 면적이 250㎡이다. 무덤 위와 주변에 수많은 나무가 하늘을 찌를 듯 울창하게 펼쳐져 있는데, 주위가 깔끔하게 정리되어 마치 어느 대귀족의 정원과 같은 아늑한 느낌과 함께 숙연한 분위기를 자아내고 있다.

중국은 그 오랜 역사만큼이나 많은 제왕의 능묘를 지니고 있으나 수많은 능묘가 파헤쳐지거나 그 존재의 이유와 가치조차 모른 채 눈앞에서 사라져가고 있다. 그러나 현재의 관림은 넓은 땅에 800여 그루의 나무가 심어져 있고, 150여 칸의 전각에다 크고 작은 돌사자만 해도 110여 마리나 있다고 한다. 이처럼 관림만은 유지와 보수에 많은 시간과 노력을 아끼지 않고 있다. 더구나 이날 이 관림에는 내리는 비속에도 보수공사가 계속되고 있었다.

어떤 이의 무덤을 보면 그 사람의 신분과 그 사람에 대한 사회와 후인들의 태도를 알 수가 있다. 중국인들 마음속에 차지하고 있는 관우의 형상이나 위치는 우리가 알고 있는 정도의 훌륭한 장수 수준이 결코 아니다. 이미 오래 전부터 그는 신이 되어 중국인들의 마음 한 구석을 메워주고 있었던 것이다. 따라서 관우의 머리가 묻힌 이 낙양의 관림에는 그 궁궐 같은 짜임새나 웅장한 규모와 함께 중국인들의 숱한 정성과 마음이 가득차 있어서 가히 여느 제왕의 무덤도 이에 필적할 수가 없다. 이를 통해 중국인들의 관우에 대한 인식과 그 존경심의 정도를 잘 느낄 수 있다.

하남성河南省
낙양시洛陽市

백거이白居易 고택 기념관

낙양시 교외의 안락향安樂鄕 사자교촌獅子橋村 동쪽에 위치해 있으며, 면적은 80묘畝이다. 마을과 거리가 당대唐代 동도東都의 '田'자형 구조로 세워져 있으며, 기념관 내에는 백거이 고택, 백거이 기념관, 낙천원樂天園, 백거이 학술센터, 당 문화유원지, 당대 재현 상업 거리 등의 건축물이 있다. 백거이 고택의 북반부는 주택구이며, 남반부는 주로 정원과 호수이다. 전체 구조는 원래 모습을 재현하는데 주력했다. 백거이 기념관은 당 양식을 모방한 건축물로 관내에는 백거이 상과 생애 사적, 문헌자료 및 관련 서화·벽화 등을 전시하고 있고 시인을 추모하는 주요 장소이다. 낙천원은 〈비파행琵琶行〉을 비롯한 백거이 명작의 시정詩情을 따라 세운 정원이다. 백거이 학술센터는 중국 국내외 전문가와 학자들을 위한 연구 및 활동 장소이다.

백마사白馬寺

하남성 낙양 고성 동쪽 12km에 위치한 백마사는 동한 영평永平 11년68년에 창건한 중국 최초의 고찰이다. 이곳은 세계적으로 유명한 사찰이자, 중국에 불교가 유입된 후 흥건한 첫 번째 사원으로 중국 불교의 '조정祖庭'·'석원釋源'이라 불리고 있다. 현존하는 유적은 원元·명明·청淸 대의 것들이다. 사원 내에는 삼세불三世佛, 이천장二天將, 십팔나한十八羅漢 등 원대의 협축간칠조상夾紵干漆造像이 대량 보존되어 있다.

장매사藏梅寺

하남성 낙양시 언사현偃師縣과 고현항顧縣鄕 회룡만촌回龍灣村에 위치한 장매사의 원래 이름은 백운사白雲寺로 백운산白雲山과 등을 맞대고 있어 그러한 이름을 얻게 되었다. 옛날에는 참배객도 많았고 규모도 대단히 컸다고 한다. 4층의 정원이 있었는데 1층은 사천왕전四天王殿으로 전전前殿 앞 동편 벽에는 투구를 쓰고 갑옷을 입은 황소黃巢의 좌상이 새겨져 있어 그 기세가 비범하다. 〈공현지鞏縣志〉의 기록에 따르면 당대唐代 황소가 봉기하여 서쪽으로 장안長安을 정벌할 때 이곳에 병사를 주둔시키고 땅굴을 파 양식을 비축했다 한다. 이 부근에는 오늘날까지도 열병대閱兵台, 연병장練兵場, 음마천飮馬泉 등 옛 이름이 남아 있다. 2층 대전에서는 미륵불상을 모시고 있고, 3층은 대웅보전으로 석가모니불을 모시고 있다. 마지막 층은 승려들의 거처이다. 장매사가 있는 청룡하곡靑龍河谷은 산봉우리가 장관으로 이어져 있고 시냇물이 휘돌아 흐르며 숲이 우거져 있어 그 경치가 유장하고 아름답기 그지없다.

이정묘二程墓

낙양시 남쪽에서 약 25km 지점 오늘날 이천현伊川縣 서쪽 형산荊山 기슭 아래에 위치한 이정묘는 '정원程園'이라고 불린다. 이정묘에는 앞에 두 개, 뒤에 하나 3개의 묘총이 있는데, 앞의 것은 정호程顥와 정

이程頤 형제의 묘이고 뒤의 것은 그 아버지의 묘이다. 아버지가 자식들을 보듬어 묘가 잘 보전되라는 의미이다. 세 묘의 묘비는 모두 원대 숭현嵩縣 현령이 세운 것이다. 이정묘는 정묘程墓와 정사程祠의 두 부분으로 나뉘어지는데 앞 쪽이 사당, 뒤 쪽이 묘총이다. 사당은 문루, 곁채, 대전으로 구성되어 있고 이 밖에도 명·청시대의 비석 수십 개가 있다. 정호 정이 형제는 북송北宋의 철학자, 교육자, 학자로서 각각 명도선생明道先生, 이천선생伊川先生이라 불렸다. 낙양 출신이며 북송 이학理學의 창시자로서 세간에서는 이정二程이라 칭한다.

두보묘杜甫墓

하남 낙양시 동쪽 약 65km 떨어진 공의시鞏義市 남요만촌南窯灣村에는 조용하고 운치있는 작은 정원이 있고, 그 뒷산에는 벽돌로 쌓은 동굴집이 있는데 현재 이곳이 두보杜甫 고향 기념관이다. 두보 무덤의 변천에 대해서는 여러 설이 분분하여, 전국적으로 묘나 총이 8개에 이른다. 그것들은 각각 호북湖北 양양襄陽 현 양번襄樊 1개, 하남 언사, 공의가 두보의 출생지로서 각 1개, 호남湖南 뇌양耒陽과 평강平江에

제6장 관우의 활약과 최후

각 1개, 섬서陝西 부주鄜州 현 섬서성 부현富縣, 화주華州 현 섬서성 화음
현華陰縣, 사천四川 성도成都에 각 1개가 있다. 과연 어느 것이 진짜
두보의 무덤인지는 연구해 볼만한 가치가 있다.

용문석굴龍門石窟

중국 석각예술의 보고인 용
문석굴은 중국 AAAA급의
관광지구로서 낙양시 남쪽
교외의 이하伊河 양안의 용
문산龍門山과 향산香山에
자리하고 있다. 감숙甘肅
돈황敦煌 막고굴莫高窟, 산서山西 대동大同 운강석굴云岡石窟, 천
수天水 맥적산麥積山 석굴과 더불어 중국 4대 석굴 중 하나인 용문석
굴은 중국 중부 하남성 낙양시 남쪽 교외 12.5km 지점 용문 협곡 동
서 절벽 사이에 위치해 있다. 북위北魏 효문제孝文帝 연간에 지어져
동위東魏, 서위西魏, 북제北齊, 수隋, 당唐, 오대五代, 송宋 등 여러
왕조를 거치며 장장 400여 년에 걸쳐 건축되었으며 그 길이가 남북으
로 1km에 달한다. 굴감窟龕 2,345개, 조상 10만여 개, 비각碑刻·제
기題記 2,800여 작품이 현존하고 있다. 그 중 '용문이십품龍門二十品'
은 북위 서예 비석의 정화로, 저수량褚遂良이 쓴 '이궐불감지비—闕佛
龕之碑'는 초당初唐 해서楷書 예술의 전범이 되는 걸작이다. 용문석굴
은 오랜 세월과 수많은 왕조를 거치며 대량의 실물 형상과 문헌 자료
를 통해 서로 다른 측면에서 중국의 고대 정치, 경제, 종교, 문화 등 여
러 영역의 변화와 발전을 반영하여 중국 석굴 예술의 창조와 발전에
중대한 공헌을 하였다. 2000년에 유네스코 세계문화유산으로 등록되
었다.

관우를 모시는 운성 사람들

《삼국지》에서 관우는 유비에게 자신의 고향을 하동 해량이라고 소개하고 있다. 하동은 바로 지금의 산서성山西省 운성運城을 가리킨다. 산서성 운성시 해주진解州鎭 상평촌常平村이 관우의 고향이다. 이곳은 운성시 동남쪽 10킬로미터 지점에 있다. 사실 관우는 189년에 살인이라는 불미스런 일을 저질러 고향을 떠난다. 그 이후 219년 58세로 당양에서 생을 마감할 때까지 끝내 고향땅을 다시 밟지 못했다.

저는 성이 관關이고 이름이 우羽이며, 자는 수장壽長이었는데 운장雲長으로 고쳤습니다. 고향은 본시 하동河東의 해량解良입니다만, 그곳 토호놈이 위세를 믿고 사람을 업신여기기에 내가 그 놈을 죽여 버리고 도망쳐 나와 강호를 떠돌아다니고 있습니다. 마침 이곳에서 도적을 치기 위해 의병을 모집하고 있다는 소식을 듣고 일부러 응모하러 온 길입니다.

앞에서 관우의 무덤이 두 개라고 말했는데, 이곳 관우의 고향 운성 사람들은 세 개라고 주장한다. 몸은 호북성 당양에 묻히고, 머리는 하남성 낙양에 묻혔으나, 영혼은 이곳 산서성 운성으로 돌아와 묻혔다고 생각하는 것이다.

운성 사람들은 온 중국사람들이 떠받들어 모시는 관우신이 바로 이 고장 출신이라는 것에 대해 그야말로 특별한 자부심을 가지고 있다. 그래서 운성에는 두 개의 의미 있는 관우 사당이 일찍부터 지어졌다. 하나는 그의 고향 마을에 있는 상평관제묘常平關帝廟이고, 다른 하나는 해주관제묘解州關帝廟이다. 상평관제묘는 관우는 물론이고 그의 집안 조상까지 모셔 놓은 관우 집안 사당이다. 해주관제묘는 중국의 수많은 관우 사당 중 가장 규모가 큰 관제묘이다. 관우의 고향 마을에 집안 사당과 가장 규모가 큰 사당이 있다는 것은 어쩌면 너무나 당연한 일인 듯하다. 이곳 사람들은 중국 곳곳에 존재하는 관우 사당과 관우 문화를 한국사람들이 잘 모르고 있다는 사실에 대해 너무나 이상하게 생각한다.

상평관제묘, 해주관제묘 삼국지 문화유적지

상평관제묘 입구

운성은 낙양에서 198킬로미터 떨어져 있는데, 낙양에서 자동차로 서쪽 방향으로 평지와 황하黃河의 물길을 건너고 산길을 지나 약 3시간 정도 달려가면 도착한다. 운성은 황하와 산으로 둘러싸인 고립된 분지이다 보니 가는 산길이 비교적 험준한 편이다.

상평관제묘는 운성시 서남쪽 19킬로미터 지점에 있다. 자동차로 27분 정도 달리면 상평향常平乡 상평촌常平村이 있는데 이곳에 상평관제묘가 있다. 농촌 지역이다 보니 도로변 곳곳에서 포도 등 다양한 과일을 내다 팔고 있었다.

조용한 시골 마을 들판 한쪽에 있는 붉은 담벼락이 눈에 띈다. 바로 상평관제묘의 담이다. 사당 입구에는 두 마리의 돌사자가 문을 지키고 있다.

상평관제묘는 남쪽에 산이 있고 북쪽으로는 물이 흐르는 보기 드문 좋은 지형에 자리 잡고 있다. 청대에 축조한 목조 건물이다. 입구 왼쪽에 '상평관제묘'라고 적힌 검은색 표지석이 있고, 정면에는 '관제묘'라고 적힌 검은 현판이 걸려 있다. 관제묘 사당은 정문正門, 산문山門, 의문儀門, 헌전獻殿, 숭녕전崇寧殿, 낭랑전娘娘殿, 성조전聖祖殿의 순서로 들어서 있다.

정문을 들어서면 아늑한 정원에 화분들이 가지런히 놓여 있고, 청대 가정 연간에 세운 '관왕고리關王故里'라고 적힌 돌 패방이 서 있다. 그리고 뜰 양쪽으로 종루와 고루가 있다.

뒤쪽의 산문山門은 지어진 연대는 알 수가 없고 명대에 중건되었다고 한다. 의문儀門 앞뜰 오른쪽에 돌로 된 탑이 우뚝 서 있는데, 12세기경에 세워졌다고 하는 조택탑祖宅塔이다. 이 탑은 단을 빼고도 6층인데, 관우가 살인을 하고 도망갔을 때 사람들이 관우의 부모를 묻고 기리기 위해서 탑을 세웠다고 한다.

의문 주위에 여러 개의 비석이 있는데, 모두 당대의 것으로 재건축을 기념한 비이다. 의문 앞뜰 오른쪽에 우보묘于寶廟라는 작은 사당이 있는데, 관제묘를 짓다가 죽은 이를 기리기 위해 지었다고 한다.

상평관제묘 내 조택탑

헌전獻殿은 규모가 아담한데, 지어진 연대는 알 수 없으나 청대 가경 23년1818년에 중건되었다고 한다. 헌전 앞의 꽤 널찍한 정원에 하늘을 찌를 듯한 오래된 나무가 여러 그루 있고, 두 개의 비석이 있다. 헌전 바로 뒤에 숭녕전崇寧殿이 있다. 두 건물 사이에 두 그루의 큰 나무가 있는데, 왼쪽이 호백虎柏이고 오른쪽이 용백龍柏이다. 아들과 딸을 각기 용백, 호백 앞에 두어 관우의

상평관제묘 내
호백, 용백

양자로 삼길 원하는 사람들이 아직도 많다고 한다.

숭녕전 역시 지어진 연대를 정확히 알 수 없으나 청대 통치 연간에 중건되었다. 북송 때 휘종徽宗에 의해 관우가 숭녕진군崇寧眞으로 봉해졌다고 해서 숭녕전이라는 이름이 붙었다 숭녕전 안의 관우는 황제가 입는 금색 도포를 입고 면류관을 쓰고 있으나, 신하의 호반을 가지고 있어 여전히 유비의 신하임을 나타내고 있다. 관우 양옆에 있는 사람들은 이름조차 없는데, 관우의 지위가 황제와 같이 높음을 나타내기 위해 황제를 보호하고 시중드는 사람들을 만들어 세워 놓았다고 한다.

낭랑전娘娘殿은 청대 동치 연간에 중건되었으며, 관우의 부인을 모셔 놓았다. 머리에는 봉황관을 쓰고, 눈은 살아있는 듯하며, 무릎 부분에는 세 마리의 봉황을 수놓았다. 부인의 좌우에는 시녀가 있는데, 오른쪽 것은 명대에 만들어졌으나 왼쪽 것은 문화대혁명 때 소실되어 20년 전에 다시 만들었다고 한다.

낭랑전 왼쪽에는 관흥태자전關興太子殿이 있고, 오른쪽에는 관평태자전關平太子殿이 있다. 앞뜰에 특이한 큰 나무가 있는데, 뿌리와 가지가 각각 다섯 개여서 이름이 오세동당상五世同堂桑이라고 하며, 한 해에 다섯 번씩 꽃을 피우고 열매를 맺는다고 한다.

뒤로 돌아가면 구석에 운백雲柏이라는 비스듬히 누운 나무가 한 그루 있는데, 유달리 잎이 푸르고 기울어 있는 모양이 마치 구름 사이에 누워 있는 듯하다 하여 이름이 운백이라고 한다. 전하는 말에 의하면, 신이 내려오고 올라갈 때 비스듬히 누운 나무를 통해 구름 사이로 오갔다고 한다.

으레 관우 사당에는 유비와 장비가 함께 모셔져 있지 않으면, 주창이나 요화 등의 부하가 그를 지키고 있을 따름이었다. 그런데 이곳 관제묘에는 관우의 부인과 조상들이 모셔져 있어 고향의 냄새를 한껏 느낄 수 있었다. 상평관제묘는 해주관제묘와 더불어 운성을 대표하는 관우 사당이라 할 수 있다.

관성고택 역시 운성시 서남쪽 19킬로미터 지점의 상평향常平乡 상평촌常平村에 있는데 현재 관성문화건축군关圣文化建筑群의 일부분이 되어 있다.

관성문화건축군이란 산서성 운성 관우 고향의 '해주관제조묘解州关帝祖庙', '상평관왕가묘常平关王家庙', '상평관공조토常平关公祖茔'를 중심으로 한 고 건축물 단지를 가리키는 것으로 역사유적의 총칭이다. 현존하는 주요 건축물은 대체로 청대에 건축된 것으로 일부는 국가급 보호문물이기도 하다. 이는 관공문화의 표상일 뿐만 아니라 다양한 중국 고건축문화를 상징하기도 한다. 조각, 회화, 예술, 제사, 신앙 등의 범주에서 볼 때 전통 문화적 요소가 풍부하고 건축수법이 대단히 독특하여 높은 역사적 예술적 과학적 가치를 지니고 있다고 중국인들은 자랑하고 있다.

수많은 관우 사당 중에서도 가장 유명한 곳은 아무래도 운성에 있는 해주관제묘이다. 해주관제묘는 관우 사당 중에서 가장 규모가 큰 국가급 관제묘이며, 운성시 해주진의 중조산中條山 아래에 있다.

이 사당은 1,300여 년 전 수대에 처음 지어져 송대에 중건되었는데, 지금 남아 있는 사당은 대체로 명. 청 시기에 지어졌다. 길을 사이에 두고 사당이 남북으로 나뉘어 있다. 남쪽은 결의원結義園으로, 유비와 관우, 장비가 하북 탁군에서 결의한 도원을 모방해 지었다고 한

해주관제묘로
들어가는 입구

제6장 관우의 활약과 최후

다. 북쪽의 관우 사당은 전궁前宮이 단문端門, 치문雉門, 오문午門, 어서루御書樓, 숭녕전崇寧殿의 순서로 되어 있고, 후궁後宮은 춘추루春秋樓를 중심으로 동서쪽에 도루刀樓와 인루印樓가 있다.

관제묘 입구에 도착하면 붉은색 벽돌로 높이 쌓아올린 담벼락이 눈에 들어온다. 정면에 문이 없고 동쪽의 작은 문을 통해 사당으로 들어간다. 맨 먼저 보이는 단문은 세 개의 입구로 되어 있다. 단문의 중앙에는 '관제묘關帝廟'라고 적혀 있고, 왼쪽에 '정충관일精忠貫日', 오른쪽에 '대의삼천大義參天'이라고 적혀 있는 문이 있다. 이것들이 바로 정문이고, 맞은편에 사룡벽四龍壁이 있다. 이 앞에 횃불을 붙이듯이 모아 놓은 세 개의 나무토막이 있는데, 이곳에서부터 말에서 내려서 참배를 한다는 존경의 표시라고 한다.

단문과 치문 사이에 있는 뜰에 종루와 고루가 있다. 치문의 양옆으로 두 곳의 출입구가 있는데, 오른쪽은 문관이 들어가는 문경문文經門이며 왼쪽은 무관이 들어가는 무위문武偉門이다. 치문의 뒤편에는 공연이 가능한 희루戲樓가 있어 이곳에서 경극을 공연하기도 했다고 한다.

오문으로 올라가는 돌계단의 한가운데에 두 마리의 용이 새겨져 있다. 오문 위쪽에는 현판 여섯 개가 걸려 있고, 오른쪽 벽에는 용의 그림과 주창의 그림이 있으며, 왼쪽 벽에는 호랑이와 요화의 그림이 있다. 뒤편에 두 개의 벽화가 또 있는데, 이들은 모두 관우의 일생을 그림으로 그려 놓았다. 오문을 지나면 '산해종영山海鍾靈'이라고 적힌 나무로 만든 패방이 있다. 수나라 때 지어졌다고 하는데, 빛바랜 나무의 색깔이 푸른 정원과 잘 어울린다.

어서루는 3층으로 된 건물로, 원래 이름이 팔괘루八卦樓였으나 청 강희 황제가 친필로 '의병건곤義炳乾坤'이라는 현판을 적은 데서 '황제가 글을 적은 누각'이란 뜻의 어서루로 이름이 바뀌었다고 한다. 특이하게 천장이 팔괘를 상징하는 8각으로 2층까지 뚫려 있고, 여러 개의 현판이 문 위에 걸려 있다.

숭녕전은 26개의 용무의 기둥으로 이루어져 있는데, 공자묘의 용무의 기둥 수보다 더 많다.

후궁은 춘추루가 중심이고, 양쪽에 도루와 인루가 있다. 춘추루 앞에는 '기숙천추氣肅千秋'라고 적힌 패방이 서 있다. 인경각麟經閣이라고도 불리는 춘추루는 3층짜리 누각으로, 그 모습이 웅장하면서도 세밀하게 꾸며져 있어 대단히 짜임새가 있어 보인다. 명대 만력萬曆 시기에 지어졌다가 청대 동치同治 시기에 중건되었는데, 관제묘에서 가장 높은 건축물로 높이가 30미터나 된다. 양쪽에 3층으로 된 도루와 인루를 세워 균형을 이룬 것은 관우가 문무를 겸비했음을 상징하는 것이라고 한다.

산서성 山西省
운성시 運城市

순제릉 舜帝陵

순제릉은 순제를 매장한 묘지와 제사 장소이다. 운성運城 서북의 명조강鳴條崗에 위치하고 있으며 국무원이 공포한 전국 중점문물보호단위이다. 순제릉은 하夏 우禹왕 때 지어졌으며 묘廟는 당 개원 26년 738년에 지어졌다. 북위 때부터 명·청에 이르기까지 1,400여 년간 역대의 제왕, 관료와 토호, 백성의 제사활동이 끊이지 않았다.

학작루

산서성 운성시 영제시永濟市 포주蒲州 고성 서쪽의 황하 동안에 위치해 있고, 모두 6층, 앞쪽으로는 중조산을 마주하고 아래로는 황하와 맞닿아 있는 당대 하중부河中府의 저명한 풍경 명승지이다. 당 왕지환王之渙의 〈등학작루登鶴雀樓〉 "밝은 해는 산에 기대어 스러져 가고 황하는 바다로 흘러든다. 천리 밖 끝자락을 보고 싶어서 다시 누각을 한 층 더 오른다白日依山盡, 黃河入海流, 慾窮千里目, 更上一層樓"라는 시로 천하에 이름이 알려졌다. 이곳은 무창武昌 황학루黃鶴樓, 동정호반洞庭湖畔, 악양루岳陽樓, 남창南昌 등왕각滕王閣과 이름을 같이하는 중국 고대 4대 명루이다. 학작루는 산서 운성시 영제시의 유명한 경관으로 강을 임하여 멀리까지 바라다보이는 우월한 위치와 더불어 역대 문인들이 이곳에서 성쇠를 감탄하여 세상에 이름이 알려졌다. 현재의 학작루는 이미 체계적인 중건을 거쳐 옛날의 찬란함을 회복하기를 기대하고 있다.

영락궁永樂宮

대순양만수궁 大純陽万壽宮이라고도 하며 산서성 운성시 예성현 芮城縣 북쪽 3km의 용천촌龍泉村 동측에 위치해 있다. 이 거대한 규모의 도교 궁전식 건축군은 원대부터 장장 110여 년의 시공기간을 거쳐 비로소 완성되었다. 특히 궁전 내부의 벽에는 심혈을 기울여 제작한 벽화로 가득한데, 예술적 가치가 매우 높고 수량이 많아 실로 귀한 것이다. 산서까지 와서 영락궁의 원대 벽화를 감상하지 않는다면 대단히 안타까운 일이 아닐 수 없다. 영락궁은 전형적인 원대 건축 양식으로 투박한 두공이 층층이 교차하고 주위의 장식이 많지 않아 명·청 양대의 건축에 비하면 비교적 간결하고 명랑하다. 몇 개의 전은 남북을 중축으로 용호전龍虎殿, 삼청전三淸殿, 순양전純陽殿, 중양전重陽殿 등이 차례로 배열해 있고 매 전에는 모두 아름다운 벽화가 그려져 있다.

보구사普救寺

운성시 영제시 포주진蒲州鎭의 언덕에 위치해 있다. 보구사는 당 무측천 시기에 지어졌다. 원래 이름은 영청원永淸院으로 불교 십방원十方院이다. 원대 왕실보王實甫의 〈최앵앵대월서상기崔鶯鶯待月西廂記〉에

서 '홍냥紅娘은 달빛 아래 붉은 실 끌고 장생은 공교롭게 최앵앵과 마주친다紅娘月下牽紅線, 張生巧會崔鶯鶯'는 사랑 이야기는 보구사에서 일어난 것이다. 보구사의 사원 건축은 대체로 3개의 축선 위에서 분포한다. 서축선 위의 건축은 대종루大鐘樓, 탑원회랑塔院回廊, 앵앵탑鶯鶯塔, 대웅보전이 있고, 중축선 위에는 천왕전天王殿, 보살동菩薩洞, 미타전, 나한당, 십왕당十王堂, 장경각이 있고, 동축선 위에는 전문前門, 승사僧舍, 고목당枯木堂, 정법당正法堂, 재당齋堂, 향적주香積廚 등이 있다.

관우, 중국인의 신이 되다

중국인들에게 있어 관우는 신이다. 관우는 목숨을 잃고 떠돌다가 신이 되어 하늘로 올라갔다. 그리고는 신이 되어 백성들을 돌보아 주기에 백성들이 그에 감사하여 사당을 짓고 제사를 올렸다고 한다. 관우가 신이 된 곳이 바로 당양 옥천산이라고 한다. 《삼국지》에서는 관우가 신이 되어 옥천산에 나타나 백성들을 돌봐 준다고 하는데, 이런 관우에 대한 중국 민간인들의 믿음은 특정 지역에만 국한된 현상이 결코 아니다. 중국의 곳곳에 관우를 모신 사당이 있고 이 사당을 찾는 중국사람들의 발걸음이 지금도 끊이지 않고 있다.

사실 관우가 봉건통치자들에 의해 충의의 화신으로 미화되기 시작한 것은 송대 이후이고 특히 명대에 이르러서는 본격적으로 신격화되

기 시작해 청대에는 그 절정에 이르게 된다.

관우의 혼백은 흩어지지 않고 유유히 떠올라가 한 곳에 이르렀는데, 그곳은 형문주荊門州 당양현當陽縣에 있는 옥천산玉泉山이다. 그 산 위에 한 노승이 있었는데 법명은 보정普靜이었다. 전에 사수관 진국사에 있던 장로로서, 후에 천하를 구름처럼 떠돌다가 이곳에 이르러 산과 물이 수려한 것을 보고는 띠를 엮어 암자를 하나 짓고 매일 좌선하여 도를 닦았다. 곁에는 다만 어린 동자 하나를 두고 밥을 빌게 하며 그날 그날을 지내고 있었다.

이 날 밤 달은 밝고 바람은 잔잔한데 3경이 지나 보정이 암자 안에 혼자 가만히 앉아 있노라니까 별안간 공중에서 어떤 사람이 큰 소리로 외쳤다.

"내 머리를 돌려다오!"

보정이 얼굴을 들고 자세히 살펴보니 공중에서 한 사람이 손에 청룡도를 들고 적토마에 앉아 있는데 왼편에는 얼굴이 흰 장군이 있고 오른편에는 얼굴이 검고 꼬불꼬불한 수염이 난 사람관평과 주창이 따르고, 그들은 함께 구름을 몰아 옥천산 꼭대기로 내려왔다. 보정은 그가 관우임을 알아보고는 곧 손에 들었던 주미로 문을 탁 치고 불렀다.

"관 장군, 어디 계시오?"

관우의 영혼이 문득 깨닫고 곧 말에서 내려 바람을 타고 암자 앞에 오더니 차수叉手하고 서서 말했다.

"스님은 누구이십니까? 바라건대 법명을 일러주십시오"

보정이 대답했다.

"노승은 보정입니다. 전에 사수관 앞 진국사 안에서 군후와 상봉한 일이 있는데 어찌 잊어버리셨단 말씀입니까?"

관우가 그를 알아보고 말했다.

"전에 저를 구해주셔서 지금까지 그 은혜를 잊을 길이 없었는데, 이번에는 제가 화를 입어 죽었으니 부디 가르치심을 내리셔서 길을 가르쳐주십시오."

보정이 다시 말했다.

"지나간 일은 이제 일절 논하지 마십시오. 전인후과前因後果가 피차 시원치 않습니다. 이제 장군이 여몽에게 해를 입으시고 '내 머리를 돌려다오' 하시나, 안량·문추와 오관육장五關六將 등 그 여러 사람의 머리는 누구에게서 찾아야 합니까?"

이에 관우는 크게 깨닫고 마침내 머리를 땅에 대고 절하며 귀의歸依하고 돌아갔다. 그 뒤로 가끔 옥천산에 성신聖神이 나타나 백성들을 보곤 하였는데, 그 고장 사람들이 그 현성顯聖의 덕을 감사하게 생각하여, 산꼭대기에 사당을 세우고 사시로 제사를 지냈다.

《삼국지연의》, 즉 소설 《삼국지》는 한 명의 작가에 의해 하루아침에 이루어진 작품이 아니다. 아직도 삼국지를 지은 이가 모종강毛宗岡이니 나관중羅貫中이니 하고 알고 있는 사람들이 있으나 사실 이들은 삼국지 이야기를 정리한 사람이지 완전한 창작자는 아닌 것이다. 최근 우리나라에서도 몇몇 소설가가 《삼국지》를 번역하여 출판하였는데, 이는 삼국지의 기본적 이야기 구조에 그 소설가의 작가적 감상과 해설, 허구적 요소 등을 가미하여 이야기를 더 박진감 있고 재미있게 꾸며놓은 것이

제6장 관우의 활약과 최후

↑
옥천사 앞의 옥천석탑

다. 모종강과 나관중도 명대에 그런 역할을 한 문학가였다.

삼국지 이야기가 소설화되는 과정은 이러하다. 동한이 멸망하고 존재했던 위·촉·오 삼국의 실제 역사는 진晉대의 진수陳壽에 의해《삼국지三國誌》로 기록되어졌다. 당대에 이르러 이 삼국지 이야기는 민간인들의 입을 통해 온 세상에 퍼지게 되고, 당송시대를 거치면서부터는 당시 민간인들이 즐겼던 대중극의 소재로 많이 활용되어져 곳곳에서 공연되기 시작했다. 특히 송대에는 직업적인 이야기꾼들이 삼국지의 대본을 만들어 민간인들을 모아놓고 이를 들려주고 먹고사는 형태로 발전되어 진다. 이들 이야기꾼들의 이야기 대본은 이미 역사서《삼국지》의 성격과는 상당 부분이 달라져 있었다. 이 대본이 지금 우리가 알고 있는 소설《삼국지》의 기본적 이야기인 것이다. 그러다 원대에는 소설의 전단계라 말할 수 있는《평화評話》의 형태로 이미 틀이 지워졌다가 명대에 이르러서 모종강, 나관중과 같은 작가들에 의해 대작으로 정리되어진 것이다.

즉, 삼국지 이야기가 민간에 크게 유행하다가 소설로 꾸며지는 시기 역시 명대이다. 이때 삼국지 이야기를 소설로 정리한 정리자는 당연히 당시 민간인들의 정서에 맞게끔 그 내용을 꾸며나갈 수밖에 없었던 것이다. 이런 정리과정에서 많은 허구적 요소가 더해졌던 것이다. 다시 말해 삼국지가 정리되는 과정에서 관우는 명장수 정도가 아니고 아예 죽음을 당한 즉시 신이 된 걸로 묘사된 것이다. 그리고 관우에 대한 믿음도 훗날의 이야기가 아니고 죽은 직후부터 민간인들에 의해 이미 신으로 떠받들어 진 걸로 《삼국지》에서는 꾸며놓았다.

"저는 싸움터에 나온 장수인데 길을 잃고 여기까지 왔습니다. 좀 요기를 시켜 주시면 합니다."

하고 말했다. 노인이 들어오라고 하여 관흥이 안으로 들어가 보니 집안에 환히 등촉을 밝혀놓았는데, 중당에 관우의 신상神像이 그려져 있었다. 관흥이 소리내어 울며 그 앞에 절을 하니 노인이 물었다.

"장군은 어찌하여 곡을 하면서 절을 하시오?"

"이분은 저의 부친이십니다."

라고 관흥이 대답하니 노인은 자리에서 내려서서 절을 했다. 이번에는 관흥이 물었다.

"무슨 까닭으로 저의 부친을 공양하십니까?"

노인이 대답했다.

"이곳에서는 집집마다 다 신을 모시는데, 관 장군께서 생존해 계시던 때에도 받들어 모셨습니다. 더구나 이제는 신령이시니 더욱 받들어 모십니다. 이 늙은 사람은 다만 촉병이 하루 빨리 원수를 갚기만 바라고 있는데, 이제 장군께서 여기에 오신 것이 곧 우리 백성들의 복이 아니 겠습니까."

관우는 이미 삼국시대 당시부터 민간인들에게 신적인 존재였다고 묘사해 놓고 있다. 이는 명대 소설가들이 당시 민간인들의 관우에 대한 정서를 반영한 것이었지만, 소설에서 이렇게 묘사됨으로 해서 관우는 더욱더 신적인 존재로 자리 잡아갔던 것이다. 문학과 사회는 이렇게 자연스레 서로 영향을 주고받는 것이다.

옥천사 삼국지 문화유적지

당양시 장판파長坂坡 서쪽 15km 지점에 자동차로 약 26분 거리에 옥천산이 위치해 있다. 이 옥천산 동쪽 산기슭에 옥천사가 있다. 산의 생김새가 가로로 보면 마치 큰 배가 뒤집혀져 있는 것 같아 원래는 복선산覆船山이라 불렀다 한다. 전해오는 신화에 의하면 동해의 선인이 이곳에 배를 뒤집어 엎어놓았는데 그것이 변해서 산이 되었다고 한다. 수풀이 짙은 경관 좋은 산이다.

차를 타고 옥천산 입구에 도착하니 진입로 확장 및 포장 공사가 한창이다. 옥천산 공원지구 입구를 지나 들어가면 산으로부터 흘러 내려오는 개울이 보이고 개울 건너 왼쪽 편에 옥천사가 있다. 이 개울을 따라 산 속을 향해 수백 미터를 계속 걸어가면 좌측 산비탈의 푸른 숲 속에 놓여진 돌기둥을 발견할 수 있다. 이 돌기둥에 노란색 글씨로 한운장현성처漢雲長顯聖處라는 글씨가 새겨져 있다. 그 오른쪽 아래편에 바위가 놓여 있는데, 그 바위에 이 한운장현성처를 소개하는 글귀가 적혀 있다. 그 오른편 산쪽에 거북이 모양을 한 바위덩이가 하나 보이고 그 거북모양 바위 위에 돌비석이 새워져 있다. 이 비석은 당나라 때 세워진 것으로 최선현성지지最先顯聖之地라는 글자가 새겨져 있다. 또 그 오른쪽 편에 자그마한 돌표지판이 세워져 알아보기 힘든 글씨가 가득 적혀 있는데, 대략 보아 이곳을 설명하는 내용인 듯하다. 이 숲으로 둘러싸인 산비탈의 10여m 이내 지역이 어쨌든 이 지역이 삼국지에서 말하는 관우가 신이 되어 하늘로 올라간 곳이라는 것이다. 이 비석들의 약간 앞쪽 아래쪽에 네모난 돌덩이가 하나 있고 그 돌에 관공마도석關公磨刀石이라는 붉은 글씨가 새겨져 있다. 그러고 보니 돌 윗부분의 약간 패인 듯한 자국이 칼을 간 흔적인 듯하기도 하다. 관우가 이 돌에다 칼을 갈았다는 말인데, 사실 여부는 알 수가 없다. 이 비탈 맞은편은 개울이 흐르는 지역인데 이곳에 조경공사가 한창이다.

다시 공원 입구 쪽으로 걸어 내려오면 입구의 오른쪽 편에는 송대에 세웠다고 하는 13층의 옥천철탑玉泉鐵塔이 하늘을 찌를 듯 위용을 자랑하며 서 있다. 이는 중국에 현존하는 가장 오래되고 가장 무거우면서도 높은 철탑이라고 한다. 그 철탑의 계단 아래 옥천산으로 들어가는 산문이 있는데, 산문에 삼초명산三楚名山이라는 네 글자가 적혀 있다. 그 맞은편으로 개울을 지나 앞으로 가면 옥천사 입구가 있다. 붉은 색

담벼락이 멀리서도 눈에 띄는데 산 아래에 위치하여 아늑한 느낌을 준다. 옥천사의 원래 이름은 보정사普淨寺였다. 동한시대에 고승 보정普淨이 여기서 참선하였기에 보정사라 했다고 한다. 보정대사는 본시 진국사鎭國寺에 있었는데, 관우가 파릉교에서 조조와 이별하고 유비를 찾아 떠나면서 다섯 관문을 통과하며 여섯 장수를 벤 적이 있다. 그 중 세 번째 관문을 통과할 때 관우가 진국사에서 보정대사의 도움으로 목숨을 구하게 된다. 이 일이 있은 후 보정대사는 조조가 해칠까 두려워 당양으로 도망쳐 와 이곳 옥천산에서 풀을 엮어 암자를 지어 참선을 했다고 한다. 보정대사는 이 옥천산의 암자에서 참선을 하던 중 떠돌며 자기 목을 찾던 관우를 다시 만나게 되어, 그를 신이 되어 하늘로 올라가게끔 도와주었던 것이다. 이렇듯 작은 암자가 수대에 이르러 본격적으로 절의 모습을 갖추게 되고, 또 이름도 옥천사라고 부르게 되었다고 한다. 이것이 옥천사의 유래이다.

옥천사라고 글씨가 적힌 절의 정문은 철문으로 닫혀 있고 옆에 난 작은 문으로 출입을 하고 있다. 입구를 들어서면 돌난간으로 잘 정돈된 연못이 뜰을 차지하고 있는데, 연못에는 연꽃으로 가득 차 있다. 연못을 지나가면 이층으로 된 대웅전이 나오는데 아래층의 가운데에는 대웅보전大雄寶殿이란 현판이 가로로 걸려 있고, 위층 가운데에는 지자도장智者道場이란 현판이 세로로 걸려 있다. 이 대웅보전은 본시 수대에 처음 지어졌었는데 현존하는 건물은 명대 지어진 건물로 1984년에 크게 보수하였다고 한다. 대웅보전 바로 앞에는 철로 만든 큰 솥과 종

이 놓여져 있다. 이 대웅보전의 우측 편에는 장경루藏經樓와 강경대講
經臺가 있다. 강경대로 들어가는 담벼락에 14개의 크고 작은 기념비가
세워져 있다. 강경대로 들어가는 작은 문을 지나가면 푸른 숲으로 가득
찬 옥천산이 보이는데, 앞쪽에 보이는 우측편 언덕빼기에 옥천전玉泉
殿이 있다. 옥천사를 돌아 나오면 현재 옥천산공원 지역의 상당부분이
보수 개발 중임을 볼 수 있다. 이 공사가 마무리되면 옥천산은 분명 또
다른 새로운 모습을 보여줄 것이다.

제6장 관우의 활약과 최후

호북성湖北省
당양시當陽市

도문사度門寺

당양시 왕점진王店鎮 도문사촌度門寺村 경내에 위치해 있고 당양시 시내로부터는 10km 떨어져 있다. 도문사는 불교 선종 북파北派의 시조 신수대사神秀大師의 공덕을 표창하기 위하여 당 무측천의 칙명을 받들어 건립한 것이다. 경내에는 육각형 구층 누각식 전석탑磚石塔이 있었으나 1960년대에 훼손되었고, 신수국사분神秀国師墳 및 두 개의 비석 잔해 등이 남아 있다. 유적에서 각종 전와磚瓦와 비각碑刻의 잔해들을 볼 수 있다.

귀곡동鬼谷洞

당양시 옥천판사처玉泉辦事處 삼교촌三橋村에 위치해 있고, 당양시 시내에서 22킬로미터 떨어진 청계青溪산맥 일협곡一峽谷의 산허리에 자리 잡고 있다. 동굴은 석회 종유동굴로 북쪽을 향하여 있고 동굴 입구는 약간 동쪽으로 치우쳐 있다. 동굴 입구는 높이 3미터, 너비 4미터, 깊이는 약 300미터이다. 동굴 내부는 빽빽하면서도 깊고 길며, 몹시 구불구불하고 맑은 물이 흐르며 옆으로 작은 동굴들이 나 있다. 귀곡자의 은거 장소라 전해져 귀곡동鬼谷洞 또는 대선동大仙洞이라고도 불린다. 귀곡자는 후인들이 '종횡가의 선사先師, 병가의 사조師祖'라고 칭하는 왕리王利이다.

309

호북성 湖北省
의창시 宜昌市

굴원 고향 문화 관광지구

굴원 고향 관광지구를 개발하고 건설하는 것은 굴원 문화를 격앙시키고, 협강峽江의 초운楚韻을 좇아 천축 정회를 주제 사상으로 하며, 자귀현秭歸縣의 풍부한 역사·민속문화와 굴원문화의 자원을 결합하여 파풍초운巴風楚韻을 담은 문예·희곡·공연 및 음식을 배양·육성시키고자 함이다. 또한 농후한 지방특색을 가진 제사·오락활동과 관광 서비스 항목을 신장 및 발굴하기 위한 것이다. 동시에 삼협三峽지방의 특색을 가진 문화문물, 종교 문화, 민가 문화, 차문화 등 문화적 가치가 높은 관광상품을 중점적으로 개발한다.

소군촌昭君村

원래 이름은 보평촌寶坪村으로, 오늘날 호북 흥산현興山縣 남쪽 교외에 위치하고 있다. 한漢나라 왕소군王昭君이 이곳에서 나고 자랐다 하여 소군촌이라 한다. 소군촌은 향계하반香溪河畔에 위치해 있고 면적은 2.7평방킬로미터이다. 소군촌은 소군유적과 완벽하게 보존된 고한古漢 자연 생태 경관을 전시함으로써 소군 고향의 독특하고 농후한 지방문화와 한대 궁정 궁녀 문화를 전시하는 제1차 국가 AAA급 관광지구이다. 소군촌은 호북성 중점문물보호단위이고, 소군촌은 또 의창시 신관광 10경 중

하나이다.

천연탑 天然塔

천연탑은 호북성 의창성 동남 장강 북안에 위치해 있다. 〈진서晉書〉에 의하면 곽박郭璞은 오행, 천문, 점술에 뛰어났다고 한다. 그는 풍수를 보고 길흉을 점쳤는데 당시 제법 이름난 '음양선생陰陽先生'이었다. 곽박은 이릉夷陵에 온 이후 이릉의 지형을 살펴보고는 흙이 모자라 지세가 좋지 않음을 발견하였다고 한다. 그리하여 그는 사람을 시켜 수레로 중주의 흙을 옮겨 오도록 하여 음양의 향배向背 각도를 다시 대조하고, 두 개의 토성을 세워 그것으로 산천과 오행이 서로 부합하지 않는 결함을 상쇄하려 하였다. 또한 흙에 기탁하여 달에 제사지내고 적절하게 조화되도록 하였다.

조조, 화타를 죽이다

《삼국지》에는 수많은 영웅호걸들이 등장한다. 그리고 동시에 영웅들을 돋보이게 해주는 조연들도 많이 등장하는데 이들은 대개 영웅들과 어떤 일정한 관계를 가진 후 소설에서 사라지게 마련이다. 그런 인물 중의 한 사람이 화타라고 하겠다. 그는 두 영웅과 관계된 인물로 소설 속에 묘사되어 있는데, 그 중 한 사람은 관우이고 다른 한 사람은 조조이다. 그러나 소설 속에서의 인연이 너무나 상반되게 드러나 있다. 조조와의 인연은 실제이고 관우와의 인연은 허구이다. 왜냐하면 관우가 독화살을 맞아 치료를 받을 때 화타는 이미 죽은 지 11년이 지났기 때문이다. 조조와의 만남은 악연이어서 그로 인해 죽음을 맞지만, 관우와의 소설 속에서의 만남은 그를 더욱더 천하의 신의로 만들어 주었다. 역사

제6장 관우의 활약과 최후

적 실제 사실과 부합되는 조조와의 만남을 묘사한 《삼국지》 부분을 살펴보자.

조조가 곧 사람을 시켜 화타를 데려오게 하고 맥을 짚어 병을 살펴보게 하니 이렇게 말했다.

"대왕의 머리가 쑤시고 아픈 것은 풍으로 인해서 일어난 것이어서 병의 근원이 머리 속에 있는데, 풍이 나오지 못하는 까닭에 탕약을 잡수시는 것만으로는 고칠 수는 없습니다. 제게 한 가지 치료방법이 있는데, 먼저 마폐탕을 잡수신 후 잘 드는 도끼로 해골 뼈를 가르고 풍을 제거해야만 비로소 병의 근원을 없앨 수 있습니다."

조조는 이 말을 듣고 크게 노했다.

"네가 나를 죽일 작정이냐?"

"대왕께서는 관우가 독 묻은 화살에 맞아서 오른팔을 다쳤을 때, 제가 그 뼈를 긁어 독기를 치료하는데 관우가 조금도 두려워하는 기색이 없었다는 이야기를 들어보지 못하셨습니까? 대왕의 병은 대단하지 않은 것인데도 왜 그리 의심하시는지요?"

"팔이 다친 것쯤은 긁기도 하겠지만 머리를 어떻게 가른단 말이냐? 네가 분명 관우와 정의가 두터운 까닭에 이 기회를 타서 관우의 원수를 갚으려는 것이 아니냐!"

조조는 더욱 노하여 군사들을 불러서 그를 잡아다가 옥에 가두게 하였다.

………

화타는 끝내 옥중에서 죽고 말았다.

많은 허구가 들어 있지만 실제로 화타는 이미 치료가 불가능한 상태에 있던 조조의 병을 치료하지 못한다는 이유로 억울한 죽음을 당했다고 한다. 그러나 소설 《삼국지》의 서술과는 달리 화타는 실제로 관우를 치료한 사실이 없고, 또 조조를 치료한 시점도 관우의 죽음보다 훨씬 앞이었다. 그러니 관우의 죽음으로 인해 병을 얻은 조조를 치료하다 억울하게 죽었다는 것은 역시 소설 속에서 꾸며진 허구적 요소일 뿐이다. 조조와 관우, 두 영웅의 주요인물로서의 위치를 부각시키고 이야기 전개의 긴박성과 흥미성을 더하기 위해, 소설 속에서 화타라는 실존 인물의 등장 시기와 존재 시기를 꾸며놓았던 것이다.

화타 삼국지 문화유적지

억울하게 죽음을 당한 명의 화타의 무덤이 바로 허창시 서북쪽으로 12km 떨어진 지점의 소교진蘇橋鎭 석채촌石寨村 서남쪽의 양하梁河변에 있다. 화타는 그야말로 세상에 의술을 베풀었던 실존했던 명의였다. 전하는 바에 의하면 화타가 실제로 백성들을 진료한 곳은 안휘安徽, 산동山東, 강소江蘇, 하남河南 등의 광범한 지역이었으며, 그 치료 대상도 신분상의 귀천이나 이해관계를 가리지 않았다고 한다. 우리 머리 속의 허준을 떠올리면 그 존재가 이해되리라 생각한다. 그래서 대만의 TV에서는 '신의 화타'라는 제목으로 화타의 일대기를 그린 연속극이 절찬리에 방영됐었다. 화타는 내과, 외과, 부인과, 침구과에 모두 정통

했으나, 특히 외과방면에 특출하였으며, 세계 최초의 마취약 마비산麻沸散 을 개발했다고 한다.

그리고 화타의 무덤 또한 이곳 외에 중국 전역을 통틀어 네 곳이 더 있는데, 강소성江蘇省 서주시徐州市 남쪽 교외, 양주楊州, 화산華山 아래의 옥천원玉泉院, 그리고 하남성 녹읍현鹿邑縣에 있다고 한다. 그러나 다른 지역은 기념적 무덤이고 실제 시신이 묻힌 곳은 허창의 이 무덤이라고 한다.

양하 옆에 놓인 화타묘를 정문을 통해 들어가면 아늑한 분위기의 정원에 잡초가 무성하게 자라 있다. 화려하지 않은 작은 전각이 하나 있고, 그 옆에 1997년 6월에 허창현 문물보호단위로 '화타묘'가 지정되어 주변 20m 정도가 보호되고 있고, 사방 50m 내로는 건축물을 짓지 못하도록 되어 있음을 알리는 표지판이 있다. 그 전각의 뒤편에 화타의 무덤이 있는데, 그 앞에 네 개의 큰 비석이 서 있고, 그 뒤쪽에 화타묘의 묘비가 있어서 '신의화타神醫華佗'라고 적혀 있다. 봉분은 높이가 4m이고 대략 500㎡ 정도이며, 묘의 바로 앞에는 2m 높이의 푸른 벽돌과 잿빛 기와로 된 비루碑樓가 세워져 있는데 '신의화공묘神醫華公墓'라고 쓰여 있다.

이 무덤의 봉분 위에 느릅나무가 있는데, 이 나무는 본시 3월에 꽃이 피어야 하는데 억울한 화공의 신이 내려 8, 9월에 꽃이 핀다고 한다. 이는 물론 근거 없는 전설에 지나지 않지만 화타의 억울한 죽음을 동정하는 민간인들의 마음을 잘 알 수 있을 것 같다.

제
7
장

삼국 정립과 유비의 최후

손권, 악주에서 동오시대를 열다

삼국시대의 통치자 중에 동오의 손권孫權은 지략이 뛰어나고 상황 판단력이 빨랐으며 동시에 융통성이 남달랐던 지도자였다. 그는 장강 중하류에 기반을 둔 자신의 세력범위를 굳건히 지키기 위해 여러 차례에 걸쳐 자기의 통치 중심인 도읍을 바꾸어야만 했었다. 이는 그의 통치기반이 지역적으로 편벽한 동남지방의 일부 지역에 국한되어 있었고, 그 능력도 북방 중원 지역의 조조에 비해 턱없이 약했던 약소국으로서의 동오가 지닌 어쩔 수 없는 한계이기도 했다.

손권은 맨처음에 지금의 강소江蘇성 소주蘇州시인 오吳지역에 도읍을 정했다. 그 다음에 적벽대전 전날 저녁, 대전쟁의 지휘를 원활히 수행하기 위해 지금의 강소성 진강시鎭江市인 경구京口로 옮겼다. 경구에서 4년을 있다가 다시 지금의 남경南京인 건업建業으로 도읍을 옮겼다. 적벽대전 이후 동맹이었던 유비와의 관계가 불편해지자, 최고의 군사 요충지인 형주荊州를 쟁탈하기 위해 손권은 육구陸口와 공안公安에 주둔하며 전투를 지휘했다. 이어 관우로부터 형주를 탈환한 이후 서쪽 최전방 지역을 굳건히 지키기 위해 손권은 서기 221년에 지금의 악주시인 악鄂 지역으로 도읍을 옮겼다. 당시에는 성의 남쪽에 무창산武昌山이 있었기에, 무창이라고 했다.

현덕이 옷을 갈아입고 전각 앞에 나가 보니 마침 뜰 아래 큰 돌이 하나 있었다. 현덕은 종자가 차고 있는 칼을 달래서 뽑아 들고 하늘을 향하여 빌었다.

'만약 유비가 형주에 돌아가 왕업을 이룰 수 있다면 한 칼에 이 돌이 두 쪽 나게 하시고, 만일 이곳에서 죽을 운명이라면 칼로 쳐도 돌이 쪼개지지 말게 하옵소서.'

기도를 마치고 칼을 번쩍 쳐들어 내려치니 돌에서 불빛이 번쩍 일며 두 쪽이 났다.

손권이 뒤에서 그 광경을 보고 물었다.

"현덕 공은 그 돌에 무슨 원한이라도 있으십니까?"

현덕이 답했다.

"유비가 나이 50에 가깝건만 나라를 위해서 적들을 소멸하지 못하고 있으니 항상 마음에 한이 됩니다. 그런데 오늘 국태께서 저를 사위로 삼아주시니 이런 복이 또 어디 있겠습니까? 그래서 방금 하늘에 대고 '만약 조조를 멸하고 한실을 부흥시킬 수 있다면 이 돌이 쪼개지소서'

하고 빌어보았는데 과연 이렇게 되었습니다."

손권은 속으로,

'유비가 짐짓 이런 말로 나를 속이는 것이나 아닐까?'

이런 생각을 하며 그도 칼을 빼들고 현덕에게 말했다.

"그럼 나도 어디 한번 하늘에 물어보지요. 내가 만약 도적을 멸할 수 있으면 역시 이 돌이 쪼개지게 하소서."

입으로는 이렇게 말하면서 속으로는 달리 빌었다.

'만약 또다시 형주를 얻어서 동오를 크게 일으킬 수 있다면 돌이 쪼개져서 두 쪽이 나게 하소서.'

손권이 말을 마치고 칼로 내리치니 그 큰 돌은 역시 두 쪽이 났다.

유비와 손권은 《삼국지》에서 각각 자신의 미래를 이처럼 하늘의 뜻에다 맡기고 그 하늘의 뜻이 이 돌을 통해 표현되어 지기를 바랐다. 겉으로는 그들 모두 조조를 겨냥했지만, 속으로의 각자 계산은 달랐던 것이다. 어쨌든 돌은 두 사람에 의해 각각 쪼개어졌다. 하늘은 두 사람 모

(좌) 성도 무후사
(우) 구곡정 아래 관우사당

두에게 그 바람을 허락했던 것이다. 그래서 천하는 세 조각으로 나뉘어져 삼국시대로 접어들게 되는 것이다.

오왕시검석이라고 하는 칼에 의해 쪼개어진 돌덩이가 《삼국지》의 서술과는 달리 악주 서산공원에 있다. 이 오왕시검석은 손권과 관련된 유적이라고 한다. 이 남겨진 돌덩이와 관련된 이야기가 《삼국지》 소설 속에서 그 장소와 내용이 허구적 요소를 가미해 바뀌어진 것이다. 전하는 바에 의하면, 하루는 손권이 사냥에서 돌아오다 산꼭대기에 있는 커다란 돌을 보고는 하늘을 향해 빌기를, '만약에 하늘의 운명이 제게로 와서 대업을 이룰 수 있다면 돌이 쪼개지도록 해 주십시오'라고 하고는, 칼을 들어 내리쳤다. 그러자 큰 돌이 세 조각으로 쪼개어졌다고 한다. 사람들은 이것이 후일 천하가 삼등분이 되는 징후를 하늘이 보여준 것이라고 믿었다고 한다.

또 이 오왕시검석의 약간 위쪽 옆에 날카로운 것에 의해 네 개로 쪼개진 듯한 작은 돌덩이가 있는데, 그 돌덩이 사이에 붉은 글씨로 비검석比劍石이라고 적힌 비석이 세워져 있다. 이 비검석을 두고 사람들은 하나의 돌덩이가 네 개로 갈라져 있고, 희미하게 칼자국도 남아 있어서 그것이 《삼국지》에서 손권과 유비가 큰 돌을 자르기 전에 그들의 칼끝을 이 돌에 다 쳐서 시험한 것이라고 한다.

　　　　　　　　　　　　　　제7장 삼국 정립과 유비의 최후

호북성 지역에 여러 군사요충지가 있었지만 한 국가의 도읍이 될만한 곳은 이곳 악주뿐이었다. 왜냐하면 악주는 사방으로 끝없이 펼쳐진 대평야의 한가운데 있고, 서산과 같은 빼어난 산과 장강을 끼고 있기 때문이다. 229년, 손권이 다시 건업建業으로 도읍을 옮기면서 대장군 육손陸遜을 이곳에 파견하여 태자 손등孫登을 보좌하며, 서쪽 국경을 관장하는 모든 일을 처리하게 했는데, 그래서 이곳을 동오의 서쪽 도읍 즉, 서도西都라 칭했다. 또 252년에는 손권의 아들 손분孫奮이 제齊왕에 봉해져서 이곳에서 지냈다. 그러다 265년 9월 동오의 마지막 황제 손호孫皓는 다시 여기로 도읍을 옮겨 큰 궁전을 지었다. 그래서 221년 손권이 도읍을 무창으로 한 때부터 266년 10월 손호가 건업建業으로 천도하기까지의 약 45년간 동오의 중심은 사실상 이 악주였다고 할 수

서산공원 내 영천사 대웅전

있다. 그리고 이 45년이란 시간은 동오라는 나라가 삼국시대에 존재하는 기간의 4분의 3 이상이나 되는 시간이었다.

그러기에 이 악주는 삼국시대 동오에 있어서는 남다른 의미가 있는 곳이다. 이 악주에 서산西山이 있고, 이 서산에는 서산공원이 조성되어 있는데, 동오와 관계 있는 여러 삼국문화 유적이 남아 있다.

삼국시기에 오왕 손권은 악주를 도읍으로 정하고는, 이곳 서산에서 글을 읽고 무예를 닦으며 한편으로는 피서를 즐기는 장소로 이용하였다. 그래서 서산공원은 손권의 자취가 흠뻑 베어 있는데, 시검석試劍石·피서궁避暑宮·구곡정九曲亭 등이 그런 것들이다.

악주 시외버스 터미널에서 걸어서 10여분 거리에 서산공원이 있다. 이른 아침 이 서산공원에 도착해보니 공원은 온통 가벼운 아침운동과 산보하는 노인들의 모습으로 가득 차 있었다. 그러다 약 오전 9시 정도를 지나니 이젠 아베크족들의 데이트 코스로 사용되고 있었다. 중국에서 찾아보기 드문 공기 맑고 경치 좋은 도심의 공원이다 보니, 많은 사람들이 다양한 목적을 가지고 활용하는 것 같다.

악주시내의 서산공원 입구에 이르러서 산을 바라다보면 울창한 숲이 한눈에 들어온다. 그리고 공원 입구 왼쪽 편에 악주시박물관 입구가 보인다. 비스듬히 공원 안을 향해 걸어 올라가면 두 갈래 길이 나오는데, 왼쪽 편으로 접어들어 약간 우측으로 비스듬히 나 있는 울창한 숲 속 길을 따라 구불구불 계속 위를 향해 올라가다 보면 어느새 이마에

제7장 삼국 정립과 유비의 최후

백제성 내 망초정

땀방울이 송골송골 맺힌다. 그리고 산길 굽이굽이를 돌 적마다 곳곳에서 아름다운 새소리와 신선한 공기를 만날 수 있는데, 이는 정말 중국에서는 드문 일이다.

서산의 정상에 도착하면 정자가 하나 보인다. 이것이 망초정望楚亭인데, 네 개의 노란색 기둥이 눈에 띄고 정자 가운데에 돌로 만든 원형 탁자와 의자가 놓여 있다. 사방을 둘러보면 온통 숲이고, 앞으로 다가가 숲 사이로 멀리 바라보면 도도히 흐르는 장강이 눈에 보인다. 그야말로 옛 초나라의 땅이 한눈에 들어오는 듯하다. 이 정자 바로 앞에 세 조각으로 갈라진 커다란 돌덩이가 보이고, 그 돌덩이 사이에 붉은 글씨로 오왕시검석吳王試劍石이라고 적힌 비석이 서 있다.

악주시의 서산 정상 망초정望楚亭에서 북쪽으로 굽이진 숲길을 따라 아래쪽으로 내려가다 보면 우측편에 숲으로 둘러싸인 수원秀園이 나오고, 계속 공원의 뒤쪽으로 걸어 내려가면 짙은 숲이 이어져 있고, 저 멀리 장강의 강물이 눈에 보인다. 다시 망초정을 지나 산 아래쪽의 가파른 계단 길을 걸어내려 오면 길 우측편에 기와담장이 이어지는데, 그 안쪽에 3층으로 지어져 규모가 꽤 큰 류풍각柳風閣이 보인다. 이곳을 지나 아래로 계속 내려오면 좌측편에 돌로 된 큰 불상이 앉아 있고,

오왕피서궁 전경

그 옆길로 약 100m 정도 걸어 들어가면 영천사靈泉寺가 나온다.

이 영천사는 서산사西山寺, 한계사寒溪寺 등으로 불리기도 했는데, 서기 317년 동진東晉 시기의 고승高僧 혜원慧遠이 오왕피서궁吳王避暑宮의 유적에다 증축하여 지은 것이다. 그러나 지금 남아 있는 절은 1864년 청淸나라 동치同治 3년에 다시 지은 것이다. 푸른 숲 속에 노란색으로 칠한 절의 담벼락과 문이 눈에 띄는데, 입구문의 정면 가운데에 흰색 바탕의 돌에 검은색 글씨로 고영천사古靈泉寺라는 글자가 가로로 새겨져 있다.

영천사 대웅전의 왼쪽 옆에 거의 붙은 듯한 2층으로 된 흰색 건물이 보이는데 이것이 바로 오왕피서궁이다. 영천사가 전체적으로 산 아래로 들어가 있고, 절 뒤쪽에 바로 가파른 비탈이 이어져 많은 숲으로 둘러싸여 있는데, 특히 이 피서궁은 그 위치가 가파른 산비탈에 바짝 붙어 있어 시원한 그늘의 혜택을 마음껏 받고 있었다. 이처럼 중국의 황제들은 더운 여름을 피서지에서 보냈다. 북경의 이화원頤和園은 서태후의 피서지였고, 하북성 승덕承德의 피서산장避暑山莊은 청나라 황제들의 피서지였다.

오왕 손권의 피서궁은 입구 문이 잠겨 있어 창문을 통해 안을 들여

함식천

다보는 수밖에 없었다. 서늘한 분위기의 궁을 들여다보니 책을 읽고 있는 손권의 조각상이 여러 가지 물품들과 함께 정리가 되지 않은 채 안에 놓여 있다. 피서궁 앞쪽에 돌로 된 샘이 있는데, 그곳에서 맑은 물이 졸졸 흘러나오고 있다. 피서궁과 돌샘 사이의 마당 가운데 돌우물이 하나 있는데, 그 안을 들여다보면 맑은 물이 고여 있다. 앞 담벼락에 함식천涵息泉이라고 그 이름이 새겨져 있다. 이는 예로부터 전해 오는 영천사의 4대 샘물인 함식천涵息泉, 활수천活水泉, 적적천滴滴泉, 보살천菩薩泉 중의 하나이다. 피서궁과 우측편 담벼락 사이에 또 하나의 돌우물이 있고, 함식천 바로 곁에도 역시 돌우물이 하나 있는데, 이 두 개는 안이 말라 있었고 아무런 표지판도 없다. 아마도 피서궁 앞에 있었다고 하는 활수천, 적적천이 아닌가 한다.

악주 지역의 가장 유명한 명물로 영천차靈泉茶, 동파병東坡餠, 무창어武昌魚 등이 있다. 이것은 모두 영천사에서 귀한 손님을 접대할 때 내놓는 것들이다. 이 영천차와 동파병을 만들 때에 사용하던 물이 바로 이 보살천菩薩泉의 샘물이었다고 한다. 송대 대문호 소동파가 서산에 와서 노닌 적이 있는데, 그때 그는 영천사 승려가 보살천 샘물로 만든 전을 먹고 극찬을 했다고 한다. 이후에 이 전을 동파병이라고 이름하게 되었다고 한다.

악주 서산공원을 들어서서 우측편 길을 따라 위로 비스듬히 걸어 올라가다 보면 우측 편에 여러 개의 붉은 기둥을 세워 만든 널따란 정자를 하나 볼 수 있는데, 이것이 바로 구곡정九曲亭이다.

이 구곡정은 손권과 관련된 유적이다. 전하는 말에 의하면 손권이 무창에서 천명을 태울 수 있는 큰 전함을 새로 만들었다. 하루는 그가 직접 수군을 이끌고 장강에서 시험항해를 하고 있는데 갑자기 광풍이 크게 일고 파도가 무섭게 쳐 도저히 계속 운항을 할 수 없었다. 이에 손권은 장수와 사병들에게 육지로 상륙하여 무창성으로 되돌아 갈 것을 명령했다. 그러나 앞에 커다란 돌산이 길을 가로막고 있어 돌아갈 길도 없게 되었다. 그는 사람을 파견해 산을 파서 길을 만들었는데, 후세 사람은 이 산길을 오왕현吳王峴이라 이름하고, 이 자리에 구곡정을 지어 이 일을 기념했다고 한다.

중국에서는 기념해야 할 사건이나 인물이 있으면, 반드시 어떤 사물에다 그 이름을 붙여 그 인물을 기리거나 그 사건을 기념하곤 하는 전통이 있다. 그래서 유명한 많은 정자나 누각이 어떤 인물이나 사건과 관련되어 지어지고 이름 붙여진 것이 많다. 바로 이 구곡정도 이런 사건을 기념하기 위해 지어진 것이

서산공원 구곡정 앞의 불상

제7장 삼국 정립과 유비의 최후

다. 도대체 이 길을 만드는데 얼마나 많은 어려움이 있었기에 그 이름을 구곡정이라 했겠는가?

　지금 이 구곡정 안에는 송대 문인 소철蘇轍의 구곡정기九曲亭記가 새겨진 큰 벽이 세워져 있다. 한가운데는 돌로 된 원탁과 의자가 놓여 있고 양쪽 편에는 돌로 만든 긴 의자들이 여러 개 길게 놓여져 쉼터로 쓰이고 있다. 이처럼 지금의 서산은 이미 시민공원으로 잘 조성되어 모든 유적들이 시민들의 생활 속에 젖어 더불어 살아가고 있다. 초목이 무성한 푸른 숲, 철따라 피는 숱한 꽃, 때에 따라 다른 모습을 보여주는 바위들, 그리고 항상 끊임없이 도도히 흘러가는 장강. 드넓은 광야 속에 우뚝 솟은 이 서산은 그야말로 절경과 역사를 동시에 안고 또 하루를 보내는 역사문화의 현장이라 할 수 있겠다.

호북성湖北省
악주시鄂州市

백치산白雉山

호북 악주시 동쪽 15킬로미터 떨어진 곳에, 벽석진璧石鎮 남쪽과 정조진汀祖鎮 서쪽으로 동서를 가로지르는 두 산맥으로 구성되어 있다. 둘레는 50리이며 거대한 활의 형상을 하고 있다. 상고의 선인이 흰 꿩을 타고 가다 이곳에 머물러 휴식하였는데, 선인은 흥 따라 떠나고, 흰 꿩은 남아 주 봉우리가 되었다는 전설이 있어 백치산이라는 이름을 얻게 되었다. 명대의 시인 왕필동王必東은 그의 시에서 "무창의 봉우리는 구름 위로 우뚝 솟아, 날아갈 듯 말 듯 빼어난 모습 마치 꿩과 같구나武昌之峰揷云起, 欲飛不飛秀如雉"라고 하였다. 두 산의 사이에 푸른 들이 평평하게 펼쳐져 있어 전원의 모습이 마치 그림과 같다. 활의 동쪽은 석교石橋의 대형 저수지로 녹아드는데 여러 봉우리와 서로 겹쳐 동방東方 산맥과 한 덩어리를 이룬다. 활의 서쪽은 부용봉芙蓉峰으로 해발 400여 미터이며, 악주시의 여러 산 가운데 가장 높고 험준하다.

갈산葛山

호북 악주시 시내로부터 십여리 떨어진 갈산은 석산진石山鎮과 택림진澤林鎮의 경계지점에 위치해 있고, 갈홍葛洪에게서 그 이름이 유래하였다. 갈산의 면적은 근 천여 묘에 이르며 높이는 해발 162미터로, 소나무, 삼나무, 대

나무, 측백나무가 심겨져 있고 초목 복개율은 80% 이상이다. 청 〈무창현지武昌縣志〉의 기록에 의하면 동진의 도교 이론가이자 단술가丹術家, 의학자였던 갈홍이 이곳에서 단약을 만들었다고 한다. 지금까지 남아 있는 석동에는 그 흔적이 완연하다. 산그늘은 '석양홍夕陽紅'이라고 하며, 이 밖에 금상석琴床石, 세약지洗藥池가 있다. 청 도광道光 13년1883년 지현知縣 이금원李錦源이 산에 갈선사葛仙寺를 지어 갈홍을 기념하였다. 갈산 아래에는 역시 갈홍의 이름을 딴 '홍항洪港'이 있다. 청 말 무창현武昌縣이 행정 구역을 조정하면서 여덟 개의 향 중 '신산神山', '홍도洪道' 두 개의 향을 설치하였는데, 이 역시 모두 갈홍에게서 그 이름을 딴 것이다.

한나라 마지막 황제의 비운의 흔적이 서린 곳

어느 왕조이던 마지막 황제는 슬픈 운명을 타고난 군주임에 틀림없다. 특히 외부적 전쟁이나 자신의 실정에 의한 내부적 반란에 의한 경우와는 달리 시대적 상황의 변화에 의해 나날이 힘을 잃고 그것도 측근의 신하에게 강제로 왕위를 빼앗기는 경우는 실로 눈물을 자아내게 한다. 한나라의 마지막 황제 헌제가 바로 그 경우이다. 《삼국지》를 보면 왕위를 빼앗기는 애달픈 장면을 허구를 가미해 묘사해놓고 있다.

화흠 등 문무 관원들이 궐내에 들어가 헌제를 알현하고 화흠이 아뢰었다.

"엎드려 생각건대 위왕께서 위에 오른 뒤로 그 덕성이 사방에 퍼지고 그 인자함이 만물에 미쳐서, 비록 고금의 당唐, 우虞라 할지라도 이보다 더하지는 못할 것입니다. 이에 여러 신하들이 모여서 의논하기를, 한나라의 운명이 이미 끝났으니 폐하께서 요순堯舜의 도를 본받으시어 산천과 사직을 위왕에게 물려주시면 위로는 하늘에 달하고 아래로는 백성에 달하여 폐하께서도 복을 누리실 수 있을 것이므로 조정에 더 큰 다행이 없으리라 하여 신 등이 의논하고 이렇게 들어와서 폐하께 주청하는 바입니다."

헌제는 소스라치게 놀라 한참동안이나 말이 없다가 백관을 돌아보고 눈물을 흘리며 말했다.

"우리 고조께서 3척 검을 드시고 참사기의斬蛇起義하신 뒤로 진秦을 평정하시고 초楚를 멸하시고 기업을 세우셔서 대대로 전하여 오기 4백년이오. 짐이 비록 재주는 없다 하나 지금까지 아무런 허물이 없는데 어찌 조정의 대업을 함부로 버리겠소? 경들은 다시 한 번 잘 의논해 보도록 하오."

………

그러자 이번에는 왕랑이 아뢰었다.

"자고로 흥함이 있으면 반드시 폐함이 있고 성함이 있으면 반드시 쇠함이 있는 법이니, 어찌 멸망하지 않는 나라가 있으며 패망하지 않는 집안이 있겠습니까? 한 왕실이 전해 내려온 지 4백여 년인데, 폐하의 대에 이르러 기수가 이미 다하였으니 일찌감치 물러나 피하심이 좋습니다. 공연히 의심하고 주저하시어 때를 놓치시면 변이 일어나게 됩니다.

헌제가 통곡하며 후전으로 들어가 버리니 백관은 웃으며 물러 나왔다.

………

헌제는 하는 수 없이 진군에게 명하여 선국禪國의 조서를 작성하게 한
다음, 화흠에게 조서와 옥새를 받들어 문무 백관을 거느리고 위왕 궁
에 가서 바치게 하였다.

………

헌제가 여러 신하들을 돌아보고 물었다.

"위왕이 또 사양하니 왠 까닭이오?"

화흠이 말했다.

"폐하는 대를 하나 쌓게 하시되 이름을 '수선대'라 하시고, 신하들과 서
민들을 다 모으신 다음 확실하게 왕위를 물려주십시오. 그러면 자자손
손이 위나라의 은혜를 입으시게 될 겁니다."

천자는 그 말을 좇아 태상원太常院의 관원을 보내 번양繁陽에 터를 잡
아 3층의 높은 대를 쌓아 올리게 하고 10월 경오일庚午日 인시寅時에
왕위를 물려주기로 하였다.

그날이 되자 헌제가 위왕 조비를 수선대 위로 청하여 왕위를 물려받게
하는데, 대 아래 모인 사람은 대소 관원 4백여 명에 어림·호분 금군이
30여 만이나 되었다. 천자가 친히 옥새를 받들어 조비에게 주니 조비
는 그것을 받고, 대 아래 모든 신하들은 무릎을 꿇고 칙서를 경청했다.
헌제는 눈물을 머금고 머리를 숙인 다음 말을 타고 떠났다. 대 아래 늘
어선 군사와 백성들이 그것을 보고 모두 슬퍼했다.

이처럼 한나라 마지막 황제인 헌제는 이렇게 역사의 뒤안길로 사라

져 갔다. 건안建安 25년 10월에 당시 위왕이었던 조비는 멋있게 누대를 건축한 다음 황위 선양의 의식을 거행하여 한나라 헌제로부터 황위를 물려받고는 연호를 황초黃初라 했다. 이가 바로 위나라 문제文帝인 것이다. 이 순간 4백여 년의 역사를 지닌 한나라 왕조는 막을 내리고 마지막 황제인 헌제 유협劉協은 폐하여져 산양공山陽公이 되었다. 이런 역사적 의미, 즉, 한나라 왕조의 비운과 헌제의 한 그리고 조씨 집안의 평생의 꿈을 동시에 담고 있는 장소가 바로 허창의 수선대인 것이다.

수선대, 민제릉 삼국지 문화유적지

수선대는 허창시 서남쪽 17킬로미터 지점, 자동차로 약 40분 거리의 탑하시漯河市 임영현臨穎县 번성진繁城镇에 있다. 조비가 헌제로부터 황위를 물려받아 황제에 오른 곳으로 삼국시대의 실제 유적이다.

원래는 세 계단의 대臺로 구성되어 있었고, 각 대가 차지한 땅의 넓이는 약 10무畝 정도였고 높이는 지면으로부터 수장數丈이나 되었다고 한다.

지금은 겨우 사각형으로 된 한 개의 대만 남아 있는데, 주변의 평원 속에 우뚝 솟아 있는 흙으로 된 언덕배기가 바로 그것이다. 높이가 20m이고 길이와 넓이가 약 30m 정도이다. 윗부분에 이곳이 수선대임을 나타내는 1985년 2월에 세운 표지석이 있는데 현재는 쓰러진 상태로 놓여 있다.

한의 멸망과 위의 탄생을
알렸던 수선대

현재 그 흔적조차 찾아볼 수 없으나 삼단으로 된 그 엄청난 규모는
당연한 것이고, 그 건축물과 기념물은 대단히 화려하고 멋진 것이었음
이 틀림없다. 왜냐하면 위나라의 입장에서 보면 가장 경사스런 새로운
나라를 시작하는 개국일 행사였기 때문이다. 실로 모든 권력을 한 손에
틀어쥔 채 이날을 얼마나 오랫동안 기다려 왔던가. 그러니 이를 기념하
고 축하하기 위한 준비를 오죽이나 철저하고 화려하게 했으랴!

이 수선대의 위치가 풍수지리상으로도 이 지역에서 가장 좋은 자리
라고 하는데 당연한 것이 아니겠는가! 다만 가슴속에 한을 안은 채 물
러가야만 했던 한나라의 마지막 황제 유협의 어두운 그림자가 그 화려
함 한 쪽 곁에 머물고 있음을 느껴본다.

민제릉은 허창시 동쪽 14킬로미터, 자동차로 약 30분 거리에 위치
한 장반향張潘乡 정부의 정원 내에 있다. 이곳의 지명이 장반張潘인 것
은 헌제의 두 황후의 성씨가 장張씨와 반潘씨인데서 장반이라는 이름
이 붙여졌다고 한다. 1980년부터 허창현 중요 문물로 지정되어 보호되

고 있다.

한나라 최후의 황제인 헌제는 이름이 유협劉協이었고 연호를 건안建安으로 하고 25년 간을 통치하다가 조비에게 왕위를 넘겨주어야만 했던 비운의 황제였다.

현존하고 있는 이 민제릉은 그 높이가 10m 가량 되고 둘레가 22m, 폭이 20m 가량 된다. 원래 능은 30무畝쯤의 땅에 그 높이가 5장丈이었으며 꼭대기에 헌제묘獻帝廟가 있었고, 그 앞에 각종 돌 장식이 있었다고 한다. 그리고 능 위에는 복숭아나무가 가득히 심어져 봄이면 그 향기가 온 마을에 가득했다고 한다.

이 헌제묘는 이미 훼손되었지만 지금은 허창현 문물보호지구로 지정되어 그 유적이 보존되고 있는데, 이 보호지구 지정에 따라 현재는 사방 30m, 외곽 50m까지 주변의 건축이 제한되고 있다.

한 시대 최고통치자였던 황제의 능이 제대로 보존되지 못하고 훼손된 사실은 심히 안타까운 일이지만 훼손된 능의 모습 그 자체의 상태가 오히려 보는 이로 하여금 한나라 마지막 황제의 애닲았던 비운을 떠올리며 비감에 젖게 한다.

사실상 역사적 근거에 의하면 정식 시호는 헌제이며, 이 민제릉의 원래 명칭도 헌제릉이었다. 그러나 명대 이후에 사람들이 소설 《삼국지》의 내용에 따라 헌제를 민제라 칭하게 됨에 따라 이 능도 민제릉이라 부르게 되었다.

이는 소설 《삼국지》가 민간에 미친 영향이 어느 정도였는지를 짐작하게 해주는 부분이다. 즉《삼국지》가 민간에 유행함에 따라 그 소설의 서술내용에 따라 황제의 칭호까지도 바뀌게 되는데 이 '민愍'자가 근심하고 슬퍼한다는 뜻이니 한나라 마지막 황제의 슬픈 운명을 애도하고 동정하는 중국인의 마음을 잘 알 수 있다.

실제로 헌제는 폐위되고도 14년을 더 살다가 234년에 병들어 죽는다.《삼국지》에서는 소설적 이야기 전개의 심각성을 더하기 위해 헌제의 죽은 시기는 물론이고 죽은 원인도 시해당한 것으로 묘사해 그의 죽음을 더욱 애처롭게 해준다.

장비의 마지막 순간

천하의 장비는 졸개에 의해 허무하게 죽임을 당한다. 장비는 사람을 시켜 술을 가져오라 하여 수하 장수와 함께 마시고 자기도 모르게 크게 취해서 장막 안에 누워 잠이 들었다. 범강, 장달 두 도적이 그 소식을 알고는 초경쯤에 각각 단도를 몸에 지니고 몰래 장막 안으로 들어가는데 중대한 기밀을 말하려 한다고 속이고 바로 침상 앞까지 다가갔다. 그런데 장비에게는 본시 눈을 뜨고 자는 버릇이 있었다. 이날 밤에도 장막 안에서 잠들었으나 수염이 곤두서 있고 두 눈이 크게 벌어져 있는 것을 보자 두 도적들이 감히 손을 대지 못했다. 그러다가 우레 같은 코 고는 소리를 듣고서야 앞으로 다가가 단도를 꺼내 장비의 배를 찔렀다. 장비는 크게 한마디 부르짖고는 그 자리에서 죽고 말았다. 이때 그의 나이 쉰다섯이었다. 두 도적은 장비의 머리를 베자 그날 밤 군사 수십명을 이끌고 밤새 동오로 도망쳐 버렸다. 장비가 피살될 수밖에 없었던 저간의 사정을 《삼국지》는 이렇게 묘사하고 있다.

장비는 낭중闐中으로 돌아가자 곧 군중에 영을 내려 3일 내로 백기와 백갑白甲을 장만하여 삼군이 상제 차림으로 동오를 치러 나가게 했다. 그 이튿날 장하의 말장末將 범강范彊과 장달張達이 장중으로 들어와 말했다.

"백기와 백갑을 갑자기 마련할 수 없으니 기한을 좀 늦추어 주셨으면 합니다."

장비는 크게 노했다.

"내가 원수를 갚기에 마음이 급해서 당장 내일 역적이 있는 곳에 가지 못하는 게 한인데, 네놈들이 내 장령을 어기려 한단 말이냐?"

장비는 무사들에게 명하여, 그들을 나무에 매달고 각각 50대씩 등을 때리게 하고 매질이 끝나자 삿대질을 하며 그들에게 호령했다.

"내일까지 모든 것을 다 갖추도록 해라! 만일 기한을 어기면 너희 두 놈을 죽여 목을 걸어 놓을 것이니라!"

두 사람은 얼마나 심하게 매를 맞았는지 입으로 피를 토했다. 영채로 돌아가자 의논이 벌어졌는데 범강이 말했다.

"오늘 이렇게 형벌을 받고 무슨 수로 내일 그걸 다 해놓는단 말인가. 그 자의 천성이 사납기가 불 같으니, 만약 내일 준비해 놓지 못하면 자네나 나나 그 자의 손에 죽고 말 걸세."

그러자 장달이 말했다.

"우리가 그 자의 손에 죽느니 차라리 우리 손으로 그 자를 죽이세."

범강이 고개를 갸웃거리며 말했다.

"그 자 앞에 함부로 가까이 갈 수가 없는 걸 어떻게 하나?"

그러자 장달이 말했다.

"우리 두 사람이 죽지 않을 운수라면 그 자가 술에 만취해서 침상에 쓰러져 잘 것이고, 만약 우리가 죽을 운수라면 그 자가 술에 취해 있진 않을 걸세."

그들 사이에 의논이 정해졌다.

한편 장비는 장막 안에서 마음이 심란하고 정신이 어지러워 수하 장수를 보고 물었다.

"내가 지금 가슴이 두근거리며 살이 떨리고, 앉으나 누우나 불안해서 견딜 수가 없다네. 이게 대체 어찌된 까닭이오?"

수하 장수가 대답했다.

"그건 군후께서 너무 관공을 생각하시기 때문에 그런 것입니다."

조조의 백만대군 앞에서도 기개를 잃지 않고 호령하던 천하의 장비가 이토록 허무하게 생을 마감하고 말았다. 관우의 죽음이 세상 사람들의 가슴을 아프게 했던 것은 그가 전쟁터에서 당당히 적과 정면으로 싸우다 전사한 것이 아니고, 동오의 계략에 걸려들어 사로잡혀 참형을 당했기 때문이다. 그러나 그래도 장비에 비해 보면 그나마 나은 편이다. 장비는 애초에 시해당한 것이다. 그것도 자신의 졸개에게 당했으니 얼마나 분하고 원통한 일인가. 하지만 한편으로 생각하면 자신을 죽인 사람이 자신의 졸개였으니 누굴 탓하고 누굴 원망하겠는가! 관우의 마지막이 안타까움을 주는 것이었다면, 장비의 죽음은 초라함과 비참함을 느끼게 해준다. 장수로서 전쟁터에서 명예롭게 죽은 것이 아니기에 초라하며, 졸개에 의해 야밤에 목 베임을 당했으니 어찌 비참하지 않은가!

중경시重慶市 운양현雲陽縣의 장강가에 꽤 규모가 큰 장비묘張飛廟가 있다. 운양이 장비와 무슨 관계가 있을까? 왜 하필 이곳에 장비묘가 세워졌을까? 역사서 《삼국지》나 소설 《삼국지》를 보더라도, 운양은 장비와 아무런 관계가 없다. 그러나 전하는 말에 의하면, 피살된 이후 장비의 머리가 운양 땅에 묻혔다고 한다. 그래서 이렇게 규모가 큰 장비묘가 운양의 장강가에 세워져 있다는 것이다.

장비의 죽음과 관련된 설화는 《삼국지》의 서술과 차이가 있다.

장비의 머리를 자른 장달과 범강은 동오로 가던 도중 동오가 유비에게 화친을 청했다는 소식을 듣는다. 동오로 갈 수도 없고 촉으로 돌아갈 수도 없는 진퇴양난의 처지에 처하자, 이들은 장비의 머리를 장강에다 던져 버리고 도망를 쳤다고 한다. 장비의 머리는 물살을 따라 흘러 내려오다 운양에 이른다. 운양의 한 어부가 고기를 잡다 사람 머리를 건져올렸는데 놀라 다시 강물에 던져 버렸다. 그런데 이 머리가 떠내려가지 않고 자꾸 배 주변을 맴돌아 어부는 당황했다. 그날 밤 어부의 꿈에 한 사람이 나타나 말하기를, "나는 장비인데, 피살당했습니다. 오늘 강에 나타난 머리는 나의 머리입니다. 오나라는 나의 원수인데 내가 어찌 오나라로 흘러갈 수가 있겠습니까! 제발 내 머리를 건져 촉 땅에 묻어 주십시오."라고 했다. 어부는 깨어나 황급히 강으로 가서 장비의 머리를 건져 올려 비봉산飛鳳山에다 묻어주고, 그곳 마을 사람들과 함께 작은 사당을 지어 장비를 모셨다고 한다. 믿을 수 없는 이야기지만, 중국사람들은 천 년이 넘는 세월 동안 이를 사실로 믿고 계속 장비 사당을 보수하고 확장하여 운양 땅에 지금과 같은 큰 사당이 남게 되었다고 한다.

장비묘 삼국지 문화유적지

장비묘는 장환후묘張桓侯廟라고 불리기도 하며 중경시 신운양현성新云阳县城 장강 맞은편 대량산大梁山 아래의 반석진磐石镇 용안촌龙安村의 사자암獅子岩에 위치해 있는데 장강과 어우러져 빼어난 경치를 자랑하고 있다.

중경시 중심에서 350킬로미터 지점이며 자동차로 약 4시간 50분 정도의 거리이고 배를 타고서는 약 12시간이 소요되는 거리에 있다. 운양현 부두에서 멀리 동북쪽을 바라보면, 푸른 숲으로 이루어진 높은 산 아래쪽에 흰색벽으로 된 사당이 하나 보인다. 운양현 부두에 배를 정박한 채 작은 도선에 몸을 옮겨 싣고 장강을 건너 다가가면, 차츰 다가갈수록 장비묘의 모습이 하나 하나 눈앞에 베일을 벗으며 드러난다. 기세가 웅장한 옛 풍취를 가득 담은 사당 건축물이 푸른 숲으로 둘러싸인 바위벽에 우뚝 솟은 채 장강을 굽어보고 있다.

사당 옆 강변으로 바짝 다가가면 '강상풍청江上風淸'이라는 네 글자가 검은색 바탕에 흰 글씨로 크게 쓰여 있는 것을 볼 수 있다. 가파른 바위벽에 위치한 사당을 향해 돌계단을 올라가 맞은편을 바라보면, 장강을 사이에 두고 크고 작은 건물들이 가득한 운양현의 전경이 한눈에 들어온다. 강위에 떠 있는 여러 척의 커다란 유람선, 그 사이를 바삐 오가는 작은 배들, 푸른 산에 기댄 채 좌우에 길게 늘어서 있는 많은 집들 등 제각기 자연 속에 잘 어우러져 한 폭의 풍경화 같다.

'장환후묘張桓侯廟'란 현판이 걸린 문 옆에는 가느다란 폭포가 두어 줄기로 흩어져 푸른 나무 사이로 돌벽을 따라 흘러내리면서 작은 못을 이룬 채 모습을 다소곳이 드러내 보이고 있다. 문을 지나면 좁은 공간에 여러 누각들이 오밀조밀 처마를 맞대고 있는데, 유비와 관우, 장비의 도원결의를 상징하는 결의루結義樓가 오른쪽에 있다. 의젓한 유비, 늠름해 보이는 관우, 눈을 부릅뜬 장비의 조각상이 장강을 내려다보고 있다.

결의문에서 완만하게 이어진 돌계단을 밟고 올라가면 정전正殿이 나오는데, 이것이 장비묘에서 가장 높은 핵심 건축물이다. 높이 10여 미터, 너비 14미터, 길이 20여 미터인데, 한가운데에 장강을 바라보고 있는 장비의 조각상이 있다. 이 조각상은 높이 3미터 정도이고, 갑옷을 몸에 두르고 두 눈을 크게 뜨고 있다. 짙은 눈썹이 솟구치고, 머리가 쭈뼛쭈뼛 선 것이 얼굴에 온통 노기가 가득 차 있는 듯하다. 마치 관우가 참형당했다는 소식을 듣고서 원수를 갚고자 즉각 말을 달리는 모습 같다.

사당 앞쪽에 전각이 하나 있는데, 이것이 바로 장비를 제사지내는 사당인 조풍각助風閣이다. 전하는 말에 의하면, 장비는 자신의 머리가 이곳에 안장된 후에 어부와 운양 사람들에게 보답하고자 강 위를 오가는 배들이 순탄하게 항해할 수 있도록 도와주었다고 한다. 실제로 이 고장 사람들의 말에 의하면, 험하고 급한 장강의 물살이 특이하게도 장비묘가 있는 운양 지역에 이르러서는 잔잔해진다고 한다. 뿐만 아니라 이 지역에는 큰 폭풍우가 없이 늘상 순풍이 분다고 한다. 우리가 알고 있는 바에 의하면, 장비가 있는 곳은 으레 급함과 폭풍우 같은 것이 같이 존재해야만 어울릴 듯한데, 이토록 잔잔하고 순탄하다니 왠지 이상한 느낌이 든다.

과연 장비의 기개가 하늘에까지 영향을 미쳐 이곳을 돌보고 있는 것일까? 실제로 이 지역에 순한 바람이 부는 것은 사실이다. 하지만 이는 자연 현상으로써, 강의 좁은 지형과 온도차 때문이지 장비와는 전혀 무관하다고 한다. 조풍각 안에는 수많은 비문이 전시되어 있다. 또 결의루 앞쪽 누각에는 비석 전시실이 있어, 약 2백여 종의 비석과 2백여 종의 사진, 그림, 글씨가 걸려 있다.

장비 사당이 이토록 짙은 문화적 분위기로 가득 채워져 있을 것이라고는 생각하지 못했다. 용맹한 장수로만 알려진 장비였기에 전혀 무리도 아니었다. 그러나 중국의 설화나 곳곳의 장비 사당을 유심히 살펴보면, 장비는 분명 용맹함만을 지닌 장수는 아니었던 것 같다. 관우만큼은 아닐지라도 그 역시 지략을 겸비한 장수였고, 적어도 문화를 이해할 수 있는 교양을 지닌 장수였음을 짐작할 수 있다.

유비, 이릉대전에서 치욕의 패배를 당하다

조조가 적벽에서 동오와 유비 연합군의 화공을 받아 대패하였는데, 이번에는 유비가 이릉에서 화공을 당해 일생일대의 치욕적인 패배를 당하고 만다. 이 전투가 이릉대전이다. 삼국시대에 벌어졌던 삼대 대전의 하나로써 촉과 오 두 나라의 운명을 결정지었던 전투였다. 소위 삼대대전이란 적벽赤壁대전, 관도官渡대전, 이 이릉대전을 일컫는다.

"강 북쪽 영채 안에서 불이 났습니다."

선주는 곧 영을 내려, 관흥은 강 북안으로 가고 장포는 강 남안으로 가서 허실을 알아보라고 했다. 그래서 두 장수가 영을 받고 떠난 뒤 초경쯤 동남풍이 크게 일더니 어영의 좌편에서 불이 났다. 막 그 불을 잡으려 하는데 이번에는 어영의 우편 영채에서 또 불길이 올랐다. 바람이 세게 부니 불이 쉽사리 번져서 나무들이 다 뚜렷이 보이고, 적군의 함성이 크게 진동한다. 그런 가운데 촉병의 두 영채에서 군마들이 모두 뛰쳐나와 어영 안으로 뛰어드니, 어영 안의 군사들이 서로 밟고 밟혀 죽는 자가 부지기수였다. 게다가 뒤에서는 동오 군사가 쳐들어오는데 그 수가 얼마나 되는지 알 길이 없었다.

선주는 황망히 말에 올라 풍습의 영채로 달려갔다. 그러나 풍습의 영채 안에서도 불길이 치솟아 하늘을 찌른다. 강 남·북에 불빛이 번져 대낮같이 밝다. 풍습이 말을 타고는 수십 기를 거느리고 달아나다가 마침 서성의 군사와 만나자 서로 어우러져 싸우는데, 선주가 그것을 보고 말을 재촉하여 서편을 향해 달아나니, 서성이 풍습을 버려 두고는 군사를 끌고 그 뒤를 쫓았다. 선주가 황급해서 어쩔 바를 몰라하는데 앞에서 다시 한 떼의 군사가 길을 가로막았다. 앞선 장수는 동오의 정봉이었다. 오군이 앞뒤에서 협공하자 선주는 크게 놀라 사면을 둘러보는데 길이 없었다. 이때 갑자기 함성이 크게 일며 한 떼의 군사가 여러 겹의 포위를 뚫고 쳐들어오는데 장포의 군사였다. 선주를 구출한 장포는 곧 어림군을 거느리고 급히 달렸다. 그들이 한창 달리는데 앞에서 또 한 떼의 군사가 나타났다. 이번에는 촉장 부동이었다. 그래서 군사를 합쳐 나가는데 뒤에서 또 동오 군사가 뒤쫓아온다. 이윽고 선주가 어느 산 앞에 이르렀는데, 산 이름은 마안산馬鞍山이다. 장포와 부동이 선주를 호위하고 산을 올라가는데, 산 밑에서 함성이 또 일어나며 육손의 많은 인마가 마안산을 에워쌌다. 장포와 부동은 힘을 다해 산 어귀를 막았다. 이때 선주가 멀리 바라보니 들판에 가득히 불길이 잇따라 있고 시체는 겹겹이 쌓인 채 강물을 메우고 내려온다.

이 이릉대전이 벌어졌던 결전지에 효정猇亭이 있었기에 이곳의 지명을 효정이라 부르기도 하고 또 이릉전투를 효정 전투라고 부르기도 한다. 전하는 말에 의하면 효정이란 본시 유비가 이곳에 진을 치며 머물렀던 까닭에 황제의 위엄에 걸맞는 용과 호랑이의 모양을 한 정자를 지으라고 명했는데, 급히 만들다 보니 정자의 모양이 어찌 보면 호랑이 같기도 하고 어찌 보면 개 같기도 해서 효정猇亭이라 이름하게 되었다고 한다. 이 이상한 정자는 강가에 지어졌었는데 전쟁 때 일찍이 불타 없어졌다고 한다.

이 대전이 벌어지게 된 역사적 배경을 살펴보면, 장무章武 2년 유비는 동오가 형주를 급습하여 관우를 죽인데 대해 복수하기 위해 결국 제갈량과 여러 신하의 만류에도 불구하고 스스로 5,6만의 대군을 이끌고 사천을 출발하여 동쪽으로 오를 정벌하고 형주를 되찾으려 하였다. 전쟁 초기에 촉군은 일거에 무산巫山을 격파하고 여세를 몰아 그 다음해 정월에는 이릉을 점령했다. 2월에는 효정猇亭에 이르러 대진영을 펼쳤는데, 그 세력은 막을 수가 없을 정도였다. 동오는 전쟁을 하게 되자 손권은 한편으로는 조조와 친교하고 한편으로는 서쪽 전선의 방어를 강화했다. 육손을 진서鎭西장군, 수륙대도독水陸大都督으로 임명했다. 젊은 육손은 유비가 높고 험준한 지역에 위치해 있고 그 기세가 대단한 것을 보고는 그 예봉을 피해 수백 리의 산악 지역을 유비에게 양도했다. 그리고는 반년여 기간 동안 촉군과 정면으로 싸우지 않았다. 무더운 여름이 되자 촉군은 피로해지고 사기가 저하되었다. 이에 유비는 이

혹독한 더위를 피하기 위해 수륙대군을 숲 속에 주둔시키게 된다. 이때 육손은 촉군의 진영이 모두 나무 울타리로 구성된 점을 이용해 화공을 하기로 결정했다. 이에 동오군이 촉군의 군영 주위에 불을 붙여 일제히 맹공한다. 그러자 순식간에 불꽃이 하늘을 찌르고 갈수록 뜨거워져 사십여 군영을 불태우고 연기가 수십 수백 리에 자욱했다. 유비는 패잔병들을 이끌고 먼저 후퇴하여 효정 서북의 안산鞍山으로 피신하였다. 육손이 그 기세를 몰아 계속 추격하여 촉군을 포위하자 유비는 부득이 포위되고 말았다. 그러다 조자룡의 지원하에 급히 사천 백제성으로 도망하게 되나, 오래지 않아 울화가 치밀어 죽고 말았다.

그러면 촉·오 두 나라의 대전투가 왜 하필 이곳에서 벌어졌을까? 그 이유는 다음과 같다.

당시 서촉과 동오는 장강으로 서로 통하고 있었다. 그러니 두 나라 간의 전쟁은 장강에서의 수전이 될 수밖에 없었다. 그래서 먼저 장강의 지형을 이해해야 한다. 장강은 청해성靑海省에서 발원하여 사천성을 거쳐 호북성을 지나 멀리 상해까지 이르러서야 바다와 만나게 된다. 우리나라에서는 흔히 이 중국의 장강을 양자강이라고 부르고 있는데, 사실은 장강이라고 불러야 정확한 것이다. 왜냐하면 양자강이란 명칭은 사실 장강 하류의 명칭이기 때문이다. 즉, 양자강은 청해성에서 시작되어 여러 단계로 나뉘어지는데, 그 지역마다 부르는 이름이 각기 다르다. 그 첫 번째 단계의 명칭은 타타하沱沱河이고, 두 번째 단계의 명칭은 통천하通天河이며, 세 번째 단계의 명칭은 경사강經沙江이다. 그리고 이어 사천성 의빈宜賓에서부터 호북성 의창宜昌까지 구간은 천강川江이라고 부르고, 의창부터 성릉기城陵磯까지는 형강荊江이라고 부르며, 구강九

귀산 삼국인물 동상 중 손권과 손책

江부터 상해의 오송구吳淞口까지를 양자강이라고 부르고 있다. 그러니 우리가 부르고 있는 양자강은 장강의 일부분을 지칭하는 것이기에 이를 고쳐 장강이라고 부름이 더 타당할 것이다.

여기서 우리는 의창이 장강에서 차지하는 지정학적 의미를 한 번 살펴보아야 한다. 의창에서 서쪽으로 바라보면 사천 땅이 시작된다. 그래서 장강의 의빈에서 의창까지의 명칭이 사천성의 약칭인 천川이 들어가는 천강인 것이다. 형주에서 배를 타고 서쪽으로 향해 이 의창을 지나면 바로 촉의 땅인 사천이 시작되는 것이다. 그래서 통치지역의 관점에서 볼 때 이 의창은 당시 동오와 서촉의 접경지였다. 그러나 더 중요한 것은 지형상의 문제였다. 호북성 형주에서 서촉으로 갈 때 그토록 넓은 장강이 이 의창에서부터 급격히 좁아진다. 이 의창을 지나면 곧바로 서릉협西陵峽, 무협巫峽, 구당협瞿塘峽의 그 유명한 장강삼협長江三峽의 협곡지대가 시작되는 것이다. 본시 그 빼어난 경관에다 얼마 후면 댐 공사로 인해 일부 지대가 수몰된다는 이유로 지금도 수많은 사람들이 이 절경을 눈에 담아두기 위해 몰려드는 아름다운 장강삼협이지만

제7장 삼국 정립과 유비의 최후

전쟁터로서는 물길이 좁고 물살이 빨라 전쟁의 당사자 서로가 부담스러워 하는 지역이다. 즉, 이 이릉지역을 지나면서 장강의 모습이 완전히 달라지는 것이다.

유비의 나라 서촉의 입장에서 보면, 관우를 죽이고 형주를 차지한 동오를 응징하기 위해 도읍인 성도에서 출발해서 대군을 이끌고 장강의 드넓은 물길을 따라 도도히 내려가다 보면 장강가에 위치한 백제성白帝城을 지나게 되고, 이 백제성부터 시작되는 장강삼협의 가파른 물길을 조심스레 지나면 비로소 당시 동오의 관문인 이 의창에 이르게 되는 것이다. 관우에게서 빼앗은 형주에 중심을 둔 동오의 입장에서도 형주의 안전을 위해 이곳 서쪽의 이릉으로 나와 촉의 대군을 일차적으로 저지해야만 했던 것이다. 더 서쪽으로 가서 촉군을 맞이하려고 해도 장강삼협이 있어 더 들어갈 수가 없었다. 지형적으로 볼 때 동오와 서촉의 사이에 장강삼협이 있어 일종의 비무장지대 역할을 하고 있었던 것이다. 이런 이유로 유비가 이 이릉대전에서 패하였을 때, 장강삼협을 지나 백제성에 이르러서는 더 이상 퇴각을 하지 않아도 되었고, 또 동오도 장강삼협이 앞에 있어 더 추격할 수가 없었던 것이다. 여하튼 이 이릉 지역은 육지전과 수전이 다 가능한 지형을 갖추었기에, 어차피 싸워야만 한다면 서로의 입장에서 공격하기와 수비하기가 다 좋은 이곳이 적격이라고 판단했던 것이다.

이런 이유에서 서촉과 동오는 이 이릉에서 전선을 형성하고 충돌하여 전쟁의 불꽃을 튀길 수밖에 없었던 것이다.

호북성의 서쪽 끝에 위치한 의창시는 예로부터 그 지정학적 위치로 인해 중요한 군사도시였다. 의창시 중심부에서 동북 방향 12킬로미터 지점, 장강 서릉협西陵峽의 경계에 자동차로 의창시 중심에서 20분 거리에 이릉 전투지가 있다. 지금은 이 이릉 전투지를 보존하고 기념하기위해 1992년부터 중국 정부가 여러 가지 자료와 유적을 고증하여 이곳에 전투기념장을 만들어 이릉 전투를 기념하고 있다. 즉, 일종의 역사공원을 조성해 놓은 셈이다. 이 기념공원의 주변으로 접어들면 벌써 담벼락에 걸어 놓은 오색창연한 깃발들이 삼국시대 전쟁터 군영의 분위기를 자아내는데, 분위기가 예사롭지 않게 느껴진다. 입구에 도착하면계단 우측편에 효정고전장猇亭古戰場이라고 새겨놓은 비석이 눈에 뜨인다. 무슨 성문같이 만들어 놓은 붉은색 입구 문을 들어가면 아담한정원이 나오고 정면에 3층으로 된 전각이 하나 보인다. 이 전각은 삼국인물 전시관인데, 전시실에는 삼국시대 주요 인물들의 조각상을 만들어 채색하여 유리관 안에 전시해 놓았다. 이 전각 아래로 깎아지른 듯한 절벽이 있고, 전각에 올라보면 당당히 흐르는 드넓은 장강이 눈앞에 펼쳐져 있다. 전체적으로 이 공원은 장강 북쪽 편의 높은 언덕빼기에 우뚝 솟아 있는 셈이다. 그리고 이 가파른 언덕빼기에 강을 따라 옛성벽의 흔적들이 남아 있고 또 더러는 새로운 성벽을 만들어 놓기도 했다. 3층 전각의 왼쪽 편으로 가면 설호說虎라는 동물의 조각상이 있는

데, 이 동물은 머리는 호랑이의 형상이고, 몸은 개의 모습이다. 효정이
란 이름의 유래와 관련된 동물의 형상을 만들어 놓았다. 옆으로 계단
을 걸어가면 하얀 말 조각상이 눈에 보이고, 계속 아래로 내려가면 철
제 솥이 하나 전시되어 있다. 이를 지나 계속 아래로 내려가면 이릉 지
역의 삼국유적으로 잘 알려진 장비뇌고대張飛擂鼓臺의 모습을 이곳에
설치해 놓았다. 이곳 관리자의 얘기로는, 본래 장비뇌고대란 장비가 이
곳의 태수로 있을 때, 인근 서릉산西陵山에서 북을 치며 군사를 조련시
킨 곳을 말하는데, 그 장소와 유적이 실제 사실과는 달리 많이 과장되
어 있다고 한다. 그렇지만 장비뇌고대가 이미 많이 알려진 삼국유적이
어서 그 사실 여부와는 관계없이 이곳에 설치해 기념하고 있다고 한다.
어쨌든 흰색 칠을 한 돌단상 위에 노란색 북이 하나 걸려 있다. 고개 들
어 위를 보면 가파른 절벽인데, 이 절벽을 따라 계속 아래로 내려가다
보면 작은 동굴이 하나 절벽 담벼락에 있다. 그 옆에 효정지전유지비猇

삼국인물 전시관 내
설호 조각상

이릉 전투장 내 돌기둥

亭之戰遺址碑가 벽에 바짝 붙어 세워져 있고, 그 옆으로 위로 올라가는 계단이 있다. 그리고 돌로 만든 성곽 담벼락같이 계속 이어놓은 절벽길을 따라 옆으로 걸어가다 보면 아래쪽의 가파른 절벽에 작은 사당이 하나 있고, 또 앞쪽에는 돌로 쌓은 망루가 보인다. 돌망루에서 옆 절벽을 바라보니 쌓아놓은 성벽이 무척이나 견고해 보여, 강 위에서 공략하기가 결코 쉽지 않았을 것 같다. 가히 예로부터 천연 요새지라 불려지기에 손색이 없다고 하겠다. 이렇게 강을 따라 절벽에 만들어 놓은 성벽이 눈앞으로 끝없이 계속 이어지고 있고, 군데군데 기념비가 세워져 있고, 간혹 절벽 담벼락에는 군사들이 절벽을 타고 올랐던 나무 사다리가 걸려 있다. 한참을 걸어 이 절벽길이 끝나는 곳에 정자를 지어 놓았는데, 내방객들을 위한 휴식 장소라고 한다. 이 공원 곳곳에 이릉 전투는 물론이고 이에 국한되지 않고 여러 가지 의미 있는 역사 유적을 전시하여 예스런 분위기를 연출하려고 애쓴 흔적이 역력히 보인다. 청대에 세웠다고 하는 돌기둥, 하얀 탑, 출사표가 새겨진 비석 등등이 공원의 여러 곳을 장식하고 있다. 이들을 모두 지나가면 공원의 가장 오른쪽 끝이 보이는데 그곳에는 촉의 명장 황충이 창을 잡고 서 있는 동상이 기념비와 함께 세워져 있다. 이곳을 지나면 이 공원의 출구인 서쪽 문이 나온다.

이 이릉 전투 기념장이 위치한 곳은 장강을 굽어보고 있는 요새지로서 실로 당시 동오의 군대가 이곳에 진을 친 유비의 대군을 상대하기란 불가능한 곳이었다. 그 위치가 장강을 끼고서 깎아지른 듯한 절벽 위에서 아래를 내려다보면서 동오의 군대를 공략하는 데 어찌 정면 대응을 할 수 있었겠는가! 어쩌면 무모한 전쟁을 통해 패배를 자초하지 않고 정면대결을 피해 지공으로 나간 육손의 판단은 지극히 현명한 것이었다. 실로 더운 여름 날씨에 화공을 이용하지 않고서는 불가능한 것이라 판단했기에 그는 시간을 끌어 장기전을 유도해 이 두 가지가 가능토록 기다렸던 것이다.

　마침 이 전투장을 방문한 날은 칠월의 더위가 한창인 때로써 기온이 40도를 넘는 날씨였다. 바로 이릉 전투가 벌어졌던 그때와 같은 계절이었다. 이렇게 더운 날씨에 전투를 하다보니 병사들이 적군과의 전투에서 받는 어려움보다 더운 날씨로 인해 겪는 고통이 훨씬 더하였을 것이다. 이런 상황이 대단히 인정적인 유비로 하여금 자연히 병사들을 위해 그늘에 진을 치게 만들었고, 바로 이것이 화공의 빌미를 제공하게 되어 패전의 결정적 원인이 되었던 것이다. 사실 이렇게 더운 날씨에 이릉 전투 지역을 가보면 더위에 지친 병사들을 위해 잠시나마 무더운 여름 날씨를 피하게 해주고팠던 인정적 군주 유비의 심정을 누구나 이해할 수 있을 것이라고 생각되어진다.

유비, 제갈량에게 아들을 부탁하다

225년 4월, 유비는 죽음에 이르기 직전 두 아들을 제갈량에게 부탁한다. 실로 마지막 가는 황제의 처량한 모습에다 비장한 결단으로 인해 숙연하다 못해 전율을 느끼게 하는 대목이다. 평생을 통해 이룬 기업을 아들이 아닌 신하에게 내준다는 것은 결코 쉬운 일이 아니다. 그러나 유비는 평소 제갈량의 능력을 너무나 잘 알고 있었기에 마음속에 늘 그런 생각을 묻어 두고 있다가 임종 직전에 꺼낸 것이다. 결과는 제갈량의 고사로 끝나지만, 실로 드라마의 한 대목처럼 황제의 임종이 너무나 생동적으로 잘 묘사되어 있다.

　머지않아 숨이 끊어질 듯한 유비가 침대에 누워 문무대신들을 배석시킨 채 걱정스런 마음으로 두 어린 아들을 제갈량 앞에 무릎을 꿇려

절하게 하고는 훗날을 부탁한 것이다.

선주는 내시에게 명하여 제갈공명을 붙들어 일으키게 하더니 한 손으로는 눈물을 닦고 다른 한 손으로는 그의 손을 잡으며 말했다.

"나는 이제 곧 죽을 것이니, 내 마음속에 있는 말을 한마디 해야겠소."

"무슨 말씀이십니까?"

공명이 물으니 선주는 눈물을 흘리며 말했다.

"그대의 능력이 조비보다 10배나 나으니 반드시 나라를 안정시키고 대사를 마무리 지을 수 있을 것이오. 만약 내 아들이 도울 만하면 돕고, 만약 그럴 만한 재목이 못 된다면 그대가 스스로 성도의 주인이 되도록 하시오."

이 말을 듣고서 공명은 온몸에 진땀을 흘렸다. 그는 손발을 떨며 땅에 엎드려 울면서 말했다.

"신이 어찌 고굉股肱의 힘을 다하지 않겠습니까? 충정의 절개를 다한 뒤에야 죽을 것입니다."

말을 마치더니 머리를 땅에 부딪쳐 피를 흘렸다. 선주는 다시 공명을 청해 침상 위에 앉게 하고, 노왕 유영劉永과 양왕 유리劉理더러 앞으로 가까이 다가오라고 했다.

"너희들은 내 말을 명심해라. 내가 세상을 떠난 뒤에 너희들 형제 세 사람은 모두 승상을 부친으로 섬기며 결코 태만해서는 안 되느니라."

분부를 마친 선주는 두 왕에게 명하여 공명에게 절을 하도록 했다.

표면적으로는 두 아들이었지만 사실상 큰아들 유선을 포함한 세 아들과 촉나라의 장래를 맡긴 것이었다.

219년, 동오는 형주를 탈환하고 관우를 참했다. 유비는 관우의 죽음에 대해 복수를 하고 동시에 전략 요충지인 형주를 탈환하기 위해, 221년 7월, 친히 대군을 이끌고 장강 동쪽으로 나아가 오나라를 쳤다. 이것이 이릉대전이다. 이릉 전투에서 유비는 뜻밖에도 동오의 대장 육손에게 화공을 당해 참패를 하고 소수의 병사만을 이끌고 백제성白帝城으로 도망을 갔다. 전쟁에서의 패배는 유비에게 엄청난 좌절을 가져다주었다. 즉, 관우의 원수를 갚지도 못하고 군사 요충지인 형주 또한 찾지 못했으며, 심지어 천하를 얻어 통일된 한나라 황실을 재건하겠다는 꿈까지도 접어야만 했던 것이다. 다시 말해 개인적인 목적도 이루지 못하고 군사 전략가로서의 임무도 다하지 못했으며, 나아가 일국의 천자

↑
백제성 인근 마을 주민들
백제성 내 관성정

제7장 삼국 정립과 유비의 최후

백제성 입구

로서 천하를 쟁패하고자 하는 희망조차도 이 전투의 패배로 인해 깡그리 잃어버렸던 것이다. 그러니 어찌 유비에게 병이 나지 않을 수 있었겠는가? 그는 자기의 목숨이 얼마 남지 않았다는 것을 알고 사람을 보내어 승상 제갈량을 성도에서 불러 뒷일을 맡겼던 것이다. 이것이 세상에 널리 알려진, 유비가 백제성에서 제갈량에게 아들을 부탁한 이야기이다.

백제성 삼국지 문화유적지

끝없이 길게 흐르는 장강의 가운데 부분이 바로 장강삼협이다. 북쪽의 만리장성과 더불어 장강삼협은 모든 중국사람들이 한 번은 꼭 가고 싶어하는 곳이다. 만리장성이 인공 조형물이라면, 장강삼협은 하늘이 내려준 자연 그 자체이다. 장강삼협이 시작되는 곳에 백제성이 자리잡고 있다. 백제성은 중경시 봉절현奉節縣 동쪽 장강삼협의 첫 관문인 구당협 입구의 산자락에 있다. 이곳은 예로부터 서쪽의 촉과 동쪽의 오로 이어지는 지정학적 요충지였다. 그래서 역대로 이곳에서 발생한 전쟁만 해도 백여 차례가 넘는다고 한다.

중경에서 장강을 유람하는 배를 타고 동쪽으로 약 18시간 가면 운양현에 이르고, 다시 중경시에서 성도까지는 319킬로미터 떨어진 곳에 있는데, 기차나 고속버스로 약 2시간이면 성도에 도착한다. 봉절현 부두에서 작은 배로 바꿔타고 다시 동쪽으로 10여 분 가면 왼쪽 산등성이 한가운데에 백제성이라고 적힌 큰 표지석을 발견할 수 있다. 백제성은 백제산 기슭에 자리 잡고 있는데, 삼면이 강으로 둘러싸여 있어 경치가 대단히 아름답다. 장강에서 바라다보면 산 위에 붉은 담벼락과 황금색 기와, 푸른 숲이 어우러져 있고, 건축물의 높은 처마 모서리가 옅은 안개 속으로 날아갈 듯 얽혀 있어 마치 구름과 물 사이에 떠 있는

(좌) 백제성 현판과 (우) 백제성 올라가는 길에 '장강삼협' 표지석

제7장 삼국 정립과 유비의 최후

것 같다.

백제성 아래 포구에서 배를 내려 가파른 산길을 걸어 올라가면 백제성의 서문에 이른다. 서문 안쪽에 당대 시인 두보를 기념한 두보서각杜甫西閣이 있고, 그 옆으로 관음동觀音洞, 채운헌彩雲軒을 지나 장강의 절벽을 따라 나 있는 꼬불꼬불한 좁은 계단을 걸어오르다 보면 멀리 구당협이 눈에 들어온다.

장강을 내려다보며 경치에 취해 약 15분 정도 걷다 보면 어느덧 수많은 전쟁을 치르면서 역사를 보냈던 백제성 돌 담벼락이 눈앞에 위용을 드러낸다. 성곽에는 하필 촉나라 깃발을 많이 꽂아 놓아 삼국시대의 유비가 죽은 곳이라는 슬픈 역사를 상기하며 애절한 분위기를 자아낸다. 성 안쪽으로 들어가면 백제묘白帝廟라는 세 글자가 세겨진, 황금색 조형이 특이하고 장식이 섬세한 화려한 사당문과 마주친다. 사당 안으로 들어서면 바로 탁고당托孤堂이 나온다. 탁고당 앞뜰에는 몇 그루의 나무와 함께 '백룡헌서白龍獻瑞', '백학출정白鶴出井'이라는 조각품이 놓여 있다.

탁고당 안에는 유비가 제갈량에게 아들을 부탁하는 장면을 연출한 조각상들이 놓여 있다. 누워 있는 유비를 중심으로 좌우에 신하들이 둘러서 있고, 유비의 두 아들이 제갈공명에게 절을 하고 있다. 지금은 탁고당이 백제성 사당 안에 있지만, 사실 유비가 아들을 부탁한 지점은 백제성의 영안궁永安宮이다. 영안궁의 정확한 위치는 봉절현 내에 있는 봉절사범奉節師範 학교 교정이라고 한다. 바로 그곳에서 유비가 생을 마감했다.

탁고당을 돌아가면 옛스러운 정원이 펼쳐지고 오른쪽 구석의 현관 진열실懸棺陳列室 맞은편에 무후사武侯祠가 보인다. 안에는 제갈량과 그의 아들, 손자의 조각상이 있다. 무후사의 서쪽 서비림西碑林에는 각종 비석이 진열되어 있다.

무후사 앞에 기와 모양이 아름다운 2층 누각이 보인다. 이것이 관성정觀星亭인데, 제갈량이 밤에 별을 관찰한 곳이라고 한다. 무후사 오른쪽에 명량전明良殿이 있다. 명대 가정 연간의 건축물인데, 안에 유비, 제갈량, 관우, 장비의 인물상이 있다. 명량전의 동쪽에는 동비림東碑林이 있어 역시 각종 비석을 진열해 놓았다.

명량전 앞의 화랑에는 《삼국지》에 나오는 장면들이 그려진 채색된 타일조각들이 액자에 표구되어 있는데, 각각의 그림들이 생동감이 넘치며 적절한 설명도 곁들여 있다. 그곳을 돌아나와서 뒤편으로 난 문을 따라가면 많은 나무와 연못으로 조성된 상당한 규모의 정원을 볼 수 있다. 정원에는 당대 시인 유우석劉禹錫의 조각상이 눈에 띈다.

정원을 나가면 봉절현 방향의 산비탈 쪽으로 난 백제성의 입구가 나온다. 문에 '백제성白帝城'이란 현판이 걸려 있는데, 중국의 유명한 현대문학가 곽말약郭沫若이 썼다고 한다. 문 아래로 곧게 뻗어 있는 계단을 줄곧 걸어 내려가면 마을이 나오고, 이곳에서 봉절현으로 가는 버스를 탈 수 있다.

봉절현으로 가는 길은 좁고 가파라서 불안한 마음을 금할 수 없었지만, 장강을 내려다보며 달리는 정취는 또 다른 분위기이다.

제갈량은 영원히 이인자의 자리를 지켰다. 사실 그의 능력은 이미 주군 유비를 능가했지만, 유비의 측근으로 끝까지 그를 보좌했다. 주군 유비 자신도 제갈량의 그런 능력을 일찍이 알고 있었기에, 죽음을 맞이해 그에게 황제의 자리를 선양하고자 했던 것이다. 그러나 제갈량은 계속해서 유비의 아들을 임금으로 모시며 평생 자신의 위치를 지켰다.

비슷한 시기에 조비가 헌제로부터 강제로 왕위를 빼앗고, 또 사마씨 집안이 조씨 집안을 농락하다가 결국 왕위를 빼앗아 새로운 왕조를 열었던 북방의 역사와는 사뭇 다르다. 이처럼 제갈량은 융중에서 유비의 삼고초려를 받아들여 출사해 오장원에서 목숨을 다할 때까지, 시종일관 직분을 지키며 자신의 임무에 충실했던 것이다.

성인으로 중국사람들의 존경을 받고 있는 주나라의 주공周公이나 오늘날 그들의 가슴속에 아직까지도 남아 있는 주은래周恩來와 비교할 때, 제갈량도 결코 뒤지지 않는 훌륭한 이인자적 인물이었다.

반드시 패권을 쥔 일인자만이 위대한 것은 아니다. 이인자로서 자리를 지킬 수 있는 사람이 사실은 더 능력과 인품을 갖춘 사람인지도 모른다. 이런 미덕과 자신감이 바로 제갈량에게 있었던 것이다.

유비의 최후

분부를 마친 선주는 두 왕에게 명하여 공명에게 절을 시켰다. 두 왕이
절을 마치자 공명이 아뢰었다.

"신이 비록 간뇌도지肝腦塗地한다 하기로 어찌 이 지우지은에 보답할
수 있겠습니까?"

선주는 모든 신하들을 보고 말했다.

"짐이 이미 승상에게 자식들을 부탁하였고, 왕자들로 하여금 그를 아
비로 섬기게 하였소. 경들은 조금이라도 태만하여 짐의 소망을 저버리
는 일이 없도록 하오."

그리고 또 조운에게 부탁했다.

"짐이 경과 환난 속에 서로 만나 오늘에 이르렀는데, 이곳에서 작별하

리라고는 생각하지 못했소. 경은 부디 짐과의 오랜 정분을 생각해서, 아침저녁으로 내 자식들을 잘 돌보아 짐의 말을 저버리는 일이 없게 하오."

조운도 울며 배복하고 아뢰었다.

"신이 어찌 견마의 수고를 다하지 않겠습니까?"

선주는 다시 여러 신하들을 돌아보며 말했다.

"여러분에게 짐이 일일이 따로 부탁하지 못하거니와, 바라건대 모두 스스로 나라를 사랑하도록 하시오."

유비는 말을 마치자 숨을 거두었다. 이때 그의 나이 63세요, 장무 章武 3년 여름 4월 24일이다.

촉의 황제 유비가 이렇게 아들을 제갈량과 조자룡에게 부탁하고 세상을 떠났다. 평생의 꿈이었던 한나라 황실 부흥을 끝내 이루지 못하고 역사의 뒤안길로 사라진 것이다. 하지만 한편으로 아무것도 가진 것 없던 그가 분열된 국가이긴 하나 한 나라의 황제로 등극했으니, 남긴 한보다도 쌓아 올린 성과가 더 많은 성공적인 인생이었다고 할 수 있다. 촉의 황제 유비의 시신은 즉각 도읍인 성도로 옮겨 장례를 치르고 능을 만들었다.

유비의 묘는 성도 무후사 내에 있다. 무후사 대문을 들어서서 왼쪽으로 난 숲길을 걸어 들어가면 나무 사이로 붉은 대문이 보이고, 이 문 가운데에 '한소열릉漢昭烈陵'이라고 적힌 현판이 걸려 있다.

이 문을 들어서면 벽면에 세워 놓은 비석에 '한소열황제지릉漢昭烈皇帝之陵'이란 글씨가 새겨져 있다. 이곳을 지나 문 안을 들어가면 오른쪽 벽에 녹색 글씨로 혜릉惠陵이라고 적혀 있고, 맞은편 벽에는 유비묘에 대한 설명이 적혀 있다. 이곳을 지나 능으로 들어가면 정면으로 유비묘의 모습이 드러나고, 능 앞의 돌 담장에는 청대 강희 7년에 만들었다고 하는 현판이 걸려 있다.

유비묘는 혜릉惠陵으로도 불리는데, 봉토가 12미터 높이에 둘레가 180미터여서 작은 산을 연상시킨다. 녹색으로 가득 찬 묘의 사방엔 종려나무와 대나무를 비롯한 각종 꽃나무가 심어져 있다. 묘 위엔 풀이 무더기로 자라 있으며 아름다운 나무가 우거져 있고, 이름을 알 수 없는 수많은 들꽃들이 다투어 피어 있다.

유비묘는 사실 유비와 감 부인, 오吳 부인이 함께 묻혀 있는 세 사람의 합장 무덤이다. 기록에 의하면, 223년 유비는 백제성 부근의 영안궁에서 병으로 죽었으며 그 유해를 성도로 운반해 매장했다고 한다. 감 부인은 유선이 두 살 때 죽어서 남군南郡에 묻혔다. 즉, 유비가 촉의 황제로 등극한 후 이장하려고 했는데, 시행하지 못하고 죽어 버렸다.

후에 제갈량이 유비의 뜻을 받들어 상소를 올려 감 부인의 무덤을 이장해 와서 혜릉에 합장하고 소열황후昭烈皇后라는 시호를 주었다. 오 부인은 손 부인이 동오로 돌아간 후 새로 세운 황후이다. 유비가 죽은 지 22년 뒤, 오 부인은 병으로 죽자 역시 혜릉에 합장하고 목황후穆皇后라는 시호를 주었다. 그래서 유비묘에는 유비와 두 부인의 시신이 함께 묻혀 있는 것이다.

혜릉은 황제의 무덤치고는 매우 소박하다는 느낌이 든다. 명 13릉의 하나인 정릉鄭陵과 같은 기이한 지하 궁전도 아니고, 당 고종과 무측천武則天 집안의 건릉乾陵 같은 웅대한 장관도 없으며, 진시황릉묘 같은 병마용도 없다. 이는 대체로 제갈량이 근검을 숭상했기 때문이고, 당시는 삼국 분립의 시기여서 안팎으로 외환이 잦았기에 미처 황제의 능을 호화스럽게 꾸미고 돌볼 틈이 없었기 때문이기도 하다.

유비묘 오른쪽으로 대나무가 울창한 붉은 담벼락을 따라난 좁은 길이 꽤 길게 뻗어 있다. 이 길을 따라 걸어가면 제갈량전으로 가는 입구가 나온다. 이곳에 들어서면 유비묘와 담벼락을 사이에 두고 관성루觀

성도 무후사 정원당

星樓가 있다. 그 앞 연못가에 삼국 문화랑三國文化廊을 만들어 각종 삼국 문화 유물과 기념품을 진열해 놓아, 삼국 문화에 대한 내방객들의 이해를 돕고 있다. 또 유비묘 입구로 돌아와 무후사 정문 쪽으로 걸어나가면 앞쪽 정원에 삼국문화진열관三國文化陳列館을 만들어 삼국시대의 문화 문물을 진열해 놓고 있다. 유비묘 주변의 무후사 경내는 아늑한 경관에다 깊은 문화적 기운이 배어 있어 자연스레 문화의 현장에 있는 듯한 느낌이다.

무후사는 전체적으로 제갈량을 기리는 사당이다. 중국사람들은 이곳을 지금도 무후사라 부르고 있고, 또 성도 지역의 일부 사람들을 제외하고는 이곳에 무후사만 있는 것으로 알 정도로 제갈량의 위치는 대단하다. 그러나 현재의 성도 무후사는 유비를 중심으로 재구성하려 한 흔적이 상당히 역력하고, 또 앞으로도 계속 그럴 것 같다.

정부의 입장에서 모든 삼국 유적을 효율적으로 관리하기 위해 한곳에 모아 정비하려다 보니 아무래도 전통의 신분질서를 고려하지 않을 수 없었을 것이다. 그러나 사람들의 일반적 정서와는 다소 거리가 있다. 눈에 보이는 문화 유적의 정비와 보이지 않는 일반인들의 문화적 정서, 이 두 가지 요소를 어떻게 조화시킬지 두고 볼 일이다. 이질적 요소를 잘 조화시키고 수용하는데 워낙 능수능란한 중국이기에 자못 결과가 기대된다.

유선, 유비의 대를 잇다

《삼국지》에서 유비가 죽은 후 그의 아들 유선이 황제의 자리를 계승한다. 그리고 이때 제갈량은 유선에 의해 무향후에 봉해졌다. 또 오장원에서 병으로 죽은 후 다시 황제로부터 충무후의 시호를 받는다. 《삼국지》를 살펴보자.

모든 신하들이 선주의 유조를 듣고 나자 공명이 나서서 말했다.

"나라에는 하루라도 임금이 없어서는 안 되오. 청컨대 사군嗣君을 세워 한나라의 대통을 이으시게 해야겠소이다."

제갈량은 곧 태자 유선을 제위에 오르게 했다. 이에 유선은 연호를 고쳐서 건흥建興이라 하고, 제갈량의 벼슬을 더해서 무향후武鄉侯 영領

익주목으로 삼고, 선주를 혜릉惠陵에 장사지내고, 시호를 소열昭烈 황
제라 했다. 또한 오씨를 높여서 황태후로 삼고, 감 부인을 추존하여 소
열황후라 하고, 미 부인 역시 추존해서 황후로 삼은 후에, 모든 신하들
의 관직을 올려주고 상을 내리며 천하에 대사령을 내렸다.

(중략)

양의楊儀 등이 공명의 영구를 모시고 성고에 이르자 후주는 문무백관
을 거느리고 모두 상복을 입고 성 밖 20리까지 나와 맞이했다. 후주는
목을 놓아 통곡하고, 위로는 공·경·대부로부터 아래로는 일반 백성
에 이르기까지 남녀노소를 막론하고 모두 통곡하니 그 울음소리가 하
늘과 땅을 뒤흔들었다.

후주는 영구를 모시고 성안으로 들어가 승상부에 모시게 하고, 공명의
아들 제갈첨諸葛瞻으로 하여금 상을 치르게 했다. 후주가 환궁하자 양
의는 제 몸을 스스로 묶고 죄를 청했다. 후주는 근신에게 명하여 묶은
것을 풀어 주게 한 다음 말했다.

"만약 경이 승상의 유언대로 하지 않았더라면 영구가 어느 날에 돌아
왔을 것이며, 위연魏延을 어떻게 멸할 수 있었으리오. 대사를 보전한
것은 다 경의 힘이오."

그러고 나서 양의의 벼슬을 더해서 중군사로 삼고, 마대馬岱에게는 역
적을 친 공로가 있으므로 위연의 작위를 물려받게 해주었다.

양의는 공명의 유표遺表를 후주에게 올렸다. 후주는 다 읽고 나서 다
시 한 번 통곡하더니, 명당자리를 골라 장사지내라는 교지를 내렸다.
이때 비위費褘가 나서서 말했다.

"승상이 임종시에 유언하시되, 정군산에 묻고 담을 치지 말며, 벽돌도

쓰지 말고, 일체 제물을 쓰지 말라 하셨습니다."

후주는 그 말에 따라 그 해 10월 길일을 택해서 몸소 영구를 모셔다 정군산에 안장하고 조서를 내려 제사를 지내게 했으며, 시호를 충무후忠武侯라 하고, 면양沔陽 땅에 사상을 세워 계절따라 제사를 지내게 했다.

이에서 보듯이 제갈량은 살아서 '무향후武鄉侯'에 봉해졌고 죽어서는 '충무후忠武侯'의 시호를 받았다. 그래서 사람들은 제갈량을 무후武侯라 칭하고, 그를 기념하는 사당을 지어 '무후사武侯祠'라 이름 지었다. 중국 사람들의 제갈량에 대한 관심 그리고 그의 지모와 능력에 대한 경외심은 결국 존경심으로 이어졌고, 그를 기리기 위해 사당을 지어 제사를 올린다. 이런 제갈량에 대한 마음은 중국사람들에게는 보편적 정서이기에 곳곳에 무후사가 있음을 볼 수 있다.

특히 제갈량과 관계있는 지역, 또는 그의 자취가 남아 있는 지역에는 어김없이 무후사가 존재한다. 그러니 융중이 가지는 의미로 볼 때, 어찌 무후사가 없겠는가? 무후사는 삼고당과 더불어 융중의 양대 유적이다.

삼고당의 오른쪽에 무후사가 있다. 무후사 주위에는 나무가 울창하여 보는 이로 하여금 쾌적한 느낌을 갖게 한다. 사당 입구에 이르면 양쪽에 각각 돌사자가 한 마리씩 있어 입구를 지키고 있음을 볼 수 있다. 또 그 돌사자들의 옆에 1990년에 세워진 비석이 하나씩 있다. 돌사자에는 다양한 동물 문양이 새겨져 있는데, 그 형태가 생동감이 넘치고 아주 아름답다. 사당 정문 출입구 위쪽에 검은색 바탕에 황금색 글씨로 '한제갈승상무후사漢諸葛丞相武侯祠'라고 적혀 있다.

현존하는 융중의 무후사는 네 개의 사당과 세 개의 정원으로 이루어져 있는데, 대략 명말 청초에 지어진 이후에 보수를 거듭하며 지금까지 보존되어 왔다고 한다. 계단을 올라 사당 안으로 들어가면 입구 문 위에 '와룡유지臥龍遺址'라는 현판이 걸려 있다. 이 건물 안에는 제갈량의 초상화 및 제갈량과 관련된 역대 유명 문인들의 글과 그림 등이 전시되어 있다. 이곳을 지나면 정원이 나오는데, 양옆에는 벽돌로 쌓은 담벼락이 푸른 나무와 어우러져 있어 좁은 공간이지만 장엄함이 느껴진다. 다시 눈앞에 보이는 사당 건물을 향해 계단을 걸어 올라가 안쪽으로 들어가면 정면 위에 걸려 있는 '삼고유적三顧遺跡'이란 현판이 보인다. 건물 내부에는 유리전시관이 있는데, 그 안에 문인들의 글이 걸려 있고, 양쪽 벽에는 융중 무후사와 관련된 사진들이 전시되어 있다. 이곳을 지나가면 또 하나의 정원과 사당 건물이 나오는데, 사당 양쪽

성도 무후사 내
'의중도원'이라 적힌 현판

벽에는 각각 6명의 조각상이 나열되어 있다. 이곳을 지나가면 뜰 한가운데에 철제로 된 큰 화로가 놓여 있고, 사당에는 '제갈무후諸葛武侯'라는 현판이 걸려 있다. 사당 안에는 푸른 비단 두건을 쓰고 거위 털 부채를 들고 앉아 있는 제갈량과 시녀들 조각상이 있다. 두 눈을 동그랗게 뜨고 세상을 내려다보고 있는 듯한 제갈량의 모습이 천하를 무리 속에서 꿰뚫고 있는 듯하다.

사당 뒤쪽으로 삼의전三儀殿이 있다. 삼의전 앞뜰에 세 개의 비석이 있는데, 첫 번째 비석에 삼의전을 다시 짓게 된 배경에 대해 적어 놓고 있다. 삼의전 입구 오른쪽으로 관우의 청룡언월도가 세워져 있다.

뜰 오른쪽에 작은 문이 하나 있는데, 그곳으로 나가면 동고대銅鼓臺가 나온다. '동고대'라는 현판이 걸려 있고, 건물 안에는 남방 문화의 상징인 봉황에 둘러싸인 청동북이 놓여 있다. 청대 동치同治 시기에 광서廣西 지방에서 출토된 것이라고 한다. 전하는 말에 의하면, 제갈량이 남만南蠻의 맹획孟獲을 칠종칠금七縱七擒 하던 때에 사용했던 전쟁북이라고 한다. 동고대 정면에는 북을 치는 모습의 벽호가 그려져 있고 주변 회장 벽면에는 글을 새긴 24개의 액자가 걸려 있다.

융중 무후사는 융중의 산 아래에 있어 규모는 크지 않지만 아담하고 짜임새 있게 배치되어 자연 경관과도 잘 어울린다. 게다가 아무래도 제갈량이 젊은 시절을 보낸 곳이라 눈에 보이는 외형적 특징뿐만 아니라 분위기에서 남다른 의미가 느껴진다.

제갈량 하면 바로 생각나는 것이 지모, 지략 같은 단어이다. 그래서 그는 중국사람들의 머리속에 이미 지혜의 화신으로 각인되어 있다. 이런 추상적인 의미 외에 또 한 가지 제갈량과 떼려야 뗄 수 없는 것이 있다. 바로 거위털 부채이다. 여기뿐만 아니라 중국 어느 무후사를 가더라도 제갈량이 거위털 부채를 들고 있는 초상이나 조각상을 만날 수 있다. 제갈량의 손에 항상 들려 있는 거위털 부채는 이미 제갈량의 이미지를 대신해 지혜의 상징이 되어 버렸다. 어떤 곤란한 일을 만나더라도 제갈량은 이 부채를 살살 흔들면서 해답을 찾아 근본적 문제점을 해결했다.

전하는 말에 의하면, 제갈량의 그 신기한 부채는 부인 황월영이 특별히 신선 세계의 거위털로 만든 것이라 한다. 제갈량의 부인 황월영은 당대의 명망 있던 선비 황승언의 딸인데, 용모가 출중하지는

성도 무후사 삼의표

제7장 삼국 정립과 유비의 최후

않았지만 현명하고 박학다식했다. 그녀는 제갈량과 결혼하기 전에 일찍이 오매산의 선녀에게 도를 배우고 무예를 익혔다고 한다. 그녀가 선녀와 작별하고 산을 내려올 때 선녀가 선계의 거위털을 주며 재삼 당부하며 말하길, "조만간 너는 이것을 사용해 부채를 만들어 남편에게 줄 것이다. 너의 남편이 대업을 이루는 데 도움이 될 것이야."라고 했단다. 이후 제갈량과 결혼한 황월영은 그 깃털을 써서 부채를 만들어 남편에게 주었다. 그렇게 해서 부채는 제갈량에게 뗄 수 없는 보물이 되었고, 어디를 가든지 항상 부채를 지니고 다녔다고 한다. 중국사람들은 지금도 이 거위털 부채를 행운을 주는 물건으로 생각하는데, 어떤 지방에서는 거위털 부채를 만들어 호신물로 삼기도 한다.

융중은 제갈량의 제2의 고향으로서, 그가 흙에 묻혀 젊은 시절을 보낸 곳이다. 이곳은 산과 내가 잘 어우러진, 중국에서는 보기 드문 경관을 갖추었다. 중국 대륙에는 우리나라와는 달리 산세가 좋은 아담한 산이 무척 드물다. 그래서 산과 냇물이 아름답게 어우러져 있는 우리 땅을 삼천리 금수강산이라 표현한 것은, 절대적 평가도 분명 있지만 아마도 중국 땅에 비교했을 때의 상대적 표현이었을 가능성이 더 높다. 중국 옛말에 산수가 아름다운 곳에서 인재가 나온다는 말이 있는데, 융중과 제갈량을 두고 한 말이 아닐는지? 한 시대를 움직였던 제갈량의 뛰어난 지략과 큰 꿈은 분명 훌륭한 융중의 자연 경관 속에서 길러졌음이 틀림없다.

흥미로운 것은 중국에 또 하나의 융중이 있다는 점이다. 하남성 남양시南陽市의 와룽강臥龍崗이 제갈량이 살았던 융중이라는 주장이다. 도대체 어디가 제갈량이 실제 살았던 곳이란 말인가? 제갈량은 유선에게 올린 출사표에서 "제가 베옷 입고 남양 땅에서 밭 갈고 있을 적에⋯⋯"라고 했는데, 이때의 남양 땅은 당시의 남양군을 가리키는 말이다. 삼국시대의 남양군은 관할 지역이 현재의 호북성 북부를 포함하는 대단히 넓은 땅이었다. 그때 양양의 융중은 남양군 등현鄧縣의 한 산촌이었던 것이다. 옛 문헌 속의 남양은 고대의 남양군 지역을 지칭하는 것이지 오늘날 하남성 남양시를 가리키는 것은 아니다.

어쨌든 중국사람들이 제갈량을 사모하고 기리는 마음은 한 시대 한 지역에 국한되는 것이 아니라 가히 시대와 지역을 초월한 전반적 문화 현상임을 다시 한 번 느낄 수 있었다.

중국에는 제갈량을 모시는 무후사武侯祠가 전국적으로 많이 있다. 특히 촉의 근거지였던 사천성四川省과 제갈량의 명성이 드높았던 운남성雲南省, 귀주성貴州省의 세 성에는 무후사가 80여 개나 있다고 한다. 이 중 가장 유명하고 의미 있는 것을 꼽자면, 바로 촉의 수도였던 성도成都의 무후사라고 할 수 있다.

사천성의 수도 성도시 서남쪽에 위치한 무후사에 가면, 정문에 '한소열묘漢昭烈廟'라는 붉은색 바탕에 황금색 글씨가 적힌 현판이 걸려 있다. 소열昭烈이란 촉의 황제 유비가 죽은 후에 붙은 칭호이다. 그렇다면 한소열묘란 유비를 기념해 모신 사당인 셈인데, 왜 사람들은 지금까지도 이곳을 무후사라 부르고 당연히 제갈량을 모신 사당으로 알고 있을까?

원래 유비가 백제성에서 죽은 후에 시신을 옮겨와 여기에 묻고 그를 위해 능묘와 묘문을 지었다고 한다. 그 후 남북조시대에 사람들은 유비묘와 멀지 않은 곳에 무후사를 지었다. 명나라 초기, 명 태조 주원장朱元璋의 아들 주춘朱椿이 신하의 사당과 황제의 묘가 같이 있는 것을 못마땅하게 여겨 유비묘 서편의 무후사를 폐기해 버렸다. 제갈량의 조각상은 유비묘의 동쪽으로 옮기고 관우상과 장비상은 서쪽으로 옮겨 황제 유비상을 더욱 두드러지게 하여, 임금과 신하를 함께 모신 사당의 체재를 만들었다. 이민족 왕조인 원元을 몰아내고 정통 한족 왕조를 복원한 명나라였기에, 무엇보다도 한족 국가의 정통성 확보와 그에 따른 확실한 국가 질서의 확립이 시급했다. 그러기에 군신 관계의 확립 차원에서 이와 같은 조치를 취했던 것이다.

성도는 사천 분지의 중심에 있다. 중경시에서 고속버스를 타고 4시간 정도 달리면 성도에 도착한다. 성도시 서남쪽에 무후사대가武侯祠大街라는 거리가 있다. 동서로 비스듬히 1킬로미터 정도 뻗어 있는 무후사대가에 접어들면, 벌써 삼국루三國樓, 삼고원三顧園 등의 가게 이름에서부터 삼국 문화의 분위기를 느낄 수 있다. 붉은 칠을 한 담벼락을 따라 무후사 입구에 도착하면, 정문에 두 마리의 돌사자가 지키고 있다. 문에는 '한소열묘'라 적힌 현판이 가로로 걸려 있고, 왼쪽 벽에는 무후사란 세 글자가 황금색으로 새겨져 있다. 무후사 거리의 규모나 입구의 분위기만 보아도 무후사가 예사롭지 않은 의미와 규모를 지녔음을 느낄 수 있다.

무후사에 도착해 일단 대문을 들어서면 양편으로 늘어선 곧게 뻗은 울창한 숲 사이로 널찍하게 난 정원이 눈앞에 나타난다. 숲 사이로 푸른 대나무가 울창하다. 입구에 들어서면 오른쪽에 제갈량 사당 비석이 있고 왼쪽에 당대에 만들어진 당비唐碑가 있다. 당비는 삼절비三絶碑라고도 불린다. 당대의 유명한 문인 세 사람이 각각 문장과 글씨와 조각을 담당했기 때문이다. 즉, 비문은 유명한 재상 배도裴度, 글씨는 유명한 서예가 류공작柳公綽, 비문은 역시 당대의 유명한 조각가 노건魯建이 맡았다.

이를 지나면 바로 유비전劉備殿이 나온다. 유비전은 무후사 내에서 가장 높은 웅장한 건물이다. 유비전 앞쪽으로 촉의 대표적 문신文臣과 무장武將의 조각상을 좌우로 14명씩 진열해 놓은 문신랑文臣廊과 무장랑武將廊이 있다. 조각상 앞에는 비석을 세워 인물의 이름과 삶을 소개하고 있다.

문신랑에는 촉의 유명한 대신 방통을 필두로 하여 동윤董允, 등지鄧芝, 비위費褘 등이 서 있고. 무장랑에는 조자룡을 선두로 하여 마초馬超와 왕평王平, 강유姜維, 황충黃忠, 그리고 제일 마지막에 풍습馮習이 서 있다. 저마다 뛰어난 지략과 용맹을 지녀 유비에게 칭찬을 받았던 충신들이다. 그런데 문신랑에 의외로 갑옷을 두르고 무기를 든 전융傳肜이라는 무장이 한 명 끼여 있다. 그는 원래 지위가 낮은 장수였는데, 유비가 이릉 전투에서 대패해 효정에 고립되어 있을 때 용맹스럽게 유비를 안전하게 엄호하며 후퇴하다 결국 죽음을 맞이했다고 한다. 주인을 대신하여 죽은 셈이다. 이런 전융의 공로와 기개를 높이 평가하고 치하하고자 파격적으로 그의 조각상을 세운 것인데, 무장의 조각상 14명이 모두 다 채워져 하는 수없이 문신랑 쪽에 배치되었다고 한다.

유심이 유비의 후계가 되었더라면

유비전의 대전 면적은 6백 평방미터나 된다. 대전의 중앙에 금색 도금을 한 3미터 높이의 유비의 조각상이 검은 수염을 가슴에 드리운 채 앉아 있다. 귀는 크고 손은 길며 얼굴에 은은한 미소를 띠고 있는데, 마치 부처를 보고 있는 듯하다. 유비의 오른쪽에 유심劉諶의 조각상이 놓여 있다. 유심이 누구인가? 유비의 손가가 아닌가!

후주가 유심을 보고 말했다.
"지금 대신들이 모두 항복함이 마땅하다고 하는데, 어찌 너만이 혈기를 믿고 성안 백성들에게 피를 흘리게 하느냐?"
유심이 아뢰었다.

"지난날 선저께서 생존해 계실 때 초주는 나라 정사에 관여한 일이 없는데 이제 함부로 대사를 의논하며 문득 망령된 말을 하니, 이는 도리에 어긋난 일입니다. 신이 생각하건대, 성도에는 군사가 아직도 수만 명이 있고 또 강유가 전군을 거느리고 검각에 있으니, 만약 위병이 궁궐을 범한 것을 알면 반드시 와서 구원할 것입니다. 이렇게 안팎으로 치면 물리칠 수 있습니다. 그런데 폐하께서는 어찌하여 썩은 선비의 말만 들으시고 경솔히 선제의 기업을 버리려 하십니까?"

후주는 꾸짖었다.

"어린 아이가 어찌 천시를 알겠느냐?"

유심은 머리를 조아리고 울면서 말했다.

"만약에 힘이 부족해 화가 미치려 할 때에는 부자와 군신이 성을 의지하고 사직을 위해 한번 싸우다 함께 죽어 선제를 뵙는 것이 마땅한 일인데, 어찌 항복을 한단 말씀입니까?"

그래도 후주가 들으려 하지 않자, 유심은 목을 놓아 통곡했다.

"선제께서 기업을 이루신 것이 결코 쉬운 일이 아니었는데, 이제 하루아침에 버리려 하니 신은 차라리 죽을지언정 치욕을 당하지는 않겠습니다."

《삼국지》의 묘사처럼 유심은 이토록 패기가 있고 절개가 곧은 젊은 이였다. 이런 유심이 곧장 유비의 뒤를 이었더라면 아마 삼국시대의 역사는 달라져 한나라 유씨 왕실이 회복되었을지도 모를 일이다. 어쨌든 유비의 옆에 아들 유선이 아닌 손자의 조각상이 있는 것이 특이하다. 그럼 유선의 조각상은 왜 없을까? 그 답은 《삼국지》를 살펴보면 잘 알 수 있다.

후주는 아무런 결단도 내리지 못하고 궁중으로 들어가 버렸다. 그 이튿날 또 의논이 분분했다. 초주는 사세가 위급한 것을 보고 다시 상소하여 간했다. 후주가 마침내 초주의 의견을 따라서 마침내 나가서 항복하려 할 때, 병풍 뒤에서 한 사람이 나오며 초주를 꾸짖었다.
"기를 쓰고 살고자 하는 썩은 선비가 어찌 함부로 사직의 대사를 논한단 말이오? 예로부터 항복하는 천자가 어디 있단 말이오?"
후주가 보니 바로 다섯째 아들 북지왕北地王 유심이다.

이와 같이 유선은 군주로서의 자질을 갖추지 못한 우유부단한 위인이었다. 국가에서는 사당을 지을 때 원래 군신간의 질서를 고려해서 유비의 조각상 옆에 유선의 것을 두었다고 한다. 그러나 이곳 현지 사람들이 지도자로서의 역량이 부족해서 나라를 망친 그를 용납하지 못해부숴 버렸다는 것이다. 국가에서 다시 유선의 조각상을 만들어 놓으면 또 다시 부숴 버리곤 해서 청대 초기에 무후사를 재건할 때에 아예 유

백제성 무후사

선의 조각상을 세우지 않고 대신에 손자 유심의 조각상을 유비의 곁에다 세워 놓았다고 한다.

유심은 유선의 다섯째 아들로, 촉이 망하기 전 여러 차례 위나라와 결전을 치르기를 권유했으나 그의 아버지 유선이 듣지 않고 끝내 투항하기로 결정하자, 적군에 투항하기 싫어 위군이 성으로 들어온 후 대성통곡을 하며 자결했다고 한다. 이런 유심의 기개와 절개는 후세 사람들의 우러름을 받았기에, 결국 유선 대신 유비 곁에 놓여 사람들의 추앙을 받고 있는 것이다.

무후사, 삼의묘 삼국지 문화유적지

유비전의 오른쪽 편전에 관우와 그의 아들 관평, 관흥, 그리고 주창, 조루趙累의 조각상이 서 있다. 흥미로운 것은 관우가 황제만이 사용할 수 있는 면류관을 쓰고 있다는 것이다. 황제 유비를 모신 유비전에 격이 맞지 않음에도 불구하고 사람들은 과감히 유비와 동등하게 황제의 지위를 부여한 관우 조각상을 세워 놓은 것이다. 중국사람들에게 관우는 유비의 신하이기 이전에 이미 신으로 모셔진 인물이기에, 어느 누구도 이를 이상하게 생각하지 않고 있다.

유비전의 왼쪽 편전에는 눈을 부릅뜬 장비와 그의 아들 장포張苞, 손자 장준張遵의 조각상이 있다. 이들 조각상을 유심히 살펴보면, 장비의 아들 장포의 조각상에는 수염이 없고 손자 장준의 조각상에는 오히

무후사 현판

려 수염이 달려 있다. 그래서 이름판을 보지 않으면 그들 부자를 혼돈하기 쉽다. 이는 장포가 젊은 나이에 일찍 생을 마친 데 비해 장준은 비교적 오래 살았기 때문이라고 한다.

유비전의 뒤에 드디어 '무후사'라 적힌 현판이 보이고, 이를 지나 앞으로 가면 제갈량전諸葛亮殿이 나온다. 제갈량전은 청대 강희 11년에 세워졌다. 대전 앞은 많은 나무를 심은 정원이 조성되어 있고, 정원의 양쪽에 종루鍾樓와 고루鼓樓가 우뚝 솟아 있는데 그 기세가 웅장하다.

대전으로 들어가면 정원당靜遠堂이란 현판 아래 황금빛 제갈량 조각상이 놓여 있는데, 머리에 윤건綸巾을 쓰고 있다. 손에는 어김없이 거위털 부채를 들고 있으며 옷깃을 바르게 하여 단정히 앉아 있는 모습이 대단히 침착하며 차분해 보인다. 제갈량전의 왼쪽 벽에는 제갈상諸葛尙의 조각상이 있고, 오른쪽 벽에는 제갈첨諸葛瞻의 조각상이 있다.

제갈량 조각상 바로 왼쪽에 오래된 동고銅鼓가 하나 진열되어 있는데, 윗부분에 그려진 꽃 문양이 섬세하고 아름답다. 제갈량이 남만의 맹획을 사로잡을 때 만들었다고 하는데, 낮에는 이것으로 밥을 짓고 저녁에는 위급신호를 보내는 데 사용했다고 한다. 후세 사람들은 이것을 제갈고諸葛鼓라 부르기도 한다.

앞의 유비전에는 조각상을 모아 진열해 놓은 데 비해 제갈량전에는 안팎에 많은 편액과 대련對聯, 비석들이 있다.

제갈량전 밖에 '명수우주名垂宇宙'라는 네 글자가 쓰인 커다란 편액이 높이 걸려 있는데, 청 강희 황제의 열일곱번째 아들 과친왕果親王이 썼다고 한다. 이 외에 순舜임금 시대의 고도皐, 상商대의 이윤伊尹, 주周대의 주공 등과 관련된 글귀가 걸려 있다. 제갈량이 역사 속의 최고 재상들과 어깨를 나란히 하는 훌륭한 인물로 평가받고 있음을 알 수 있다.

무후사의 제갈량전을 지나 뒤쪽으로 가면 최근 성도시가 새로이 건축해 놓은 삼의묘三義廟가 있다. 삼의묘는 유비. 관우. 장비를 모셔 놓은 사당이다. 삼국시대의 촉한 이래로 중국사람들은 수도는 물론이고 각 지방의 고을에 이르기까지 곳곳에 삼의묘를 건축해 이들 의형제의 충정을 기려왔다.

성도의 삼의묘는 처음에 삼의사三義祠라고 했으며 청강희 연간에 세워졌다. 이후 건륭乾隆 도광道光 시기에 다시 중건되었는데, 1998년 1월에 이곳으로 옮겼다.

널따란 광장에 아담하게 서 있는 단층 건축물이 삼의묘이다. 광장에는 참배객들이 피워 놓은 향이 끊임없이 타오르고, 향 내음이 쉴새없이 숲 속으로 날아 흩어지고 있다. 건물에는 삼의묘라고 적힌 현판이 걸려 있고, 입구에는 철창식의 문이 설치되어 있다. 입구 오른쪽에는 비석이 하나 있는데, 명대의 유명한 문학가 이지李贄의 문장이 새겨져 있다. 그리고 왼쪽의 비석에는 삼의묘의 연원과 이곳으로 옮겨 짓게 된 배경에 대해 적혀 있다.

정면으로 들어가면 '의중도원義重桃園'이라 적힌 현판이 보이고, 양쪽 벽면에는《삼국지》에 나오는 각종 이야기를 그림으로 새겨 놓은 비석들이 각각 다섯 개씩 세워져 있다.

조금 더 가면 '신성동진神聖同臻'이라고 적힌 현판이 걸려 있는데, 그 아래에 유비의 조각상이 있다. 오른쪽에 평복을 한 채 긴 수염을 쓰다듬고 있는 관우의 조각상이, 왼쪽에 장비의 조각상이 놓여 있다.

유비 삼형제가 도원에서 결의한 결과로 촉이 세워졌고 유비가 황제가 된 것이 아닌가! 그러니 촉의 도읍이었던 성도에 이들을 기리는 변변한 삼의묘 하나 없다는 것은 아마도 타 지역 사람들이 이해하기 힘든 일일 것이다. 그래서 주목받지 못하고 있던 삼의묘를, 성도시 정부 차원에서 많은 사람들이 찾는 무후사 내로 옮겨와 그럴 듯하게 꾸며 놓은 것은 어쩌면 당연한 일일지도 모른다.

제7장 삼국 정립과 유비의 최후

사천성四川省
성도시 成都市

두보초당杜甫草堂

두보초당은 성도시 서문 밖의 완화계반浣花溪畔에 있고, 중국 당대 대시인 두보가 성도에 살 때의 고택이다. 두보는 이곳에서 근 4년을 살며 240여 수의 시를 창작했다. 당 말의 시인 위장韋莊은 초당의 옛 터를 찾아 다시 초가를 지어 보존될 수 있게 하였다. 송·원·명·청 대대로 보수 증축하였다. 오늘날의 초당은 총 면적이 근 300묘이고, 명 홍치弘治 13년1500년과 청 가경嘉慶 16년1811년 보수 증축할 때의 건축 구조를 여전히 완전하게 보존하고 있다. 예스럽고 소박하면서도 전아한 건물과 그윽하면서도 수려한 정원을 갖춘 중국 문학사상의 성지이다.

명촉왕릉明蜀王陵

성도시 용천역구龍泉驛區 십릉가도十陵街道 정각산正角山 기슭에 있으며, 희왕릉僖王陵을 중심으로 10여 개의 명대 촉부蜀府 제왕 및 왕비의 묘가 흩어져 있어 북경 십삼릉十三陵과 비슷한 유명한 왕릉묘군 명승지王陵墓群勝跡를 형성하였다. 명촉왕릉의 발견은 명대 번왕藩王의 능침陵寢제도 및 건축, 조각예술 등의 분야를 이해하는데 중요한 의의가 있다.

문수원文殊院

문수원은 성도시 청양구靑羊區에 위치해 있다. 현대의 사천성과 성도시의 불교협회 소재지이다. 문수원은 총 면적 82묘에 전殿·당堂·방房·사舍 190여 칸이 있다. 문수원은 수隋 대업大業 연간605년~617년에 지어졌으며, 촉蜀왕 양수楊秀는 '성니聖尼'의 이름으로 신상사信相寺라고 이름지었다. 회창會昌 5년845년, 당 무종武宗이 불교를 멸하면서 훼손되었으나 선종宣宗이 즉위하면서847년 수리 복원하여 800여 년을 거치며 세상에 남아 있었다. 청 순치順治 원년1644년에 전부 훼손되었다가 청 강희康熙 20년1681년에 중건하여 이름을 문수원으로 고쳤다.

엄화지罨畫池

성도시 관할의 숭주시崇州市 중심지에 있는 정원으로 사천 정원 중 천서川西정원의 대표작 중 하나이다. 엄화지 정원은 당나라 때 지어졌고, 처음엔 '동정東亭'이라 하였는데, 관아의 정원이었다. 송나라 때, 강원江原 지현知縣 조변趙抃이 정원에 엄화지를 팠고 후에 소원로蘇元老, 육유陸游 등 문인의 경영을 거치며 엄화지의 정원 구조가 대체로 확립되었고 촉중의 명승지가 되었다. 송대 이후 관아에서 주로 육유, 조변 두 사람을 기념하는 것을 주제로 엄화지를 보수·중건하여 점점 현재의 공공성 기념 정원으로 변하게 되었다.

승암사升庵祠

명대 저명한 학자이자 문학가인 양신楊慎의 고택으로 사천성 성도시 신도구新都區에 위치하고 있고, 성도시내에서는 16km 떨어져 있다. 명청과 근현대의 시공을 거치며 양승암사楊升庵祠와 그것이 있던 계호桂湖에는 현재 누대樓臺, 정각亭閣 등 고적 20여 곳이 남아 있고, 기본적으로 청 도광道光 19년1839년의 건물과 배치를 보존하고 있다. 양승암사는 계호의 주요 건물이다.

삼국지,
역사를
가다

1판 2쇄 인쇄 | 2015년 1월 15일
1판 2쇄 발행 | 2015년 1월 20일

지은이 | 남덕현
펴낸이 | 김태완

편집 | 맹한승
디자인 | 파피루스

도서출판 현자의 마을
506-357 광주광역시 광산구 박호등임로 494

전화 | 062-959-0981
팩스 | 02-712-0288
등록번호 | 410-82-20233(2012. 12. 17)

잘못된 책은 바꿔 드립니다.
ISBN 979-11-951244-6-6 03810